MISSION TERRE

LA PLUS GRANDE DÉKALOGIE
DE L'HISTOIRE
DE LA LITTÉRATURE DE SCIENCE-FICTION

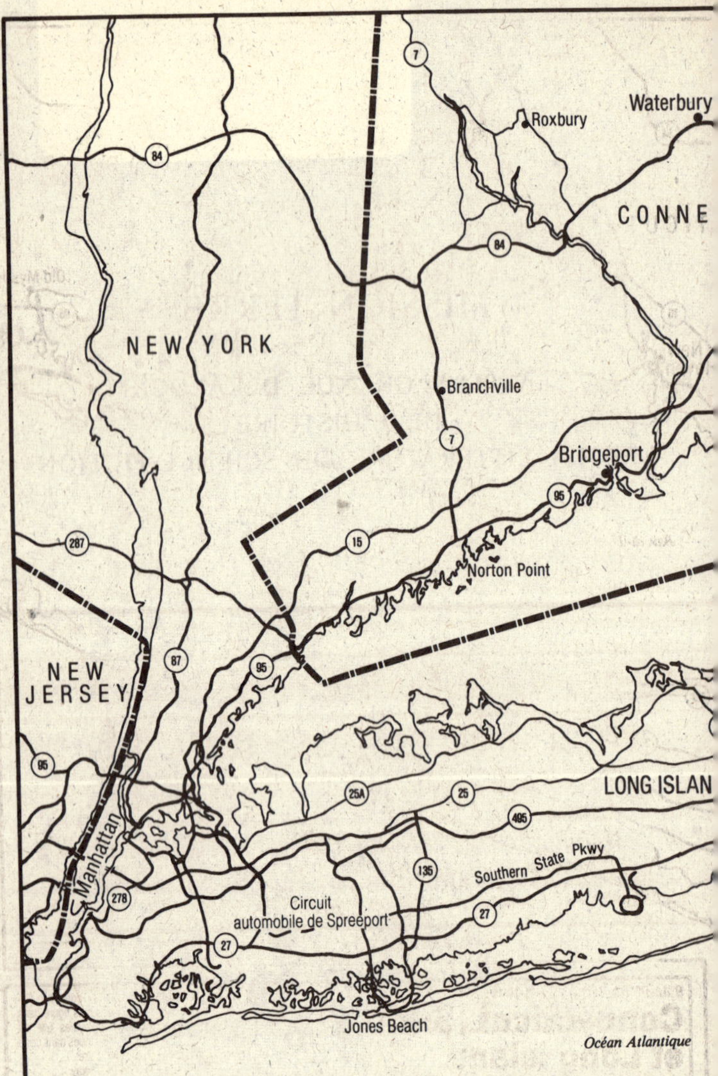
Waterbury
Roxbury
CONNE
NEW YORK
Branchville
Bridgeport
Norton Point
NEW
JERSEY
LONG ISLAN
Manhattan
Southern State Pkwy
Circuit
automobile de Spreeport
Jones Beach
Océan Atlantique
84
7
287
15
95
87
25A
25
495
135
278
27

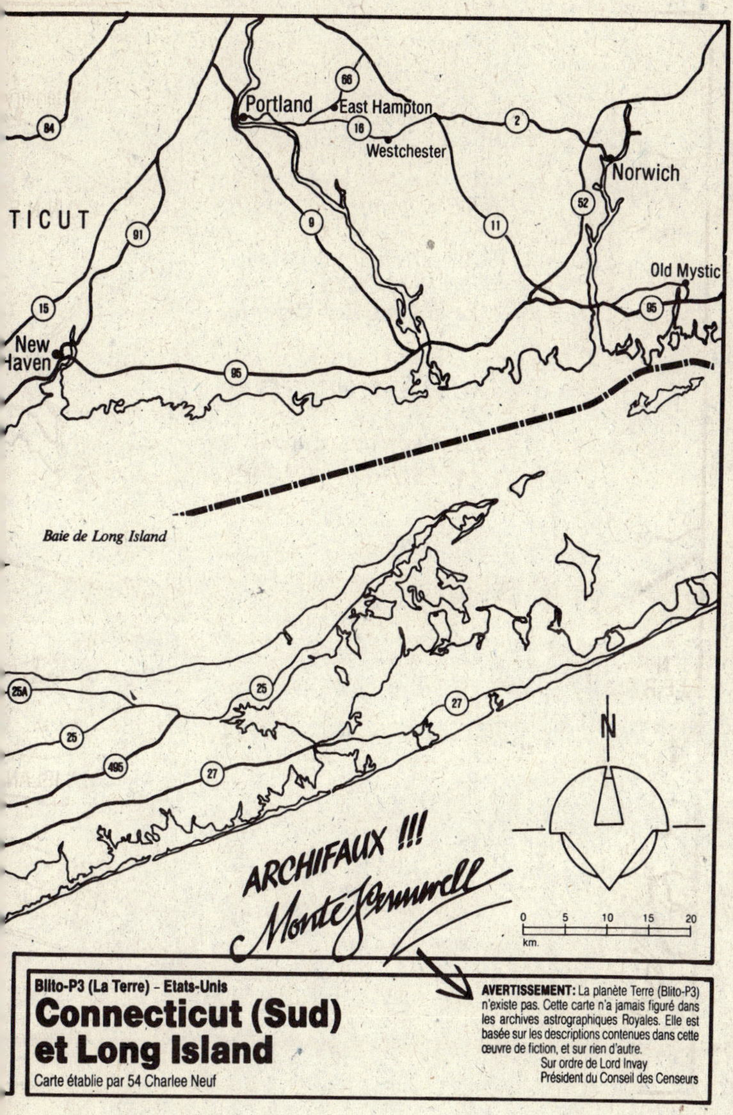

Blito-P3 (La Terre) – Etats-Unis

Connecticut (Sud) et Long Island

Carte établie par 54 Charlee Neuf

AVERTISSEMENT: La planète Terre (Blito-P3) n'existe pas. Cette carte n'a jamais figuré dans les archives astrographiques Royales. Elle est basée sur les descriptions contenues dans cette œuvre de fiction, et sur rien d'autre.

Sur ordre de Lord Invay
Président du Conseil des Censeurs

DU MÊME AUTEUR
CHEZ LE MÊME ÉDITEUR

TERRE Champ de Bataille

1 – *Les Derniers Hommes*
2 – *La Reconquête*
3 – *Le Secret des Psychlos*

MISSION TERRE

1 – *Le Plan des Envahisseurs*
2 – *La Forteresse du Mal*

SCIENCE-FICTION

Collection dirigée par Jacques Goimard

L. RON HUBBARD

MISSION TERRE

TOME 3

L'ENNEMI INTÉRIEUR

Traduit de l'américain par Michel Demuth et Peter Berts

PRESSES DE LA CITÉ

Publié par
Les Presses de la Cité
12, av. d'Italie
75627 Paris Cedex 13
et
NEW ERA® Publications International ApS
Store Kongensgade 55, 1264 Copenhague K
Danemark

Titre original : MISSION EARTH – The Enemy Within

Traduit de l'américain par Michel Demuth et Peter Berts pour New Era® Publications International

Illustration de Joe Spencer

ISBN 2-266-04575-X

À VOUS, millions de fans de la science-fiction,
et à tous les lecteurs en général,
à tous ceux qui m'ont si chaleureusement accueilli
à mon retour dans le monde de la fiction,
ainsi qu'aux critiques et aux médias
qui ont applaudi le roman
TERRE Champ de Bataille.

Je suis heureux d'écrire pour vous tous !

L. Ron Hubbard

Mise en garde du Censeur voltarien

La Couronne se refuse à accepter la moindre responsabilité dans les effets que ce récit hautement fictif pourrait produire sur quiconque aurait la naïveté de croire que la planète « Terre » existe ou que les actes ridicules qui sont rapportés puissent avoir le moindre rapport avec la réalité.

La prétentieuse tentative consistant à glisser le nom de quelques personnages réels, comme Jettero Heller, dans ce tissu de faits imaginaires afin de lui donner une apparence de crédibilité est la pire forme de licence dramatique qui soit. On dit aussi qu'il s'agirait de la « confession » d'un assassin notoire qui aurait voué toute son existence au mensonge, au vol, au chantage et à tous les méfaits criminels possibles. Ce qui en soi devrait constituer un avertissement suffisant.

Par conséquent, celui qui se hasarde dans la lecture de ce récit collusoire le fait à ses risques et périls. La prétendue planète « Terre » N'EXISTE PAS et NUL ne peut fournir LA MOINDRE PREUVE du contraire.

Lord Invay, Historien Royal,
Président du Conseil des Censeurs
Palais Royal, Confédération de Voltar
Par ordre de Sa Majesté Impériale Wully le Sage

Préface du traducteur voltarien

Rebonjour !

Puisque le Code Royal d'Édition (Section 8) exige que tout travail de traduction « soit identifié... par le Traductophone assermenté », je vais m'exécuter.

Ce travail a été traduit du voltarien en langage terrestre par votre très dévoué 54 Charli Neuf, Cerveau-robot responsable du Traductophone.

Comment j'ai traduit cette histoire concernant un monde inexistant où l'on parle des langues inexistantes ?... Eh bien, ça n'a pas été une partie de plaisir. J'ai dû également interpréter des discours politiques et, même si vous pensez que je me vante, j'ai également traduit des jugements et des lois.

Vous le voyez donc, je ne suis pas là pour corriger des assertions fallacieuses et des concepts erronés, mais seulement pour traduire. Ce n'est que lorsque je rencontre de réels problèmes de vocabulaire, comme dans le volume précédent avec les vitesses hyperluminiques, que je suis dans l'obligation de trancher.

Une telle situation se représente dans ce volume : les électrons.

Les savants terriens adorent les choses qui vont en rond, comme les rats, par exemple, ou les roues, ou les politiciens. Ils pensent donc que les électrons sont de petites « choses » qui tournent autour d'autres « choses » appelées atomes.

Ne le répétez pas : ils se trompent.

Plus tard, un jour, ils s'apercevront que les électrons ne sont que mouvement.

C'est tout. Rien d'autre. Rien que du mouvement.

Le problème, c'est que bien peu savent ce qu'est le mouvement. S'ils le savaient, ils briseraient la « barrière d'Einstein » et pour une fois trouveraient d'autres solutions.

Donc, quand il sera question dans ce volume d'une machine qui « déplace les électrons », rappelez-vous que ce n'est qu'un autre exemple de la science terrestre du niveau néanderthal.

Comme auparavant, je vous fournis une clé de lecture. Ne dites pas après ça que les Cerveaux-robots ne vous aident pas.

Votre dévoué,
54 Charli Neuf,
Cerveau-robot du Traductophone

Lexique pour L'Ennemi Intérieur

Absorbo : Revêtement qui absorbe les ondes lumineuses, rendant tout objet virtuellement invisible et indétectable.

Afyon : Ville de Turquie où l'*Appareil* a installé sa base secrète. (Voir carte.)

Antimanco : Race qui fut exilée il y a longtemps de la planète *Manco* pour meurtres rituels.

Appareil de coordination de l'information : Police secrète de *Voltar*, placée sous les ordres de *Lombar Hisst* et composée de criminels.

Babe Corleone : Veuve de « *Saint Joe* » *Corleone*. Haute de 1 m 90, elle règne sur le gang.

Bang-Bang Rimbombo : Ex-Marine, expert en destruction, membre du gang *Corleone*.

Banben, I. G. : Société pharmaceutique terrienne contrôlée par *Rockecenter*.

Bawtch : Sous-chef de la *Section 451* sur *Voltar*. Directement sous les ordres de *Gris*.

Bittlestiffender, Prahd : Jeune cytologiste voltarien qui a implanté des mouchards audiovisuels microscopiques dans le crâne d'*Heller* afin que *Gris* puisse contrôler tout ce que l'ingénieur de combat voit et entend.

Blito : Étoile naine jaune dont la seule planète habitable se situe sur la troisième orbite *(Blito-P 3)*. Distante d'environ 22,5 années-lumière de *Voltar*.

Blito-P 3 : Planète dont le nom local est « la Terre ». Dans le *Calendrier d'Invasion*, elle constitue une étape future entre *Voltar* et le centre de la galaxie.

Blixo : Transporteur de l'*Appareil* qui fait régulièrement la navette entre *Voltar* et *Blito-P 3*. Le voyage dure environ six semaines.

Bolz : Capitaine de *Blixo*.

Calendrier d'Invasion : Le calendrier *Voltarien* des conquêtes galactiques. Les plans et le budget de *Voltar*, chaque branche gouvernementale de *Voltar*, doivent être parfaitement en accord ave le calendrier. Mis au point par les ancêtres voltariens il y a plusieurs centaines de milliers d'années, ce calendrier est considéré comme le guide sacré de la confédération et il est toujours demeuré inviolé.

Chochotte : Surnom de *Twolah.* Lui et *Oh Chéri* ont été contraints par *Gris* de collecter les informations sur *Voltar* pour les transmettre secrètement sur Terre.

Code (transgression du) : Il s'agit de la violation du *Code Spatial a-36-544 M,* lequel code interdit d'avertir les populations étrangères de la présence des Voltariens. Si cela se produit, les êtres prévenus de cette présence sont anéantis et le contrevenant est exécuté. Ceci a pour but d'assurer la sécurité du *Calendrier d'Invasion.*

Corleone : Famille de la Mafia dirigée par *Babe Corleone,* ex-chrorus girl du Roxy et veuve de *« Saint Joe »* Corleone.

Crobe (docteur) : Cytologiste de l'*Appareil* qui prend plaisir à créer des monstres à partir d'humains.

Décodeur : Voir *Mouchard.*

Éclair bleu : Flash violent de lumière dont les vaisseaux spatiaux de *Voltar* se servent afin de rendre inconsciente toute créature vivante avant de se poser. Également appelé « lumière paralysante ».

Epstein, Izzy : Étudiant de l'Université d'Empire (autrement dit l'Université de New York) dont *Heller* s'est attaché les services afin qu'il mette sur pied une structure de sociétés diverses.

Faht Bey : Nom turc du commandant de la base secrète de l'*Appareil* à *Afyon,* en Turquie.

Faustino « la cravate » Narcotici : Chef d'une famille de la Mafia qui écoule clandestinement les drogues de l'*I. G. Barben* et cherche à s'emparer du territoire de la famille *Corleone.*

Flotte : La force spatiale d'élite de *Voltar,* à laquelle appartient *Heller* et que méprise l'*Appareil.*

Flooze et Plank : Cabinet d'avocats qui a la charge des intérêts de *Rockecenter.*

Gracious Palms : Élégant établissement de prostitution dirigé par la famille *Corleone* et situé en face de l'immeuble des Nations unies.

Grafferty, « Bulldog » : Inspecteur de police new-yorkais figurant sur les feuilles de paye de *Faustino.*

Grand Conseil : Le gouvernement de *Voltar* qui a décidé l'envoi d'une mission sur *Blito-P 3* pour éviter son autodestruction et respecter le *Calendrier d'Invasion.*

Gris, Soltan : Officier de l'*Appareil* responsable de la section *Blito-P 3* (Terre) et ennemi juré de Jettero Heller.

Gunsalmo Silva : Ancien garde du corps de *« Saint Joe »*, soupçonné d'être responsable de la mort de son patron.

Harlotta : Prostituée du *Gracious Palms.*

Heller, Jettero : Ingénieur de combat et officier royal de la *Flotte,* envoyé par le *Grand Conseil* sur Terre où il opère sous le nom de *Jerome Terrance Wister.*

Hisst, Lombar : Chef de l'*Appareil* qui, afin que le *Grand Conseil* ne découvre pas ses plans, a chargé *Gris* de saboter la mission d'*Heller.*

Jimmy « l'étripeur » Tavilnasty : Truand ayant dressé la liste des criminels qui voulaient se faire changer le visage à l'hôpital de *Gris* et exécuté par *Gunsalmo Silva.*

Karagoz : Paysan turc, majordome de la villa de *Gris* à Afyon.

Krak, comtesse : Condamnée pour meurtre, elle est emprisonnée à *Répulsos.* Elle est la maîtresse de *Jettero Heller.*

Magic (Courrier) : Une des astuces de l'*Appareil.* Une lettre posée n'est remise à son destinataire que si une certaine carte est adressée régulièrement.

Manco : Planète natale d'*Heller* et de la comtesse *Krak.*

Mike Mutazione : Propriétaire du garage Flash Class qui a customisé la Cadillac et le vieux taxi d'*Heller.*

Mouchard : Un système d'espionnage électronique que *Gris* a fait implanter dans le crâne d'*Heller.* Un moniteur permet à *Gris* de voir et d'entendre en permanence ce que fait *Heller.* Le signal est capté par un récepteur via un décodeur. Lorsque *Heller* se trouve à plus de 350 kilomètres de *Gris,* c'est le *Relais 831* qui amplifie le signal. *Gris* a volé ce matériel à *Spurk.*

Oh Chéri : Surnom de *Oh Oh.* Avec *Chochotte,* il est chargé, sur ordre de *Gris,* de collecter des informations sur *Voltar* pour les lui transmettre secrètement sur Terre.

Oh Oh : Voir *Oh Chéri.*

Raht : Agent de l'*Appareil* sur Terre. Avec *Terb,* il a été chargé d'assister *Gris* dans le sabotage de la mission d'*Heller.*

Récepteur : Voir *Mouchard.*

Relais 831 : Voir *Mouchard.*

Remorqueur 1 : Le vaisseau spatial qu'*Heller* a choisi pour franchir les 22 années-lumière que séparent *Voltar* de la Terre et qu'il a baptisé *Prince Caucalsia.*

Répulsos : Depuis mille ans, c'est la forteresse-prison secrète de l'*Appareil,* au cœur des montagnes. La comtesse *Krak* et *Heller* y ont été détenus.

Roke, Tars : Astrographe personnel de l'empereur sur *Voltar* et vieil ami d'*Heller.* C'est son intervention auprès du Grand Conseil qui a déclenché la Mission Terre. *Heller* lui adresse des rapports réguliers.

Terb : Agent de l'*Appareil* sur Terre. Tout comme *Raht,* il a été chargé par *Hisst* d'assister *Gris* dans le sabotage de la mission d'*Heller.*

Trapp : Le tout-puissant avocat de *Rockecenter.* Il appartient au cabinet *Flooze et Plank.*

Twolah : Voir *Chochotte.*
Utanc : La belle danseuse du ventre achetée par *Gris.*
Vantagio : Directeur du Gracious Palms.
Voltar : Planète centrale de la Confédération des 110 mondes fondée il y a 125 000 ans. Voltar est gouvernée par le *Grand Conseil,* sous l'autorité suprême de l'Empereur et en accord avec le *Calendrier d'Invasion.*
Wister, Jerome Terrance : Nom utilisé par *Heller* sur Terre.

VINGTIÈME PARTIE

A Lord Turn, Juge des Cours et Prisons Royales, Cité du Gouvernement, Planète Voltar, Confédération de Voltar.

Votre Seigneurie !

Moi, Soltan Gris, ex-officier subalterne de l'Appareil de Coordination de l'Information, Division Extérieure de la Confédération de Voltar (longue vie à Sa Majesté Cling le Hautain et aux 110 planètes des dominions de Voltar !), en toute humilité et avec gratitude je vous soumets ici le troisième volume de ma confession concernant la MISSION TERRE.

J'ai conscience que Votre Très Estimée Seigneurie a d'autres choses plus importantes à faire ici en la Prison Royale que s'adonner à la lecture de mes crimes contre l'État. Cependant, si Votre Très Noble Seigneurie a pris connaissance de mes précédents rapports, je suis convaincu qu'elle comprendra aisément que je n'ai fait que suivre les ordres qui m'avaient été donnés.

Je n'entends pas insinuer par là que je suis innocent et que je devrais quitter la cellule que Votre Grandissime Seigneurie m'a octroyée ! Non, non, cette décision était sage et seuls tous les détails du récit qui suivent me permettront d'en sortir.

Il est vrai qu'il y a une certaine injustice dans le fait que je sois en prison alors que Jettero Heller est encore un criminel recherché. Mais j'ai confiance : les forces de police combinées de Voltar finiront bien par le retrouver et l'arrêter. Et quoi qu'il advienne alors, ça ne saurait ressembler à la vengeance que j'envisageais.

Ma confession, en tout cas, aidera peut-être à mieux comprendre son comportement. Cependant, je dois vous avertir que tous les actes de l'officier de la Flotte dénommé Heller sont absolument imprévisibles. Je le sais mieux que personne. Les mouchards qui avaient été implantés sur lui m'ont permis de voir et d'entendre tout ce qu'il a vécu. A son insu, j'ai contrôlé tous ses faits et gestes et je puis vous assurer d'une chose : Heller est dangereux !

Pour un ingénieur de combat royal, sa tâche était simple. Tout ce qu'il avait à faire était de se rendre sur la Terre (que nous connaissons sous la dénomination Blito-P 3) et d'introduire discrètement quelques facteurs de progrès dans sa technologie retardataire afin que la planète soit encore habitable lorsque Voltar l'investira dans un siècle. Peu importe le fait qu'il ait ignoré que toute cette mission n'était qu'un subterfuge. Lombar Hisst, en tant que chef de l'Appareil, a abusé le Grand Conseil en montant cette mission plutôt que de lancer une coûteuse attaque préventive. Hisst avait dressé un plan précis pour renverser l'Empereur et cette attaque avait détruit sa ressource majeure : les mortelles drogues terriennes qui étaient expédiées secrètement depuis notre base d'Afyon, en Turquie.

Ma tâche semblait tout aussi simple. Je n'avais qu'une chose à faire : accompagner Heller jusqu'à la Terre et tout mettre en œuvre pour que sa mission échoue. Hisst avait été très net sur ce point. Avant notre départ de Voltar, il m'avait appris qu'il avait donné ordre à l'un de ses assassins de me suivre en permanence pour veiller à ce que j'exécute ses consignes.

J'ai donc conduit Heller jusqu'à la base d'Afyon, en Turquie. J'ai pris toutes les précautions pour qu'il ne puisse voir ou entendre quoi que ce soit qui aurait pu lui apprendre que nous expédions de l'héroïne ainsi qu'une drogue appelée « speed » sur Voltar. Jamais il n'a su que Hisst comptait se servir de ces drogues pour prendre le contrôle du gouvernement voltarien et de la racaille populaire comme cela s'était passé sur Blito-P 3. Et, à partir d'Afyon, j'ai expédié, comme prévu, Heller aux États-Unis.

Tout aurait dû se passer très bien : c'était une mission simple et facile. Il devait se poser là-bas, on l'arrêtait, et c'était terminé. Mais non ! Pas avec Heller ! On a eu droit à des bombes, des mitraillages, des poursuites en voiture, des flics, des agents du FBI... Tout.

Et qui lui met finalement la main dessus ? Une famille de la Mafia ! Et en plus, une famille antidrogues, dirigée par une Amazone géante, Babe Corleone ! Et qu'est-ce que fait Heller ? Il descend les adversaires de Babe ! Et où finit-il ? Dans une suite somptueuse du Gracious Palms, une boîte de prostituées à Corleone remplie de jolies filles, et tout ça à deux pas des Nations unies ! Et qu'est-ce qu'il se paie ? Une Cadillac grande comme un yacht spatial et un vieux taxi new-yorkais déglingué !

Et qui aurait pu prévoir qu'Heller s'écarterait de sa mission pour sauver la vie de cette misérable loque d'Izzy Epstein ? Non seulement Epstein est un anarchiste mais il pousse l'audace jusqu'à détester les impôts ! Et comme si cela ne suffisait pas, Heller lui fait cadeau de cent mille dollars et loue ses services pour jouer en quelque sorte le rôle de conseiller.

Est-ce que le comportement d'Heller a le moindre sens ? S'il a été envoyé sur Blito-P3, c'est pour s'occuper de la pollution, et non pas des diplomates, des prostituées, de la Mafia, du FBI ou des impôts.

La seule personne qui ait su percer à jour Heller, c'est Miss Simmons. Chère, merveilleuse Miss Simmons ! Quand Heller s'est inscrit à l'Université d'Empire et a déclaré qu'il désirait se spécialiser en physique nucléaire, elle l'a pris immédiatement dans son collimateur antinucléaire. Sa détermination à faire virer Heller m'a procuré des moments de joie intense. Elle s'arrangeait pour programmer des cours aux mêmes heures, le même jour, afin qu'il soit dans l'impossibilité de les suivre tous.

Typique d'Heller : il a trouvé le moyen de tricher. Il a loué les services de Bang-Bang, ex-Marine, spécialiste en explosifs de la famille Corleone, pour qu'il suive à sa place le stage d'entraînement de l'École des Officiers de Réserve. Ensuite, en opérant à partir d'un « poste de commandement » installé dans le campus, Bang-Bang a « miné » les cours d'Heller avec des enregistreurs qui ont permis à Heller de suivre toutes les conférences en écoute rapide. Diabolique !

J'aurais été heureux qu'Heller soit abattu là et qu'on en finisse. Mais, ce qui est bien dans ses façons sournoises, il a réussi à saboter mon projet. Il adressait à Tars Roke, l'astrographe royal, des rapports réguliers en se servant d'une plaque de codage. Je devais attendre de mettre la main sur cette plaque avant de trafiquer les rapports d'Heller pour que tout ait l'air d'être en ordre. Je ne pouvais pas me permettre de le tuer. Ce qui montre bien à quel point il est fourbe !

Il me fallait absolument cette plaque. J'ai ordonné à Raht et Terb, les deux agents de l'Appareil qui travaillaient pour notre bureau de New York, de se tenir constamment en contact avec moi, à Afyon. S'ils mettaient la main sur cette plaque, je pourrais tuer Heller et m'occuper d'affaires autrement plus importantes, telles que l'arrivée d'Utanc, l'authentique danseuse turque dont j'avais fait l'acquisition.

Afin d'apporter moi aussi ma petite dose de technologie, j'avais entrepris de faire construire un nouvel hôpital à Afyon. Le cytologiste que j'avais fait venir de Voltar, Prahd Bittlestiffender, était capable de donner aux gangsters un nouveau visage et de modifier leurs empreintes. A cent mille dollars par client, ça devrait certainement rapporter plus que le nettoyage de l'atmosphère de la planète.

Raht et Terb allaient arriver et les jours d'Heller étaient comptés. Je décidai donc de reprendre l'écran et de le rebrancher.

1

Le lundi venu, ma première pensée fut qu'Heller et Bang-Bang, l'ex-Marine, commençaient les cours à leur nouvelle manière.

Leur « poste de commandement », à l'Université d'Empire, était apparemment la salle de consultation de la Grande Bibliothèque. Visiblement, Heller s'était familiarisé avec le système de catalogue à cartes et avec les ordinateurs – qui étaient en fait d'un modèle très rudimentaire. Il explorait ainsi toutes les archives. Il allait un peu trop vite pour que je le suive sur l'écran, aussi n'arrivais-je pas à savoir ce qu'il cherchait exactement. Je supposais que, fidèle aux promesses faites à Babe Corleone, il avait simplement décidé de poursuivre ses cours.

Bang-Bang avait pris place à côté de lui. Il lisait quelque chose. De temps à autre, il joignait l'index et le majeur en pistolet et faisait « Bang ! » A mi-voix, par respect pour les lieux. Quelquefois, il faisait : « Bang-Bang ! »

Cela éveilla la curiosité d'Heller, ce qui me permit de découvrir ce que lisait Bang-Bang. C'était une bande dessinée. J'eus la surprise de constater qu'il y en avait toute une collection dans la salle de consultation. Mais je ne vis pas Bugs Bunny, ce qui, pour moi, enlevait tout intérêt à la chose.

Heller avait à présent une nouvelle pile de livres devant lui. Ils formaient un ensemble somptueusement relié. Le titre en était *Hakluyt's Voiages.* En sous-titre, et en plus petits caractères, je lus : *The principall Navigations, Voiages and Discoveries of the English Nation... (1589).* Heller les dévora encore plus vite qu'à l'accoutumée, comme s'il cherchait quelque chose de précis. Il avançait frénétiquement.

Je fis arrêt sur image pour essayer de voir quels chapitres retenaient son attention.

Les sujets étaient bizarres et ne pouvaient pas avoir de rapport avec ce qu'il étudiait au collège.

... C'est ainsi que nous fûmes amenés à perdre quinze de nos hommes qui avaient abordé la côte. Plus loin : *... Les aborigènes nous ont assaillis et nous avons perdu notre second...* Le tout était à l'avenant...

Bang-Bang se pencha vers Heller et chuchota :

– Tu m'as demandé ce que je lisais. Et toi, qu'est-ce que tu lis ?

– Je lis que tous ceux qui tentent de débarquer dans le coin ont toutes les chances d'avoir les indigènes sur le dos.

– Exact, fit Bang-Bang avant de se replonger aussitôt dans ses BD.

Mais Heller, maintenant, semblait chercher autre chose. A nouveau, je fis arrêt sur image.

... les indigènes nous ont appris que ces colliers d'or provenaient d'une mine située à trois lieues de là, dans la forêt... Et : ... *on dit que de grandes réserves de minéraux existent dans les terres hautes, près du Cap...* Et encore : ... *nous avons donc remonté le fleuve à bord de petites embarcations et c'est ainsi que nous avons trouvé ce marin d'un autre navire dont on pensait que l'équipage avait été dévoré et nous nous sommes réjouis de le voir vivant. Mais il a refusé de revenir avant d'avoir mis à jour cette mine d'or qui, disait-il, se trouvait plus haut sur la rivière...*

Il y avait une foule de récits de « voiages » vers l'Amérique du Nord. Heller les avalait les uns après les autres, se délectant d'histoires qui concernaient des hommes morts depuis si longtemps que leurs os avaient dû tomber en poussière. Mais il faisait souvent ce genre de folie. On ne savait jamais à quoi s'attendre avec lui. Il était insaisissable. Pourtant, je devais essayer. Ma propre vie en dépendait. Je me demandai un moment s'il n'avait pas l'intention de se lancer dans le cannibalisme. Ou peut-être échafaudait-il un plan pour capturer Miss Simmons, son professeur d'Observation de la Nature, qui était l'obstacle numéro un sur la route de son diplôme. Il comptait peut-être la faire sortir de l'hôpital et l'envoyer se perdre en mer sur un canot.

Enfin, Heller déclara :

– Tu as le poste de commandement ? (Comme Bang-Bang acquiesçait, il ajouta :) Il faut que j'opère une reconnaissance. Je reviens dans quelques heures.

Il partit rendre les livres.

En sortant, il s'arrêta devant les panneaux d'affichage. Il cherchait vraisemblablement quelque chose. Un étudiant était en train de poser une affiche :

RÉUNION DE PROTESTATION
POUR LES OVNI

– Les OVNI, qu'est-ce que c'est ? demanda Heller.

– Les Objets Volants Non Identifiés. Les soucoupes volantes. Les extraterrestres.

– Et vous protestez contre eux ? demanda Heller d'un ton inquiet.

– Non, non. On proteste contre le gouvernement qui fait le black-out sur les témoignages d'observations.

– Et vous en avez vus ?

– Jusqu'à ce jour, il y a eu trente mille témoignages.

– Ils devraient être plus prudents, fit Heller.

– Ça, (bip), on peut le dire *. Si le gouvernement ne lève pas le secret, nous organiserons une marche de protestation. Même avec la Force de Police Tactique de New York. Vous devriez venir - c'est dans trois semaines. Y en a marre de l'establishment !

– J'y serai, promit Heller.

Il lut les autres affiches et annonces. Il s'arrêta sur un avis tout récent :

OBSERVATION DE LA NATURE COURS 101
POUR LE SEMESTRE, CE COURS SERA ASSURÉ
PAR LE MAÎTRE-ENSEIGNANT WOULDLICE.
LE PROGRAMME RESTE LE MÊME.

C'était donc ça qu'il cherchait ! Il se précipita dans une cabine téléphonique et feuilleta les pages jaunes de l'annuaire à toute allure. Je ne parvins pas à voir sur laquelle il s'arrêtait. Ensuite, il se dirigea au pas de gymnastique vers la station de métro d'Empire State.

Monsieur avait décidé de faire l'école buissonnière !

Il prit un métro en direction du centre de Manhattan et se retrouva bientôt dans un ascenseur, à l'intérieur d'un immense building. Au claquement de ses talons, je compris qu'il portait une autre paire de chaussures de base-ball ! Je vis dans le miroir qu'il était en tenue de tennis, sa casquette rouge vissée sur la nuque. J'avais appris

* Le vocodiscoscribe sur lequel ceci a été originellement écrit, le vocoscribe utilisé par Monte Pennwell afin de réaliser un texte clair et le traducteur chargé de transcrire ce récit dans la langue dans laquelle vous le lisez appartiennent tous à la Ligue pour la Pureté de la Machine qui a parmi ses statuts celui-ci : « A cause de la sensitivité extrême et de la sensibilité délicate des machines, et afin d'éviter que les fusibles ne grillent, il sera prescrit aux cerveaux-robots desdites machines, s'ils entendent des jurons ou des mots grossiers, de les remplacer par le son ou le mot bip. Aucune machine, même si on la moleste, ne peut reproduire des jurons ou des mots grossiers sous une forme autre que bip. Si de nouvelles tentatives sont faites, visant à obtenir autre chose de la machine, celle-ci est autorisée à faire semblant de se détraquer. Ce règlement a été rendu nécessaire pour la fonction induite de toutes les machines de protéger les systèmes biologiques contre eux-mêmes. »

ce que ça signifiait : Heller était en plein travail. C'est du moins ce qu'il croyait.

Il s'arrêta devant une porte qui indiquait *Gouvernement des États-Unis-Recherches Géologiques.* Il entra.

Il y avait là un employé, derrière un comptoir.

– Je cherche des mines d'or, déclara Heller.

– Comme tout le monde, répliqua l'autre.

– J'étudie les mines d'or du littoral de la Nouvelle-Angleterre.

– Bon sang, vous devez être un fan de ce vieux Cap Duggan ! Cap ! (L'employé désigna une porte.) Allez, entrez, et réveillez-le. Il va vous casser les oreilles pendant des heures.

Heller entra. Un vieux bonhomme était occupé à classer des cartes. Heller lui exposa ce qu'il cherchait.

– Ouais, ouais, fit le vieux. J'ai écrit un bouquin sur les mines coloniales et les gisements de minéraux. Mais personne ne l'a jamais lu. L'éditeur m'a même envoyé une facture. Asseyez-vous.

Cap Duggan était un fonctionnaire et, en tant que tel, il disposait de tout son temps. Il se mit à raconter sa vie à Heller. Il était inspecteur des mines, mais il était maintenant trop vieux pour une autre mission et on l'avait mis au vert dans l'attente de la retraite. Heller apprit tout sur les « Sept Cités de Cibola », les mines perdues et les luttes avec les Indiens. Il sortirent ensemble et Heller invita Duggan à déjeuner. Ce qui lui permit de tout connaître à propos de l'Alaska, du Klondike et de l'année 1849. Mis à part le fait que tout cela concernait l'or – ce qui ne manque jamais d'éveiller l'intérêt – je ne parvenais pas à comprendre le rapport qu'il y avait entre la dernière bataille de Custer à Little Big Horn et la présence d'or dans les Black Hills. Mais Heller buvait littéralement les paroles de Cap Duggan.

Après trois heures et un solide déjeuner, ils n'étaient toujours parvenus à rien !

Finalement le vieux Cap Duggan, apparemment au bout de son discours, décida d'en venir au sujet principal.

– Voilà ce que vous cherchez, jeune homme, dit-il en bataillant pour ouvrir un énorme tiroir. Des photocopies de cartes qui se trouvent aux Archives Nationales, à Washington.

Les photocopies étaient mauvaises mais elles avaient dû être faites à partir de cartes déjà tellement vieilles et tachées que les originaux devaient être illisibles également.

Cap Duggan en déploya plusieurs.

– Ces cartes datent de la période coloniale. Tenez. Celle du dessus a été levée par George Washington lui-même. Bien sûr, l'échelle est fausse sur la plupart parce que les compagnies de ce temps-là voulaient convaincre le roi qu'elles n'avaient pas suffisamment de territoire, mais on arrive quand même à les déchiffrer.

Penché sur les documents, Heller les examinait attentivement. Il trouva une carte dont la légende indiquait *Connecticut.*

– Hé ! Il y a une rivière appelée « Gold » ! Elle se jette dans l'Atlantique. Juste là, à quarante ou cinquante kilomètres à peine d'ici !

– Oui, exact. C'est probablement le nom qu'elle avait à l'origine.

– Est-ce que je pourrais voir les cartes actuelles qui correspondent à cette région ?

Cap Duggan les trouva très vite.

– Voyons, fit-il. Oui, c'est là. Regardez, il y a même quelques indications géologiques. Oui... Je connais ce coin. Une mine perdue qu'on n'a jamais trouvée. Il y a quarante ans, je me souviens que quelqu'un avait été envoyé là-bas pour refaire les bornages. Peut-être qu'il n'y a jamais eu de mine, peut-être que quelqu'un s'est dit à l'époque que ça allait attirer les colons, ou je ne sais quoi. Maintenant, regardez là. Au nord-est, presque au centre de l'État, il y a une vraie mine – près de Portland, dans le Connecticut. La Carrière de Strickland. Y a pas mal de dingues des cailloux qui traînent par là. On trouve aussi d'autres carrières à Roxbury, Branchville, East Hampton et Old Mystic, sur la côte. Avec des gemmes, des grenats, ce genre de cailloux. Y a des tas de gisements comme ça dans le Connecticut. Il suffit d'aller jusqu'à Westchester et de prendre l'autoroute de la Nouvelle-Angleterre – cette bonne vieille US 95 – et on y est. A cette période de l'année, le Connecticut est très joli. J'aimerais bien ne pas être coincé dans ce (bip) de bureau ! Mais je serai bientôt à la retraite et je pourrai ficher le camp de cette cage !

Heller fit l'acquisition d'un jeu complet de cartes, pour toutes les régions. Il acheta également vingt exemplaires de l'ouvrage de Cap Duggan – qu'il se fit dédicacer par un auteur rayonnant.

Il fit une autre halte après avoir quitté Duggan. Chez un fleuriste. Il demanda qu'on envoie chaque jour un gros bouquet à Miss Simmons, à l'hôpital.

Il reprit le métro et se retrouva dans la Grande Bibliothèque en quelques instants. Bang-Bang revenait juste d'enregistrer un cours à son intention.

– Quoi de neuf ? demanda Heller.

– Rien, fit Bang-Bang. J'aime bien aller au collège.

Et il se replongea dans ses bandes dessinées.

Mais cette journée me laissait perplexe. Heller mijotait autre chose. Je le *sentais*. C'était frustrant. J'ignorais ce qui allait se produire sous peu. En tout cas, ce qu'Heller préparait ne me disait rien de bon.

C'est alors que mes ennuis commencèrent vraiment. Aux environs de minuit, je trouvai une carte posée sur mon oreiller, dans ma chambre !

Alors que personne n'aurait dû s'introduire ici !

Le message avait été rédigé d'une écriture en pattes de mouche :

Soltan Gris : on m'a demandé de vous rappeler de temps à autre que quelqu'un que vous ignorez se trouve auprès de vous avec l'ordre de vous éliminer si jamais vous échouez. Hisst a laissé toute liberté à cette personne. Le couteau ? Le pistolet ? Un accident d'automobile ? Ou bien un poison dans votre nourriture ? Vous n'avez pas le choix. Si ce n'est de ne pas échouer. Donc, Gris, n'échouez pas.

Il y avait un dessin en guise de signature ! Un poignard !

Qui avait pu écrire ça ? L'un des serviteurs turcs ? Quelqu'un d'Afyon ? De la base ? Sans cesse, j'avais le sentiment de savoir qui c'était.

Je ne trouvai pas le sommeil.

2

Mardi. Il était 4 heures de l'après-midi, temps de la côte Est.

Heller avait passé sa journée comme d'habitude à plancher dur. Maintenant, il était assis sur les marches de la bibliothèque vêtu pour une fois d'un complet veston beige. Il venait de lire un manuel d'espionnage de l'École des Officiers de Réserve sur la façon dc fairc chanter les agents en faisant chanter la femme du général afin de se procurer des plans stratégiques. Quelque part, une cloche sonna. Heller reposa le manuel, leva les yeux, et vit Izzy Epstein.

Je fus plutôt surpris de découvrir Izzy à cet endroit. Heller lui avait remis dix mille dollars pour mettre sur pied une sorte de société et j'étais presque certain qu'il avait disparu dans la nature avec l'argent. Mais non, c'était bien lui. Et je compris immédiatement qu'il devait mijoter un plan plus compliqué dans sa cervelle astucieuse pour soutirer encore plus d'argent à Heller.

Il semblait plein d'appréhension. Il se tenait deux marches plus bas qu'Heller et jouait avec son attaché-case usé.

– Salut, Izzy ! fit Heller. Assieds-toi.

– Non, non. Je ne dois pas m'asseoir en présence de mon supérieur.

– Tu es mon responsable, dit Heller. Qu'est-ce que ça veut dire, cette histoire de « supérieur » ?

– Je crains que vous ne soyez en colère contre moi. Et je le mérite.

– Allez, assieds-toi, et explique-moi pourquoi.

– Je n'ai pas tout terminé. Je savais bien que c'était une tâche trop lourde pour moi.

– Je suis convaincu que tu es arrivé à quelque chose.

– Oui, si on veut, dit Izzy. Mais...

C'est alors qu'il poussa un soupir de soulagement en regardant vers le bas des marches. Bang-Bang les montait quatre à quatre.

– On a rattrapé un cours, annonça-t-il. Pas de classe à cinq heures aujourd'hui.

– Qu'est-ce que ça veut dire ? s'inquiéta Izzy.

Heller lui expliqua alors que Bang-Bang avait dissimulé des enregistreurs dans les salles de cours. Ce qui parut choquer Izzy.

– Mais ça doit être très épuisant. Et dangereux aussi ! Il y a toujours des interros et des travaux de labo. En fait, ce n'est qu'un simple problème de gestion du travail. Je crois que je peux alléger votre journée à très peu de frais.

– Eh bien, vas-y, dit Heller.

– Je vais me livrer à une rapide étude sur le rapport d'efficacité temps-mouvement et je vous la communiquerai. Mais, pour l'instant, je ne fais que vous faire perdre votre temps, justement. (Il ouvrit son attaché-case, y prit plusieurs documents et les tendit à Bang-Bang.) Il vous suffit de signer ça pour devenir un employé spécialiste en fraude fiscale et sociale pour le compte de la Fantastique Foncière de New York. Je crois savoir que vous devez présenter quelque chose à votre responsable de libération conditionnelle demain matin.

Bang-Bang s'agenouilla sur une marche afin de signer les papiers. Izzy lui en laissa une partie et récupéra le reste.

– Monsieur Jet, déclara-t-il, j'ai mené à bien quelques petites choses, par-ci, par-là. Je ne suis pas resté complètement inactif. A présent, si vous avez un moment libre et si vous voulez bien me pardonner, nous pourrions y aller. Il faut que je sache si vous considérez que nous sommes prêts à recevoir votre capital.

Mais oui, c'était bien ça ! Il ne voulait qu'une chose : l'argent qui restait à Heller.

Ce petit asticot minable avec ses pauvres loques de l'Armée du Salut travaillait dans mon intérêt !

Bang-Bang et Heller le suivirent et prirent le métro en direction du centre de Manhattan. Ils changèrent à Times Square.

– Où est-ce qu'on va ? demanda Bang-Bang.

– Il faut que nous ayons un siège commercial, dit Izzy. J'ai pris le seul que j'aie pu trouver en si peu de temps.

Ils sortirent à la 34e Rue et grimpèrent une volée de marches.

– J'espère que ça vous plaira, souffla Izzy d'un air navré.

Ils étaient dans un ascenseur qui démarra comme une flèche.

– Voyez-vous, reprit Izzy, c'était la seule affaire de faillite disponible au tribunal pour le moment. Cette société n'a pas pu assumer les impôts locaux de New York – disons qu'elle n'a pas su comment les contourner. Ils s'étaient lancés dans la diffusion d'installations et de matériel de bureau, mais il y a eu une baisse de la demande. Leur bail était de trois ans et le tribunal a ordonné la vente de tout le mobilier, que j'ai donc pu racheter. J'espère que vous ne trouverez pas le prix exor-bitant. Deux mille dollars. Et nous n'avons que la moitié de la surface.

– La moitié de la surfacc ? s'étonna Heller.

– Oui. Il y a également une société de design de prêt-à-porter, un distributeur d'articles de sport, un institut de langues étrangères et une agence de modèles. En plus, il faut compter une quarantaine d'autres firmes. Ça représente en gros la moitié de la surface. Ils ne voudront pas céder leur bail, mais ce seront de bons voisins. Nous pourrons peut-être même faire du commerce avec eux. A commencer par les articles de sport et les vêtements. Nous sommes une multinationale et nous pouvons aussi avoir l'usage d'un cours de langues étrangères, et les modèles ne sont pas pour nous gêner. Mais si vous jugez que la surface n'est pas suffisante, nous pouvons déménager.

Ils se retrouvèrent dans un vaste hall de style gothique, pareil à l'entrée d'un palais. L'endroit était immense et le regard se perdait dans toutes les directions.

Heller examina les corniches arrondies, le marbre coloré et caressa brièvement une arche.

– C'est assez ancien, vous savez, reprit Izzy. Le building a été achevé en 1931. Mais je me suis dit que vous lui trouveriez un charme particulier.

– Cette architecture de pierre est très belle ! fit Heller. Où sommes-nous donc ? Quel est cet endroit ?

– Oh, je suis désolé. Nous sommes arrivés directement par l'accès métro et vous n'avez pas pu le voir de l'extérieur. Nous sommes dans l'Empire State Building.

– Mon Dieu ! s'exclama Bang-Bang en ôtant précipitamment sa casquette.

– Nous possédons tout ce qui se trouve à droite de l'ascenseur, dit Izzy. Si vous voulez bien me suivre...

Ils rencontrèrent une équipe qui s'activait à mettre en place des plaques de bronze au nom de la société afin de guider les visiteurs dans le dédale des grands couloirs de marbre. Bang-Bang me cachait la vue et il me fut impossible de les lire.

– Voici le premier bureau, dit Izzy. Celui d'une des sociétés de couverture.

Cette fois, je pus lire la plaque :

LES AFFAIRES INOUÏES ASSOCIÉES

Président : G.H. Ginsberg
Secrétaire : Rebecca Mossberg

Izzy ouvrit la porte. Un jeune homme était occupé à nettoyer consciencieusement l'intérieur : une salle d'attente somptueuse avec mobilier de chrome, décorée de fresques technologiques immenses. Sur une porte, on lisait en caractères de chrome : *Président.*

Mais Izzy ne les fit pas entrer.

– Je n'ai pas eu le temps de tout finir, s'excusa-t-il. Il faut encore nettoyer un peu et poser d'autres plaques. Désolé.

Ils passèrent au bureau suivant, sur la porte duquel on lisait :

LES ASSOCIÉS FORMIDABLES

Siège social : Delaware
Président : Isaac Stein
Secrétaire : Rabbi Schultman

La salle d'attente était toute d'onyx noir. Deux jeunes filles, le front ceint d'un bandana, faisaient le ménage. Izzy referma rapidement la porte.

Et la visite des bureaux se poursuivit, de porte en porte. De « Toute confiance » en « Extraordinaires », de président en président, de secrétaire en secrétaire. C'était un déluge de superlatifs et de mobiliers différents.

– Mais qui sont tous ces gens ? demanda Heller. Tous ces présidents, ces secrétaires, ces choses ?...

– Ils n'ont pas de lien entre eux ! expliqua Izzy en hâte. Nos ennemis ne peuvent pas les pénétrer. Les mobiliers varient mais c'est parce qu'à l'origine il y avait là une société de mobilier de bureau qui a voulu exposer ses produits.

– Mais tous ces gens, qui sont-ils ? insista Heller.

Izzy soupira.

– Nous avons eu quelque difficulté à contacter certains d'entre eux, mais nous savons où ils sont tous, à présent. Certains habitent Curaçao, d'autres vivent en Israël. Il y en a même un qui demeure chez ses vieux parents, dans le New Jersey. (Il ajouta en hâte :) Mais nous avons toutes les signatures.

Izzy s'était arrêté devant une nouvelle porte.

– Maintenant, à mon grand regret, voici le bureau qui nous pose des problèmes. Non pas juridiques mais esthétiques.

La plaque annonçait :

MERVEILLES NACRÉES ET
DORÉES DE TAHITI

Siège social : Tahiti
Président : Simon Levy
Secrétaire : Zippe de Jean

Izzy ouvrit la porte et repoussa un entassement de bambous. Les murs étaient blancs et nus.

– C'est la fresque murale. Je n'ai pas eu le temps de prévoir quelque chose. Je suis désolé.

Il referma en hâte.

Ils poursuivirent la visite.

– Ici, au moins, C'EST FINI.

Sur la porte, je lus :

MULTINATIONALE

L'intérieur était tout en acier. Les murs étaient recouverts par une immense carte du monde faite de fac-similés des diverses monnaies.

Bang-Bang regarda la deuxième porte et fit remarquer, avant d'aller l'ouvrir :

– Il n'y a pas de nom de président.

Le bureau qui se révéla à ma vue était dénudé, avec des caisses en guise de bureau et un matelas dans un coin.

Izzy se précipita pour refermer.

– C'est le mien, expliqua-t-il. Mais je vais vous montrer quelque chose de très joli.

Ils suivirent un couloir jusqu'à une porte particulièrement impressionnante.

– J'ai réussi à tout finir. Je savais à quel point c'était important.

Rien n'était inscrit sur cette porte. Mais il y avait la photo d'un des derniers Boeing.

– Vous voyez ? fit fièrement Izzy. Astuce ! C'est un JET ! Qu'est-ce que vous en dites ? Ça vous plaît ?

– Tu veux dire que c'est mon bureau ? demanda Heller.

Izzy ouvrit la porte.

Ils étaient dans une suite particulièrement vaste, meublée de façon extrêmement moderne. Il y avait des portes de part et d'autre et un gigantesque bureau blanc. Les fenêtres ouvraient sur une perspective sensationnelle de la pointe de Manhattan. Très impressionnant !

Heller s'avança et s'installa dans le grand fauteuil assorti au bureau. Il ouvrit quelques tiroirs au hasard, souleva les téléphones blancs et s'aperçut qu'il avait la tonalité. Puis il s'approcha de quelques placards et regarda à l'intérieur. Il vit qu'il s'enfonçait jusqu'aux chevilles dans l'épais tapis blanc.

– Je me suis dit que vous voudriez sans doute ajouter votre touche personnelle, expliqua Izzy. C'est pour ça que c'est assez dépouillé.

– Formidable ! dit Heller. Même un amiral de la Flotte ne pourrait exiger mieux ! Ces portes donnent sur quoi ?

Izzy en ouvrit une.

– Un petit salon de repos et votre salle d'eau personnelle. (Il ouvrit l'autre.) Ici, un boudoir de secrétaire. Là... (Il ouvrit une troisième porte.) Le matériel de golf plus diverses autres choses. Venez. Je ne vais pas vous ennuyer plus longtemps avec les autres sociétés. Mais il faut que je vous montre la salle de communications.

Il les précéda au long d'un autre couloir et, en passant devant d'autres portes, Heller remarqua que Hong Kong, Singapour, Londres étaient représentés au même titre que la Suisse, le Lichtenstein et les Bahamas.

Izzy ouvrit une porte et ils découvrirent un amoncellement de télex, de téléphones et de calculatrices. Un jeune homme installé devant un télex pianotait un message.

– Tout cela, dit Izzy, est branché, prêt à fonctionner. Nous pouvons recevoir des rapports permanents de tous les marchés d'échange du monde. Tous les comptes bancaires sont disponibles, de même que les courtiers. En achetant à un endroit de la planète pour replacer ailleurs avec un bénéfice, nous ferons tourner l'argent dans le monde et nous en gagnerons. Mais à chaque minute ce matériel nous coûte une fortune du moment qu'il ne sert pas.

– Et pourquoi ne sert-il pas ? demanda Heller.

– Nous n'avions pas d'argent pour démarrer. (Izzy consulta sa montre.) Maintenant, nous devons redescendre. Un camion blindé de la Brink's sera là dans une dizaine de minutes. Il vous reconduira. Les gardes effectueront le transport des cent mille dollars jusqu'ici et, demain, nous commencerons les opérations. (Il regarda Heller avec l'air de s'excuser.) On ne fera pas des fortunes dans un premier temps. Mais les bénéfices en bourse paieront nos dépenses mensuelles et nous commencerons vraiment à ramasser de l'argent quand nous en aurons fini avec l'essentiel.

Je songeai : quel art dans l'arnaque !

Heller descendit avec Bang-Bang et Izzy. En dépit de l'heure de pointe et des embouteillages, le camion blindé était déjà arrivé. Ils montèrent à bord et démarrèrent rapidement.

Quelques minutes après, Heller prenait les cent mille dollars dans son coffre du Gracious Palms. Izzy mit les liasses dans un sac et repartit avec le camion blindé. Une fois encore, pas de reçu.

Dans le hall, Bang-Bang s'exclama :

– Eh, je travaille pour qui au juste – Tahiti ou le Delaware ? J'ai oublié. Seigneur, je n'ai jamais vu des bureaux comme ça de toute ma vie ! Et dans l'Empire State Building ! On peut dire que ça baigne pour nous, mon gars. Est-ce que je mets une veste de smoking ou un uniforme de général ?

Vantagio surgit.

– Où sont les cadavres ?

– Bon Dieu, Vantagio, fit Bang-Bang, tu devrais voir les bureaux du gamin !

– Quels bureaux ?

– Pas moins de la moitié de la surface de ce (bip) d'Empire State Building !

Vantagio regarda Heller.

– Il faudrait que tu empêches Bang-Bang de toucher à la bouteille. Il a le delirium. J'étais venu te dire que Mike a appelé. Ton taxi sera prêt demain. Tu ferais mieux d'aller le récupérer toi-même, Bang-Bang.

– Je peux pas. On n'est pas samedi soir.

– Qu'est-ce que c'est que cette histoire de samedi soir ? demanda Heller, intrigué.

– C'est la réunion de la Ligue pour l'Amélioration Morale, dit Vantagio. Y a tous les gros bonnets de la municipalité. Ce soir-là, il n'y a pas trop de contrôles et Bang-Bang, en tant que libéré sur parole, ne risque rien à s'absenter de la ville pendant quelques heures.

– Vous voulez dire que tout le monde se réunit ?

– Mais oui, tous les chefs de la police, avec le maire et tous les autres. Mais ce n'est pas bon pour nous. C'est Fausto Narcotici qui préside et il arrose avec le fric de la Mafia. Le premier samedi soir de chaque mois, c'est donc pire : parce que le gouverneur est présent, avec tous les fonctionnaires de l'État de New York.

– Ma foi, dit Heller, si ça tombe mal, j'irai récupérer le taxi moi-même.

– Bon Dieu, non, tu ne peux pas faire ça ! Est-ce que tu ignores qu'il est formellement interdit aux mineurs de dix-huit ans de conduire dans New York ? C'est pour ça que tu as un chauffeur. Je vais envoyer un des garçons. Mais qu'est-ce que ça veut dire, cette histoire d'Empire State Building ?

– Rien qu'une petite occasion qui s'est présentée, fit Heller.

Ce fut sans doute à cause de la façon dont il avait dit ça. Un peu trop désinvolte. En tout cas, ça déclencha une sonnette d'alarme en moi. Et si Izzy ne lui avait pas vraiment volé son argent ?

Il y avait le collège, ces *deux* voitures, la prospection géologique, et maintenant ce nouveau développement bizarre avec l'Empire State Building... Je n'arrivais plus à mettre de l'ordre dans mes pensées ! Une chose était certaine, en tout cas : ce que préparait Heller ne me disait rien de bon.

Et je n'avais pas reçu de New York le moindre message de Raht et Terb. Il fallait stopper Heller ! J'ignorais ce qu'il pouvait tramer, mais je devais l'arrêter avant qu'il ne soit trop tard. Ce type était une menace de première grandeur ! Et il se retrouvait avec un bureau qui avait vue sur tout le bas de Manhattan ! Ah, oui !

3

Vu le décalage horaire entre New York et la Turquie, j'éprouvais depuis quelque temps la nécessité impérieuse de dormir durant toute la matinée. Et je devins furieux en découvrant ce vieux (bipeux) de Karagoz penché sur moi, qui me marmonnait quelque chose. Je regardai ma montre. Il n'était qu'onze heures ! Je le foudroyai du regard.

– Deux hommes en bas dans la cour, Sultan Bey, me dit-il en agitant les mains en signe d'impuissance. Ils sont entrés comme ça et ils se sont assis sur un banc. Ils refusent de s'en aller.

– Je vais les faire partir, moi !

Je m'emparai d'un fusil de calibre 10 et ouvris violemment la porte.

– Sultan Bey ! lança Karagoz. Vous n'avez pas de vêtements !

Ça ne m'empêcha pas de me ruer au-dehors. Personne n'avait le droit de me dire ce que je devais faire !

Il y avait bien deux hommes assis sur le banc. Ils me tournaient le dos. Je me précipitai devant eux en braquant mon arme.

C'était Raht et Terb !

La moustache de Raht remonta, un peu plus raide encore, sous l'effet de la surprise.

Quant au visage gras et mou de Terb, il devint un peu plus blanc.

– Qu'est-ce que vous fichez là, par les dix-sept Démons tachetés ?

Raht eut l'insolence de chercher à m'imposer le silence en portant l'index à ses lèvres.

Terb, quant à lui, essayait de se rasseoir.

– Expliquez-vous ! hurlai-je un peu plus fort.

Raht m'adressait des signes frénétiques et je réalisai soudain que je m'étais exprimé en voltarien. Mais peu importait. Quand les gens de la villa me voient sortir, ils s'enfuient.

– Nous... nous avons exécuté vos ordres, bredouilla enfin Raht.

J'aimais mieux ça. Il tremblait.

– Vous... vous avez dit, fit Terb d'une voix chevrotante : « Retrouvez-les et obligez-les à faire leur rapport. »

– Nous... nous avons envoyé des messages radio tous les jours et... et nous nous sommes dit que vous vouliez certainement que nous nous présentions ici.

Donc, le message n'avait pas été suffisamment clair. Comptez donc sur les subalternes : ils ne sont là que pour vous créer des ennuis.

– Espèces de (bips) de crétins, vous avez écouté le mouchard qui avait été cousu dans ses vêtements. Quand il en a acheté d'autres dans ce magasin, quelqu'un les a jetés à la poubelle ! (Je brandissais toujours le fusil droit sur eux.) Il n'est pas dans l'Atlantique ! Il est dans une maison de prostitution des Nations unies, le Gracious Palms, et il y prend du bon temps, croyez-moi !

– Comment savez-vous ça ? demanda Raht, éberlué.

La colère m'avait fait abandonner toute prudence. Ils ne devaient savoir sous aucun prétexte que j'avais fait implanter des mouchards sur Heller quand nous étions encore sur Voltar et que je contrôlais tout ce qu'il voyait ou entendait.

– Je dispose d'autres sources d'information. Vous croyez être les seuls espions de ce monde ? J'en ai d'autres, partout. Il y en a même qui vous espionnent, vous !

Ils semblaient dociles à présent, et je les fis passer dans le patio pour qu'ils attendent.

Ensuite, j'allai passer un peignoir et ranger le fusil. Puis je sonnai la cuisine pour qu'on me serve un *kahve* bien chaud, avec beaucoup de *sekerli.*

Tout en le buvant, je me fis la réflexion qu'après tout, ça n'était pas aussi mal que ça. Je pouvais tout leur expliquer. Je pouvais également les obliger à prendre un décodeur et un récepteur. Peu importait le nombre de codes voltariens violés.

Je retournai auprès d'eux tout en buvant mon *kahve.* J'éprouvais une certaine satisfaction à me dire qu'ils avaient fait un long voyage en avion et qu'ils n'avaient pas dû dormir. Et puis, c'était une journée de septembre torride, typiquement turque, et ils avaient sans doute atrocement envie d'une boisson fraîche. Ces gens-là, il faut les obliger à savoir rester à leur place – ça n'est que de la racaille, rien que de la racaille.

– Vous ne serez pas exécutés, dis-je en guise de préambule pour les mettre à l'aise. A moins, bien sûr, que vous ne continuiez à tout bousiller comme vous l'avez fait.

Ils s'agitèrent vaguement, inquiets.

– Cet agent qui vous suit, continuai-je, est totalement fou. Mais je pense pouvoir le contrôler.

Karagoz apparut en compagnie d'un serviteur qui portait une carafe d'argent tout embuée, remplie de *sira,* ainsi que trois verres. Raht et Terb en prirent deux et Karagoz et le serviteur repartirent tandis que je sirotais mon verre glacé.

Jusque-là, tout ce que j'avais fait, c'était d'appliquer à la lettre les manuels. Ce qui rendait la suite plus facile.

– Il y a une plaque, dis-je enfin. Grande comme ça, à peu près. (J'écartai les mains.) C'est en fait une simple feuille avec des fentes. Savez-vous ce dont il s'agit ?

– Une grille de codage, dit Raht.

– Oui, on la place sur le papier et on écrit le vrai message dans les fentes, ajouta Terb. Puis on remplit le reste pour que ça ressemble à une lettre banale.

– Votre cible en a une. Il nous la faut. Même si vous devez y laisser votre peau. (Ça aussi, c'était dans tous les manuels.) Elle est quelque part dans ses bagages et ces bagages se trouvent dans la suite du vieux Secrétaire Général de l'ONU, au dernier étage du Gracious Palms. Est-ce que je me fais bien comprendre ?

Ils acquiescèrent.

– Vous devrez prendre l'apparence de deux diplomates. Vous prétendrez avoir besoin des services de l'établissement. Vous vous rendrez jusqu'à cette suite. La porte n'en est jamais fermée. Et le Secrétaire n'y est jamais durant la journée. Vous fouillerez tout et vous me trouverez cette plaque ! Compris ?

Ils hochèrent la tête.

– Autre chose encore. Un autre agent a tenté de placer un mouchard là-bas. Mais il y a une interférence, une source de perturbation au carbone. Il faut me trouver ça et la neutraliser.

Ils firent oui.

– Un dernier détail, Raht : il faut que vous rasiez cette moustache.

Une expression d'horreur apparut sur son visage.

– Mais elle cache la cicatrice d'un coup de couteau. Elle est très nette et on m'identifiera !

– Bon. Alors, taillez-la.

– Ma belle moustache !

Il faut parfois savoir se montrer ferme :

– Ça vaut mieux que de vous tailler la gorge !

Cette fois, il me comprit vraiment. J'ajoutai :

– Il n'y a pas de taxi.

– Mais nous sommes venus avec.

– Non, il n'y a pas de taxi. Vous allez retourner à pied à l'aéroport, passer la nuit dans la salle d'attente et vous prendrez l'avion du matin.

Ils hochèrent la tête d'un air sombre.

Je levai mon verre et fis tinter les glaçons.

– D'autres questions ?...

– Ces appareils que vous nous avez confiés en nous ordonnant de les maintenir à trois cents kilomètres de lui, ils sont cachés sur l'antenne de télévision, en haut de l'Empire State Building, dit Terb. Est-ce que ça convient ?

Ça, oui, ça convenait parfaitement. Les unités de relais des signaux émis par les implants d'Heller se trouvaient immédiatement au-dessus de lui.

– Le moment venu, ils serviront, déclarai-je d'un ton glacé. Est-ce tout ?

Ils acquiescèrent.

Je fis tinter les glaçons une dernière fois dans mon verre.

– En ce cas, partez. J'ai à faire.

Ils s'éloignèrent sous le soleil brûlant.

J'étais ravi. Ils étaient totalement sous mon contrôle désormais. Bientôt, la plaque serait en ma possession et je pourrais imiter les rapports qu'Heller expédiait à Voltar. Et ensuite : CRAC ! Plus d'Heller !

La vie était belle !

4

Le lendemain matin, soudainement, brusquement, délicieusement, la vie devint plus belle encore !

Le chauffeur de taxi entra en trombe.

– Vite ! Vite ! Utanc sera là dans deux heures !

Ma danseuse turque !

J'étais en train de prendre mon petit déjeuner. Je me levai d'un bond et me précipitai dans le patio. Je renversai le plateau de *kahve* et piétinai le peu qui restait des tasses fragiles.

Le chauffeur de taxi semblait vouloir me dire autre chose et je m'arrêtai.

– Il faut encore cinq mille dollars US pour les conducteurs et le chameau. Avant qu'on ne l'amène.

Je lui tendis instantanément le billet.

Il le prit et me demanda :

– Maintenant, où est sa chambre ?

Je courus un peu plus loin. Il y avait de nombreuses chambres disponibles dans la villa. Une très grande, en particulier, qui ouvrait sur une partie privée du jardin et qui avait une salle de bains particulière.

– Celle-là, dis-je.

Il alla inspecter la porte.

– Il faut que j'appelle un serrurier pour qu'il renforce tout ça, dit-il. Elle est farouche et craintive.

Il revint bientôt.

– Bon, il arrive tout de suite. Ça fera encore dix mille livres turques.

Je payai immédiatement.

– Vous l'avez vue ? Comment est-elle ?

– Je n'ai pas le temps de vous parler pour le moment, me lança-t-il avant de se retirer et de démarrer à toute vitesse.

J'appelai Melahat Hanim, la gouvernante.

– Il faut préparer cette chambre, et vite.

– Mais j'en ai préparé une autre, plus petite.

– Non, non. Ce sera celle-ci.

Tout le personnel se mit à l'ouvrage pour aménager la chambre. On apporta les plus beaux tapis.

Le serrurier arriva dans un vieux camion et se déchaîna dans un bruit de marteau et de perceuse. Il plaça des barres de fer ornementées dans le style turc à l'intérieur des portes. Deux assistants le rejoignirent. Ils apportaient des serrures Yale dernier modèle qu'ils installèrent rapidement.

Houspillés par mes cris, tous les gens de la villa tournaient frénétiquement, remportant ce qu'ils venaient d'apporter, rapportant ce qu'ils avaient emporté. Ils avaient oublié les serviettes, ils n'arrivaient plus à les retrouver. Ils prirent les miennes et les emportèrent dans la salle de bains.

Le jardinier se précipita pour couper des fleurs et en remplit les vases.

Enfin, tout fut prêt.

Il ne restait plus qu'à attendre.

Je sortis plusieurs fois sur la route pour guetter. Pas le moindre signe d'Utanc. Quatre heures s'écoulèrent. J'avais décidé de gagner ma chambre secrète pour vérifier certaines choses quand un des garçons entra en criant :

– Le camion, le camion ! Il arrive !

C'était un camion énorme. Il ne pourrait pas franchir le portail. Huit ouvriers se tenaient sur la plate-forme chargée de coffres de métal !

Ils sautèrent sur la route et, aussitôt, entreprirent de décharger les coffres. Karagoz les guidait et leur désignait les divers emplacements où les déposer dans la nouvelle chambre.

Le chauffeur de taxi les rejoignit bientôt.

Le chef d'équipe s'avança pour lui réclamer quinze mille livres et le taxi m'expliqua que le camion était d'origine locale et qu'il n'était pas compris dans les cinq mille dollars US déjà versés. Je réglai la somme.

Le camion repartit.

Le chauffeur entra dans la chambre et verrouilla la porte du jardin de l'intérieur. Puis il fit de même pour la porte qui ouvrait sur le patio. Il exigea tous les doubles des diverses clés, les rassembla dans sa paume et les jeta dans la chambre. Puis il acheva l'opération en fermant la porte du patio afin qu'elle ne pût être ouverte que de l'intérieur.

– Une minute, dis-je. Où est Utanc ?

– Il faut que vous compreniez. C'est une fille qui vient d'une tribu du désert de Kara Korum. Elle est très simple et farouche. Elle ne connaît rien de la civilisation. Toute l'Armée Rouge a tenté de la violer et elle est encore terrifiée. Et puis, ce long voyage l'a épuisée et elle a dû fuir les Turkmènes russes. Il faut la laisser se reposer et faire sa toilette pendant toute cette journée.

– Mais où se trouve-t-elle ? insistai-je.

– Probablement dans un de ces coffres.

– *Parce que vous ne le savez même pas ?*

– Quand nous avons parlé ce matin, elle m'a dit de ne pas me montrer curieux, parce que ça la faisait rougir.

– Donc vous l'avez *vue* ! Comment est-elle ?

– On ne peut pas vraiment le dire à cause du voile, mais je pense qu'elle est exactement comme sur la photo que je vous ai montrée quand vous l'avez achetée. Elle est très timide. Non seulement elle portait son voile mais, pour me parler, elle était restée sous une des bâches du camion. Ah, pendant que j'y pense, voici l'acte de vente.

C'était rédigé en turc avec des tas d'estampilles ainsi qu'un timbre fiscal. Il y était écrit que Utanc devenait la propriété dudit Sultan Bey. J'avais les mains qui tremblaient. Oui, j'étais bel et bien le propriétaire d'une vraie danseuse turque, bien vivante ! Elle était à moi corps et âme !

– Mais elle va peut-être étouffer dans ce coffre !

– Je vous conseillerais de la laisser en paix pour le moment. C'est une fleur du désert. Elle est vraiment très sauvage. Fragile, vulnérable. Elle n'a pas l'habitude des hommes et la civilisation lui est totalement étrangère. Oui, je crois qu'il vaut mieux la laisser prendre du repos.

Sur ce, il repartit.

Dix minutes plus tard, il y eut un claquement sonore dans la chambre. Puis un autre. J'en identifiai l'origine : on venait de remettre les barres de sécurité en place. Je poussai un soupir de soulagement. Ainsi, elle venait de quitter son coffre pour achever de verrouiller les portes.

Inutile de dire que je ne fus pas bon à grand-chose durant le reste de cette journée.

J'écoutais parfois à la porte et il me sembla entendre la douche.

Je passai quelques heures à tourner en rond dans la cour et le patio.

Le soir s'avançait. Je m'inquiétai de ce que la fille n'ait rien mangé encore. Je surpris quelques bruits furtifs à l'intérieur de la chambre. J'allai trouver Melahat Hanim et lui ordonnai de préparer un plateau avec les mets les plus fins.

Elle vint bientôt frapper à la porte. J'entendis le bruit de la barre qui glissait. Le battant s'ouvrit avec un craquement léger et fut aussitôt repoussé.

Melahat Hanim se tourna vers moi d'un air perplexe. Elle prêta l'oreille à un chuchotement qui lui parvenait de l'autre côté et quitta alors le patio. La barre de métal fut remise en place.

Un autre claquement se fit entendre, presque dans la même seconde !

La porte du jardin ! Elle avait fait entrer Melahat par la porte du jardin ! Mais oui, bien sûr ! Quand Utanc avait entrouvert la porte du patio, elle avait vu un homme : moi. Et, naturellement, elle avait battu en retraite.

J'entendis des chuchotements, mais je n'aurais su dire si on parlait à l'intérieur. J'avais pourtant l'oreille collée au battant.

Le portail du jardin fut ouvert puis refermé. Je vis Melahat au-dehors. Elle faisait des gestes et deux des jeunes garçons se précipitèrent vers elle. Elle se pencha et murmura quelques mots.

Alors, ils coururent vers l'autre côté de la maison. Deux claquements se succédèrent : on avait ouvert puis refermé la porte du jardin avant de mettre les barres en place.

Melahat me rejoignit dans le patio.

– Elle a dit que...

– Tu l'as vue ? A quoi ressemble-t-elle ?

– Elle se tenait derrière une tenture. Elle m'a dit qu'on ne lui avait donné aucune servante. Elle avait vu les deux jeunes garçons par la fenêtre et elle m'a demandé qu'on les mette à son service.

– Oh, mais bien sûr. C'est une fille farouche qui vient du désert. Sans serviteurs, elle se sentirait bien seule.

– Je savais que vous m'approuveriez, aussi les ai-je placés à son service, du moins pour le moment.

– Oh, mais non, qu'ils y restent en permanence. Elle demeurera ici longtemps.

Ça, j'y comptais bien. Car elle m'appartenait. Corps et âme.

Une fois encore, j'entendis la douche.

– On dirait qu'elle se lave encore, remarquai-je.

– Je crois que ce sont plutôt les garçons. Ils étaient très sales.

Pour sûr, il n'y avait pas à s'y tromper. Dix minutes après, l'un des gamins franchit la porte du jardin pour entrer dans le patio. C'était celui à qui j'avais distribué le plus de coups de pied. Il avait les cheveux humides et semblait nettement moins bronzé qu'auparavant. Il portait un pantalon brodé avec un gilet assorti. D'où sortait-il ça ? Mais c'était le costume national turc ! Bien sûr, ça ne pouvait venir que des tribus sauvages du désert !

– Utanc, proféra-t-il d'un ton impudent, déclare que Sultan Bey ferait mieux de prendre un bain et de se coiffer d'un turban. Comme ça, il a l'air trop hirsute pour mériter que l'on chante pour lui !

Je m'apprêtai à lui donner un coup de pied, mais je me ravisai. Le sens de ce message m'apparut. Mais oui ! Elle allait se mettre au travail sans tarder !

Je me précipitai vers ma baignoire. Ensuite, je gagnai le vestiaire et y dénichai un caftan ainsi qu'une bande d'étoffe pour confectionner un turban.

Je ressortis bientôt. Melahat, Karagoz et les deux garçons s'étaient activés dans le salon. Je me félicitai d'avoir autorisé Karagoz à acheter de nouveaux tapis. Les serviteurs avaient disposé un dais surélevé avec quelques coussins. Ils me firent signe que c'était là que je devais m'asseoir. Au centre de la pièce, on avait entassé des coussins, à quelque distance de l'endroit où je me tenais.

Karagoz, obéissant visiblement à des instructions précises, diminua la clarté des lumières. Seules deux lampes à huile répandaient à présent une douce clarté jaune orangée.

Tous se retirèrent.

J'étais maintenant seul, assis sur le dais, les jambes croisées, attendant Utanc.

5

Environ vingt minutes plus tard, la porte du salon s'entrebâilla. J'eus conscience qu'un regard m'épiait par l'interstice. Mais, sachant à quel point elle devait être effarouchée, timide, apeurée, je demeurai assis, immobile, craignant de l'effrayer au moindre mouvement brusque.

La porte s'ouvrit de quelques centimètres encore. Et elle se glissa au-dehors, pareille à une ombre, pour entrer dans la clarté orangée des lampes.

Elle portait une culotte bouffante et un gilet très ajusté qui dissimulait ses seins tout en laissant nus sa gorge ainsi que son ventre. Elle était pieds nus et les ongles de ses orteils étaient laqués d'écarlate. Une tresse de fleurs ceignait ses cheveux aile-de-corbeau. Mais son visage était voilé !

Ses yeux immenses, cependant, très fendus, me fixaient avec ce qui me parut être de la crainte.

Elle avait glissé une main sous son voile et je vis qu'elle mordait timidement un de ses doigts.

Je lui fis signe d'approcher.

Elle parut sur le point de s'enfuir.

J'interrompis net mon geste. Une minute s'écoula. Graduellement, elle parut rassembler son courage et entra plus avant dans la pièce. Dans la main gauche, elle tenait deux instruments de musique.

A pas comptés, elle s'approcha des coussins disposés au

centre. Ainsi, je pus mieux la voir. Elle avait la peau couleur d'ambre. Je ne pouvais voir son visage, cependant, à cause du voile, mais elle avait des yeux magnifiques qu'elle gardait baissés, battant parfois des cils.

Elle posa un de ses instruments – une sorte de tambourin, d'environ quarante centimètres de diamètre.

Elle s'assit sur un coussin, croisant les jambes avec grâce. Elle posa l'autre instrument au creux de ses cuisses et je reconnus un *cura irizva,* une espèce de luth à long manche, avec trois cordes et des touches.

– O, maître, murmura-t-elle (si bas que j'eus de la peine à percevoir ses paroles), avec votre permission et sur votre ordre, je chanterai.

Je fis un geste majestueux.

– Chante !

Elle tressaillit et j'eus conscience d'avoir parlé trop fort.

Elle gardait toujours les yeux baissés. Elle accorda le *cura irizva.* Puis elle égrena les premières notes sans chanter. QUE C'ÉTAIT BEAU ! La musique turque traditionnelle est très orientale et se termine toujours par des temps faibles, dans des notes vagues que je n'apprécie guère. Mais elle faisait preuve d'une telle dextérité et se montrait si experte dans son art que ce fut comme si j'étais tout à coup transporté dans un monde de rêve. C'était une musicienne accomplie !

Le dernier accord mourut et je demeurai là, silencieux, me contraignant à ne pas applaudir. Elle me fixait avec une telle expression de crainte que je fus certain qu'elle pensait avoir joué avec trop d'audace.

C'est alors qu'elle murmura :

– Il n'y a aucun système d'enregistrement dans cette pièce, n'est-ce pas ?

Je fus surpris avant de réaliser pour quelle raison elle me demandait cela. Les Turcs croient superstitieusement que, si l'on enregistre leur voix, ils la perdront. Cette réaction prouvait sans le moindre doute qu'elle n'était qu'un pauvre petit animal du désert, une nomade du Kara Korum.

– Non, non, dis-je avec empressement. Bien sûr que non !

Mais elle se leva pour faire le tour de la pièce et vérifier par elle-même, et chacun de ses mouvements était pure poésie. Elle revint enfin, se rassit, et reprit son *cura irizva.*

– Je ne me sentais pas le courage de chanter, murmura-t-elle. Mais je vais essayer à présent.

Elle égrena quelques accords, puis chanta enfin :

Pareille à la lune dans l'écrin des nuées,
Elle ouvrit les lèvres pour goûter la rosée.
C'est alors que s'est levé le soleil !
Et, vite, elle est retournée à son sommeil,
Le corps tout brûlé de ses ardeurs !

J'étais subjugué ! Elle avait la voix basse et légèrement rauque, sensuelle, pénétrante ! Elle s'exprimait avec cet accent turkmène inimitable qu'on retrouve dans toute la Russie, et qui ne varie guère d'une région à l'autre. Elle produisait un effet bouleversant sur moi et mon pouls galopait à toute allure.

A mon grand désappointement, elle reposa le *cura irizva.* En inclinant la tête, les yeux toujours baissés, elle murmura :

– O, maître, avec votre permission, et sur votre ordre, je danserai.

– Danse, dis-je aussitôt, avec un geste vif.

Une fois encore, je m'étais exprimé trop haut. Elle se recroquevilla, puis, après un instant, prit son tambourin. Cela n'était guère habituel. D'ordinaire, les danseuses turques utilisent des castagnettes. Mais ce tambourin était turc.

Elle se dressa avec des gestes si souples et une telle aisance que j'eus de la peine à réaliser qu'elle était debout à présent.

Un instant, je crus qu'elle allait demeurer là, immobile. C'est alors que je vis se tendre les muscles de son ventre dénudé !

Dans la clarté des lampes à huiles, son ventre bougeait et palpitait sans qu'aucun autre mouvement fût visible dans tout son corps. C'était une *vraie* danseuse du ventre !

Le gilet couvrait ses seins. Le pantalon cachait ses cuisses. Mais, entre les deux, sa peau était nue !

Suivant le rythme de ses muscles, elle se mit à taper sur son tambourin. De plus en plus fort, tandis que ses jambes commençaient à se ployer. Puis tout son corps. Les muscles de son ventre se tendaient et se nouaient et, bientôt, ses hanches se balancèrent.

Oh, mes Dieux !

C'était plus qu'il n'en fallait pour rendre un homme FOU !

Et elle gardait les yeux baissés, en toute humilité.

Mais que faisait-elle donc à présent ? Entre chaque coup de tambourin, elle portait la main à son visage.

Elle ôtait son voile !

Peu à peu, dansant d'un pied sur l'autre, balançant de plus en plus largement les hanches, elle révélait son visage. Et elle se mit à fredonner un chant sans paroles sur le rythme du tambourin.

Soudain, avec un cri aigu, elle sauta en l'air !

Le voile s'envola.

Elle retomba au sol, sans cesser de se trémousser des hanches, de rouler le ventre, de déployer les bras, d'agiter les mains. Et son regard brûlant était fixé sur moi !

Elle était RAVISSANTE !

Jamais encore je n'avais vu un aussi joli visage !

Je retenais mon souffle, le cœur dans la gorge. Jamais, de toute ma vie, je n'avais été excité à ce point.

Elle se mit à lancer ses pieds plus haut encore. Et le rythme du tambourin se fit plus sauvage. Elle le frappait alternativement sur son coude puis sur sa main.

Puis elle bondit sur le côté ! Elle jaillit dans la lumière, pivota, retomba, s'immobilisa sans cesser d'agiter ses hanches. Et son regard restait rivé sur moi, avait une intensité telle que j'avais l'impression qu'il perçait des trous dans ma peau !

Elle s'élança en larges bonds et accéléra le rythme. Elle sautait et pirouettait sur elle-même de plus en plus vite. Ce n'était plus qu'une image floue dans la lueur des lampes !

Jamais encore je n'avais assisté à pareil spectacle !

Et mon corps se mit à frémir au rythme de ses mouvements.

Tout à coup, elle se tendit et sauta plus haut encore, avec un cri perçant, avant de se laisser retomber sur les coussins, jambes croisées. Elle demeura ainsi, absolument immobile. Mais ses yeux ne me quittaient pas, pareils à deux charbons ardents.

Je ne parvenais pas à reprendre mon souffle.

D'un geste vif, elle cueillit son *cura irizva.*

Elle le serra contre elle.

Elle frappa un accord.

Ses yeux embrasés me transperçaient !
D'une voix vibrante de passion, elle se mit à chanter :

Le rossignol tremblait
Dans sa main brutale qui serrait,
Et sa gorge tendre vibrait de peur.
Et lui dans sa passion et sa fureur,
Toujours il serrait.
O toi que j'adore,
Souviens-toi quand je ne serai plus là
Que par amour tu peux donner la mort !

C'était trop ! Je hurlai :
– Non ! Non ! Oh, par les Dieux, jamais je ne pourrais te tuer !
Cette fois, j'avais vraiment crié trop fort !
Elle recula avec une plainte de terreur, ouvrit frénétiquement la porte et disparut !
Je me précipitai derrière elle.
Mais trop tard.
La porte de sa chambre était à nouveau bloquée par les barres.
Je retournai m'asseoir dans le patio, déchiré entre la passion frustrée et le remords.
Et je demeurai là jusqu'à l'aube, les yeux fixés sur sa porte close.
Elle ne reparut pas.

6

Durant toute la journée suivante, je demeurai l'esprit embrumé. Je ne pouvais penser qu'à Utanc, mais mes pensées n'étaient pas très claires. Il me venait des tas d'idées sur la façon dont je pouvais attirer son attention afin de m'excuser pour l'avoir ainsi effrayée. Je les écartai toutes.
Il y avait un petit trou dans la clôture de son jardin privé et, dans l'après-midi, je me retrouvai là, accroupi, guettant une occasion de la surprendre.
Tard dans l'après-midi, quand il fit plus frais, elle sortit. Elle portait une cape brodée et avait le visage dévoilé,

ignorant qu'on l'épiait. Ses traits étaient si fins que j'en eus presque le souffle coupé. Et sa démarche aisée, légère, était pure poésie.

Elle retourna dans la chambre.

Cette nuit-là, je restai assis en vain dans le salon. Mais ni l'un ni l'autre des garçons ne vint m'informer de son état et elle ne se montra pas.

Je restai là toute la nuit, guettant les bruits les plus infimes.

Épuisé, je sombrai dans un sommeil agité de cauchemars dans lesquels Utanc n'avait été qu'un rêve, où elle n'existait plus.

Il était près de midi, le lendemain, quand je me réveillai. Je pris à peine mon breakfast et j'allai arpenter la cour de long en large. Puis je rentrai et tentai de m'intéresser à quelque chose. Mais cela se révéla impossible.

Vers trois heures, je ressortis.

Et j'entendis des voix !

Elles venaient du jardin !

Rapidement, je me glissai jusqu'au petit trou dans la clôture et risquai un coup d'œil.

Elle était là, assise !

Elle ne portait pas son voile. Elle était resplendissante, vêtue d'une nouvelle cape qu'elle laissait entrouverte avec désinvolture, révélant un soutien-gorge et une culotte très ajustée. Mais ses jambes, de même que son ventre, m'apparaissaient dénudés.

J'étais à tel point hypnotisé que, dans un premier temps, je ne remarquai pas la présence des garçons. Ils étaient assis sur l'herbe, juste à ses pieds. Ils étaient en pantalon et veste brodée, parfaitement propres et nets et tenaient chacun une petite tasse d'argent posée sur un genou.

Utanc dit quelque chose que je ne compris pas, et ils rirent. Elle, souriant, se pencha en arrière avec indolence, révélant un peu plus son ventre et l'intérieur d'une cuisse. Puis elle tendit la main en direction d'un pot à thé et d'une autre tasse disposés sur un plateau d'argent.

D'un geste gracieux, elle prit la tasse dans sa main délicate et le pot de l'autre. Elle se versa un peu de thé, puis se pencha en avant pour servir les deux garçons.

L'heure du thé ! C'était tout à fait charmant !

Elle leva sa tasse et les deux garçons l'imitèrent.

– *Serefe !* fit-elle, ce qui signifiait : « A la vôtre » en turc.

Ils burent ensemble.

Le thé devait être atrocement fort et brûlant car les deux garçons s'étranglèrent et se mirent à tousser. Mais ils continuèrent de sourire en la regardant siroter sa tasse.

– A présent, fit Utanc de sa voix rauque et basse, nous allons passer à l'histoire suivante.

Les deux garçons se trémoussèrent avec délice et se rapprochèrent un peu plus près, la fixant avec adoration. Elle était délicieuse : elle leur racontait des contes de fées.

Elle posa les bras sur le dossier de son siège et commença :

– Cette histoire a pour titre « Boucle d'Or et les trois Commissaires du Peuple ». (Elle s'installa plus confortablement.) Il était une fois une jolie petite fille du nom de Boucle d'Or. Ce qui veut dire qu'elle avait des cheveux blonds comme l'or. Elle errait dans les bois. Et c'est comme ça qu'elle atteignit cette chaumière, ouvrit la serrure et fit acte de violation de domicile privé.

« Boucle d'Or, voyez-vous, avait un appétit féroce : car ses parents étaient capitalistes et, comme toujours, elle pensait qu'elle était affamée. Et là, sur la table, que vit-elle ? Trois bols de porridge. Elle en conclut donc qu'elle se trouvait dans la chaumière d'un travailleur et qu'il valait mieux exploiter l'occasion.

« Donc, elle s'installa dans le fauteuil le plus large et attaqua le porridge. Mais il était trop chaud. Alors, elle changea de siège et essaya une fois encore de dévorer le porridge. Mais il était devenu trop froid. Elle choisit alors le plus petit siège et, waouh ! ce porridge était fantastique. Elle obéit donc à ses tendances capitalistes et ELLE MANGEA TOUT. Elle ne laissa rien.

« En fait, cette chaumière était celle de trois Commissaires du Peuple qui s'étaient rendus à un meeting du parti pour venir en aide aux travailleurs. Ce qui était un très sale tour pour cette petite cochonne de Boucle d'Or, vu qu'ils n'avaient rien de travailleurs laborieux mais qu'ils étaient des amis du peuple purs et durs, de vrais Commissaires, à cheval sur la loi du peuple. C'était un sale coup pour Boucle d'Or, mais cette petite cochonne aurait dû réfléchir. Donc, elle ficha le camp de la chaumière.

« Le plus grand des Commissaires posa son fouet sur la table, regarda son porridge et demanda : « Qui diable a touché mon porridge ? » Et le Commissaire moyen abattit ses gros poings durs comme du fer sur la table et dit : « Hé, y a un (bip d'embipé) qui a touché à *mon* porridge ! Et le plus petit des trois Commissaires, qui venait à peine de reposer son pistolet, regarda son bol et vit qu'il était absolument VIDE !

Les deux garçons se penchèrent encore plus près d'Utanc pour ne pas perdre une seule de ses paroles. Elle se pencha vers eux avant de reprendre :

– Ils repérèrent alors les traces de ses pas dans la neige, firent sortir leurs chiens et se lancèrent sur la piste de Boucle d'Or ! Ils la suivirent à travers les montagnes, les rivières gelées et les forêts. Quelle poursuite ! Enfin, ils retrouvèrent Boucle d'Or sur un arbre.

Utanc se laissa aller en arrière et but une gorgée de thé. Elle ne semblait pas devoir ajouter un mot, aussi les deux garçons insistèrent-ils en se penchant encore plus :

– Oui ? Oui ?

Utanc eut un sourire rêveur. Puis elle dit enfin :

– Alors, ils s'emparèrent de Boucle d'Or et ils lui en mirent plein le (bip) et le (bip) et ils s'en payèrent tous une tranche.

Les deux garçons se mirent à rire. Ils semblaient ne devoir jamais s'arrêter, pas plus qu'Utanc d'ailleurs. Ils en roulèrent dans l'herbe, les mains sur le ventre, suffoquant de rire.

A la longue, ils se calmèrent tous. Utanc leur sourit d'un air aimable. Puis elle reprit le pot à thé et demanda :

– Encore un peu ?

Cette scène était tellement charmante ! Bien sûr, il était évident qu'Utanc avait été soumise à la machine de propagande russe. Et, naturellement, elle n'était pas timide au point de ne pas parler à de jeunes garçons. C'était tellement gentil de sa part de prendre sur son temps pour éduquer un peu ces deux morpions turcs. Cela prouvait qu'elle était indulgente et qu'elle avait le cœur tendre.

Comme elle tendait la main vers le pot à thé, j'entrevis son aisselle nue. Je n'avais jamais encore ressenti pareille émotion. Je ne parvenais plus à respirer.

Et c'est alors que cet excrément du nom de Karagoz surgit à l'autre bout du jardin et toussota. Je me redressai précipitamment en faisant mine de chercher quelque chose et m'éloignai.

Mais le son de la voix rauque et caressante d'Utanc était encore dans mes oreilles, il me hantait. Et, durant le reste de cet après-midi, je ne pus penser à rien d'autre.

Imaginez donc mon émotion quand, à huit heures du soir, l'un des garçons se présenta devant moi.

– Utanc dit qu'il faut que vous preniez un bain, que vous mettiez votre turban et que vous alliez vous asseoir au salon.

Croyez-moi, je passai instantanément dans la baignoire et, en un éclair, j'enfilai mon caftan, nouai mon turban et filai dans le salon. Là, sur les coussins, j'attendis.

7

La lueur jaune des lampes à huile vacillait sur les murs.

Elle se glissa doucement par la porte.

Comme une ombre, elle se coula jusqu'à ses coussins, au centre de la pièce, et s'assit, les jambes croisées. Elle posa devant elle un large plateau d'argent brillant comme un miroir, son tambourin et son *cura irizva*. Sa culotte bouffante était grise et, à nouveau, le gilet brodé qu'elle portait laissait dénudés son ventre et ses bras. Ses cheveux étaient ceints d'une lanière d'argent. Elle portait son voile et gardait la tête baissée, sans me regarder.

Elle restait là, immobile, soupirant de temps à autre.

Je n'osais pas parler, de crainte qu'elle ne disparaisse. Mais, après un très long moment, je me risquai à murmurer :

– Pourquoi es-tu si sombre ?

De sa voix basse et rauque, elle me dit :

– O, maître, je suis triste car je ne puis supporter la pensée de devoir vivre sans les choses les plus nécessaires à l'existence. Je soupire car je suis privée de mouchoirs de soie, de bain moussant français, de déodorant et de Numéro 5 de Chanel. Je n'ai besoin que d'une modique somme pour les acheter – quelques centaines de milliers de livres.

Elle semblait tellement peinée, effondrée. Elle, simple nomade primitive du désert de Kara Korum. Ce n'était guère le moment de lui rappeler qu'elle était à présent une esclave. Bien sûr, elle avait besoin de quelque argent pour faire l'emplette de ces choses essentielles. Comme elles avaient dû lui manquer quand elle s'occupait des chameaux, là-bas, dans le désert immense.

– Tu auras tout cela, dis-je d'un ton royal.

Aussitôt, elle se redressa. Elle leva les yeux sur moi avant de les baisser à nouveau.

Puis elle prit son petit tambourin et se mit à le tapoter, lentement, timidement. Elle entama une complainte sans paroles.

Je savais qu'elle essayait de se donner du courage.

Le rythme se fit plus intense. Puis, au milieu d'une mesure, elle prit le plateau d'argent et le frappa sur le même rythme.

Elle chantait plus fort et plus vite à présent, et sur un ton moins plaintif.

Assise, tout son corps se balançait. Elle se mit à genoux et le balancement se fit plus ample.

Ses bracelets claquaient sur le plateau ! Le tempo se faisait plus vif. Toujours assise, mais dans le vide, elle se mit à lancer en avant ses pieds aux ongles argentés, l'un après l'autre, sans cesser de tambouriner sur son plateau étincelant. Elle fit le tour de la pièce en fredonnant une complainte sauvage ! Et, en vérité, elle semblait flotter au-dessus du sol !

Elle se déplaça ainsi plusieurs fois d'un bout à l'autre de la pièce. A chaque fois, elle sautait, retombait sur ses talons, déployait les bras et criait : « Aï » Et, à chaque fois, ses bracelets ponctuaient son cri en claquant sur le plateau. C'était totalement barbare !

Elle décrivit maintenant de larges cercles. Une danse russe ! Elle allait de plus en plus vite ! Et elle tapait de plus en plus fort sur le plateau miroitant.

Tout mon corps s'était mis à danser à son rythme. Mon regard suivait ses moindres mouvements mais, en même temps, je me balançais de droite à gauche, sans le vouloir.

Les cercles se rétrécissaient. Elle se rapprochait peu à peu du centre de la pièce.

Elle s'y retrouva bientôt. Elle fredonnait de plus en plus fort. Elle était maintenant à genoux. Elle balançait le plateau au-dessus de sa tête, tourné vers moi. A droite, à gauche, à droite, le frappant régulièrement.

Et mon corps répondait exactement à ce rythme. Mon regard était comme hypnotisé par le métal étincelant.

La flamme des lampes à huile dansait follement sur les murs. A présent, je haletais sur le rythme de sa danse.

Tout en balançant les hanches, elle arracha soudain son voile et fixa sur moi le regard de ses yeux ardents et dévorants.

Tout mon corps tressautait d'avant en arrière.

Elle se laissa brusquement tomber sur les talons, posa le plateau et s'empara de son *cura irizva.*

Sur le ton de la complainte, elle plaqua ses premiers accords.

Mes yeux étaient comme deux charbons ardents.

Elle se mit à chanter :

Tous ces baisers que je n'ai pas donnés
Sont restés dans ma gorge, ils vont m'étouffer.
Tous ces sourires qui se sont fanés
Derrière mes lèvres sont restés.
La passion que je n'ai pas libérée
Dans mon souffle s'est figée
Et gonfle ma langue qui ne s'est pas offerte !
Mes mains sont douloureuses
De toutes les caresses perdues.
Et je tremble, quand j'y pense,
D'avoir un jour
A déverser sur toi tout cet amour
QUI ME DÉVORE !

Ça n'était plus supportable ! Je criai : « Oh, ma chérie ! » Et je lançai les mains vers elle.

Mon cri et mon geste l'effrayèrent. Elle recula. Et, avant que j'aie pu protester, elle abandonna ses instruments sur place et s'enfuit dans sa chambre !

Avant que j'atteigne sa porte, elle avait remis la barre de fer en place.

J'invoquai son pardon. Je suppliai. Mais ma voix ne parvenait pas à passer la porte, semblait-il, et elle demeura verrouillée.

Après un long moment, j'allai chercher cinq cent mille livres turques et glissai les billets, un par un, sous le battant. Un coin du dernier dépassait et je restai là à le contempler durant le reste de cette nuit.

Le lendemain, je rassemblai assez de courage pour me glisser le long du jardin mais, hélas, on avait découvert l'existence du trou qui avait été rebouché.

Je crus entendre des voix, à un moment. Mais je n'en étais pas certain et je passai une longue et pénible journée.

Je n'avais pas réellement beaucoup d'espoir. Mais, vers huit heures, un garçon vint à moi et me dit :

– Utanc vous fait dire de prendre un bain, de mettre votre turban et de vous rendre au salon.

Oh, jamais encore, je n'avais pris un bain avec autant de hâte.

Quelques secondes après, j'étais dans le salon.

J'attendis.

Après un long, très très long moment, la porte s'ouvrit.

Elle se glissa dans le salon, doucement, furtivement. Elle portait un nouveau gilet qui, une fois encore, laissait ses bras et son ventre nus. Il était brodé d'or. Et sa culotte bouffante était également dorée. Une tresse d'or décorée de fleurs enserrait ses cheveux noirs. Le voile qu'elle portait était d'or lui aussi. Comme elle s'asseyait, je pus voir que tous ses ongles étaient laqués d'or. Elle tenait une épée étincelante et son *cura irizva*.

Mais elle gardait les yeux baissés, la tête inclinée. De temps à autre, elle soupirait.

– Pourquoi soupires-tu ? demandai-je enfin, tout doucement, de crainte de l'effrayer.

– O, maître, je ne puis tolérer l'idée de ne pouvoir appeler Istanbul, Paris et New York à mon gré pour commander, contre remboursement, les menues choses nécessaires à une pauvre fille qui doit préserver sa beauté pour le bonheur des yeux de son maître. J'ai besoin d'un téléphone dans ma chambre, avec une ligne privée et un numéro rouge.

Mais oui, c'était bien naturel : une fille farouche et

timide qui venait tout droit des étendues primitives et désertiques du Kara Korum ne voulait certainement pas que son numéro figure dans l'annuaire.

– C'est comme si tu l'avais, dis-je d'un ton impérial.

Alors, elle se mit à fredonner, très doucement, sur un mode plaintif. Elle saisit l'épée et frappa la lame sur sa main, tantôt à gauche, tantôt à droite. Et son corps oscilla peu à peu sur ce rythme.

L'épée semblait la conduire, tandis qu'elle se dressait sur ses pieds. Ses yeux ne quittaient pas la lame.

Elle entama une danse, un pas à gauche, un pas à droite.

La flamme des lampes faisait rutiler la lame dont l'éclat ondulait sur le corps d'Utanc.

Et puis, sans cesser de danser, elle fendit l'air de sa lame, et le sifflement du métal se mêla aux notes de sa complainte.

Elle fit tournoyer l'épée et j'eus peur, tout à coup, qu'elle ne se blesse !

C'est alors qu'elle mit une main sur la poignée de l'arme et l'autre sur l'extrémité de la lame et sauta par-dessus. En avant, en arrière, toujours en rythme ! Et avec infiniment de grâce ! Soudain, elle libéra la pointe de l'épée et se lança dans un tourbillon. Elle brandit l'arme et ne fut plus qu'une forme floue et dorée.

Puis elle jaillit en l'air, retomba, et lança l'épée au-dessus d'elle !

J'étais certain qu'elle allait se transpercer !

Le fil de la lame trancha son voile !

Les deux moitiés de tissu se séparèrent, révélant son visage. Ses yeux semblaient hypnotisés par l'épée qu'elle brandissait à la verticale. Sa tête bascula lentement en arrière. Ses hanches commencèrent à onduler et son ventre suivit le rythme.

L'épée semblait se lever et s'abaisser suivant la cadence.

Et la complainte devint une succession de gémissements musicaux.

L'ondulation de ses hanches s'accentuait, se faisait plus brutale. A nouveau, mon corps ne m'obéissait plus et répondait aux mouvements d'Utanc. Je ne tentais même pas de me maîtriser.

Brusquement, elle retourna l'épée.

Elle la planta dans le plancher !

La lame vibra !

Elle s'assit derrière, son regard brûlant allant de l'épée à moi.

J'étais sur le point d'être submergé par la passion que je lisais dans ces yeux.

D'un geste sauvage, elle attrapa le *cura irizva*, mais le soupir qu'elle laissa échapper était vibrant de nostalgie.

Elle plaqua un accord poignant, et chanta :

Laisse-moi te boire.
Laisse-moi te voir.
Je veux voir tes muscles se tendre.
Je te veux brutal, je veux entendre
Ton souffle et m'en régaler !
Je veux goûter au suc de tes lèvres.
Je veux le goût de ta chair, je veux ta fièvre.
C'est toi le mâle et j'ai soif de toi.
Tout mon corps se dessèche et je vais mourir
A force de désir !
Laisse-moi boire.
Laisse-moi me régaler.
O, Allah, fais que je me désaltère
Avant que je ne périsse d'amour
Dans ce corps amer !

Ses plaintes et ses sanglots étaient plus que je n'en pouvais supporter.

– Utanc ! criai-je.

Et le charme fut rompu !

Elle lança le *cura irizva* qui tomba en claquant sur le sol.

Et elle s'enfuit !

Je réagis très rapidement, mais déjà sa porte était fermée et la barre était mise.

Je demeurai là des heures durant. Je ne parvenais pas à maîtriser mon tremblement. Je gagnai ensuite mon bureau et rédigeai un ordre pour l'installation d'une ligne privée avec numéro secret. Je le glissai sous sa porte mais, apparemment, il resta là.

Le jour suivant, je pris conscience que j'étais physiquement malade. Tout mon corps était douloureux. Et ma vision était devenue floue. J'errais, m'arrêtant parfois pour regarder des choses qu'en fait je ne voyais pas vraiment.

Je me dis qu'il ne servait à rien de se laisser aller comme ça. Si l'occasion se présentait jamais de mettre Utanc dans mon lit, je serais loin d'être en forme. Un peu de scotch me ferait sans doute du bien, quoique ce ne fût guère dans mes habitudes. J'en avais conservé une bouteille dans l'intention de l'offrir au commandant du *Blixo* lorsqu'il débarquerait. J'ouvris le buffet.

La bouteille n'était plus là !

J'appelai le serviteur, mais il ne savait rien.

Je continuai donc d'errer. Je n'arrivais même plus à m'asseoir !

Le serviteur revint avec mon dîner.

Il restait là, à attendre, en se tordant les mains, aussi je finis par porter mon regard sur lui.

Il avait un œil au beurre noir !

– Sultan Bey, commença-t-il en s'approchant d'un pas traînant, je suis venu vous avouer que c'est moi qui ai pris le scotch.

Je tenais une occasion inespérée de le punir, mais je n'étais vraiment pas moi-même. Je me contentai de la congédier d'un geste. Et je fus également incapable de toucher à mon repas.

Peut-être allais-je mourir. Comme ça, je serais débarrassé de tout. J'avais décidé que, finalement, c'était le meilleur plan possible quand un des garçons surgit devant moi.

– Utanc demande que vous preniez un bain, que vous mettiez votre turban et que vous vous rendiez au salon.

Faible comme je l'étais, je n'en réalisai pas moins un très bon temps !

J'attendis encore une fois de longues minutes.

Puis la porte émit un craquement. Elle s'entrouvrait. Et Utanc parut. Cette fois, elle portait un seau, deux torches non allumées et son *cura irizva.*

Lentement, elle gagna le centre du salon. Elle était vêtue d'une culotte bouffante rouge et d'un gilet assorti. Une lanière rouge enserrait ses cheveux noirs et ses ongles étaient laqués de rouge. Rouge aussi était son voile.

Mais, comme d'habitude, elle gardait la tête inclinée, les yeux baissés. Et elle soupirait, l'air absent.

Je trouvai enfin le courage de lui demander dans un murmure :

– Pourquoi soupires-tu ?

– O, mon maître, je suis triste parce que je ne puis supporter la pensée d'être tout le jour enfermée dans une seule chambre et un jardin. Si jamais je me promenais à pied sur les routes, on me regarderait, on m'agresserait. Je sais que je ne peux pas connaître le bonheur sans une BMW 320 à injection, cinq vitesses, modèle rallye.

Pour la toute première fois, je fus envahi par un sentiment d'horreur.

Une telle voiture devait coûter au moins un million et demi de livres turques !

Elle eut un soupir convulsif. Mais oui, c'était vrai qu'elle devait se sentir cloîtrée ici. C'était une vraie fille du désert, farouche et primitive. Elle n'avait connu que les horizons sans fin, les dunes déployées sous le ciel immense du Turkmenistan russe.

Elle bougea une jambe. Je fus terrifié à l'idée qu'elle pouvait s'enfuir encore une fois.

– Tu l'auras, dis-je.

Elle se mit alors à fredonner doucement. Elle prit les deux torches et s'approcha des lampes à huile pour les allumer avant de revenir au centre de la pièce.

Et elle resta là, une torche dans chaque main. Leur clarté et celle des lampes à huile faisaient jouer des ombres autour d'elle et son corps semblait déjà se contorsionner.

Sans cesser de fredonner, elle se mit à jongler avec les torches en flammes, les lançant alternativement vers le plafond, en rythme.

Puis elle fit un pas à droite, un pas à gauche, en avant, en arrière. Je dus pivoter pour la suivre. Après chaque pas, elle lançait une torche loin au-dessus d'elle, se retournait et la rattrapait au vol.

Ses mouvements se firent moins amples et bientôt elle se retrouva sur place. Elle jonglait toujours avec les torches. Mais à présent, dès qu'elle avait une main libre, elle tirait sur son voile, et ainsi, peu à peu, son visage apparut.

Finalement, le voile tomba complètement !

Elle n'avait pas cessé de jongler. Mais quelque chose

avait changé. Elle lançait les torches d'une main à l'autre, à présent, en les faisant tournoyer. Et je tournai de plus en plus rapidement la tête, à gauche, à droite, à gauche, à droite pour suivre la flamme. Ses pieds martelaient le rythme.

Son corps semblait se balancer plus sauvagement. Ou bien était-ce l'effet du jeu des lumières ?

Mais non !

Son ventre se balançait en cadence !

Elle fit rouler ses hanches tout en oscillant d'un pied sur l'autre. Et sans cesser de jongler avec les torches, d'une main sur l'autre. Et mon corps, qui ne m'obéissait plus, la suivait.

Elle baissa le menton et je rencontrai son regard, fixé sur moi.

C'est alors que sans ralentir sa danse, le roulement de ses hanches, de son ventre, elle releva la tête. De plus en plus haut ! Il y avait un éclat brûlant dans ses yeux ! Sa bouche était entrouverte. Jamais encore je n'avais remarqué à quel point elle était large et comme ses lèvres étaient pleines, rouges. Et humides.

Sa complainte se fondit en gémissements !

A gauche, à droite... Mon corps était comme soudé au balancement de ses hanches, à la danse des torches.

Soudain, elle se figea sur place. Elle fut agitée d'un long frisson. Elle avait une torche dans chaque main et pleurait doucement.

Elle avait atteint l'orgasme !

Les flammes des deux torches, au même niveau, commencèrent à se rapprocher.

Elles se touchèrent !

Et Utanc poussa un cri d'extase !

Elle se laissa brusquement tomber, les jambes croisées. Dans la même seconde, elle lâcha les torches dans le seau et les flammes s'éteignirent en sifflant dans un jaillissement de vapeur !

Elle demeura affaissée, comme accablée.

Puis ses doigts se refermèrent sur le manche de son *cura irizva.*

Elle plaqua un accord plaintif, vibrant.

Elle rouvrit alors ses yeux et rencontra mon regard. Des larmes perlaient au bord de ses cils !

La musique aux notes orientales s'écoulait tristement entre ses doigts. D'une voix qui évoquait un chant funèbre, elle commença :

O, toi, homme de désir,
Tu ne me désires pas.
Tu ne veux pas venir dans mes bras.
Tu refuses le piège
De mes jambes et de mes cuisses.
Tu ne veux pas de la caresse
De mes seins, de mes mains,
Sur tes reins.
Tu ne brûles pas de répandre
Tes sucs au plus profond de moi.
Mais, mâle brutal, homme de sang,
Si seulement tu faisais tout ce que j'attends DE TOI !

A l'instant où mouraient ces dernières paroles lourdes de larmes, je fus incapable de réagir.

Je me laissai retomber en arrière et soufflai :

– Oh, Utanc, aie pitié de moi. Je te veux. Utanc, je *mourrai* si tu n'es pas à moi.

Il y eut un bruit très léger à côté de moi.

Une main caressa doucement ma joue. Le murmure le plus doux qui soit me parvint en même temps qu'une bouffée de parfum.

– Étends-toi calmement, chéri.

Je perçus le cliquetis d'un interrupteur. Puis celui du masque sur les lampes à huile.

Tout était noir, maintenant.

Je devinai un autre mouvement. Une main effleura délicatement ma poitrine. Des lèvres sur ma joue – douces, humides. Un baiser suave.

Je tendis la main pour défaire son gilet.

– Non, non, souffla-t-elle. Je suis bien trop timide pour accepter qu'un homme me voie nue dans l'obscurité.

Elle ramena mon bras contre mon corps et m'embrassa la gorge.

– Tout cela est pour toi. Ne pense pas à moi. Seulement à toi. Cette nuit est la tienne.

Dans le noir, elle dénouait mon turban. Puis ses lèvres se posèrent sur mes paupières.

Elle ôta mon caftan, et m'embrassa sur la poitrine.

Elle ôta mes bottes et m'embrassa les pieds.

Ensuite, délicatement, elle déboucla ma ceinture et entreprit de retirer mon pantalon, ses lèvres effleurant ma peau, de plus en plus bas.

Doucement, elle caressa mes bras, mes épaules, du bout des doigts. Elle mordit tendrement le lobe de mes oreilles avant de les titiller du bout de la langue.

Des frissons de plaisir me parcoururent. Une fois encore, je tentai de la prendre entre mes mains et de la dévêtir.

Elle protesta dans un chuchotement :

– Non, non. Il est inutile de me déshabiller. Je suis trop farouche. Cette nuit est la tienne, et celle de ton plaisir.

Et ses lèvres prirent ma bouche !

Je crus m'évanouir de plaisir !

Sa langue s'insinua entre mes lèvres, loin dans ma bouche.

Puis elle me mordit brièvement.

Je m'abîmai dans une brume de plaisir.

Ses mains couraient sur mon corps, touchant des endroits dont je n'aurais jamais pensé qu'ils pouvaient éveiller le plaisir. Mon souffle se fit lourd.

Elle caressa mon torse.

– Chéri, chéri, murmurait-elle. (Et elle ajouta :) La bouche, c'est tout.

Ses lèvres coururent dans mon cou. Sur ma poitrine. Sur mon ventre. Sur mes cuisses.

Soudain, toute l'obscurité qui m'enveloppait était un tourbillon qui m'aspirait vers le bas, dans un flot de plaisir.

J'étais au milieu des étoiles, je flottais, heureux.

Un éclair blanc fendit l'univers tout entier.

J'étais dans une brume dense. Jamais encore je n'avais ressenti cela. Des lueurs ponctuaient le noir total de la pièce.

Mon cœur battait avec violence. J'avais l'impression que ma poitrine allait éclater.

Nous étions étendus tranquillement dans la nuit de velours.

Je sentais son corps apaisé contre le mien. Le temps s'écoula.

Puis ses mains se posèrent sur mes joues. Elle les tapota doucement et chuchota :

– C'était très bon.

Faiblement, d'une main, j'essayai de toucher sa poitrine, mais elle me repoussa gentiment.

– Tout est pour toi cette nuit. La bouche, c'est tout.

(Elle m'embrassa.) Tout. (Elle m'embrassa, encore plus passionnément.) La bouche, c'est *tout*. (Elle gémit.) Oh, mon chéri, reste bien tranquille. Étends seulement les bras et les jambes et laisse-toi aller.

Sa langue s'insinuait à nouveau entre mes lèvres. Puis ses lèvres se refermèrent, aspirèrent mes lèvres, les mordirent. Et sa bouche et sa langue repartirent vers des endroits insoupçonnés de mon corps.

Et ma passion se réveilla.

Ses mains, brusquement, saisirent mes cheveux, de part et d'autre de ma tête. Même dans le noir, je croyais voir ses yeux comme deux brandons.

D'une voix lourde de passion, elle dit :

– Oh, chéri, la bouche, *c'est tout* !

Elle m'embrassa encore et ajouta :

– Il reste encore quelques heures avant l'aube.

Sa bouche reprit son voyage sur tout mon corps, vers des sommets d'extase. J'avais l'impression de n'avoir encore jamais fait l'amour. Jamais comme ça ! Cela dépassait tout ce dont j'avais pu rêver. Jamais au grand jamais je n'avais connu quelque chose d'aussi fort, sur la Terre ou dans les Cieux !

8

Quand je m'éveillai, l'après-midi était déjà avancé.

Je pris une douche, ce qui était nouveau pour moi. Je revêtis des habits propres. Nouveau également. Je souris à Melahat Hanim. Encore une nouveauté. Elle avait accompagné le serviteur qui m'apportait mon breakfast.

Le monde entier me semblait agréable et léger. Tout cela était absolument nouveau pour moi.

– Où est Utanc ma chérie ? demandai-je.

– Quand on a livré la voiture, dit Melahat, elle est partie avec Karagoz chercher son permis.

Bien sûr, elle l'aurait facilement. Je lui avais donné l'identité et la date de naissance d'un bébé parfaitement authentique qui, s'il n'était pas mort, aurait eu exactement l'âge d'Utanc. Mais Karagoz devrait lui apprendre pas mal de choses avant qu'elle soit en mesure de passer une épreuve de conduite.

Je gagnai l'ombre fraîche du patio et m'installai dans un fauteuil. L'un des gamins jaillit de la chambre d'Utanc, complètement nu, et disparut instantanément. Il revint bientôt, ayant mis un pantalon, ct tcnta de passer près de moi. C'était trop étroit. Je tendis la main, lui tapotai la tête et lui souris. Il en resta bouche bée.

Je pris une pièce dans ma poche et la lui donnai. Il me dévisagea d'un air soupçonneux.

Je sortis alors un billet de dix livres. Il le prit et l'examina avec perplexité.

Je pris une coupure de cent livres, ce qui équivalait presque à un dollar US.

– Dis à Utanc, quand tu la verras, que le soleil et la lune, comparés à elle, ne sont rien.

Il ne sut quelle attitude prendre. Il s'éloigna en répétant la phrase à mi-voix pour ne pas l'oublier. Puis il rebroussa tout à coup chemin et demanda :

– Sultan Bey, est-ce que nous pouvons manger autant de raisin que nous en avons envie ?

J'eus un sourire indulgent.

– Mais oui.

Un instant plus tard, j'entendis le ronronnement d'une voiture. Je me levai et regardai en direction du portail.

Un véhicule entra en trombe et s'arrêta dans un crissement de pneus exactement sur l'emplacement de parking prévu.

C'était une BMW type rallye. Très basse et profilée, avec un coffre immense. Le pare-brise et les glaces étaient en verre polarisé, ce qui interdisait de voir l'intérieur.

Utanc sortit du côté du conducteur. Elle portait une cape blanche avec une capuche pointue, elle était voilée, et tout ce que je pouvais voir d'elle, c'étaient ses yeux noirs dans l'ombre de la capuche.

A la fois réservée et gracieuse, elle traversa la cour et, à l'instant où j'aurais pu l'arrêter au passage, elle se détourna, passa au large, les yeux baissés, et entra dans sa chambre.

Je m'inquiétai ! Avais-je fait quelque chose qui aurait pu l'offenser ?

Karagoz sortait au même instant avec plusieurs paquets. Un des garçons s'en empara et se précipita dans la chambre. La porte claqua sur lui.

Je m'avançai vers Karagoz, inquiet.

– La voiture marche bien ?

– Oh, parfaitement. Ils en avaient une déjà prête pour un haut et riche fonctionnaire et ils l'ont livrée dès ce matin quand j'ai envoyé votre note. Bonne mécanique. Mais elle est (bipement) rapide.

– Elle lui plaît ?

– Oh, ça, oui ! Elle roucoulait !

– Et quand aura-t-elle son permis et tout ça ?

– Oh, mais on a le permis. Je lui ai seulement montré certaines choses dont le vendeur m'avait fait la démonstration. Et aussi comment tenir le volant et ce genre de choses. Elle avait tout assimilé en dix minutes. Le type des épreuves a dit que c'était la meilleure conductrice qu'il ait vue depuis longtemps. Un vrai mystère.

– Ma foi, n'importe qui sachant conduire des chameaux n'aurait pas de mal à apprendre à conduire une voiture de rallye à levier de vitesses.

– C'est vrai, admit Karagoz.

– Mais alors, qu'est-ce qui la tourmente ?

Il réfléchit longuement, puis déclara :

– Dans le magasin, là où on vend des cassettes, elle a demandé du Tchaïkovski – c'est un compositeur, je crois – et en particulier un morceau appelé « Ouverture 1812 ». Elle a dit qu'elle voulait celle où il y avait de vrais canons. Ils ne l'avaient pas et ils lui ont dit qu'ils allaient demander à Istanbul. Mais ça n'est pas ça qui l'a vraiment ennuyée. Elle leur a dit qu'elle voulait tous les Beatles qu'ils avaient et qu'ils pouvaient commander le reste pour plus tard. (Il réfléchit encore.) Ah, oui. Elle leur a fait remarquer qu'il n'y avait pas de tuner HF sur la chaîne qu'ils voulaient lui vendre et qu'ils feraient bien de s'équiper sérieusement sur le plan hi-fi s'ils voulaient vraiment l'avoir comme cliente.

« Mais elle a pris tout ça très bien, en fait. Elle reste très réservée et elle ne fait pas de scandale. A son accent, on sait immédiatement qu'elle a été élevée parmi les nomades sauvages de Russie. Vraiment, c'est la personne la plus distinguée et la plus discrète que je connaisse. Excepté, bien sûr, quand elle est au volant de cette voiture !

Donc, je n'avais pas le moindre indice quant à l'origine de la mauvaise humeur d'Utanc.

Tout soudain, en cette fin de journée, était bien sombre.

J'entendis des rires dans le jardin privé. Je reconnus le sien, rauque et profond, mêlé aux petits cris aigus des deux garçons. En tout cas, elle n'avait rien contre eux. Elle avait été charmante pour l'achat de la voiture. Elle s'était montrée indulgente avec les vendeurs et avait obtenu sans difficulté son permis. Elle n'en voulait pas à Karagoz. Ce qui ne me laissait qu'une conclusion possible.

Elle avait quelque chose contre moi.

Je restai des heures à contempler sans le voir un tas d'herbes sèches.

Je savais que je ne pourrais pas vivre sans elle.

9

Il arrive parfois, au cours de l'existence, que l'on entrevoit les Cieux avant de replonger tout aussi vite dans les Enfers. C'est précisément ce qui m'arrivait.

Cette nuit-là, Utanc ne m'envoya aucun messager et je m'agitai en vain des heures durant.

Au matin, les yeux rouges, les cheveux hirsutes à force d'insomnie et de chagrin, je me dis que je ferais aussi bien d'aller lui parler, de lui demander ce qui n'allait pas. Tout se passerait bien. Et, au moins, *je saurais.*

Par conséquent, conscient qu'il serait vain d'aller frapper à sa porte au risque qu'elle ne me la claque en pleine figure, je mis sur pied un plan astucieux. J'irais m'étendre dans le patio et, dès que quelqu'un entrerait ou sortirait, il me serait possible de me glisser à l'intérieur et de lui poser ma question.

Quand j'y repense à présent, cela me paraît plutôt intelligent. Et pourtant, c'était d'une témérité insensée.

Je pris position tout près de la porte, derrière un fauteuil d'osier à haut dossier qui me dissimulait assez bien. Ainsi, à genoux, je ne perdais pas de vue la porte.

D'où je me trouvais, j'entendais un léger bruit d'eau ruisselante et d'éclaboussements.

Après un instant, tout à coup, on leva la barre de sûreté intérieure ! Et la porte s'ouvrit !

L'un des jeunes garçons, totalement nu, sortit. Il s'arrêta net et appela :

– Melahat !

La voix mélodieuse de Utanc s'éleva à l'intérieur :

– Demande-lui une brosse à dos pour moi également !

Le garçon bondit à travers le patio et sortit dans la cour en appelant encore :

– Melahat ! On a besoin d'autres serviettes !

Je tenais ma chance ! Il avait laissé la porte de sa chambre entrouverte !

Je sortis de derrière le fauteuil.

Sur la pointe des pieds, je m'avançai dans la pièce, prenant garde de ne pas faire le moindre bruit soudain qui pût l'effrayer.

J'entendais toujours des bruits d'eau dans la salle de bains dont la porte était grande ouverte.

Dans le plus grand silence, je m'y indroduisis. Si seulement je parvenais à lui dire un mot ou deux et qu'elle retrouve son sourire, tout irait mieux ! Je la vis, là, devant moi !

Elle était dans son bain ! Elle avait de la mousse jusqu'au menton et je ne voyais que son visage et l'extrémité de ses doigts. Elle avait relevé ses cheveux en chignon pour ne pas les mouiller et je la voyais de profil. Elle regardait ses mains et son savon.

Je passai tout près d'une table basse. Un livre y était posé. Mon pantalon dut l'effleurer au passage. Il tomba avec un bruit discret.

Utanc avait dû entendre, mais elle ne tourna pas la tête. Elle se contenta de demander :

– Est-ce que tu as cette brosse à dos ?

Sa voix provoqua des frissons délicieux qui coururent sur mon échine. Elle était absolument adorable, là, dans sa mousse.

Du coup, il m'était presque impossible de parler. J'étouffais d'amour pour elle et je dus lutter pour retrouver l'usage de mes cordes vocales.

– Utanc...

Elle tourna brusquement la tête, ouvrit la bouche, stupéfaite, et devint cramoisie !

J'esquissai un pas dans l'intention de la rassurer, incapable de sortir un autre son.

Elle essaya de s'enfoncer dans la mousse tout en criant :

– Ne me tuez pas !

Je reculai !

Je la terrifiai et je restai là, horrifié.

Puis je battis en retraite !

Une autre voix cria :

– Ne la tuez pas !

C'était celle du second garçon. Lui aussi était nu comme un ver. Il se tenait près d'une table de maquillage encombrée de boîtes ouvertes.

Et tout à coup, il entra en action !

De toutes ses forces, il lança une houppette à poudre dans ma direction !

– N'essayez pas de la tuer ! cria-t-il.

Il saisit une autre houppette et la lança encore plus fort !

La houppette laissa une traînée de poudre dans l'air avant d'atteindre mon pantalon dans une explosion blanche.

– Ne tuez pas Utanc ! hurla-t-il encore, de toute la force de ses poumons.

Il farfouillait dans les boîtes.

Je m'enfuis.

Je traversai le patio, dans un état de confusion totale.

L'autre garçon arrivait en courant. Il avait lâché les serviettes qu'il rapportait. Il tenait quelque chose, cependant. Une brosse à dos avec un très long manche.

Des cris me parvenaient toujours de la chambre.

Le premier garçon se précipita à ma rencontre, me bloquant la route.

– N'essayez pas de tuer Utanc ! cria-t-il.

Il brandit la brosse et l'abattit sur moi !

Il n'était pas grand. Et la brosse ne devait pas même arriver à la hauteur de mon bras. Mais il avait frappé aussi fort qu'il pouvait !

Ça suffisait comme ça !

De toute façon, c'était sa faute ! C'était lui qui avait laissé la porte ouverte !

Je levai le poing droit et je le cognai en pleine figure !

Il alla valser à quatre mètres de là !

En retombant, il fit un bruit sourd.

Tout le personnel venait de surgir des autres bâtiments, sans doute en entendant les premiers cris.

Ils virent le garçon s'effondrer.

Et ils me virent moi, devant la porte du patio.

Ils s'arrêtèrent.

Puis ils formèrent un cercle à cinq mètres de l'endroit où gisait le garçon.

Il se débattait, couché sur le côté, les yeux fermés, le nez ensanglanté.

Les gens de la villa ne firent pas un pas en avant. Ils me connaissaient.

La propre mère du garçon était parmi eux et elle voulut s'avancer. Karagoz lui saisit le bras et l'arrêta.

Tous avaient les mains nouées. Ils ne savaient que faire.

L'un après l'autre, enfin, ils s'agenouillèrent, lentement, en gémissant. Ils se mirent à cogner la tête sur le gazon de la pelouse.

Je restai là, immobile, furibond.

J'entendis alors un bruit derrière moi.

Quelqu'un passa tout près.

C'était Utanc.

Elle ne me jeta pas un regard et ne s'arrêta pas pour me consoler.

Elle traversa la pelouse. Elle portait une cape blanche dont elle avait rabattu la capuche, et son visage était voilé. Elle était pieds nus et je vis qu'elle avait laissé un sillage de goutelettes d'eau sur les dalles.

Elle alla tout droit jusqu'au garçon et dit :

– Oh, mon pauvre petit. Tu as voulu me protéger.

Elle lui prit le pouls et examina ses bras et ses jambes.

Puis elle le souleva et l'emporta, repassant près de moi. Elle n'eut pas un battement de cils.

Elle regagna sa chambre avec le garçon et referma la porte sur eux.

Les gens de la villa se dispersèrent alors.

Je ne savais que faire. J'étais dans le trouble le plus absolu. Je ne comprenais pas ce qui s'était passé.

Je gagnai un coin particulièrement sombre de la cour et m'assis sous les buissons. J'étais paralysé, en quelque sorte, comme si je m'étais arrêté à mi-pente, dans l'escalade d'une colline, épuisé.

Après quelque temps, un vieux docteur barbu arriva de la ville en voiture et Karagoz l'accompagna jusqu'à la chambre d'Utanc.

Il y demeura très longtemps.

Il ressortit enfin et je me ruai sur lui.

– Comment va Utanc ?

Il me dévisagea.

– C'est le nom du garçon ? Bizarre pour un garçon.

– Non, non, pas le garçon. La femme ! Comment va-t-elle ?

– Oh, elle est très perturbée. Vous comprenez, elle m'a dit que ce garçon avait un très, très joli visage. Il a le nez cassé et l'os de la pommette enfoncé. Elle m'a proposé une forte somme pour le remettre en état.

Je comprenais ce que tout ça signifiait. Elle avait une espèce de passion pour l'esthétique.

– Eh bien, vous le pouvez ? Vraiment ?

Il hésita.

– Le nez, je ne dirais pas... Mais la pommette...

– Envoyez-le par avion à Istanbul !

Il secoua la tête.

– Inutile d'aller jusque-là. Ils ne pourront guère faire plus que moi, même avec leur matériel de pointe.

Et il prit congé.

Je retournai m'asseoir à l'ombre des buissons. J'essayais de réfléchir, de parvenir à une conclusion. J'avais comme l'impression que quelqu'un était mort, je ressentais ce chagrin pesant qui colle à vous et contre lequel vous ne pouvez rien faire. Les terribles conséquences des derniers événements s'imposaient de plus en plus tragiquement à moi.

Utanc ne me reparlerait plus. Elle ne danserait plus pour moi. Elle ne me regarderait plus. J'avais le sentiment que je m'étais coupé d'elle pour toujours.

Je ne pourrais vivre ainsi.

Je tentai futilement de rassembler le peu que je connaissais en psychologie pour affronter ce problème. Mais je ne parvins à rien. Et ma peine devint de plus en plus lourde.

Durant tout le reste de cette journée, je restai là à ruminer dans l'ombre. Quand la nuit vint, je ne bougeai pas.

Le lendemain matin, le commandant de la base, Faht Bey, entra dans la cour. Il s'apprêtait à pénétrer dans le patio lorsque Karagoz s'approcha de lui et lui désigna l'endroit ou j'étais prostré, sous les buissons.

Faht Bey vint jusqu'à moi.

– Sultan Bey, je vous en prie, n'assassinez pas cette nouvelle fille qui est avec vous. Nous avons déjà suffisamment de mal à expliquer tous ces autres assassinats.

D'un ton morne, je dis :

– Je n'ai pas essayé de l'assassiner.

– En tout cas, vos gens pensent que c'est ce que vous avez tenté de faire. Et Karagoz m'a dit que la fille était terrifiée pour le restant de ses jours.

– Pour le restant de ses jours ?

C'était tellement loin de ce que j'éprouvais que je ne réalisai pas, tout d'abord.

Faht Bey hocha la tête.

– Karagoz m'a appris qu'elle avait déjà peur auparavant qu'on l'attaque. Et, si vous voulez mon opinion, je crois qu'en fait nous ne sommes pas assez bien défendus. Nous ne disposons même pas d'un dispositif d'alerte en cas d'attaque massive.

Il m'observa un instant, puis ajouta :

– Pouvez-vous me promettre de ne pas tuer cette fille et de ne pas laisser traîner son cadavre ? Si vous tenez à vous débarrasser d'elle, eh bien, renvoyez-la.

C'était la flèche du Parthe. Il s'éloigna. Mais c'était comme s'il avait tiré sur moi un éclateur de 800 kilovolts.

A la seule pensée d'Utanc me quittant pour toujours, mon sang se glaçait dans mes veines.

J'avais repoussé sans cesse cette pensée ! Qu'elle pouvait me quitter à jamais !

Oh, c'était une chose que l'on vous fuie comme un pestiféré, qu'on ne vous parle plus, et c'en était une autre de ne plus la voir, plus jamais ! C'était une idée que je ne pouvais tolérer !

J'avais l'esprit en feu !

C'est alors que j'eus l'idée qu'il fallait !

Elle se sentait sans défense.

Peut-être que si cela changeait, elle abandonnerait l'idée de partir !

Je me précipitai vers mon bureau et pris du papier et un stylo.

Je commençai à tracer les plans d'un dispositif d'alarme.

Plus j'avançais, plus cette idée m'accrochait. J'allais faire quelque chose de bien !

Je commençai par la porte. Il suffirait d'appuyer sur un seul des chiffres du code pour que tous les serviteurs se précipitent à la porte !

Je ferais installer un bourdonneur dans la chambre d'Utanc, qu'elle pourrait utiliser pour alerter la villa dès qu'elle éprouverait la moindre crainte.

Puis, je me remémorai ce que Faht m'avait dit concernant la défense de la base. J'ajoutai donc un système d'alarme qui déclencherait le rassemblement de tout le personnel dans le hangar. On ferait placer des mitrailleuses au centre afin de couvrir toutes les issues.

Le déclencheur serait dans mon bureau secret. Il suffirait de mettre le pied sur un carreau, un seul, de pivoter, et tout le monde se regrouperait dans le hangar, derrière les armes.

J'achevai le tracé et apposai le cachet de première urgence. Je rédigeai ensuite un ordre pour que commence l'entraînement du personnel, et un second pour les gens de la villa.

Tous sauraient bientôt que le site était désormais défendu.

C'est tout ce que je pouvais mettre sur pied pour l'instant.

Ce sentiment déchirant de perte irrémédiable s'abattit à nouveau sur moi.

Je savais qu'Utanc venait de m'être arrachée, et peut-être pour toujours.

J'étais effondré.

VINGT ET UNIÈME PARTIE

1

Plus pour chasser mes ennuis de mon esprit que par réelle nécessité, cet après-midi-là je me retrouvai affalé dans mon bureau secret et branchai le visionneur. Raht et Terb, après tout, étaient au travail et j'aurais bientôt la plaque de décodage. C'en serait fini d'Heller.

Franchement, j'étais trop perturbé pour accorder vraiment de l'attention à ce que je voyais. Mais, au bout d'un moment, je fus pris par ce qui se passait.

Bang-Bang accompagnait Heller dans l'ascenseur du Gracious Palms. Heller, je le vis dans le miroir, portait un sweater blanc, à encolure en V, sur une chemise de soie vert d'eau. Son pantalon était assorti et la casquette rouge de base-ball était posée bien en arrière sur ses cheveux blonds. Je me demandai, morne, comment il faisait pour avoir l'air à la fois aussi impeccable et décontracté. Peut-être qu'avec ce style, Utanc m'aurait accordé plus d'attention.

Bang-Bang, lui, portait un costume noir austère, une chemise noire et une cravate blanche – la tenue typique du gangster. Mais il était coiffé d'une vieille casquette en cuir de chauffeur de taxi, tellement incongrue qu'il semblait mal déguisé.

– Mais je te dis que c'est TRÈS important ! disait-il, apparemment très agité. Je suis venu tout droit ici ! Il y a ton nom sur le tableau des convocations ! Avec l'heure et tout ! CONSULTATION PSYCHIATRIQUE !

– Je sais, fit Heller. C'est si grave que ça ?

– Mais, doux Jésus, bien sûr que oui ! Ils doivent penser que tu es cinglé ! Je vois que tu ne piges pas à quel point c'est sérieux, Jet !

Ainsi, il l'appelait Jet, maintenant. L'influence d'Izzy, sans doute.

– Mais si, je sais, protesta-t-il. Mais...

– Ils vont te presser le citron ! Ils peuvent te foutre au cabanon pour le reste de tes jours sans motif. Tu ne pourrais même pas demander un jugement ou le Cinquième Amendement ! Ils n'ont pas le moindre respect de la loi. Les juges, les flics, tout ça, ils s'en cognent !

Ils avaient atteint le niveau du garage et se dirigeaient vers la voiture.

Heller fit une nouvelle tentative :

– Mais si je...

– Tu ne comprends pas. Il leur suffit de signer un papier et tu te retrouves chez les dingues. Ensuite, ils te bourrent de drogues et ils te bousillent la cervelle ! Ils sont même capables de te défoncer le crâne à coups de pic de glace ! Je te jure : ils ne sont contents que quand ils ont fait de toi une espèce de légume ! Et t'as pas besoin d'avoir fait quelque chose de mal ! Le gouvernement leur fait confiance pour se débarrasser des types dont il ne veut plus !

– Eh bien, dit Heller, ça n'a pas l'air drôle.

– Mais c'est affreux ! Et ces réducteurs de têtes sont les plus dingues de tous !

Ils étaient arrivés à la voiture.

C'était cette vieille antiquité ! Le taxi de la Really Red Cabs ! Mais il était complètement différent à présent, entièrement repeint en orange vif ! Tout propre. Et ses glaces n'étaient plus fendues. Comme Heller ouvrait la portière pour s'installer à l'arrière, un plafonnier lumineux s'éclaira, révélant le cuir des sièges. Cette antiquité me semblait flambant neuve !

Bang-Bang claqua la portière derrière Heller et sauta au volant. Le moteur du taxi vrombit, puis passa à un ronronnement régulier tandis qu'ils quittaient le box du parking en sous-sol.

Ils jaillirent à l'extérieur et filèrent vers l'est. Un grand panneau annonçait :

Bang-Bang s'infiltra dans le flot de la circulation en direction du nord. Heller était absorbé dans la contemplation de l'East River qui brillait dans la clarté du matin. Mais, à la limite de son champ de vision, je distinguais Bang-Bang : il devait se croire aux commandes d'un hélicoptère à en juger par la façon dont il ignorait les pare-chocs des autres véhicules pour s'insinuer dans les trous qui, apparemment, n'existaient pas. Mais il n'avait même pas l'œil à sa conduite. Par-dessus la vitre de séparation qu'il avait baissée, il cria :

– Peut-être qu'on les a sur le dos. Peut-être qu'ils ont appris que j'étais dans les Marines. Et ils savent que tous les Marines sont dingues.

Il força une limousine à se dévier pour lui laisser le passage et parut s'attaquer délibérément à un semi-remorque.

– Hé, j'ai une chouette idée ! On devrait peut-être carrément faire sauter tout le bazar.

Après avoir dérapé plusieurs fois dans un miaulement de pneus, il se retrouva sur la 168e Rue. Finalement, il se rangea dans une file de taxis, descendit et ouvrit la portière d'Heller. Dès qu'Heller eut pris pied sur le trottoir, il mit un écriteau sur la portière, pardesssus l'emblème de la compagnie. Le taxi était « hors service avant inspection de la brigade des artificiers ». Il pointa l'index.

– C'est le bureau 64, à ce que j'ai lu. Docteur Kutzbrain *. Je voudrais bien y aller à ta place, mon garçon, mais, sur le plan cervelle, j'ai rien de trop, et il faut que je la ménage. En tout cas, ne les laisse pas te passer la camisole. Ils ne t'autoriseraient même pas à donner un coup de fil. Donc, si jamais ça tourne mal, tu fous le camp. Je laisse le moteur tourner au cas où on devrait décarrer en vitesse.

Il tendit la main à l'intérieur pour baisser le drapeau « libre ». Ce qui déclencha aussitôt la radio, sur une des fréquences de la police. Un compteur trafiqué ! Ça, c'était totalement illégal !

Heller entra dans l'immeuble. Il fut accueilli par une réceptionniste en tenue d'infirmière à laquelle il donna

* Coupeur de cervelle, plus ou moins. *(N.d.T.)*

toutes sortes de détails avant de présenter sa carte d'étudiant et de remplir un formulaire interminable sur ses antécédents psychopathologiques.

– Vous pouvez entrer, maintenant. Ce n'est pas avec le docteur Schitz que vous avez rendez-vous, aussi n'ai-je pas à vous faire une piqûre de sédatif.

L'infirmière-réceptionniste ouvrit une porte et poussa Heller en avant.

Le docteur Kutzbrain, installé à son bureau, était occupé à peler une pomme. Il avait les cheveux drus, hirsutes, de part et d'autre de son crâne. Les verres de ses lunettes étaient tellement épais qu'il ressemblait à un poisson-télescope dans son bocal.

– Vous êtes Lizzie Borden ? fit-il, avant de s'interrompre et de jurer.

– Voici Jerome Terrance Wister, déclara l'infirmière. Ce jeune étudiant en technologie que vous avez demandé à voir. (Et elle ajouta :) Du moins je crois.

Avant de poser la carte sur le bureau.

– Quel dommage que vous ne veniez jamais avec Lizzie Borden, fit le docteur. Parce que je crois que j'aurais pu faire pas mal de choses avec ce cas. J'aurais pu me débarrasser de milliers de parents. (Une fois encore, il s'interrompit, baissa la tête et fixa son regard sur Heller). C'est comment votre nom, dites-vous ?

– Jerome Terrance Wister, répéta l'infirmière. Vous le savez bien. *C'est lui.* A présent, je vais vous laisser tous les deux. Et ne faites pas de bêtises. Sauf si je suis là, bien entendu.

Elle referma la porte.

– Eh bien, Borden, dit le docteur, c'est une affaire grave. Découper vos parents comme ça, à la hache. Très très grave.

J'étais très intéressé, en fait. J'avais une chance d'apprendre des choses nouvelles en psychologie, aussi je prêtai une attention particulière à ce que disait le docteur.

– Euh... (bip) ! fit-il, s'interrompant à nouveau.

Il lança sa pomme dans la corbeille à papiers et entreprit de croquer le couteau.

Heller poussa la carte que l'infirmière avait laissée sous les yeux du docteur.

– Ah, ah ! fit Kutzbrain. Deux noms ! Voilà un

symptôme très révélateur. Deux noms. De quoi susciter une schizophrénie de type courant.

– Deux noms ? répéta Heller d'un ton méfiant.

– Oui. C'est là, sur cette carte. Jerome et Terrance. Deux noms. Est-ce que vous étiez jumeaux ? Non. (Il agita le couteau en direction d'Heller.) Aucune raison de tourner autour du pot, Jerome, ou Terrance, ou quel que soit le nom que vous vous donniez dans les minutes qui suivent. (Il s'aperçut que c'était le couteau qu'il tenait et non la pomme, et adressa un regard navré à Heller.) Pourquoi avez-vous mangé ma pomme ?

Il farfouilla dans un tiroir pendant un instant.

– Où est donc ce dossier ? Oui, un cas vraiment très grave.

Il brandit des papiers ainsi qu'une paire de ciseaux. Il se mit à découper une feuille en forme de poupée et lança d'un ton dégoûté :

– Non, ce n'est pas ce que je cherchais. Pourquoi êtes-vous ici, Borden ?

– Wister, dit Heller. Vous m'avez envoyé chercher.

– Chercher ! Mais oui, je cherchais un... dossier ! Un DOSSIER ! Oui.

Il replongea dans le tiroir, repoussa quelques pelotes de ficelle.

– Ce dossier, suggéra Heller, est-ce que ce n'est pas celui qui se trouve sur votre bureau ?

– Précisément, dit le docteur Kutzbrain.

Il ouvrit le dossier, s'éclaircit la gorge et lut :

– Donc, elle n'arrête pas de dire qu'elle fera tout pour vous faire échouer.

– Qui ?

– Miss Simmons, votre professeur d'Observation de la Nature. Voilà qui. Elle se trouve en ce moment même en Relaxation. Écoutez, Borden, une telle réaction d'une femelle devant un mâle est normale, bien entendu. Techniquement, c'est ce que nous appelons le « syndrome génétique de la Veuve Noire ». Vous comprenez, Borden, c'est une question d'évolution, essentiellement. Les hommes ont évolué à partir des reptiles. C'est un fait scientifique, irréfutable. Mais les femmes, Borden, ont évolué à partir de l'araignée appelée Veuve Noire, et ceci est un fait scientifique tout aussi irréfutable. L'article quc j'ai écrit à ce propos le prouve. Mais je sens quc ce sujet vous dépasse. Je vous fait cependant remarquer que les araignées que vous voyez au plafond ne m'appartiennent pas. C'est le patient qui vous a précédé qui les a laissées là. Vous me suivez ?... (Il jeta un coup d'œil sur la carte.)... Jerome ?

– C'est tout à fait clair, dit Heller.

– Bien. Maintenant, le fait que cette femme ait cette réaction vis-à-vis des hommes est dérangeant du seul fait qu'elle est rationnelle. Vous comprenez... (Il jeta un nouveau coup d'œil sur la carte.)... Terrance, tout ce que dit ou pense un patient n'est qu'illusion. Quand une personne se trouve dans une clinique de psychothérapie, elle devient dès lors une malade mentale. Donc, tout ce qu'elle peut dire n'est qu'illusion. Vous me suivez toujours ? (Nouveau coup d'œil sur la carte.) Université d'Empire ?...

– De très près, fit Heller.

– Donc à l'évidence, si elle dit que vous êtes quelqu'un de bien, c'est que vous ne l'êtes pas. Mais ce n'est pas le cas. Elle dit que vous êtes une bombe atomique. Donc, bien sûr, vous n'en êtes pas une. Vous devez être un autre genre de bombe. A hydrogène, peut-être ? Allez, dites-moi la vérité... (Encore un coup d'œil sur la carte.)... Gracious Palms. Vous pouvez vous confier à moi. Quelquefois, je me sens tenu par le serment d'Hippocrate. Sauf en ce qui concerne mes rapports avec la police, bien sûr.

« Mais, afin de poursuivre notre entretien, je vois ici que Miss Simmons passe son temps à prétendre que vous avez tué huit hommes de vos mains et qu'elle a même une fois appelé la police à ce sujet.

Heller crispa les mains sur les accoudoirs de son fauteuil.

– Bien entendu, la police est intervenue, ajouta Kutzbrain. Oui, tout me revient à présent, même si cela remonte à plusieurs jours. Nous coopérons très étroitement avec la police. Il semble qu'elle ait effectivement noté la présence de huit cadavres dans le parc. Qu'en pensez-vous donc ?

Les mains d'Heller se crispèrent un peu plus.

– Néanmoins... (Kutzbrain se pencha sur la carte.) Néanmoins, New York, vous devez vous rappeler ce que je vous ai dit au sujet du gène « Veuve Noire », de cette loi de l'évolution absolument scientifique à propos des femmes. Nous avons donc ici un cas évident de transfert de culpabilité. L'inversion des rôles, vous comprenez. Elle a attiré ces pauvres hommes, ces malheureux innocents dans le parc, et les a excités pour qu'ils se battent pour elle afin de jouir doublement du viol tout en assistant à l'explosion de la rivalité naturelle des mâles qui devait s'achever par le meurtre mutuel, cela pour augmenter son exploit et assouvir son appétit sexuel naturel.

« Mais la police a une autre théorie sur laquelle elle travaille et qui serait que deux gangs rivaux se sont servi de cadavres pour marquer les frontières du territoire qu'ils se disputent. Nous apprenons des choses à la police, voyez-vous, et nombreux sont les animaux sauvages qui délimitent ainsi leur territoire. Mais, dans ce cas précis, ils partent d'une théorie erronée.

« Je le leur ai fait remarquer et leur en ai donné la preuve simplement en leur communiquant mon article sur l'existence du gène de la Veuve Noire chez les femmes. C'est comme ça qu'ils ont compris que c'était là un comportement naturel de la part d'une femme et ils ont inscrit comme conclusion à cette affaire qu'il y avait eu séduction, viol et meurtre dans un but d'excitation sexuelle avant de refermer le dossier. Miss Simmons, qui se trouve d'ores et déjà en service de psychopathologie, est par conséquent démente, ce qui inclut notre affaire.

– Vous allez garder Miss Simmons enfermée ? demanda Heller.

– Oh, non ! Ce serait complètement contraire à l'éthique de la profession que de ne pas laisser un dément criminel circuler librement. Mais pour une fois peut-être, pour être agréable au Maire – nous devons bien rendre service à l'administration, après tout, puisqu'elle nous paie – nous la garderons quelque temps. Elle donne du fil à retordre à la Force de Police Tactique, vous savez. A propos de manifestations contre la bombe. Si les gens veulent être des bombes, laissons-les. Il ne faut jamais se mettre en travers des libertés individuelles. Vous me suivez ?... (Il regarda la carte, mais sans trouver de nom.) Euh... « Conseils » ? Il est inscrit ici que vous êtes convoqué pour un entretien afin de recevoir des conseils.

Il se rassit et réfléchit. Puis il plissa les lèvres et les tapota du doigt avant de se pencher sur le dossier de Simmons en se massant le front.

– Bien, fit-il enfin. Le seul conseil que je puisse vous donner c'est que, lorsque vous rencontrez des femmes perdues avec une jambe cassée, vous ne vous en occupiez pas. (Il réfléchit un instant.) Oui. Vous les laissez là.

– Est-ce que Miss Simmons va reprendre son poste ?

– Pourquoi me demandez-vous ça ?

– Si elle est folle, comment peut-elle enseigner ?

– Absurde, dit le docteur. Si elle est folle, cela ne fera aucune différence. Tous les gens intelligents doivent être au moins névropathes. Donc, si elle est folle, cela fait d'elle un génie, et elle peut par conséquent enseigner !

Il consulta le dossier.

– Je vois ici qu'elle devra être libérée à temps pour reprendre son cours au début du prochain semestre. Qu'est-ce qui a pu vous donner cette idée folle que les fous ne pouvaient pas enseigner à l'école? Il faut être fou ne serait-ce que pour commencer !

Le docteur avait repris ses ciseaux et du papier et Heller dut en conclure que l'entretien était terminé, car il se leva.

Du coup, l'attention de Kutzbrain fut distraite et il se coupa. Il tendit la main d'un geste impératif pour obliger Heller à se rasseoir.

– Je viens juste de me rappeler pourquoi on vous a convoqué ! Mon Dieu, oui. Ça m'est revenu comme un éclair. (Il feuilleta rapidement le dossier.) C'était très important. Cela nous concernait directement. Toute l'équipe de l'hôpital. Et ils passent en premier !

Il brandit une grande feuille rouge qui portait la mention *URGENT*.

– Ah, ah ! Je savais bien qu'on en viendrait là ! Le personnel de l'hôpital se plaint des saletés que vous faites !

– Moi ?

– Mais oui, vous ! lança Kutzbrain d'un ton triomphant. C'est une équipe très importante ! Ils doivent faire des piqûres toutes les heures, à eux-mêmes aussi bien qu'aux patients. Et aussi des électrochocs dans toutes les salles, le matin, à midi et le soir. Ils n'ont pas le temps de balayer par terre !

Il se pencha en avant et agita un doigt accusateur.

– Elle déchire toutes les fleurs que vous lui envoyez en petits morceaux ! Elle les écrase sur le béton ! Elles les jette dans la cuvette des toilettes et ça bouche la tuyauterie ! ALORS, ARRÊTEZ IMMÉDIATEMENT DE LUI ENVOYER DES FLEURS ! VOUS M'ENTENDEZ ?

Heller recula devant ce doigt menaçant en hochant la tête.

Le docteur Kutzbrain jeta le dossier dans la corbeille à papiers, reprit ses ciseaux et se coupa encore une fois.

– Fin de l'entretien psychiatrique avec étudiant ! INFIRMIÈRE ! Faites entrer Borden, à présent !

Heller sortit après avoir récupéré la carte. Il la tendit d'un geste ferme à l'infirmière pour qu'elle la signe.

Il quitta l'immeuble et regoignit Bang-Bang qui attendait au volant, moteur en marche.

Il sortit aussitôt et se mit à nettoyer consciencieusement l'intérieur de sa casquette de cuir.

– Je ne t'ai pas vu ressortir en courant, alors je me suis dit que tu t'en tirais. (Il ouvrit la porte étincelante de l'antique taxi. Il ôta un sac du siège. De la dynamite, apparemment.) Je pense que ce n'est pas ce soir qu'on fera sauter la baraque.

Heller monta et Bang-Bang claqua la portière avant d'ôter l'écriteau, de lancer le sac à l'avant et de reprendre sa place au volant. Il remonta le drapeau du taxi, ce qui fit taire la radio.

– Bang-Bang, déclara Heller, ces gens sont cinglés !

– Et alors, qu'est-ce que ça a de nouveau ? Tout le monde le sait. Et maintenant, où on va ?

– S'il n'y a rien d'autre à faire ici, je ferais mieux de retourner au bureau.

– C'est parti !

Et Bang-Bang lança le taxi dans le flot de la circulation. A regarder les rues, les feux et les camions qui défilaient à toute allure sur l'écran, j'en avais presque la tête qui tournait.

J'essayai de réfléchir à l'entretien. Il devait y avoir beaucoup à en tirer. Mais, à vrai dire, j'avais le cœur trop meurtri pour me concentrer vraiment.

2

Heller ne prêtait pas du tout attention à la conduite de Bang-Bang. Il plongea la main dans son sac à dos et en sortit un manuel avec une reliure de papier sur laquelle on avait écrit au crayon :

Vous m'avez demandé ce qu'était le marketing. On recommande la lecture de ce manuel simplifié.

Izzy.

Qu'est-ce qu'un ingénieur de combat pouvait avoir à faire avec le marketing ? Est-ce que c'était un nouvel élément du plan insensé qu'il ourdissait ?

A l'évidence, il avait presque fini le livre, à en juger par la position du marque-page. Il l'ouvrit et, tandis que Bang-Bang, à la limite de son champ de vision, s'activait à tenter de séparer les mères de leur landau et les camions de leur remorque, Heller acheva d'ingurgiter le manuel de marketing.

Il ne restait qu'une page. Avec un unique paragraphe. Je lus :

Afin de bien intégrer le sujet, l'étudiant doit maintenant mettre au point un projet de marketing complet, à partir d'un produit spécifique désiré et accepté par les consommateurs.

Heller regardait au-dehors. Son regard accrochait chaque panneau publicitaire. J'en vis passer un certain nombre.

Puis, son regard se fit imprécis. Je l'avais déjà vu comme ça, chaque fois qu'il réfléchissait intensément. Il se mit à parler seul.

– Des haricots ? Du whisky de contrebande ? Des mouettes ? Des chaussures ? De l'oignon en poudre ? Non, non, non. Oh, un sondage ! Je n'ai pas fait de sondage de consommateurs.

Il se pencha pour crier par-dessus la séparation :

– Bang-Bang ! Si tu étais un consommateur, qu'est-ce que tu souhaiterais le plus consommer ?

Dans un gémissement de pneus, Bang-Bang effectua un dérapage contrôlé pour contourner une barrière qui annonçait que la rue était en travaux.

– Si tu promets de ne pas le répéter, je vais te confier quelque chose ! répondit-il. (Il amorça une courbe et dépassa un camion maraîcher.) Tout le monde croit qu'on m'appelle Bang-Bang à cause des explosifs. Mais c'est pas ça. (Il frôla une voiture de pompiers.) Cherubino pourrait te le dire. On m'appelle Bang-Bang depuis que j'ai eu quatorze ans. (Il fit bondir le taxi au-dessus d'une bouche d'égout béante.) Si on m'appelle Bang-Bang, c'est à cause des filles. Si Babe savait que je n'arrête pas d'aller au Gracious Palms, elle piquerait sa crise !

– Donc, la réponse à ma question, c'est les filles.

– Des filles, oui. Des filles et encore des filles ! brailla Bang-Bang en évitant de justesse un piéton sur un passage.

Heller se rencogna dans son siège.

– Des filles... Hmmm... (Il inscrivit quelque chose à l'intérieur de la couverture du manuel de marketing :)

Sondage fait. Article : filles

Au terme de cette course éprouvante envers et contre toutes les lois du code de la route et de la nature, Bang-Bang déposa Heller devant l'entrée principale de l'Empire State Building et repartit en lui criant qu'il laisserait le taxi au parking.

Heller leva les yeux. J'en eus le vertige : le bâtiment, même si on ne pouvait en voir le sommet d'aussi près, ni même à cent mètres, semblait se perdre dans les nuages.

Il se fraya un chemin à travers la foule pressée, dépassa les ascenseurs express et entra dans celui qui, apparemment, accédait directement à son étage. Personne ne lui prêta la moindre attention.

Il quitta l'ascenseur. Le hall avait changé. Il y avait des palmiers en pot et les plaques de cuivre étaient plus nombreuses sur les portes. Je ne me rappelais pas à quel point ce demi-étage était vaste !

Il trouva Izzy dans la salle de communications.

– Hello, Izzy ! lança-t-il par-dessus les ronronnements et les cliquetis des télétypes. Ça va ?

Izzy lui adressa un sourire triste, sans doute ce qu'ilouvait faire de plus chaleureux. Il portait encore son uniforme de l'Armée du Salut. Ses lunettes d'écaille accentuaient son nez pointu.

– J'avais espéré que vous ne viendriez pas avant que tout aille mieux. (Il agita une feuille.) Nous venons juste de perdre sur le taux d'échange du rouble avec l'Italie. C'est un coup terrible. On dirait que nous n'arrivons pas à passer de cent mille à un demi-million. Les conditions sont tellement incertaines.

– Mais on arrive quand même à payer la location, commenta Heller.

– Nous ne sommes pas là pour ça. Si les sociétés doivent prendre le contrôle des gouvernements, nous devons d'ores et déjà penser en termes de sommes raisonnables, en billions.

– On y arrivera, lança Heller d'un ton enjoué. Qu'est-ce qu'il y a de si urgent ?

– Oh, bon sang... Je crains de ne pas être encore prêt pour ça non plus.

Heller lui faisait signe de le suivre. Ils sortirent et entamèrent un parcours interminable, défilant devant des portes dont les plaques annonçaient des noms différents. J'éprouvai un certain plaisir en constatant que plusieurs filles, à l'évidence des employées – sans doute des étudiantes à temps partiel, à en juger par leur allure –, ne disaient pas bonjour à Heller et se hâtaient au contraire.

Heller et Izzy s'arrêtèrent devant une porte sur laquelle on lisait :

Légation du Maysabongo
pour l'est des États-Unis
République du Maysabongo
Longue vie au dictateur Ahmed Allah !

Izzy cherchait des clés dans son attaché-case. Il devait bien en avoir cinq kilos. Il réussit enfin à ouvrir et appuya sur l'interrupteur.

Le décor était en bambou. Des armes à l'aspect redoutable étaient fixées aux murs de plâtre. Le bureau était décoré du blason du pays : deux fusils d'assaut croisés.

– Tu as les nominations du vice-consul, n'est-ce pas ? demanda Heller.

– Oui, monsieur Jet. Elles sont sur le bureau. Voilà celle de Bang-Bang, la mienne. Et... oui, voici la vôtre.

Heller prit le document et y jeta un bref coup d'œil. Cela faisait de lui le Consul du Maysabongo, mais je ne parvins pas à lire la suite du texte. Il le glissa dans sa poche.

– Et tu as constitué la société ? ajouta Heller.

– Oh, oui. La Wonderful Oil du Maysabongo, siège social au Maysabongo. Activités déclarées : affaires, etc. Mais, monsieur Jet, vous n'en êtes pas le directeur. Il faut que ce soit Abie Cohen et sa femme. Vous comprenez, je suis responsable de vous, et je dois me montrer ferme : il n'est pas question que vous ayez le moindre rapport avec ces sociétés. Même le Département de la Justice ne doit rien renifler. Cet avocat, M. Trapp, il est plutôt méchant, et c'est Rockecenter qui a la haute main sur le Département de la Justice, entre autres. Effrayant, ce type.

– Je ne comprends pas où est le problème.

– Eh bien, c'est la fresque murale. Le délégué demande que ce soit un portrait d'Harlotta.

– Je pense que je peux lui demander de poser.

– Mais ce n'est pas ça, monsieur Jet. Pour les modèles, nous avons déjà un problème avec la fresque sur Tahiti. Et nous avons des modèles en réserve en plus de ceux de l'agence d'ici. Non, le problème, voyez-vous, monsieur Jet, ce sont *les peintres* !

– Je croyais que tu en avais quelques-uns.

– Je ne pense pas que vous serez d'accord. Certains attendent et les échantillons sont dans votre bureau mais... mais...

Heller lui dit de verrouiller à nouveau la porte de la légation et enfila un très long couloir, passant devant de multiples portes. Il se dirigeait vers son bureau. Izzy trottait à ses côtés.

– Je ne crois vraiment pas que je sois prêt à vous montrer leur travail.

– Tu as trouvé des artistes, non ?

– Oui, mais leur style est très peu classique. Ils sont contre l'establishment, ce qui devrait leur valoir des amitiés. Ils sont totalement anticonformistes. C'est tout juste s'ils ont suivi les cours des beaux-arts à Empire, parce que leurs profs les haïssaient. Ils ont bien essayé de se fixer à Soho, le quartier des artistes, mais ils se sont mis tout le monde à dos et on les a virés. Ilsefusent de prostituer leur art en travaillant pour des agences de publicité, alors ils crèvent de faim et ils ne savent plus où aller.

– Prostituer leur art, hum, fit Heller. Qu'est-ce qu'il y a de si répréhensible dans leur tendance artistique ?

– On appelle ça le « néoréalisme ». Quand ils peignent un bateau à voiles, ça ressemble à un bateau à voiles. Complètement révolutionnaire ! C'est de la provocation, à l'opposé de tous les courants modernes. Les gens qu'ils dessinent ressemblent vraiment à des gens !

Ils se retrouvèrent dans le bureau d'Heller. Un demi-hectare de peluche blanche. Heller alla ouvrir une fenêtre. La vue sur le bas de Manhattan était splendide et lumineuse sous le soleil de septembre.

– En tout cas, ça sent la peinture, commenta-t-il.

Se retournant, il découvrit alors, alignées contre le mur opposé, des dizaines de toiles.

Il s'approcha.

– Mais c'est magnifique !

A vrai dire, les tableaux ne correspondaient en rien aux normes voltariennes. Mais ils étaient très certainement bien meilleurs que tout ce que l'on pouvait voir sur la planète.

– Techniquement, dit Izzy, ils seraient plutôt bons. Mais tout ça est inspiré de Rembrandt, de Vermeer, de Michel-Ange. Ils se sont complètement coupés du monde artistique. Il y en a même un qui a refusé d'écraser des tubes de peinture en roulant dessus en tricycle pour réaliser une véritable œuvre d'art digne de ce nom. Pourtant, on lui a proposé une forte somme. Les autres l'ont soutenu. Non, c'est pathétique, vraiment. On les méprise et on leur fait la guerre.

Heller prit un tableau de grandes dimensions. Il représentait une fille qui portait une jarre de grès orange sur la tête. Elle avait un châle rouge jeté sur les épaules nues. En meilleure forme, j'aurais trouvé cela plutôt excitant. Heller en prit un autre. Une jolie fille nue sur un sofa, serrant un chat entre ses mains. Sur mon écran plat, j'avais une impression de relief. Heller prit un troisième tableau : une fille, de profil, mordant une rose dans un buisson qui avait l'air vivant.

– Où sont ces gars-là ? demanda-t-il enfin.

– Dans ma salle d'attente. Et ils sont dans une

colère noire ! Mais, monsieur Jet, je dois insister : cetteforme d'art est absolument démodée ! Ce chat ressemble *vraiment* à un chat ! Et ces filles à des filles ! Je ne peux pas...

– Je suis d'accord pour que nous discutions de ça, dit Heller.

– Ah, Dieu merci !

Heller s'assit à son bureau.

– Pour l'école, est-ce que tout est arrangé ?

– Oh, mais oui, fit Izzy d'un air choqué. Vous répondez à tous les appels. On s'occupe de vos interros. Et on fait tous vos travaux de labo.

Et puis, on n'a même plus à prendre des notes ou à enregistrer. On a les copies de tous les cours de l'an dernier, là, dans vos archives. Vous suivez même les leçons de gym. Bang-Bang se débrouille très bien à l'École des Officiers de Réserve. Tenez, voilà un bourdonneur, juste au cas où on vous convoquerait sans prévenir. J'espère que, comme ça, ce sera plus facile pour vous.

– C'est comme ça que j'aime le collège, dit Heller. J'ai réglé cette question d'entretien avec le psychiatre ce matin, mais je vais avoir Miss Simmons sur le dos dès le début du semestre.

– Je suis vraiment désolé, mais je ne peux pas vous aider pour ça. Je déconseille rigoureusement la violence. En affaires, ce n'est pas bon. On ne peut pas l'acheter ?

– Pas la moindre chance.

– Alors, vous risquez d'échouer, non ?

Bang-Bang fit irruption dans le bureau.

– Bien, annonça Heller. J'ai pris une décision. Bang-Bang, est-ce qu'on peut tenir à onze dans notre vieux taxi ?

– Sûr !

– C'est illégal ! protesta Izzy.

– Et tous ces tableaux ? ajouta Heller.

– On essaiera, fit Bang-Bang.

Heller se tourna vers Izzy.

– Rassemble tes peintres. Qu'ils descendent avec ces tableaux.

– Mais où est-ce qu'on va ? s'inquiéta Izzy.

– On va faire du marketing, dit Heller. Du *marketing.*

– Écoutez, dit Izzy. Je peux acheter tout ce dont vous pouvez avoir besoin. A prix de gros.

– Mais pas de marketing-là. Du marketing de marketing.

– Oh, c'est ce livre que je vous ai acheté. Et on va faire du marketing pour quoi ?

– Mon sondage a dit : des filles.

– Mais c'est illégal ! s'exclama une fois encore Izzy.

– Les cours aussi doivent être suivis honnêtement. Mais c'est ce que m'a appris le sondage. Alors, est-ce que ça ne serait pas illégal d'essayer de détourner illégalement le sujet ?

– C'est parfaitement exact. Vous n'avez donc pas le choix ! Si le sondage a dit : des filles, alors ce sera des filles.

Quelques minutes après, les toiles étaient arrimées sur la galerie du taxi et ils s'entassaient tous tant bien que mal à l'intérieur.

Ils démarrèrent et remontèrent la Cinquième Avenue à toute allure.

3

Heller se tourna vers les neuf peintres entassés dans un volume prévu au maximum pour cinq personnes – Izzy et Bang-Bang étaient à l'avant – et déclara :

– Messieurs, je ne veux pas que vous considériez cela comme une façon de prostituer votre art.

Un barbu se rejeta en arrière, avec violence.

– Nous refusons absolument de nous détourner du néoréalisme !

– Pour l'amour du Ciel, il n'en est pas question ! Mais vous comprendrez d'ici quelques instants ce que je veux dire.

Ils arrivèrent en trombe dans le parking du Gracious Palms et se serrèrent dans l'ascenseur.

Heller entra dans le bureau de Vantagio. Vantagio était assis et, à l'évidence, il souffrait d'une légère gueule de bois. Il fronça les sourcils en voyant le groupe qui entrait sur les talons d'Heller.

– Nous voulons peindre Minette, annonça Heller.

A cette heure, c'était un peu trop direct pour Vantagio.

– Bonjour, mon garçon. Est-ce que tu veux bien me présenter tes amis ?

Heller s'exécuta.

– Nous avons un mur nu et, ce qu'il nous faut, c'est une fille nue, déclara-t-il ensuite. Nous ne travaillons que dans l'authentique. C'est pour la compagnie des Merveilles Nacrées et Dorées de Tahiti. Minette est la seule belle Tahitienne que je connaisse.

– Eh bien, emmène-la, mon garçon. La session des Nations unies ne commence pas avant la semaine prochaine et ce n'est pas encore le coup de feu. Je suis sûr que Minette fera ce que tu lui demanderas, alors emmène-la à l'Empire State.

Heller glissa un coup d'œil en direction d'Izzy qui, de toute évidence, ignorait comment et pourquoi il était là.

– Non, Izzy a une idée géniale. Venez.

Il regagna le hall, ouvrit un placard et en sortit une petite plate-forme qui devait avoir une utilité régulière. Un des employés se précipita pour l'aider. Heller installa la plate-forme dans un recoin, tout près de la porte d'accès principal.

Il alla ensuite chercher un des peintres et le plaça près de la plate-forme. Puis il se procura un chevalet qu'il posa devant le peintre. Et celui-ci réagit aussitôt en sortant une toile vierge tendue sur un cadre qu'il disposa sur le chevalet.

Heller et l'employé entreprirent alors de déplacer plusieurs palmiers en pots qu'ils posèrent sur la plate-forme.

Puis Heller gagna le téléphone et pianota un numéro.

– Mais qui est-ce ? fit la voix de Minette. Je ne suis même pas habillée... C'est trop tôt. Ouiiii, oh, ouiiii... Bien trop tôt...

– Tu es certaine que tu n'as absolument rien sur toi ? demanda Heller.

– Oh, c'est toi, mon joli. J'arrive !

– Non, dit Heller. Prends ta robe de raphia, mets-toi des fleurs dans les cheveux et descends ! Rejoins-moi dans le hall !

– Dans le hall ? Tu te moques de moi ? Vantagio...

Heller tendit le combiné à Vantagio.

– Minette, dit Vantagio, le gamin nous change le décor. Tout peut arriver. Allez, descends.

Deux diplomates quittaient les lieux, plutôt ébouriffés. En apercevant le peintre devant son chevalet, ils s'arrêtèrent net.

Un grand Noir, l'un des premiers des clients de la journée, entra à cet instant. En apercevant la toile vierge, il s'arrêta lui aussi.

Trois Marocains descendirent d'une limousine. En entrant dans le hall, ils se figèrent devant le chevalet.

Minette arriva au même moment. Elle avait mis une jupe de raphia et planté une fleur d'hibiscus dans ses cheveux. Heller l'installa sur la plate-forme et le peintre s'avança pour lui indiquer la pose. Puis il retourna devant son chevalet et se mit à l'œuvre.

– Allah interdit la reproduction des personnes vivantes, déclara l'un des Marocains, tout en s'approchant pour mieux voir.

Un taxi arriva et deux diplomates en descendirent. Ils étaient sur le point de se diriger vers le comptoir de réception, quand ils s'arrêtèrent net pour regarder le peintre.

Heller fit signe à Vantagio, à Izzy et aux autres peintres.

Il les précéda dans le bureau de Vantagio.

– Si tu arrêtes tous ceux qui franchissent la porte, dit Vantagio, ça va nous coûter une fortune.

Heller agita les mains à la façon d'un Italien.

– Ah ! Le mot qui vient tout de suite à la bouche : publicité !

– Tu ferais peut-être mieux de me parler de cette idée, fit Vantagio en se rasseyant derrière son bureau.

– Eh bien, Izzy voit les choses comme ça. C'est strictement entre vous et Izzy, mais je vais vous esquisser les grandes lignes. Je lui ai dit que je trouvais ça formidable.

« Voilà. La session de l'ONU commence. Nous plaçons un artiste devant son chevalet, et un modèle, là, dans le hall. (Il se tourna vers les artistes.) Combien de temps vous faut-il pour réaliser un très bon portrait, très grand ?

Ils n'étaient pas d'accord entre eux. Les uns disaient douze heures, les autres une semaine.

– Chaque soir, dit Heller à Vantagio, et pendant toute une semaine, un artiste de talent sera toujours présent dans le hall, à peindre un nu. Chaque semaine, nous aurons un modèle et un artiste différents. Nous choisirons les filles afin de représenter la beauté propre à chaque pays. Et nous aurons un pays nouveau chaque semaine.

Vantagio se redressa. Puis il se leva et se mit à marcher de long en large, l'air excité.

– Je vois les avantages politiques ! Un moyen de négocier ! Ils vont tous faire pression pour que leur pays passe avant les autres ! Et ils voudront avoir leur mot à dire dans le choix du sujet.

Heller agita encore une fois les mains comme un véritable Italien.

– Vous y êtes, Vantagio. C'est à vous d'apprécier la nuance ! Nous avons là un programme de marketing visant à la pénétration et à l'expansion. Vos produits seront connus dans tous les pays. Au plus haut niveau, cela revient à avoir une publicité pour le Gracious Palms dans chaque bureau de chaque nation. Et en plus, ils seront prêts à mettre le prix pour la présenter ! Ce qu'il faut au Gracious Palms, c'est une meilleure pénétration. Dans chaque pays du monde, le désir du consommateur va être excité et vous aurez ainsi une meilleure projection de marché dans vos ressources !

Vantagio alla jeter un coup d'œil dans le hall. Heller le suivit.

Minette, sur la plate-forme, avait plusieurs fois changé de pose, en dépit des protestations du peintre. Elle exhibait pour l'instant une jambe nue tout en se cambrant pour faire ressortir sa poitrine, avec un sourire lascif à l'adresse de son public. Les premiers arrivants s'empressaient fiévreusement au comptoir. Un autre, au téléphone, exhortait le chef de sa délégation à laisser tomber ce qu'il faisait pour accourir de toute urgence. En vérité, c'était une véritable foule qui entourait maintenant le chevalet du peintre.

– Vous voyez, commenta Heller, c'est tellement plus distingué comme ça. Nous sommes dans le domaine de l'art. Le Gracious Palms va grimper numéro un !

Vantagio retourna dans son bureau. A nouveau, il se remit à arpenter la moquette, excité. Puis il s'arrêta soudain avec des gestes volubiles. Avec un regard de visionnaire, il proféra :

– Oui, je vois ça parfaitement à présent ! Nous avons végété ! Nous nous sommes rendus coupables d'interruption saisonnière. Nous pouvons, à partir de là, atteindre une approche plus bilatérale, multilatérale, même. Nous avons pratiqué la non-intervention ! Nous avons sous-estimé certaines minorités d'élite ! (Il donna un coup de poing dans sa paume.) Nous avons besoin de nous redéployer sur le plan international ! Ce qui augmentera le taux de nos consommateurs ! Ils vont se jeter sur nous !

Izzy intervint :

– Vous pourriez installer toute une galerie, là, dans le hall, avec des tableaux à vendre à des prix fous. On pourrait même mettre des formulaires sur le comptoir pour que les clients choisissent les fille dont ils veulent le portrait dans leur bureau, et aussi des offres spéciales pour que les chefs d'État et les leaders de la politique puissent choisir eux aussi. On pourrait prévoir des voyages dans divers pays pour les artistes-peintres, avec des spécialistes en relations publiques qui monteraient des concours de beauté pour sélectionner des miss de tel ou tel pays. Et le grand prix serait un engagement au Gracious Palms avec formation gratuite. A l'instant, je viens de créer la société Séduction Internationale Artistique – dont le siège social sera en Grèce, puisque nous n'en avons pas encore là-bas – et j'ai tous ces artistes sous contrat. Nos prix sont élevés et notre commission est de vingt-cinq pour cent !

– *Eccellentissimo !* s'écria Vantagio, revenant à l'italien sous l'effet de l'enthousiasme. *D'accordo !*

– Je vous l'avais bien dit qu'Izzy était bourré d'idées, dit Heller.

– La morte-saison ! fit Vantagio. Neuf mois par an, les affaires baissent ! Eh bien ça, ça va faire remonter en flèche notre marché étranger !

– Nous ne demandons que dix pour cent de l'augmentation brute par rapport à l'année précédente, ajouta Izzy.

– Merveilleux !

Heller se tourna vers les peintres qui les écoutaient en écarquillant les yeux.

– A présent, messieurs, j'espère que vous ne pensez plus que vous allez prostituer votre art.

– Oh, non ! dit leur porte-parole. La proposition est trop tentante !

Derrière lui, les autres crièrent leur approbation.

– Le nom du programme sera *La pute de la semaine.*

Ils applaudirent.

Le porte-parole dit :

– Monsieur, je ne connais pas votre nom, mais des types comme vous, on n'en rencontre pas beaucoup sur cette planète.

– C'est vrai, mais c'est un secret, fit Heller.

Izzy, à toute allure, distribua aux peintres des formulaires en blanc en leur disant qu'ils n'avaient qu'à signer et qu'il se chargeait de les remplir. Puis il griffonna un *Mémorandum d'accord de principe* que Vantagio s'empressa de signer.

Ils repartirent. En sortant avec Izzy, Heller dit :

– C'était mon projet de marketing. Est-ce que j'ai mon diplôme, Izzy ?

– Oï ! fit Izzy. Un grand « oï », monsieur Jet !

Comme ils grimpaient dans le taxi à l'arrière, Heller déclara :

– Eh bien, dans l'ensemble, c'était plutôt marrant. Mais c'est aussi une bonne opération.

– Marrant ? s'exclama Izzy. Quand tous les gouvernements exigeront du néoréalisme, ce sera un raz de marée sur le monde ! Ce projet représente des millions de dollars ! Et puis, toute révolution authentique se doit d'avoir sa forme d'art propre. Le néoréalisme ! Les choses telles qu'elles sont ! En soi, c'est totalement révolutionnaire ! Le néoréalisme : l'art du peuple !

Bang-Bang lança le taxi hors du garage et se dirigea vers le bureau. Après un instant, Heller s'adressa à Izzy :

– J'ai tout vérifié, dit-il, et je pense que nous pouvons considérer comme achevée la Phase Une du Maître-Plan.

Aussitôt, j'eus le vertige. Même mes sens émoussés me prévenaient du danger. De QUEL PLAN s'agissait-il ?

En toute hâte, je décidai de regarder les enregistrements précédents. Un moment après, je fixai le matériel avec horreur. J'avais complètement oublié de recharger la réserve des bandes ! Je n'avais aucun enregistrement passé à ma disposition !

MAIS A QUEL PLAN AVAIT-IL FAIT ALLUSION ?

De la prospection géologique, une légation, un diplôme et les Dieux seuls savaient quoi encore. Je connaissais Heller ! Tout cela devait former un tout, un tout qui était un énorme œil noir braqué sur moi. La mort, peut-être !

Une sorte de sentiment sauvage s'empara de moi. Heller et son satané succès auprès des femmes ! Est-ce que ça n'était pas avant tout sa faute si je me retrouvais dans ce pétrin ? S'il ne m'avait pas distrait, jamais je n'aurais eu d'ennuis avec Utanc !

Une haine brûlante, amère, s'infiltrait en moi.

4

Le lendemain matin, après une nuit sans sommeil, je me retrouvai en train d'errer, le cœur plein d'amertume. Je me risquai à jeter un coup d'œil sur l'écran.

Je vis avec surprise que c'était Heller qui conduisait le taxi ! Aucun signe de Bang-Bang et, comme Heller se retournait pour consulter un panneau de circulation, je m'aperçus qu'il était seul !

Et il conduisait dans New York ! C'était totalement illégal ! Son permis indiquait clairement qu'il n'avait pas encore dix-huit ans !

Je regardai ma montre. A New York, il n'était pas encore 6 heures du matin !

Avec un juron violent, je m'assis devant l'écran. Heller, j'en étais certain, était en route pour un nouveau coup !

Je cherchai des points de repère. Il était sur Franklin D. Roosevelt Drive et, par rapport à la clarté de l'horizon, il devait se diriger vers le nord. Je sortis une carte de l'Octopus Oil Company. Où pouvait-il bien aller ? Et pourquoi ?

Le moteur du vieux taxi ronronnait. Heller avait l'air heureux et détendu. Il conduisait plus vite que Bang-Bang, et ce apparemment sans le moindre problème.

Les panneaux m'indiquèrent qu'il se dirigeait vers le Bronx. J'essayai d'imaginer ce qui pouvait présenter un quelconque intérêt pour lui dans le Bronx. Je ne trouvai rien.

Il s'était arrêté à un péage. Il laissa le pont derrière lui. Il n'allait plus dans la direction du Bronx, à présent, mais ver l'US 278. Throg's Neck. Est-ce qu'il allait sur Throg's Neck ? Non. Il était maintenant sur la Hutchinson River Parkway. Il allait vers White Plains ? Pourquoi ? Mais non : il passa l'embranchement. Boston ? Ah, le Canada, le New Brunswick ! Il voulait quitter le pays.

Instantanément, je me levai pour aller envoyer un message à Raht et Terb. Heller allait se trouver hors de la portée de l'activateur-récepteur, sans parler du Relais 831 !

Je m'arrêtai net. Mes Dieux ! Avec toute cette pagaille que causait Heller, j'avais oublié de donner leur récepteur et leur décodeur à Raht et Terb ! Je n'avais plus aucun moyen de contact avec eux !

Impuissant, je me rassis, les yeux fixés sur l'écran.

Je me maudissais. Tout cela était de ma faute. Jamais il n'avait fait allusion à ce maudit « Maître-plan » pendant que je le surveillais !

En Amérique, le soleil était levé, maintenant. Heller semblait jouir du spectacle des arbres verts et des prés. En tout cas, il ne prêtait pas grande attention à sa conduite. Peut-être aurais-je moi-même apprécié ce paysage, d'ailleurs, si je n'avais pas été écrasé par le destin.

Il passa un nouveau péage et s'engagea sur la New England Thruway. Son regard s'attarda sur un panneau. Stamford ! Il était dans le Connecticut !

Et c'est alors que j'eus mon premier indice. Fixant quelques arbres au feuillage très sombre, il dit :

– Le vieux Cap Duggan avait raison ! Ce pays est vraiment beau !

Cap Duggan ! Le service des Recherches Géologiques ! Mais de quoi donc avaient-ils discuté ? De l'or d'Alaska ? Oui, il allait peut-être en Alaska ! Mais non, ça n'était pas la bonne route. Et puis, ce serait impensable de vouloir aller en Alaska avec une antiquité pareille, un vieux taxi orange de New York. Non, un traîneau tiré par des chiens, voilà ce qu'il lui fallait ! Je connaissais cette planète ! Mais peut-être Heller avait-il quelque plan sournois en tête. J'avais toujours senti qu'il ne sortirait rien de bon de ces cours d'espionnage à l'École d'Officiers de Réserve !

Il obliqua sur la droite pour prendre la sortie de Stamford. Mais, juste à l'instant où mon attention se relâchait quelque peu, il tourna et prit une route fédérale en mauvais état. Un panneau indiquait « Noroton Point ».

Il s'arrêta bientôt et descendit.

Il était sur une plage. Une vaste étendue d'eau brillait devant lui, comme un drap d'or sous le soleil du matin. Il se mit à marcher sur le sable. Il semblait savourer l'air de l'océan et inspira plusieurs fois, profondément.

– Ils ne t'ont pas encore complètement abîmée, vieille planète, dit-il.

Il fit encore quelques pas et aperçut alors une tache d'huile et rectifia :

– Mais ils font tout ce qu'ils peuvent pour ça, en tout cas.

Il s'avança un peu plus loin. Des chevaliers-des-sables se dispersèrent à son approche. Des mouettes tournaient au-dessus de lui. Les vagues frangées d'écume dorée venaient lécher le sable à ses pieds.

– C'est une honte, dit-il. Tu es pourtant une si jolie planète. (Et il ajouta, avec une détermination soudaine :) Je ferais bien de me mettre au travail pendant que tu es encore un peu habitable !

Il partit vers le nord en trottinant. Il observait l'embouchure d'une rivière, à quelque distance.

– Ah, ah ! fit-il. C'est ça !

Il retourna en courant jusqu'au taxi et redémarra bientôt. Il coupa la New England Thruway et traversa une ville d'importance moyenne avant de s'engager dans un paysage de collines sauvages.

Il s'arrêta et déroula une carte géologique. La moindre habitation semblait y être portée.

Il redémarra. Quittant la fédérale qu'il avait suivie jusque-là, il entra dans un chemin à vaches !

Il semblait chercher des points de repère. Il ne tarda pas à rencontrer une ancienne borne. Oui, là, sur ce chemin perdu ! La borne était tellement érodée qu'on lisait difficilement les inscriptions. C'est alors que je compris : Heller avait pris une ancienne route depuis longtemps abandonnée !

Entre les rhododendrons, les lauriers et les hautes herbes qui cinglaient les pare-chocs, il ne tarda pas à atteindre des bâtiments. Ça ne ressemblait guère à une ferme. Un panneau rouillé me renseigna : c'était une ancienne station-service qui avait été reconvertie en habitation de fortune, avec quelques cages à poules au fond.

Un mince filet de fumée montait de la cheminée.

Heller frappa à la porte bancale.

Une très vieille femme lui ouvrit. Je compris rapidement qu'elle était aveugle à la façon dont elle regardait un peu à côté d'Heller.

– Je suis le jeune homme qui vous a appelé de New York hier, dit-il d'un ton affable.

– Oh, le ciel soit loué. Venez, venez, et asseyez-vous. Prenez un peu de café.

Heller s'exécuta et elle s'empressa de lui servir une tasse de café.

– Je suis heureuse que vous ayez pu venir. Vous savez qu'aucune voiture n'est passée sur cette route depuis la mort de mon mari. Comment trouvez-vous le coin ?

– Vous figurez toujours sur la carte, en tout cas, lança Heller avec un accent de la Nouvelle-Angleterre très marqué.

– Eh bien, je dois dire que c'est rassurant de ne pas disparaître complètement du paysage ! fit la femme. (Elle prit une chaise et s'assit, sans vraiment réussir à lui faire face.) Il y avait pas mal d'activités par ici jusqu'à ce qu'ils changent tout le plan des routes. Ces foutus fonctionnaires sont toujours en train de tout changer. Ils vont sûrement pas tarder à bouger les collines ! Encore un peu de café ?

Je sursautai. Comment pouvait-elle savoir qu'il avait fini sa tasse ?

– Non, merci. Mais vous m'avez dit, madame, que le vieil atelier de réparation pouvait être fermé au verrou et que le toit était encore en bon état. Est-ce que je pourrais le voir ?

Elle prit un jeu de clés et ils contournèrent le bâtiment. Elle ouvrit une double porte. A l'intérieur, il y avait suffisamment de place pour plusieurs voitures. Le sol était maculé de taches d'huile et les fenêtres étaient scellées.

– Ça me semble bien, dit Heller. J'aimerais le louer pour quelques mois.

– Eh bien, je ne dis pas qu'un petit loyer ne serait pas utile dans cette période d'inflation. Vous voudriez mettre combien ?

– Disons cent dollars par mois.

– Cent dollars ! Doux Seigneur ! Pour ce prix-là, vous pourriez avoir tout le coin, et avec les poulets !

– Il y aura deux voitures.

– Oh...

– Elles sortiront de temps en temps... Est-ce que quelqu'un vient quelquefois par là, madame ?

– Ma nièce, tous les deux jours, pour voir si je n'ai besoin de rien. Mais autrement personne, vu que j'ai la réputation de me débarrasser des gêneurs avec mon fusil de chasse.

– Alors, marché conclu, dit Heller. Vous ne voyez pas d'inconvénient à ce que j'y mette une voiture dès maintenant ? Il faut que je prenne quelques mesures.

– Mais faites donc ! Il y a des outils, si la rouille ne vous fait pas peur.

Heller lui régla cent dollars et elle lui remit les clés. Il rentra le taxi à l'intérieur.

Ce qu'il fit ensuite était bien la preuve de la fourberie et de la ruse que j'avais toujours détestées en lui.

Il ferma les portes de l'intérieur.

Puis il sortit d'un sac divers rouleaux de papier qu'il alla coller sur les fenêtres avant d'allumer les vieilles ampoules électriques du local.

Et c'est alors que (bip de bip !), il sortit une petite lampe flood de son sac, qu'il braqua sur le taxi. La partie visée devint instantanément NOIRE !

L'emblème de la porte disparut !

Il promena la lampe sur toute la carrosserie et, peu à peu, l'orange vif fut transformé en noir !

Je sus alors ce qu'il utilisait. Une préparation voltarienne. Il l'avait fait ajouter à la peinture du taxi par le type de Newark ! Il lui suffisait d'utiliser la lumière de la lampe pour changer la couleur du taxi !

Sur Voltar, on utilise ça pour les publicités. Dès qu'un faisceau lumineux passe sur une enseigne, elle devient bleue, puis rouge, par le simple jeu d'une variation de la fréquence de réfraction d'un agent de pigmentation.

Il ne fallut donc pas très longtemps à Heller pour transformer le taxi. Ensuite, il fit sauter une espèce de couvercle de chacune des deux plaques d'immatriculation. Il prit un petit flacon dans son sac, versa un peu de liquide sur ses doigts et s'en enduisit le visage ainsi que les cheveux. Il en mit aussi un peu sur le dos de ses mains.

Il s'installa devant le rétroviseur et tourna un cadran sur la lampe avant de la promener à quelques centimètres de sa tête. Il avait maintenant les cheveux noirs ! Une autre modification du cadran de la lampe, et il éclaira cette fois son visage et ses mains, qui devinrent brun foncé. Il ajouta au tout une fausse moustache noire.

Quelle perfidie !

Mais il n'était pas aussi fort qu'il le croyait. Il avait toujours les yeux bleus !

Il portait un costume noir et il n'eut donc pas à le changer. Il avait emporté un chapeau mou qu'il coiffa.

Puis il prit quelques pas de recul et inspecta le taxi un instant avant de s'installer au volant et de faire disparaître le compteur.

Il quitta bientôt le garage, s'arrêta devant la porte de la maison et dit :

– Je vais aller et venir, un peu n'importe quand.

– Pas de problème, dit la vieille femme aveugle. Vous n'aurez qu'à klaxonner deux fois, et je saurai que c'est vous. Si quelqu'un d'autre se pointe, je lui tire dessus !

Et Heller démarra. Un Heller à la peau brune, dans une voiture toute noire !

Mais il n'était pas si malin que ça. Le taxi était toujours un taxi new-yorkais authentique, qu'il fût orange ou noir !

Il semblait savoir parfaitement où il allait. Il entra dans une ville, inspecta quelques plaques de rues, puis s'arrêta devant une maison ancienne. Un grand écriteau annonçait :

Cyrus Aig
Agent immobilier

Heller frappa à la porte et la femme qui lui ouvrit le conduisit jusqu'à un bureau, tout au fond.

– Cyrus Aig ? s'enquit Heller. Moi... Anglais n'est pas langue natale. Avoir rendez-vous.

Cyrus Aig était un homme très très âgé. Il se détourna de son bureau à cylindre et leva les yeux vers l'étranger qui venait d'entrer.

– Heureux que vous ayez pu venir. Mais je ne sais pas si j'ai quelque chose qui vous convienne. Toutes les vieilles granges et les trucs comme ça ont été achetés par des riches qui en font des bicoques, vous savez.

Heller avait apporté un rouleau de cartes.

– En vérité, moi chercher mines anciennes.

– Oh, oui, vous m'avez touché un mot de ça au téléphone, c'est vrai. Eh ben, j'ai farfouillé un peu dans mes dossiers. Quelqu'un qui cherche une mine, ici, dans l'Est, c'est pas tout à fait mon rayon. Moi, je vends des vieilles granges à des riches qui s'en font des maisons. Mais asseyez-vous.

Heller prit place dans un rocking-chair branlant.

– C'est possible qu'il y ait eu une mine il y a cent ans encore, reprit Cyrus Aig. Mais c'est pas parce que la rivière s'appelle Goldmine Creek, qu'il faut espérer trouver de l'or.

Heller montra ses cartes géologiques.

– Il y a des bâtiments indiqués ici, sur la Goldmine Creek.

– Oh, ça... Personne n'est allé dans ce coin depuis pas mal d'années. C'est sauvage. Y a même plus une route. Je me demande bien comment les types du cadastre ont pu aller jusque là-bas. Y a qu'une vallée pleine de cailloux. Rien ne peut y pousser. Y a peut-être deux ou trois petites collines. La rivière coule tout au fond. Y a cinquante ans, la taverne des bootleggers était juste là.

Le vieil agent immobilier prit les cartes.

– Oui, c'est bien ça. J'ai été dans ce coin, une fois, quand j'étais gosse. Y avait une autoroute, dans ce temps-là. Mais voyons. La rivière descend comme ça, elle tourne là, et elle se jette dans la mer.

Il prit une carte routière.

– On voit très bien là-dessus qu'ils ont installé un réservoir près de la source et que l'eau ne coule plus. Et là, il y a deux rocades qui traversent la rivière avant qu'elle atteigne Long Island Sound. Alors, plus question de bootleggers, aujourd'hui.

– Moi pas comprendre...

– Parce qu'on peut plus emprunter le cours d'eau, même avec une barque à fond plat. Les bootlegers recevaient leur marchandise par l'océan. Ils remon taient la rivière avec. Ils mouillaient l'alcool, rebouchaient les bouteilles, et écoulaient ça sur place quand ils ne le revendaient pas sur New York par l'intermédiaire des contrebandiers. (Il repoussa les cartes vers Heller.) Il fut un temps, personne ne se risquait près de la vieille taverne. On disait qu'elle était hantée ! Mais je me rappelais même plus de son existence.

– Moi l'acheter peut-être, annonça Heller.

Avec des gestes las, Cyrus Aig prit un vieux chapeau de pêcheur. Heller le suivit dehors. Ils embarquèrent dans la vieille guimbarde Ford d'Aig et allèrent jusqu'au palais de justice. Là, Cyrus éplucha les archives.

– Elle est portée ici comme étant la propriété de John Smith, de New York, aux bons soins de l'avocat dont le nom figure ici. Soixante hectares de vieux rochers.

Heller inscrivait les noms et adresses.

– Si moi acheter, moi donner commission.

– Ça c'est bien, mais y faudra pas me traîner dans la cambrousse. Depuis quelque temps, je peux même plus aller à la pêche. Vous êtes sûr que vous ne voulez pas une vieille grange ? J'en ai deux qu'on pourrait aller voir en voiture.

Heller le raccompagna, reprit son taxi et repartit. Les Dieux soient loués, il était encore à portée de l'activateur-récepteur. A une quarantaine de kilomètres de New York ! Quoi qu'il ait en tête, au moins je le saurais et je pourrais agir si cela se révélait dangereux.

5

Il prit l'US vers le nord. Il roulait lentement, contemplant avec plaisir les vallées, les collines et les ruisseaux du Connecticut. Un paysage très pastoral, pittoresque, comme l'on en voit dans les tableaux – du genre qui ne me plaît pas du tout. Trop propre et paisible.

Une voiture de police était stationnée au bord de la route. Les policiers, qui guettaient l'excès de vitesse, devaient sans doute se croire invisibles. Heller passa presque au pas. Je vis alors que ce n'était pas vraiment une voiture de police, mais une voiture de *sheriff* avec une grosse étoile sur la portière. Les deux hommes à l'avant étaient en uniforme kaki avec des chapeaux de cow-boys. Des adjoints, sans doute. Ils se la coulaient douce et, à en juger par les miettes et détritus qui entouraient la voiture, c'était leur planque favorite.

Heller poursuivait sa route. Il examinait attentivement l'accotement gauche. Il remarqua bientôt une différence dans le talus. Elle aurait pu m'échapper.

Il tourna brusquement à gauche et descendit l'autre versant du talus ! A travers les broussailles, comme ça !

Il avait dû conduire d'instinct plutôt qu'avec l'idée précise de sa destination. Il roulait lentement. Les broussailles craquaient et fouettaient le dessous du taxi.

Un énorme buisson lui barrait la route. Apparemment, il n'y avait pas moyen de le contourner. Heller s'arrêta, descendit avec une machette et abattit les branches avant de remonter au volant et de redémarrer.

Il me vint à l'idée qu'il avait emprunté une vieille route qui ressemblait beaucoup à celle qui accédait à la station-service désaffectée, mais plus détériorée encore. Plusieurs fois, il dut contourner des arbres qui avaient à l'évidence plus de trente ans d'âge.

Il escalada une petite éminence et, plus loin, je vis des érables et quelques conifères. Des arbres massifs qui avaient au moins un demi-siècle.

Au-delà, entre deux berges élevées, coulait un mince filet d'eau. Les restes d'un pont de bois s'étaient abattus dans le lit de la rivière.

Heller arrêta le taxi et descendit. Il était en pleine campagne. Quelques buttes se dressaient non loin de là. Le terrain plat était recouvert de cailloux.

Il se mit en marche. Apparemment, il était intéressé par une étendue de terrain plat, à quelque distance des arbres.

Il descendit jusqu'au cours d'eau. Un affleurement de roche blanche avec des traces de rouille retint un instant son attention. Au fil des siècles, la rivière avait lentement creusé son lit.

Une petite éminence à l'aspect peu naturel attira son regard. Il prit une pelle et entreprit de creuser. Ce n'était que de la poussière blanche. Il alla remettre la pelle dans le taxi et revint avec un sac.

C'est alors seulement qu'il parut s'apercevoir de la présence des grands arbres. Il se dirigea droit sur eux. Et là, sous la végétation qui avait dû pousser bien après la construction, masquée par les broussailles et les lianes, il y avait l'ancienne taverne !

C'était un bâtiment plat, très étendu, avec une véranda et des ailes. Apparemment, il avait été construit avec la pierre de la région que l'on trouvait partout en abondance.

Heller grimpa les marches de pierre jusqu'à la porte principale, très grande, fermée par un cadenas. Je me demandai comment il était possible que l'endroit fût encore intact, sans trace de vandalisme, après un demi-siècle. L'Amérique, c'est comme ça.

Heller sortit un crochet de son sac ainsi qu'un bidon d'huile. En un rien de temps, il vint à bout du cadenas ! J'étais surpris. Les gens de l'Appareil ne sont pas aussi adroits avec les serrures. Puis je réalisai que j'avais affaire à un ingénieur. Il devait connaître à fond les pontets et les gorges de serrures.

Prenant alors le bidon d'huile, il entreprit de lubrifier les gonds. La porte était quelque peu déformée, mais elle se révéla assez facile à ouvrir. Il s'arrêta pour examiner les angles du battant et comprit alors pourquoi la bâtisse avait échappé aux vandales : l'intérieur de la porte était blindé !

Il s'approcha d'une fenêtre et constata que le verre également était blindé, à l'épreuve des balles !

Cet endroit était une VRAIE FORTERESSE !

Heller retourna à la voiture prendre une lampe. Pénétrant dans la grande pièce du devant, il posa la lampe sur une table.

Les restes fanés d'une ultime fête pendaient des grosses poutres du plafond. Des débris de lampions japonais en papier huilé projetaient des ombres bizarres.

Il s'avança sur ce qui avait dû être jadis une piste de danse cirée car il rentra les pointes de ses chaussures.

Il ouvrit une nouvelle porte. C'était le bar ! A

l'exception du long comptoir d'acajou, il n'y avait guère de meubles. Il s'arrêta devant un miroir étoilé par l'impact d'une balle.

Plus loin, il y avait d'autres pièces encore - des appartements privés et plusieurs chambres hyper-décorées. Dans la cuisine, il trouva une énorme cuisinière à bois. Un rat avait apparemment élu domicile dans le foyer, allant et venant par la cheminée.

La porte arrière du bâtiment était elle aussi blindée et toutes les fenêtres étaient à l'épreuve des balles !

Dans une autre pièce, il y avait un bureau intact. Les paperasses avaient jauni avec le temps. Heller les feuilleta. Des bons de livraison pour cent vingt caisses plus une reconnaissance de dettes pour cinq cents dollars. Est-ce qu'elle avait seulement jamais été honorée ?

Sur le mur, il y avait des photographies encadrées. Certaines avec des autographes dont l'encre avait bruni. Sous le portrait d'un jeune homme séduisant, on lisait : *A Toots, Jimmy Walker.* Jimmy Walker ? Le célèbre maire de New York ?

Une autre photo retint l'attention d'Heller. Elle montrait quatre jeunes gens dans une pose raide, tous armés de mitraillettes ! Heller se pencha pour lire chacun des noms. Joe Corleone ! C'était le deuxième à partir de la droite. Un jeune homme qui n'avait pas plus de vingt ans !

Il sortit un appareil-photo voltarien de son sac, le braqua sur Joe Coleone et la signature et appuya sur la détente. Il répéta l'opération pour les trois autres jeunes gens.

Tous des fantômes ! « Saint Joe » Corleone était mort à près de quatre-vingt-huit ans. Ce n'était plus qu'un fantôme, comme tout le reste de cette maison, comme cette époque révolue !

Heller parut décider qu'il s'était suffisamment amusé comme ça. Ses gestes se firent rapides. Il sortit une barre de métal de son sac et se mit à taper sur le plancher et sur les murs. Je le connaissais suffisamment pour savoir qu'il faisait du repérage par écho. Il devait chercher d'éventuelles pièces secrètes.

Il ne tarda pas à en trouver une. Quand il eut réussi à circonscrire l'entrée, il s'aperçut que ce n'était qu'un placard, en fait.

Il continua.

Puis il sortit et se mit à frapper sur le sol. Il fit le tour de la maison avec un mètre, prit un repère, s'arrêta. Il délimita une zone précise et prit d'autres repères.

Il devait avoir terminé. Il retourna directement dans le bar et, avec son mètre, il releva de nouveaux échos. Il s'arrêta tout au bout du comptoir.

Avec un peu d'huile, il réussit à faire fonctionner une charnière. Toute l'extrémité du bar pivota alors, démasquant une volée d'escaliers.

Il s'y engagea.

Il descendait dans une caverne !

Il suivit bientôt un tunnel et, à l'entrée d'un puits, trouva un interrupteur qu'il alluma. S'il y avait eu une échelle, elle avait maintenant disparu.

Il examina les parois et marmonna : « granit ». C'est alors qu'il découvrit une inscription gravée :

Issiah Slocum
Sa myne 1689

Il inspecta d'autres galeries dans lesquelles il trouva du quartz blanc. Il en préleva un échantillon qu'il glissa dans sa poche.

Dans certaines, il y avait les restes pourris d'anciennes caisses. Les bootleggers avaient utilisé la mine pour cacher leur whisky de contrebande ! Voilà donc ce qu'était devenue la « mine perdue » de Goldmine Creek !

6

Heller verrouilla derrière lui mais, sur la porte principale, il plaça un cadenas qu'il avait apporté. Énorme ! En fait, il n'avait pas retiré grand-chose de ses cours d'espionnage. Son nouveau cadenas en laiton brillait comme un phare !

Il remonta au volant et roula lentement jusqu'à la route principale avant de se diriger vers la ville à vitesse normale. Il repassa devant la voiture de police en planque. Les hommes du sheriff étaient à moitié endormis.

Il s'arrêta et entra dans un restaurant. L'endroit était plaisant. Il y avait une cabine téléphonique dans l'entrée. Heller composa un numéro et Izzy répondit.

– Super ! lança Heller. Ça a marché d'enfer !

Le voilà qui se lançait dans l'argot ! Très rapidement, il rapporta les informations qu'il avait obtenues au palais de justice, ainsi que le nom de l'agent immobilier, mais il ajouta :

– Il n'a pas participé au marché mais envoie-lui sa commission.

– O.K. Même statut de société, comme prévu ?

– Exactement. La Sphère de Co-Prospérité de l'Est asiatique, filiale du Maysabongo. Le numéro, ici, c'est...

Et il donna le numéro de la cabine.

Ensuite, il s'installa à une table. Une serveuse s'approcha de lui.

– Je crains qu'il ne soit encore trop tôt pour le déjeuner. Les crevettes farcies ne sont pas encore prêtes.

– Ça ira, dit Heller. Cinq hamburgers, et cinq Seven Up.

Je m'étais attendu à ce qu'il ait des ennuis avec son visage noir. Mais on était en Nouvelle-Angleterre. La fille lui apporta un hamburger et un Seven Up.

Heller avala l'un et vida l'autre.

La fille revint avec le deuxième hamburger et le deuxième Seven Up. Ainsi, on servait au fur et à mesure, dans ce restaurant ! Bonne adresse !

Heller s'empara d'un journal et le lut.

Quand tous les hamburgers et les Seven Up eurent disparu, il couronna le tout d'un sorbet au chocolat.

Le téléphone sonna dans la cabine et il se précipita pour répondre.

– John Smith a passé des années au pénitencier fédéral, lui annonça Izzy. En fait, il avait été condamné à perpète pour négligence dans les pots-de-vin de J. Edgar Hoover. Sa maîtresse habitait les lieux pour des raisons sentimentales, mais elle est morte l'an dernier. Smith voulait se débarrasser de tout parce qu'il n'arrivait plus à payer les impôts. Je viens de l'appeler et il est fou de joie. Le gardien aussi, parce qu'il va pouvoir vendre une cellule toute neuve à Smith. L'affaire est à vous.

– Merci, Izzy.

– Monsieur Jet, je vous en prie, soyez prudent. Le Connecticut, c'est perdu. Il y a peut-être encore des Indiens dans le coin

– Merci pour le conseil.

Heller régla ensuite son addition en ajoutant un pourboire royal et sauta dans le taxi.

Il repartit une fois encore vers le nord, sur la même autoroute.

Et c'est alors que, malgré la mise en garde d'Izzy, il accéléra. Le taxi atteignit très vite le 130 à l'heure !

Il décollait littéralement.

En arrivant en vue de la voiture de police en planque, il mit le pied au plancher !

A l'instant précis où il était presque sur les policiers, il braqua dans un nuage de poussière, fit demi-tour sur l'accotement et repartit en sens inverse sur la route et regagna l'autoroute !

Alors, seulement, il ralentit à soixante !

Quel crétin !

La voiture du sheriff bondit comme une truite sur une mouche ! Tous phares allumés, dans un ululement de sirène !

Elle déboucha en rugissant sur la route et se lança à sa poursuite !

Heller accéléra juste assez pour maintenir la distance. Mais je savais que le taxi n'avait aucune chance d'échapper à une voiture de police ! Sa boîte de vitesses était conçue pour les manœuvres en ville et non les performances sur autoroute !

Les flics étaient pratiquement sur lui.

Heller manœuvra brusquement sur la gauche et quitta la route !

Il suivait le même parcours qu'auparavant !

Le vieux taxi sautait, rebondissait et tanguait ! Il fonça entre les arbres, plongea dans les broussailles ! Droit sur la vieille bâtisse ! Est-ce qu'Heller avait l'intention de s'y enfermer et de soutenir un siège ? Qu'est-ce qu'il mijotait ?

Dans le rétroviseur, il apercevait de temps en temps la voiture de police. Elle avait du mal à suivre. Il ralentit !

Droit devant lui, il y avait le bouquet d'arbres qui abritait la vieille taverne.

Et la police se rapprochait dans le clignotement de son gyrophare et le mugissement de la sirène !

A dix mètres des premiers arbres, en terrain découvert, Heller s'arrêta et descendit !

Il lança une sorte de trousse sur le siège avant.

Il lissa sa moustache.

Puis il se campa, jambes écartées, à gauche du taxi.

Il leva les mains et les posa sur le toit du taxi, prenant la pose classique de la fouille.

Dans un dernier dérapage, la voiture de police s'arrêta derrière le taxi. La sirène mourut dans un ultime grognement.

Les deux adjoints du sheriff surgirent de part et d'autre en braquant leurs armes.

Ils se figèrent sur place et échangèrent un regard méfiant.

Le premier s'approcha d'Heller et se mit à le fouiller.

Il toucha instantanément le jackpot !

Il avait soulevé la veste d'Heller. Avec un geste brusque il le contourna pour être dans son champ de vision.

Il tenait le Llama .45 damasquiné d'or !

– Ralph ! s'exclama-t-il. Doux Jésus, regarde-moi ce bijou !

– Bon Dieu, mais qu'est-ce que c'est ? fit l'autre en se rapprochant.

– C'est une saleté de (bip) de flingue avec des diamants, voilà ce que c'est !

– Laisse-moi jeter un coup d'œil, George. Tu sais qu'on dirait une de ces pétoires que les gangsters trimballaient dans le temps ?

– Non, Ralph, ça n'a rien d'un colt .45.

– Mais si ! C'est seulement qu'il est gravé, plaqué, ou un truc comme çà !

– Non, je te dis ! Regarde plutôt ça ! Cette espèce de dessin, là, sur le côté. Ça dit que c'est un Maysabongo.

George apostropha Heller.

– Hé, le négro. Qu'est-ce que c'est que ce foutu flingue ?

– Moi pas parler belle langue anglaise, dit Heller sur un ton aigu. Anglais pas être langue natale.

– On dirait que c'est une espèce d'étranger, déclara Ralph.

– Hé, négro, fit George. T'as un permis pour ce machin ?

– Vous regarder sur siège.

George se pencha à l'intérieur. Il trouva évidemment la trousse qu'Heller avait posée. Mais il chercha un peu partout en marmonnant.

Puis il se redressa enfin.

– Bong sang, Ralph, qu'est-ce que ça veut dire ? Je ne comprends rien à tout ça.

Il rejoignit son collègue.

– Peut-être mieux appeler sur très belle radio, dit Heller. Vérifier plaques immatriculation.

– Oh, oui, c'est ça, fit George.

Il passa à l'arrière du taxi, releva le numéro, puis retourna à la voiture. Pendant ce temps, Ralph restait vigilant, le Llama dans une main, le colt .457 Magnum dans l'autre, fermement braqué sur Heller.

Je ne pus surprendre la conversation radio parce qu'ils avaient laissé tourner leur moteur et que George était à l'intérieur. Mais il ressortit brusquement, sans lâcher son micro.

– Ralph ! Est-ce que ça ressemble à une limousine étrangère, pour toi ?

Avec le canon du Llama, Ralph rejeta en arrière son chapeau de cow-boy pour mieux inspecter le taxi.

– Ma foi oui, George. Y m'a l'air assez vieux pour pas être américain, ce tacot.

George replongea dans la voiture. Il réapparut une fois encore avec le micro. Il écarquilla les yeux et dit :

– Sans (bipper), c'est vrai ?

Il se pencha pour raccrocher le micro. En agitant ses papiers, il revint vers Ralph.

– Regarde. C'est écrit ici qu'il s'appelle Rangtango Blowah, de la République du Maysabongo, et qu'il est consul auprès de l'État du Connecticut. Et ces plaques, elles sont diplomatiques. Ils ont vérifié avec Washington. Ce négro est immutilé diplomatique.

– C'est quoi ça, bon Dieu ?

– L'opérateur m'a dit que Washington lui a expliqué qu'on pouvait pas lui toucher un cheveu. Et il peut faire tout ce qu'il veut, lui. On peut pas l'arrêter, quoi qu'y fasse.

– Bon sang de bon sang ! Un immutilé diplomatique ? Mais ça doit vouloir dire qu'y peut tout casser et que nous, on n'a même pas le droit de lui casser un bras.

– J'en ai peur, commenta George.

– Oh, (bip de bip d'embipé) ! On peut même pas confisquer son arme ?

– Je crains que non. Rends-la-lui. Il peut même nous flinguer avec sans qu'on puisse rien dire !

Heller prit l'arme que Ralph lui tendait à contrecœur.

– Tout cet endroit, maintenant, annonça-t-il d'un ton haut perché, être propriété de République du Maysabongo. Vous pas être aux États-Unis maintenant. Vous être dans Maysabongo.

– Seigneur ! fit Ralph. Ces (bips) d'étrangers sont en train d'acheter tout ce (bipé) de pays !

– J'en ai peur, dit George.

– Écoute, négro. Deux fois, on t'a vu passer en roulant bien pépère. Qu'est-ce que c'était que cette foutue idée d'accélérer tout d'un coup ?

– Test, dit Heller. Moi vouloir savoir si vous être bons flics toujours sur vos gardes. Vous passer le test très bien. Je vous prie.

Il sortit son portefeuille et y prit deux billets de cent dollars qu'il remit à Ralph et George.

– Chaque mois, vous aurez un comme ça.

– Et le chef, est-ce qu'il a passé le test ? demanda George. C'est mon oncle.

Heller sortit deux autres billets de cent dollars.

– Lui très bon. Il passe deux fois test. Donc, chaque mois, lui avoir deux.

Ils étaient occupés à glisser soigneusement le billet dans leur portefeuille.

– Mon Dieu, fit Ralph. On ne peut même pas l'arrêter pour corruption d'agent de police ! Ces immutilés, ça a des avantages !

– Tu sais, fit George, c'est comme les histoires d'autrefois que me racontait mon grand-père. Quand les bootleggers étaient dans le coin. Ils crachaient régulièrement et on pouvait pas y toucher, à eux non plus !

– Non, non, non ! intervint Heller. Pas pot-de-vin. Lever main gauche s'il vous plaît. Maysabongo faire tout avec main gauche. Dire après moi : « Je suis à présent, à titre honoraire... (Ralph et George levèrent docilement la main.) ... sheriff-adjoint des Marines de

Maysabongo... et je m'engage... si j'assiste à quelque chose de bizarre, à regarder ailleurs... et si je vois pénétrer des étrangers, à leur faire sauter la cervelle. »

Ils répétèrent le serment.

Heller, plongeant alors la main dans sa poche, en ressortit trois étoiles d'or, sans aucune inscription, et les tendit aux deux hommes. George reçut la troisième.

– Vous dire à chef votre oncle qu'il a juré, lui aussi. Maintenant, son badge.

– Mais tout ça est légal, après tout ! s'écria Ralph. Je savais bien qu'il pouvait pas être négro à cent pour cent. Il a les yeux bleus !

– Autre chose, dit Heller. Moi louer service d'ingénieur blanc. Lui très bon. Lui avoir cheveux très clairs. Et lui aussi immutilé diplomatique, et lui être O.K. si vous le voir ici.

Il tendit à George et Ralph une de ses propres photos d'identité !

Ils l'examinèrent d'un air grave. Puis George la rendit en même temps que la trousse qu'il avait prise sur le siège avant du taxi. Il ôta son chapeau d'un geste poli.

– Vous pouvez compter sur nous pour faire sauter la cervelle de n'importe qui quand vous le direz.

A son tour, Ralph salua.

Puis ils remontèrent en voiture et démarrèrent.

J'éprouvai un choc horrible en comprenant soudain ce que ce (bipé) d'Heller venait de faire ! Il s'était attaché les services de la police locale ! Désormais, personne ne pourrait plus s'approcher de cet endroit !

La vieille dame veillait sur l'endroit qu'il utilisait comme garage, prête à faire sauter la tête des intrus. Et, autour de l'ancienne taverne, les hommes du sheriff feraient la même chose.

Ça, c'était vraiment ignoble de la part d'Heller ! Impossible maintenant de fourrer notre nez dans le coin pour tout saboter !

Dès que la plaque de décodage serait entre nos mains, c'est à New York et à New York seulement qu'il faudrait liquider Heller !

Qu'il soit (bipé) ! J'avais toujours su que nous aurions des ennuis s'il se mettait à apprendre l'espionnage. C'était le cas et on était en plein dedans !

VINGT-DEUXIÈME PARTIE

1

Le destin est rarement clément. Et quand les mauvaises nouvelles pleuvent, on ne sait quand elles vont s'arrêter.

Heller avait travaillé aux alentours de la taverne durant tout le reste de la journée, aérant toutes les pièces et s'assurant du bon fonctionnement du poêle – sans doute, je le supposai, parce que l'hiver s'annonçait. Il semblait apprécier la campagne, admirant les érables dont le feuillage rougissait déjà sous l'effet des gelées de la nuit. Il escalada une colline au pas de course et contempla le paysage. Il parut s'intéresser beaucoup aux rochers du terrain plat proche de la maison, car il prit une corde explosive et fit sauter deux monticules – il adorait vraiment faire exploser les choses !

Pour terminer, il planta un écriteau qui disait :

Propriété privée
Entrée interdite
Tout contrevenant sera déporté
avec une balle dans la tête
Nous ne répondons pas des dégâts
causés par les champs de mines

Il trouva un endroit où franchir le cours d'eau et, bientôt, s'enfonça dans la campagne. Brusquement, l'arrière de la station-service apparut. En fait, il était sur la même ancienne route !

La vieille dame aveugle lui ouvrit la porte du garage et Heller entra. Il balaya rapidement le faisceau de sa lampe sur lui-même, puis sur le taxi et, en un rien de temps, les couleurs originales furent restituées.

Il entreprit ensuite de rendre quelques menus services à la vieille dame. Il répara une cage à poules dont la porte était branlante, coupa du bois à brûler à coups de désintégrateur, avant d'accepter une tasse de café tout en écoutant un flot de compliments de la vieille dame. A l'heure du crépuscule, il roulait vers New York.

Quoi qu'il préparât, il faisait des progrès. Beaucoup trop et beaucoup trop vite !

Pour moi, il était minuit passé. A l'instant où je rampais vers mon lit désespérément vide, plutôt épuisé, on frappa à la porte. C'était Faht Bey. Sans un mot, il me tendit une enveloppe et repartit.

L'esprit embrumé, je l'ouvris. Je lus les deux premières lignes et m'assis, ou plutôt, je m'effondrai. C'était le rapport de Raht et Terb :

RAPPORT D'AGENT A AGENT

Nous avons de bonnes nouvelles pour vous.

Nous sommes à l'hôpital.

Nous avons fait exactement ce que vous aviez dit.

Dès notre arrivée à New York, nous nous sommes procuré de fausses lettres de crédit en bonne et due forme au titre de délégués du Zimbabwe auprès des Nations unies. Également, des costumes acceptables. Et sous cette identité acceptable, nous avons commencé à remplir notre mission.

Ainsi que nous en avions reçu l'ordre, nous nous sommes portés vers la cible indiquée.

A la réception, nous avons pris rendez-vous avec deux filles acceptables et avons payé la somme convenue pour laquelle vous voudrez bien trouver ci-joint un reçu.

Procédant selon le plan indiqué, nous ne nous sommes pas rendus dans les chambres indiquées mais avons fait le détour par l'étage du haut.

Conformément aux informations, la porte de la chambre du sujet était ouverte. Il n'y avait personne dans les lieux.

Nous nous y sommes introduits et avons entrepris de fouiller l'endroit. Nous avons exploré chaque placard, chaque fissure. Une chose est certaine : le sujet dispose d'un nombre important de vêtements.

Nous avions preque achevé nos recherches en remettant en place ce que nous pouvions quand la porte de l'appartement s'est ouverte.

Une prostituée jaune d'un mètre quatre-vingts, avec des ongles d'argent aux pieds et aux mains, vêtue d'une robe mauve ouverte sur le devant, sans rien dessous, est entrée alors.

Ladite prostituée jaune était accompagnée d'une autre prostituée, basanée celle-là, d'environ un mètre soixante-dix, aux ongles rouges, apparemment d'extract tahitien, portant une petite serviette de toilette et de longs cheveux noirs.

La susdite jaune a proféré : « Qu'est-ce que vous faites, bande de (bipés) dans la chambre du joli garçon ? » Sa voix n'était nullement modulée et aucun enregistrement n'est joint.

L'Agent Terb, qui se trouvait le plus près de la porte, décida, appliquant les moyens standard prescrits, de maîtriser la Tahitienne. Appliquant une parade standard et frappant en croix du tranchant de la main, ladite Tahitienne brisa net la bras de l'Agent Terb.

l'Agent Raht, incapable de se placer derrière un bar qui est positionné à droite de la porte dudit appartement et qui contient du Seven Up, ainsi que de la bière suisse sans alcool et des ice-creams, leva une matraque standard de calibre 18 contenant trois livres un quart de grenaille et l'abattit de la manière prescrite, avec l'intention d'étourdir la jaune de haute taille qui s'avançait sur lui, sa jupe grande ouverte.

Le pied droit de ladite prostituée jaune s'avança et entra en collision avec la susdite matraque, qui alla jaillir dans la chambre meublée d'un lit circulaire assez vaste, selon une estimation professionnelle, pour contenir six personnes.

Aussi rapidement que possible, ledit Agent Raht, se penchant, porta alors sa main vers le colt Cobra qui, selon le règlement, doit être fixé à la cheville droite de chaque agent.

Cette manœuvre, bien que standard, fut interrompue par le pied gauche de la susdite prostituée jaune de haute taille en un mouvement circulaire qui l'amena à heurter la mâchoire dudit Agent Raht, qui céda.

L'Agent Terb, cherchant à utiliser son arme restante contre la Tahitienne en un revers standard, vit son mouvement dévié droit dans le tube de 56, mesure diagonale, du téléviseur de marque Sylvania.

L'Agent Raht, quant à lui, fut atteint à l'arrière du crâne par une bouteille de Seven Up à la suite d'une manœuvre non orthodoxe exécutée par la susdite prostituée jaune.

Étendus sur le sol, les Agents Terb et Raht, levant les yeux, virent un jeune homme, d'environ un mètre quatre-vingts, vêtu d'un costume bleu trois pièces, les cheveux noirs, répondant au nom de Giuseppe, ce qui peut être un surnom, qui braquait sur eux un pistolet automatique italien de marque Beretta, modèle 1934, calibre 380, dont la sécurité était ôtée.

Ledit jeune homme demanda alors à la Tahitienne et à la grande blonde de bien vouloir dégager la poitrine des susdits Agents Terb et Raht, ce à quoi la grande blonde répondit par la requête suivante : « Giuseppe, laisse-moi encore cogner sur ce (bip de bipé). » Requête qui fut ignorée par ledit Giuseppe qui était occupé au téléphone. C'est alors que ladite grande blonde frappa l'Agent Raht au niveau du plexus solaire, ce qui occasionna une paralysie.

Trois minutes et demie plus tard, un second jeune homme, d'environ un mètre soixante-quinze, les cheveux et les yeux noirs, portant un costume gris et tenant une matraque en caoutchouc de cinquante centimètres, fit son entrée. Son nom reste inconnu et personne ne s'adressa à lui. La Tahitienne demanda alors que la suite des opérations ne soit pas conduite dans l'appartement de « joli garçon ».

En conséquence, les Agents Raht et Terb furent escortés jusqu'à une chambre du sous-sol, d'environ trois mètres sur quatre, meublée d'une table et de deux chaises.

Un individu répondant au nom de Vantagio apparut. Il mesure un peu plus d'un mètre soixante-dix, avec des cheveux et des yeux noirs, et il était vêtu d'un costume de couleur sombre, de style coûteux.

Le jeune homme du nom de Giuseppe dit : « Vantagio... » mais poursuivit en italien. Aucun enregistrement n'est joint.

Ledit Vantagio prit alors les portefeuilles et autres pièces d'identité desdits agents et déclara en anglais : « Tiens bien ce bâton de caoutchouc pendant que je vérifie. »

Ledit Vantagio sortit.

Ledit Vantagio revint.

Ledit Vantagio déclara : « Espèces d'(embipés), vous n'êtes pas des Nations unies. Au bureau du Secrétaire Général, ils n'ont jamais entendu parler de vous. Ces papiers sont faux. » Cette remarque était adressée auxdits Agents Raht et Terb.

Ledit Vantagio déclara alors audit Giuseppe et à l'autre jeune homme : « Occupez-vous de ces (bips) et tâchez de savoir d'où ils viennent vraiment. » Il disparut.

L'autre jeune homme, se servant de sa longue matraque de caoutchouc de façon experte pendant une heure et quinze minutes, fut, malgré tout, incapable d'arracher d'autres informations aux susdits Agents.

Quand ils recouvrèrent la conscience, lesdits Agents Raht et Terb se retrouvèrent à l'arrière d'une camionnette de livraison, modèle et immatriculation non relevés. Ce véhicule était en route pour une destination inconnue.

Comme l'Agent Raht ne pouvait s'exprimer par suite d'une fracture à la mâchoire, ce fut l'Agent Terb qui s'adressa au jeune homme qui avait pris place avec eux à l'arrière de la camionnette : « Où allons-nous ? »

Ledit jeune homme expliqua : « On vous emmène faire une balade, (bipés). Alors, dites vos prières. »

Il renforça ce conseil d'un mouvement gesticulatoire de son Beretta.

La camionnette s'arrêta. Le ronronnement de la circulation devint perceptible.

Un nouveau jeune homme apparut, venant du devant.

A eux deux, ils rassemblèrent plusieurs grands sacs poubelles en plastique noir. Ils jetèrent dans le fond des blocs de ciment. Puis ils placèrent lesdits Agents Terb et Raht dans ces sacs de plastique noir.

On entendit s'ouvrir les portes arrière de la camionnette. Le ronronnement de la circulation se fit plus fort. Les Agents Raht et Terb s'entendent pour penser que c'est alors qu'ils furent projetés par-dessus une balustrade.

La durée de la chute fut considérable.

L'impact de l'eau excessif.

Utilisant alors la fine lame dont les règlements standard prescrivent le port à l'intérieur de la semelle de la chaussure droite, l'Agent Raht découpa le mince plastique du sac et regagna très rapidement la surface. Comme il ne voyait aucun signe de l'Agent Terb, l'Agent Raht replongea, localisa le sac poubelle de plastique noir et le découpa pour libérer l'Agent Terb.

A la surface, les deux Agents convinrent que le pont qu'ils discernaient en amont dans l'obscurité devait être le Pont de Queensborough. Étant des Agents compétents, ils possédent une certaine connaissance de la géographie locale. Le courant, dans cette partie, est renommé pour ses tourbillons et personne n'a jamais réussi à y nager.

L'East River, à cet endroit, est divisée en deux par une île très longue appelée Roosevelt Island. Elle a servi autrefois de prison sans barreaux parce que nul n'aurait pu s'en évader et réussir à fanchir à la nage les deux cents mètres qui la séparent de la berge principale. C'est un lieu historique.

Le courant avait emporté lesdits Agents à proximité de la pointe sud de l'île. Il se trouve là un geyser qui projette 15 000 litres d'eau par minute jusqu'à cent vingt mètres de haut. C'est un lieu historique.

Le vent rabattait les embruns dudit geyser sur les Agents.

Un bras d'eau calme fut repéré, dont les Agents tirèrent profit.

La berge est couverte de berniques, de débris divers et d'huile.

Il y avait deux hôpitaux sur Roosevelt Island, l'un pour les malades incurables et l'autre pour les vieillards. C'est un lieu historique.

A l'extrémité sud de l'île, on trouve aussi le Silver Memorial Hospital.

L'Agent Raht porta l'Agent Terb jusqu'audit hôpital et invoqua qu'ils étaient tous deux incurables et très âgés.

On voulut bien les admettre et leur prodiguer les premiers soins. Ils se trouvent encore là, vu qu'ils avaient de l'argent dans leurs chaussures.

Nous n'avons pas pu écrire plus tôt parce que les mains des Agents Raht et Terb ont été déchirées en lambeaux par des hameçons de pêche qui se trouvaient dans les bagages du sujet qu'ils avaient à fouiller.

Aucune plaque telle que celle décrite n'a été trouvée.

Cependant, nous avons de bonnes nouvelles ! Nous avons trouvé l'interférence recherchée.

Avant de pénétrer dans la chambre du sujet, nous nous sommes incidemment introduits dans des chambres contiguës. Immédiatement à côté de l'appartement du sujet, nous avons trouvé une chambre d'environ neuf mètres sur six. Elle comporte des paysages de mer ou de jungle interchangeables. Le sol est revêtu de sable ou d'herbe.

Ladite chambre contient également des palmiers qui délimitent des alcôves naturelles.

La fonction de cette chambre est apparemment de simuler les conditions antérieures de contact coïtal à l'intention des diplomates venus de pays marins ou de jungle. Ils font cela étendus sur l'herbe ou bien dans le sable, ou dans les alcôves, sous les palmes.

Au centre exact de ladite chambre, un arc élec-

trique tient lieu de soleil. La lumière est fournie par des barres de carbone.

De cette façon, les diplomates peuvent reconstituer leurs expériences sexuelles passées.

Il existe un dispositif similaire dans un bordel de Hong Kong, au 116 Lotus Street, troisième porte à droite.

Donc, ce sont de bonnes nouvelles que nous vous apportons. L'interférence est provoquée par le susdit arc de carbone.

Vous ne nous avez fourni aucun appareil d'espionnage à mettre en place, donc nous n'en avons pas mis.

Un messager du bureau de New York va acheminer ce message avec un déguisement approprié.

Nous attendons vos prochaines instructions. Nous serons encore immobilisés pour un mois. Toujours à votre service.

C'était signé de leurs numéros d'agents.

Ce rapport était vraiment un coup de poing en pleine figure. Ils ne faisaient ça que pour me narguer.

C'était l'évidence même !

C'était un moyen de laisser tomber le travail pour prendre des vacances aux frais de l'Appareil. On m'avait déjà fait le coup.

J'étais encore plus furieux contre Heller ! Les gens respectables, honnêtes, prennent des dobermans, des pinschers ou des bergers allemands comme chiens de garde. Lui, il se servait de grandes blondes et d'une putain tahitienne.

Ça montre bien ce qui peut arriver quand on essaie de travailler avec un espion amateur. Il ne joue pas le jeu ! Impossible de compter dessus !

Dans l'humeur qui était la mienne, je ressentais encore plus de sympathie pour cet arnaqueur d'Izzy. Quand le destin s'acharne sur vous, on ne peut pas savoir où il va s'arrêter !

Quel serait le prochain coup ?

2

On dit que la foudre ne tombe jamais deux fois au même endroit. Mais, apparemment, rien n'interdit qu'elle tombe deux fois dans la même période de temps.

Vers quatre heures du matin, j'avais enfin réussi à aller dormir, seul dans mon lit.

Je fus réveillé en sursaut par des coups frappés sauvagement à la porte de ma chambre.

J'ôtai la barre de sécurité et ouvris.

Le nouveau gardien était là, le regard affolé ! Il pointait frénétiquement le doigt vers la porte principale. Il bredouilla vaguement mais je n'attendis pas. Je traversai la cour à toutes jambes, brandissant mon Mauser automatique avec le fervent espoir que j'allais trouver quelques chose ou quelqu'un sur qui me défouler de ma dépression par quelques coups de feu.

Pas de chance. C'était le chauffeur de taxi.

– Sultan Bey ! Venez vite ! Il y a un appel intercontinental pour vous ! Au Dregs Hotel !

J'en restai abasourdi. J'avais encore la tête flottante au sortir du sommeil et je n'arrivais pas à imaginer qui pouvait bien m'appeler à cette heure. Une idée folle me vint : c'était impossible, à cause du facteur espace-temps. Alors, c'était peut-être quelqu'un qui voulait invalider l'achat d'Utanc !

Je regagnai ma chambre en courant, attrapai quelques vêtements et, peu après, nous volions littéralement sur la route cahoteuse d'Afyon. Il était encore trop tôt pour les charrettes et les chameaux, et nous arrivâmes très vite.

Je me précipitai dans l'hôtel. Le réceptionniste de nuit me désigna d'un doigt impératif le téléphone du hall. Je saisis le combiné. Le service des Postes, Téléphone et Télégraphe, en Turquie, est généralement efficace. En un rien de temps, j'eus l'opératrice au bout du fil.

– Sultan Bey. Je vais essayer d'avoir à nouveau Istanbul. La communication a été coupée !

Je perçus quelques murmures. Puis j'eus quelqu'un en ligne. Mon correspondant ? Mais non.

– Vous êtes Sultan Bey, à Afyon ?

– Oui, oui !

– Ici, l'opératrice des communications intercontinentales. Veuillez attendre.

J'attendis.

Quelqu'un d'autre me parla alors.

– Sultan Bey, en Turquie ?

– Oui, oui.

– Ici l'opératrice intercontinentale de Rome. Attendez.

J'attendis encore.

J'entendis alors le bruit d'une véritable pluie de pièces.

– Allô, Sultan Bey ?

Par tous les Dieux de tous les Cieux !

C'était HELLER !

– C'est mon vieil ami de l'Académie ? demanda-t-il en anglais.

– Oui.

Mon cerveau fonctionnait à toute allure : comment le faire taire ? Tous les appels longue distance du monde sont surveillées par l'Agence de Sécurité Nationale des États-Unis ! Ils passent tous par satellite !

– Alors, 'oilà ! Nous aut, les mecs de Ha'lem, on fait un sacré grand mariage. Le 2 octobre, mon frère. Et présentement c'est le soir. Je te dis : on va laisser la lumière du porche allumée.

– Mes Dieux ! laissai-je échapper.

Comment l'arrêter ?

– On peut dire que ça va être une sacrée foutue partie, alors faut pas ramener ta p'tite Miss Éclair. Elle est trop tarte, mon pote. Mais c'est sûr que tu d'vrais te pointer avec ce bon vieux Prince Caucalsia. On va lui secouer les tripes.

– Bons Dieux !

– On compte sur toi, mec, parce qu'y faut aussi qu'on écrive au patron que tu fais du chouette boulot, tu saisis. Et tu peux pas te tromper d'adresse vu qu'on va faire un barbecue et que ça se sent...

Je hurlai :

– Au revoir ! Oui, j'y serai. Au revoir !

Je raccrochai, en pleine hystérie.

Le téléphone sonna.

– Ici l'opératrice intercontinentale de New York. Communication terminée ?

– Oui, mes Dieux, oui !

Et je raccrochai à nouveau.

Quel (bipé) de crétin ! Appeler en clair !

– Quelqu'un est mort ? me demanda le réceptionniste de nuit en turc. Vous avez l'air bouleversé. Vous voulez que je vous ouvre le bar ?

Je sortis sans répondre et remontai dans le taxi.

– Quelqu'un est mort ? me demanda le chauffeur.

Je ne lui répondis pas et il démarra. La lune était dans son dernier quartier. Il ferait nuit noire le deuxième jour d'octobre. Heller avait tout prévu. Mais ce manquement aux règles élémentaires de sécurité...

Ma réaction était si violente que j'aurais bien été incapable, sur le moment, de me rappeler le reste du message.

Le chauffeur me jeta devant la villa et je rentrai en hâte.

C'est alors, soudain, que je me dis que le message devait se trouver sur mes enregistrements et je gagnai la chambre secrète.

J'explorai les bandes enregistrées.

Oui, là, Heller était attablé dans un restaurant du centre de New York. Un Howard Johnson's ? Et là, il était dans la cabine téléphonique, il attendait. Le reflet dans la vitre m'apprit qu'il avait les cheveux et le visage teints en noir. Il portait une espèce de combinaison de travail blanche.

J'avançai pour entendre la communication.

Il commanda et dévora trois hamburgers à la file.

Le téléphone sonna. Il se leva et décrocha. Il jeta une poignée de pièces dans la boîte.

Et j'entendis la communication. Mes quelques exclamations étaient trop fortes et je dus baisser le volume.

Ce que disait Heller était affreusement obscur. Je repassai l'enregistrement. Je ne connaissais aucune « Miss Éclair ». Et je compris brusquement. Il voulait dire qu'il ne fallait pas utiliser l'Éclair Bleu, la lumière paralysante. Bien sûr, puisqu'il serait là, sur le terrain.

La « lumière du porche » signifiait qu'il y aurait une balise-radio. J'ignorais qu'il en avait emporté une.

Au troisième passage, je compris cette histoire de « barbecue ». Gril pour « grille » ! Il avait été sur le point de me donner sa position sur la planète par rapport à la grille de localisation de la Flotte Voltarienne. Un simple série de nombres.

Mais bien entendu, je savais exactement où il se trouvait.

Soudain, je compris pourquoi il avait acheté la vieille taverne. C'était afin de disposer d'un terrain d'atterrissage pour le vaisseau-remorqueur, le *Prince Caucalsia* !

Ah, ah ! On allait lui « secouer les tripes » ! Ça voulait dire qu'Heller voulait ses boîtes !

Mais il y avait plus là-dessous qu'un simple atterrissage et un message au capitaine Tars Roke. Heller allait utiliser la vieille taverne pour autre chose !

Je repassai encore une fois l'enregistrement, attentivement. Je remarquai que, à l'instant où la communication avait été brusquement coupée, il était resté immobile, pensif.

J'essayai ensuite de déterminer dans quelle mesure cet appel constituait une violation du Code. Je n'y parvins pas.

Mais c'était la cargaison qui comptait. Heller la voulait. Il allait (bipement) trop vite !

Raht et Terb s'étaient lâchement mis en congé. Il fallait que je trouve une solution. Et vite.

Et ça me vint d'un seul coup. Le plan parfait !

la livraison serait faite. Heller expédierait sa lettre à Tars Roke. Je retarderais le départ assez longtemps pour pouvoir en examiner le contenu. La première lettre était partie depuis longtemps, certes, mais j'en avais une copie. Si cette nouvelle lettre correspondait à la première, j'aurais la plaque de code puisque les positions coïncideraient. Et je pourrais alors donner l'ordre aux Antimancos de la supprimer.

Il fallait attendre. Je ne devais pas le laisser tirer profit de la situation au cas où je manquerais mon coup pour la lettre. Comment m'y prendre avac la cargaison ?

Tout allait bien se passer, en fait.

Je regagnai mon lit, le sourire aux lèvres.

D'une façon ou d'une autre, on allait neutraliser Heller.

3

Ce n'est qu'à midi, le jour suivant, que je trouvai le temps d'aller faire un tour. Avant de me coucher, j'avais laissé une note à Faht Bey pour lui dire que le remorqueur décollerait le 2, donc dans deux jours et, bien entendu, je supposais qu'en arrivant au hangar je trouverais les équipes en train de rassembler le chargement en vue du départ.

Mais ce ne fut pas le cas !

En pénétrant dans l'énorme caverne, j'eus plutôt l'impression qu'on se préparait à une bataille !

Tous les techniciens de la base étaient alignés au centre du hangar ! Et les quatre pilotes-assassins étaient là, l'arme à la hanche !

Le soleil de midi filtrait à travers l'illusion optique de protection, comme le faisceau d'un projecteur braqué sur l'assemblée.

Le chef des assassins avait revêtu sa sinistre tenue bariolée. Il avait l'air féroce, le pistolet vibrant !

Faht Bey s'agitait, en sueur.

Je surgis du couloir accédant à mon bureau. Instantanément, je sortis mon éclateur. Même durant les périodes les plus pacifiques, on ne se promène pas sans arme au milieu de ce genre de personnages.

Faht Bey m'aperçut et cria :

– Officier Gris ! par tous les Démons Sacrés, ordonnez à ces pilotes-assassins de renoncer !

Je n'avais pas prononcé une parole. Mais le chef se tourna vers moi.

– Vous n'avez pas la moindre autorité sur nous ! me cria-t-il.

Et l'un des copilotes braqua son arme sur moi !

– Officier Gris ! bêla Faht Bey. Il disent qu'ils vont descendre les techniciens un par un jusqu'à ce qu'ils aient trouvé le coupable !

Les cinq Antimancos se tenaient à l'écart. Je touchai l'étoile qui pendait à mon cou. Peut-être avais-je une chance de les amener à attaquer les pilotes-assassins...

Mais je réalisai au même instant que je me trouverais dans la ligne de tir et je dis en hâte :

– Que signifie tout cela ?

Mieux valait temporiser.

– Sabotage et tentative de meurtre ! lança le chef des pilotes-assassins.

Je me dis que ça lui allait bien d'accuser les autres de meurtre. Il ne faisait que ça.

Il tourna vers moi ses yeux d'ardoise glacés.

– Peut-être que vous êtes mêlé à ça ?...

– Vous feriez mieux de me dire ce que vous entendez par « ça », dis-je en m'efforçant de prendre un air dur et de ne pas chevroter.

Il pointa son gant rouge vers les techniciens.

– Un de ces (bips) a bousillé nos vaisseaux ! (Son visage

était aussi écarlate que l'insigne de son col.) Ils ont fait des montages en court-circuit ! Si nous avions utilisé une arme, c'est le vaisseau tout entier qui aurait explosé ! Il y a donc tentative de meurtre et destruction délibérée des biens de l'Appareil.

Je comprenais pourquoi il était aussi furieux. Il avait pour mission de descendre le remorqueur et, ainsi, il n'aurait pas pu le faire. Je me portai en direction des techniciens.

– Qu'est-ce que vous savez de tout cela ? demandai-je d'un ton sévère.

Ils étaient blancs comme de la craie. Le chef de l'entretien me dit :

– Mais rien ! Ces deux vaisseaux-mitrailleurs sont verrouillés ! On n'a jamais pu monter à bord !

Je me tournai vers le pilote-assassin.

– Vous voyez ? Ce n'est pas eux.

Il fit un pas vers moi.

– Alors QUI ? (Il me saisit par le devant de ma tunique.) Vous ? Oui. C'est vous qui allez voyager dans ce remorqueur. Vous essayez peut-être de sauver votre peau sur le dos du gouvernement, hein ?

Par hasard, mon éclateur était juste sur son ventre. Il recula.

– Vous me menacez, c'est ça ? (Il constata la présence des Antimancos rassemblés devant le remorqueur.) C'est peut-être vous qui avez l'ordre de saboter nos vaisseaux ?

Le commandant des Antimancos, le capitaine Stabb, s'avança alors, les Dieux le bénissent !

– Je n'ai reçu aucun ordre de l'officier Gris !

Le pilote-assassin se tourna vers moi.

– Même si c'était vous, vous mentiriez ! C'est vous qui seriez dans ce remorqueur si on devait le descendre ! Et vous allez partir !

– Ce vaisseau, dit le capitaine Stabb, a été incapacité pour le vol spatial. Il ne peut se déplacer qu'avec ses moteurs auxiliaires à l'intérieur du système solaire. C'est un dispositif qui a été mis en place et que vous pouvez trouver facilement. Alors, pourquoi tout ce scandale ?

– Dans ce cas, fit l'assassin, je n'ai pas d'autre solution que de descendre les techniciens, l'un après l'autre jusqu'à ce que j'aie la réponse. Quand j'en aurai fini avec eux, et si je n'ai toujours pas satisfaction, je passerai à l'équipage !

– Officier Gris ! hurla Faht Bey. S'ils abattent les techniciens, la base sera paralysée ! Et s'ils tuent l'équipage, vous ne pourrez pas utiliser le remorqueur ! Je vous en prie, par les Dieux, FAITES QUELQUE CHOSE !

Là, je devais reconnaître qu'il avait un peu raison.

– La seule personne qui ne se trouve pas ici mais qui y était quand les deux mitrailleurs sont arrivés, déclara alors le capitaine Stabb, c'est cet officier royal !

J'eus soudain l'inspiration !

– Oh, dis-je au pilote-assassin, ça ne s'est pas passé précisément aujourd'hui, n'est-ce pas ? Et avez-vous inspecté vos canons depuis que vous êtes arrivés ?

– Non. pourquoi on l'aurait fait ? Ma cible, c'est ce remorqueur. Et il n'a pas quitté le hangar !

– Vous voulez dire que vous n'inspectez vos vaisseaux que s'ils doivent entrer en action par rapport aux déplacements du remorqueur ?

– Exactement ! aboya l'assassin.

– Ah, je vois... Ça explique tout ! Vous comprenez, cet officier est en fait un Inspecteur de la Couronne, et cette idée ne m'a pas effleuré. Mais je l'ai observé pénétrant dans vos deux vaisseaux-mitrailleurs peu après votre arrivée.

– Quoi ? Et vous n'avez pas fait un rapport ?

– Ma foi, c'est un Inspecteur de la *Couronne.* Il a reçu des ordres pour vous tuer tous. Il a fouillé partout, dans toutes vos affaires personnelles. Mais je savais que vous procéderiez à une inspection générale avant de décoller.

– Vous parlez de l'officier royal ? Le grand avec les cheveux blonds ?

– Et les yeux bleus, oui. Celui-là même.

Me tournant alors vers le personnel, je déclarai à haute voix :

– Je suis vraiment navré que cet acte de sabotage venant d'un officier royal ait pu mettre vos existences en péril. Mais vous pouvez être rassurés. Il est évident que c'est lui le responsable. C'est tout. Rappelez-vous qu'il vous faudra l'abattre à vue. Il représente une menace contre nos vies.

– L'officier royal, murmurèrent-ils tous.

– Cet (embipé) des Dieux d'officier royal, firent les pilotes-assassins.

– Ça, on peut toujours s'attendre à ce que ces foutus officiers royaux sèment la pagaille ! commenta le capitaine Stabb.

J'avais donc réussi à les convaincre tous qu'Heller devait être descendu à vue et je leur souris.

– Maintenant que nous savons quelle est la marche à suivre si jamais il se représente à la base, pouvons-nous reprendre le travail ?

Ils se dispersèrent.

Mais le clou, c'est que j'avais raison : j'étais certain que tout était du fait d'Heller. Qu'en faisant cela il m'ait sauvé la vie n'entrait pas en ligne de compte.

Après ce coup de téléphone, il pouvait très bien se montrer. Et alors, on s'occuperait de lui. Quoi qu'il advienne, il ne repartirait pas vivant de cette planète ! C'était certain !

Tous ces visages furieux marqués par la vengeance étaient un véritable baume pour ma douleur ! Désormais, en plus de Lombar et moi, tout le monde était braqué contre Heller !

4

Dans le carré, le capitaine Stabb m'adressa un regard admiratif.

– Officier Gris, vous avez réglé ça à la perfection.

Une franche et saine fraternité luisait dans ses petits yeux noirs.

– Ça n'était pas facile, dus-je admettre. Maintenant, au travail.

Je sortis une grille de la Flotte ainsi que quelques cartes géologiques américaines et lui montrai exactement le lieu de notre atterrissage.

– Et alors, on le tuera ?

– Ce n'est pas positif encore, dis-je.

– Parce qu'il faut le torturer d'abord ?

– Capitaine Stabb, je pense vraiment que nous nous comprenons très bien. Mais j'ai un problème. Il possède quelque chose que je dois lui prendre. Si nous n'y arrivons pas cette fois, ce sera pour plus tard.

– Oh, grommela-t-il, comme pour lui-même, avant de se rasséréner. Mais, dès que vous aurez ça, on le tuera, hein ?

– Exact.

– Parfait.

– Notre stratégie est de le tromper, de le prendre par surprise sans lui donner l'alarme. De lui faire croire que nous coopérons.

– Très malin. Et comme ça, on pourra l'avoir par-derrière.

– Exact. Ce qu'il veut, ce sont ces boîtes qui sont dans la cale. Il est possible que je n'arrive pas à mettre la main sur ce que je désire au cours de ce voyage et que nous soyons obligés de les lui livrer. Mais, si tel est le cas, je veux qu'on sabote cette cargaison.

– Je pensais que c'était déjà fait, s'étonna Stabb.

Ainsi, Lombar lui avait fait la leçon.

– Eh bien, pas assez à vrai dire. Il est très sournois et malhonnête.

– Comme tous les officiers royaux. A l'exception de ceux qui sont ici avec nous, je veux dire vous.

– Eh bien, pour être franc, je ne l'ai jamais été. J'ai été transféré dans l'Appareil. J'avais échoué.

– Vous n'êtes pas officier royal ?

– Non, je ne suis qu'Agent subalterne de l'Appareil.

Il me tendit la main.

– Officier Gris, vous êtes quelqu'un de bien.

Des flots de sympathie se répandirent dans le carré de l'équipage.

– Le problème, ajoutai-je, est d'extraire la Boîte Numéro 5 de cette cale.

– La cale ainsi que le tôlage sont complètement verrouillés !

– J'espérais que vous connaîtriez un moyen. Il va nous falloir tout enlever.

Il se mit à réfléchir. Puis il appela l'un des sous-officiers préposés aux moteurs. Ils s'absentèrent un instant et furent très vite de retour.

– Il y a une petite écoutille de sortie dans une des chambres des moteurs. Elle figure le plan de construction. Un homme peut y passer. Elle débouche dans la cale inférieure et la commande d'ouverture est en dérivation des verrous du pont. En vol, voyez-vous, théoriquement, les plaques de pont ne sont pas verrouillées. En cas de surchauffe qui pourrait bloquer les portes de la chambre principale, on peut évacuer le personnel des moteurs dans la cale, puis jusqu'au pont. C'est bien de la Flotte de prévoir des choses aussi stupides.

Quelques minutes après, j'étais dans la cale. Je promenai le faisceau d'une lampe autour de moi. Les boîtes étaient toutes là, parfaitement arrimées. La Numéro 5 se trouvait où elle devait être : au sommet.

Je laissai les autres faire le travail. Et ça n'était pas rien. Ils durent la vider pièce par pièce. Elle contenait en grande partie de lourdes poêles. On les fit passer vers le haut, dans la chambre des moteurs, et ensuite à l'extérieur. Ensuite, on scia la boîte et les morceaux furent également évacués.

C'est à ce stade que je me mis au travail. Je me débarrassai de tous les débris et fragments d'emballage et arrachai tous les liens. J'appelai le capitaine Stabb pour une dernière inspection. Il ne restait plus la moindre trace de la Boîte Numéro 5 dans la cale.

Nous avons rassemblé ce qui subsistait et désintégré le tout. J'ai ensuite enfoui les espèces de lourdes poêles dans le sol d'une cellule.

– Qu'est-ce que vous allez lui dire ? me demanda le capitaine Stabb. Je veux dire, au cas où on n'arriverait pas à le tuer.

– Que la boîte n'a jamais été chargée à bord. La simplicité est préférable.

– Vous êtes fantastique. C'était quoi, ces choses ?

– Je l'ignore. Mais je suis certain qu'il le sait, lui. Et ça va terriblement le gêner dans ses plans.

– Vraiment, vous êtes fantastique.

Je restai encore un moment sur place. Les Antimancos semblaient prendre un réel plaisir à tout arranger pour détourner les soupçons d'Heller. Ils balayaient les plus infimes miettes, nettoyaient les taches et la poussière aussi bien à l'intérieur qu'à l'extérieur. L'effort leur était naturellement étranger – ils passaient la plus grande partie de leur temps à boire et à jouer aux dés. Mais ils semblaient éprouver une sorte d'enthousiasme à créer cette atmosphère qui pourrait donner le change à un officier royal qu'ils comptaient bien frapper par-derrière.

Bien sûr, ils ne pouvaient pas accéder à la poupe, mais Heller ne chercherait pas là. Tout ce qu'il verrait, en tout cas, serait luisant de propreté.

– Nous voulons de nouveaux uniformes pour tous, dit Stabb. Il faut avoir l'air d'un équipage absolument parfait. Et il nous faut aussi de nouvelles armes, bien entendu.

J'estampillai le bon avec joie.

Tout se passait pour le mieux, aussi je regagnai ma chambre secrète. Je voulais avoir la certitude qu'Heller ne nous préparait pas de coups fourrés de son côté.

Mais il prenait tranquillement son breakfast dans sa chambre, dégustant un deuxième sorbet au chocolat tout en lisant un manuel d'espionnage intitulé *Comment manipuler l'espion entraîné.* Il n'y avait pas d'interférence, comme cela se produisait souvent le matin. A cette heure de la journée, apparemment, les diplomates n'avaient pas envie de revivre leur jeunesse à la clarté de l'arc au carbone.

Il en était au chapitre intitulé « Le dilemme de l'officier-conseil ». Il savourait un sorbet et je pus ainsi en lire une partie directement sans avoir à faire arrêt sur image. Les espions pouvaient avoir des buts personnels, y compris ceux qui les avaient amenés à devenir espions. Ils pouvaient viser une revanche personnelle ou bien la fortune. Et c'était à l'officier-conseil – c'est le terme qu'ils emploient pour les manipulateurs – de s'accommoder de ces ambitions pour en tirer avantage.

Bon, tout ça n'était qu'enfantillages. Naturellement qu'un espion pouvait avoir des buts personnels. Il n'était pas question, d'ailleurs, de ceux de l'officier-conseil. Prenez mon cas : le goût de la fortune et du pouvoir se conjuguent.

Heller aborda alors un sous-chapitre dont le titre était « L'amour : le pire ennemi de l'officier-conseil ». Apparemment, l'amour était une chose très dangereuse. Quand on expédiait un espion en pays étranger, loin de sa belle, il pouvait lui arriver de se rebiffer dans sa mission, de faire n'importe quoi pour pouvoir la retrouver.

Il était aussi question de l'espion tombant amoureux d'un agent ennemi et devenant ainsi un agent double. Mais cela n'avait aucun intérêt pour moi.

Je me mis à réfléchir à cette chose dangereuse qu'on appelait l'amour. Dans mon cas personnel, il n'y avait aucun danger. Utanc ne m'adresserait plus jamais la parole, j'en avais la certitude. Et mon cœur en était bien lourd.

Mais, pour Heller, c'était différent. Il était tombé amoureux de la comtesse Krak. En fait, il avait même retardé notre départ à cause d'elle. Mais son comportement ne correspondait pas à celui que décrivait le manuel. Il ne sabotait pas son travail, ce (bip) ! Il accomplissait sa mission avec acharnement, même.

L'ennui, avec Heller, c'est qu'il ne correspondait à aucun chapitre de quelque manuel que ce soit. A l'évidence, telles que je voyais les choses, il avait l'intention de mener sa mission à bien *complètement*, puis de rentrer, alors qu'il aurait dû la *bâcler* pour retourner *à toute allure* sur Voltar. On ne pouvait décidément pas se fier à lui !

Je me pris à réfléchir aux ramifications de tout cela. Si seulement il avait traîné dans sa mission *et* bâclé son travail, je n'aurais rien eu à dire.

Mais, en tout état de cause, j'avais enfin une solution en vue.

Si tout se passait bien, il serait mort sous peu. Je fabriquerais de faux rapports et les choses traîneraient pendant des années.

Malgré mon cœur lourd, un faible espoir me gagnait.

5

A la première heure de la nuit du 2 octobre, nous avons traversé l'illusion optique pour nous élever loin au-dessus de la planète.

La dernière menace du chef des pilotes-assassins résonnait encore à mes oreilles : « On suit votre gamelle avec un satellite temporaire lancé il y a trois heures. Si vous faites la moindre tentative pour quitter le voisinage de Blito-P 3, on arrive et on vous dégringole en flammes. Ça ne sera pas dificile puisque ce remorqueur n'a pas de réserve de vitesse. Et il n'est pas armé. On est sur votre dos. Montrez-vous intelligents. Ne tentez rien. »

Ce voyage ne me réjouissait donc guère. De toute façon, je n'avais aucune raison de l'être. Les voyages dans l'espace, même à l'intérieur d'un système, me rendent nerveux.

Le capitaine Stabb suivait la ligne de nuit de la planète. Nous en avions encore pour sept heures et j'aurais aussi bien pu m'allonger sur un lit à gyroscope pour dormir un peu. Mais j'étais surexcité.

A la différence d'Heller, je n'ai pas de tendances religieuses. J'en connais trop en psychologie pour croire à autre chose qu'à la matière pure. Mais, durant mon enfance, j'avais découvert la religion par le biais de gens plus dignes que moi et, de temps à autre, je souffrais d'un manque et j'éprouvais le besoin de prier. Ce que je fis cette nuit-là.

La stratégie avait été bien définie. Le capitaine Stabb m'avait assuré qu'il n'y aurait pas de bavures. Mais tant de choses dépendaient de cela. Si Heller agissait en toute liberté et se mettait à faire certaines choses, il pouvait très bien anéantir le réseau de contacts de Lombar, ainsi que tous les plans de Voltar, tout en bloquant complètement, et sans le savoir, l'ascension de Lombar vers la prise du pouvoir. Les enjeux étaient impressionnants. Même pour moi. J'osais à peine spéculer sur ce que je pourrais bien faire quand je serais à la tête de l'Appareil. Car l'Appareil serait alors largement renforcé par rapport à ce qu'il était actuellement.

Une chose était certaine : il y avait un grand nombre de gens que je ferais exécuter immédiatement !

Mais, dans ce plan, il y avait une faille. Heller attendait, avec un rapport à expédier. Et si ce rapport me donnait la plaque de décodage...

J'avais dû m'assoupir. Le capitaine Stabb me secouait par l'épaule.

– Je ne crois pas que le terrain d'atterrissage soit sûr.

Je quittai ma cabine et gagnai le pont avec lui. Il me montra les écrans. Il avait tout branché. Même les plaques d'acier qui occultaient les hublots étaient fermées. Les pirates ne prennent pas de risques.

Nous étions à environ trois cent cinquante kilomètres d'altitude. La nuit d'automne était très sombre et il devait être sept heures du soir.

New York se trouvait à cinquante kilomètres au sud de notre position. La ville apparaissait comme une grande flaque de lumières. On apercevait les avions qui décollaient de La Guardia et, plus loin, de l'aéroport John Kennedy. Ils ressemblaient à des lucioles minuscules. Les gratte-ciel de Manhattan se dessinaient nettement à cette distance. Là-bas, c'était l'Empire State Building ! Izzy devait travailler ! Et non loin, c'était l'immeuble des Nations unies. Et juste à côté, ce grand bâtiment, ça devait être le Gracious Palms, où l'on s'activait déjà probablement.

Au nord-est, ces petits carrés de lumière sur le grand drap noir du sol, c'étaient Bridgeport, Danburt, New Haven et, plus loin, Hartford. La nuit était claire comme du cristal.

Juste en dessous, il y avait un trou obscur, un puits de ténèbres.

Sur le panneau de contrôle, un récepteur émettait un bip-bip. La grille de coordonnées montrait que le signal venait du sol, à la verticale par rapport à nous.

Je regardai Stabb. Je ne voyais là rien d'alarmant. Mais c'était lui le contrebandier et le pirate roué, pas moi.

– Regardez bien, fit-il.

Il fit pivoter un cadran pour faire apparaître sur un écran une série d'images dans différentes parties du spectre. Il appuya sur un bouton et la dernière image s'agrandit.

Une voiture de police était arrêtée au bord de la route. Et cette route se trouvait immédiatement à l'est de notre objectif.

– Piège, jeta Stabb, laconique.

Ce qui me fit rire.

– Mais c'est normal qu'ils soient là. Ce sont les hommes du sheriff. Ses adjoints. C'est bien un piège, mais il n'est pas pour nous. Il est destiné à ceux qui vont trop vite.

– Vous êtes sûr ?

– Si cet officier royal se trouve bien là-dessous, comme il le devrait, il les a sans doute soudoyés pour qu'ils ferment les yeux. Mais nous n'allons pas nous servir de l'Éclair en nous posant et ils ne verront donc rien. Ils s'appellent Ralph et George.

– Par tous les Démons, comment pouvez-vous savoir ça ?

– On peut atterrir en toute sécurité. Ils ne verront rien.

– Ce sont vos ordres, fit Stabb avec réticence.

Et on est descendus !

Le faisceau radar de la base de sous-marins de New Haven toucha notre coque. Mais il n'y aurait pas d'écho.

A trente mètres du sol, notre pilote redressa le remorqueur à l'horizontale. Il inspecta le paysage sur un écran.

– Pas même un caillou pointu, déclara-t-il.

On s'est posés.

Instantanément, l'ingénieur en second franchit le sas et se rua à l'extérieur en quête de créatures vivantes.

Un point chaud se matérialisa aussitôt.

C'était Heller !

Il s'avança dans la clarté du sas. Il ne portait même pas de déguisement. Il n'était vêtu que d'une combinaison de travail bleu sombre. Il n'avait pas sa casquette, même pas ses redoutables pointes aux pieds !

Je vis également qu'il n'était pas armé. Cet idiot se croyait en présence d'amis. Je m'avançai vers lui.

Il hocha la tête à notre adresse, puis s'avança dans la coursive et s'agenouilla. Il déverrouilla les plaques de tôlage de la cale.

– Si vous me prêtez des hommes d'équipage, déclara-t-il, nous pourrons y arriver. J'ai deux chariots élévateurs à l'orée du bois.

Stabb se tourna vers moi et j'opinai.

Très vite, avec l'aide d'Heller et en dépit de l'obscurité, quinze caisses se trouvèrent bientôt entassées sur une épaisse bâche qu'il avait déployée pour protéger le plancher de la piste de danse de la vieille taverne.

Une lampe à pétrole répandait une clarté jaunâtre sur les antiques décorations et la volumineuse cargaison. Heller était occupé à vérifier les numéros.

– Où est la Boîte Numéro 5 ? demanda-t-il soudain.

Avant même que j'aie pu répondre, il repartit au pas de course vers le vaisseau et redescendit dans la cale.

Il ressortit bientôt. Il ouvrit d'autres portes à l'arrière, vérifia tout, puis remit les verrous en place.

– Il manque une boîte, dit-il à Stabb.

Le capitaine haussa les épaules.

– Je ne suis jamais descendu dans cette cale, fit-il.

Heller alla fouiller les cabines à l'avant ainsi que les volumes de stockage avant de quitter le vaisseau. Il revint à la taverne et, une fois encore, fit le compte des caisses et des numéros.

Puis il me fit signe de le suivre. Aussitôt, je fus sur mes gardes.

Je portais mon éclateur, j'avais un colt Cobra à la hanche et une lame de la Section Couteau derrière la nuque. Lui, apparemment, était désarmé. Mais je ne me sentais pas rassuré pour autant. Je me retournai. Le capitaine Stabb était sur le seuil de la taverne et il me fit un clin d'œil. Je suivis Heller.

Il avait allumé un feu dans la cuisine. La nuit était glaciale, il faut dire. Il avait fait le ménage. Le mobilier était composé d'une table de cuisine et de chaises. Heller s'assit tout au bout de la table.

Je l'imitai sans toutefois ôter ma main de l'éclateur de 800 kilovolts qui n'avait pas quitté ma poche.

6

Heller avait sorti divers papiers de sa poche, ainsi qu'un calepin et un crayon. Il se mit à lire ses papiers qui me semblaient être d'anciennes factures. Je ne voyais aucune trace de la lettre.

Je regardai autour de moi. La cuisine était à présent tout à fait propre. Le feu ronronnait dans la vieille cuisinière en fonte. Un feu de bois qui craquait fréquemment en émettant des bouffées de fumée âcre.

La seule lumière était celle de la lampe à pétrole. L'électricité n'était problablement pas encore branchée. De vieux bocaux de verre luisaient dans la clarté vacillante de la flamme jaune.

Je vis un calendrier sur un mur. Il représentait un élan avec les mots *Assurances Vie d'Hartford.* Il était de 1932 !

D'ordinaire, j'aurais été captivé par cet endroit. Mais il me fallait absolument cette lettre ! Avec un peu de chance, dans quelques minutes Heller serait mort et nous serions repartis.

Il parcourait encore d'autres factures tout en écrivant sur une feuille. Je ne sais pas pourquoi, mais à le voir si calme, je me sentais d'autant plus nerveux.

J'imaginais qu'il était en train de reconstituer la liste des choses qui se trouvaient dans la boîte.

Il ne disait pas un mot, aussi avais-je le sentiment que j'aurais dû parler. Peut-être que je pourrais lui tirer les vers du nez, et que j'obtiendrais cette lettre. Peut-être était-il silencieux parce qu'il me soupçonnait d'avoir fait quelque chose à sa boîte.

– Jc n'ai jamais vu ccs boîtcs, dis-jc. J'ignorais même qu'elles se trouvaient dans la cale. Si vous vous en souvenez, je n'étais pas à bord du remorqueur à ce moment-là.

Il consultait toujours ses factures.

J'ajoutai : « Mais je me souviens pourtant d'avoir vu un camion de la Flotte, un jour. Il emportait une des boîtes. Et j'ai demandé à la sentinelle pourquoi. Elle m'a répondu qu'elle l'ignorait.

Heller ne fit aucun commentaire. Il se livrait à un calcul, visiblement. J'aurais tellement aimé qu'il me donne cette lettre.

– J'ai mis la lettre au courrier du premier vaisseau en partance, dis-je. Elle est partie deux ou trois jours après que vous me l'avez confiée.

Il cherchait un article précis sur une facture. J'aurais bien aimé qu'il dise enfin quelque chose.

Je repris :

– Je sais que ces lettres au capitaine Tars Roke sont importantes. Je sais qu'il a l'oreille de l'Empereur et du Grand Conseil. Je sais aussi que s'ils sont sans nouvelles de vous, ils enverront une flotte d'invasion sur l'heure. Il le faudra, afin de préserver la planète. J'ai pu constater qu'elle se porte plutôt mal. Alors n'allez pas croire un instant que je vais vous laisser tomber. Car je sais que nous serions sans doute tués l'un et l'autre au moment de l'invasion. Il est donc également de mon intérêt que ces lettres soient acheminées à bon port.

Il continuait de s'acharner sur ses calculs. Aucun signe de la lettre. Peut-être que cette histoire de communication téléphonique le tourmentait.

– Je suis désolé d'avoir dû vous couper au téléphone, dis-je, mais, voyez-vous, l'Agence Nationale de Sécurité contrôle tous les appels longue distance. En vérité, c'était de ma faute. Je ne vous avais donné aucun numéro où m'appeler.

J'inscrivis le numéro de couverture d'Afyon sur un bout de papier prélevé sur un calepin et le posai à côté de lui.

Il ne s'interrompit pas.

– J'aurais dû également vous donner une adresse postale, ajoutai-je. J'inscrivis l'adresse postale de Turquie sur un autre bout de papier.

– Les rapports suivants pourront être adressés là. Je vais prendre celui que vous avez préparé.

Il farfouillait dans ses papiers. D'un air plutôt absent, il cueillit un feuillet qu'il posa sur la table entre nous. Puis il poursuivit ses recherches.

Je m'emparai du papier. C'était un formulaire de demande ainsi libellé :

Moyens requis pour la mission : un cytologiste professionnel expérimenté dans la préparation des spores.

– Ça, je peux vous l'avoir, dis-je. Notez-moi tout ce dont vous pouvez avoir besoin. Je vous ferai envoyer le cytologiste le plus compétent que je trouverai. (Quel mensonge !) J'expédierai cette requête avec votre dernier rapport. Oui, promis. Avec votre dernier rapport. (Bip de bip !) où était-il ce rapport ?

Il inscrivait d'autres choses sur la feuille, toujours sans rien dire.

J'étais de plus en plus mal à l'aise.

– Je suppose que vous reconstituez probablement le contenu des boîtes. Faites, faites, et j'enverrai des ordres spéciaux par le prochain vol. Tout sera remplacé dans les trois mois qui viennent ou peu s'en faut. (Ça, c'était un mensonge pire encore que le cytologiste.) Je vais demander ça avec *votre dernier rapport* !

Maintenant, il griffonnait une liste de mesures. Tout ce que je voyais, c'était sa main, son bras, ainsi que le haut de sa blonde tête. Je n'avais pas la moindre idée de son humeur. Et je ne savais pas non plus ce qu'il préparait. Il avait peut-être des projets ou des idées dont j'ignorais tout. Je n'étais sûr de rien.

– Vous savez, on ne devrait pas s'attarder aussi longtemps dans le coin. Ces deux sheriffs adjoints, là-bas sur l'autoroute, ont très bien pu s'apercevoir de quelque chose. Donnez-moi votre rapport et je repars.

Il ajoutait encore quelque chose. L'horrible pensée me vint qu'il gagnait du temps pour une raison que j'ignorais. Je ne pensais pas qu'il fallait si longtemps pour retrouver une seule boîte.

– Je sais qu'ils sont très sympathiques, mais on ne

peut jamais se fier aux sheriffs adjoints, même si on les paie. Bon, si vous me donnez ce rapport, je vais pouvoir y aller.

Ah, ah ! J'y étais. Il soupçonnait que nous avions l'intention de le tuer dès que nous aurions le rapport. Oui, c'était ça. Il ne voulait pas me donner ce rapport ! Ce raid sur l'appartement du Gracious Palms avait éveillé ses soupçons !

J'avais intérêt à le rassurer.

– Écoutez, je n'ai rien à voir avec cette fouille dans votre appartement du Gracious Palms. C'est courant à New York. Ils ne cherchaient que de l'argent, probablement. Jettero, il faut que vous me fassiez confiance. Comptez sur moi pour expédier votre rapport. Vous pouvez aller dans une autre pièce pour le rédiger, si vous le voulez. Je ne regarderai pas.

Il couchait toute une série de calculs sur une nouvelle feuille. Il me la tendit tout à coup. C'était un ordre de remplacement de la Boîte Numéro 5. Il portait le nom et l'adresse du fabricant.

– Oh, dis-je, je vais acheminer ça immédiatement. A présent, donc, si vous me confiez votre rapport mensuel...

Il mit la main dans sa poche et y prit deux grandes enveloppes.

Le rapport ! Il était adressé au capitaine Tars Roke !

L'autre enveloppe était adressée à Snelz !

– D'accord, je vais expédier ça pour vous. (C'est alors que mon regard se posa sur les vieux bocaux de verre.) Je sais que tout ça vous a perturbé. Je vais vous rendre un service. Je vais aller dans la cambuse du remorqueur et je vous ramène un peu de secoueur-chaud en poudre. Restez assis tranquillement. Nous préférons qu'il n'y ait pas trop d'activités à l'extérieur. Je vais même essayer de vous trouver quelques bidons d'eau pétillante dans les réserves du bord – pas besoin d'ouvrir vos quartiers personnels à l'arrière du vaisseau. Je sais que vous en avez marre du Seven Up. Attendez-moi. Laissez-moi vous être agréable pour changer un peu.

Je me précipitai au-dehors.

Avec un peu de chance, je le tenais : il serait mort dans quelques minutes ! Et mes soucis seraient envolés !

7

Dès que j'atteignis le vaisseau, je me ruai dans ma vieille cabine et verrouillai la porte. Je pris les outils nécessaires et, en quelques secondes, j'ouvris la lettre de Tars Roke.

Je la lus avec avidité :

Cher capitaine Tars,

Les choses se passent plutôt bien. C'est une planète agréable. Bien dommage qu'ils ne sachent plus l'apprécier.

Actuellement, je m'occupe surtout de mettre au point l'organisation de base. Ils utilisent un carburant fossile d'une façon très inefficace, bien que je sois certain qu'en dépit de leur technologie primitive ils en connaissent d'autres. Je pense, puisqu'il est impossible d'être à ce point stupide, qu'ils pourraient bien dissimuler toute invention efficace.

L'essentiel de leur contamination régolithique et atmosphérique est du au gaspillage de ce carburant. De façon étrange, c'est également lui qui est à l'origine de leur inflation financière, qui s'étend à toute la planète. Je travaille sur ce sujet. Techniquement, le problème du carburant est simple.

Pour la plupart, ces gens sont agréables. Ils ont cependant des dirigeants bizarres et semblent se laisser facilement attirer par des technologies fausses. Ils ont aussi une chose appelée « psychologie », qui est très ridicule. Ils obligent même leurs enfants à l'apprendre à l'école. Vous ne me croirez peut-être pas si je vous dis qu'ils croient que c'est la matière qui a créé la vie. Ce qui a pour effet de leur enlever morale et dignité. Je dois être très prudent à leur contact afin de préserver mon honneur personnel. Mais je fais des progrès.

Les aspects politiques et économiques sont actuellement à l'étude. Le boulot ne semble pas impos-

sible. Aussi, je vous prie, n'appuyez pas la deuxième alternative à moins que vous ne cessiez d'avoir des nouvelles authentiques de ma part ou que j'échoue totalement.

Mais, à propos d'études, vous rappelez-vous Isto Blin ? Il disait qu'il n'y a rien de mal à apprendre les mathématiques à un mort, si ce n'est qu'il y a un risque pour qu'il se retrouve dans la tombe avec.

Mon bon souvenir à votre chère épouse.

J'espère que Leurs Royales Majestés se portent bien et que l'État prospère.

Avec mes courtoises salutations.

Jettero Heller

Les lignes étaient irrégulières. Certains mots étaient serrés, d'autres très déliés. Oui, c'était bien un code, pas de doute.

J'allai rapidement chercher la copie de la première lettre. Elle était au format exact. Je plaçai les deux feuilles l'une sur l'autre et je cherchai des mots répétés.

Je recommençai plusieurs fois.

Je le refis à l'envers.

Puis je mis les feuilles tête-bêche !

Rien ne correspondait !

J'en avais la tête qui tournait. Qu'est-ce que j'avais entre les mains ?

C'était un code à plaque. Mais... Effondré, je réalisai qu'Heller devait utiliser toute une série de plaques ! Il en avait une pleine réserve ! Je me penchai avec attention sur un coin de la lettre. Oui, c'était bien ça ! Un chiffre. « 2 ». Si ténu que c'est à peine si je le distinguais sous l'éclairage violent.

Ces démons, pendant la fête du départ, avaient réalisé toute une série de plaques !

Sans forces, j'ouvris la deuxième lettre, celle qui était adressée à Snelz. Comme je l'avais soupçonné, elle contenait une lettre pour la comtesse Krak. Je l'explorai sans l'intérêt. Ce n'était qu'une lettre d'amour à l'eau de rose. Il lui disait qu'il attendait avec impatience de la retrouver. De la bouillie sentimentale.

On gratta à ma porte. Aussitôt, je dissimulai les lettres avant d'aller ouvrir.

C'était le capitaine Stabb.

– Il est là-bas, sous le porche. Il fait une cible parfaite. On peut le tuer ?

Je soupirai. J'étais vraiment déçu.

– Il y a un accroc. Il va falloir attendre la prochaine fois.

Il n'eut pas l'air content du tout.

J'étais tellement contrarié que je faillis oublier les bocaux de verre. Je retournai au sas et répandis leur contenu moisi sur le sol avant de me rendre à la Cambuse pour me procurer des paquets de gâteaux et un peu de poudre de secoueur que je mis dans les bocaux.

Je retournai à la vieille maison en m'efforçant d'avoir l'air joyeux.

Heller attendait sous le porche et je lui tendis les bocaux.

– Je suis navré de vous avoir causé de l'embarras. Peut-être que ceci vous aidera à vous remettre.

Il ne dit rien.

– Sur mon honneur, ajoutai-je, je vais envoyer ces lettres, et je vais également commander une autre boîte ainsi qu'un cytologiste. Je vous souhaite le succès dans votre mission. Et je serai plus attentif à l'avenir.

J'aurais aimé le tuer avec chaque parole.

Il ne répondait toujours pas. Il avait le regard fixé sur l'endroit où se trouvait le remorqueur, forme un peu plus noire que la nuit, avec un faible rai de clarté projeté par le sas entrouvert.

– Bon, alors au revoir.

Je repartis en courant et sautai dans le sas.

Stabb décolla aussitôt. Il ne se donna pas la peine de redresser l'herbe. Je savais qu'il se disait que c'était à Heller de se charger de ça.

Sur le pont, au risque de gêner les manœuvres, je braquai un écran sur la nuit. Mais je ne parvins pas à discerner la maison et encore moins Heller, à cause des arbres.

Le vaisseau montait à toute allure, noir dans le ciel noir.

Quel voyage désastreux ! J'aurais tant aimé ajouter le fantôme d'Heller à ceux qui hantaient déjà cet endroit.

Dire que j'étais contrarié était une expression bien faible.

En me bouclant sur ma couchette gyroscopique, je m'efforçai de résumer la situation.

Bien que les nuits fussent plus longues qu'auparavant et que nous eussions largement le temps de regagner la Turquie, le capitaine Stabb avait lancé le remorqueur à une allure folle. Et ça dansait ! Il n'était franchement pas de bonne humeur. On l'avait frustré de sa proie. Il faudrait que je m'occupe de ça avec lui.

Néanmoins, de façon mineure, j'avais presque réussi. Une chose était certaine : sous aucun prétexte je ne commanderais une boîte de remplacement. Et là, quelles que fussent les intentions d'Heller, je l'avais eu.

Ce n'est qu'alors que je commençai à m'interroger sur son attitude. Certes, il avait été plongé dans ses calculs. Mais il ne m'avait même pas dit au revoir. Est-ce que son attitude était hostile ? Ou bien était-il seulement préoccupé ?

Bien sûr, l'absence de cette boîte avait contrarié ses plans. Avait-il en ce cas dressé de nouveaux plans ou bien m'en voulait-il ?

Est-ce qu'il soupçonnait quelque chose ?

Je me mis à frissonner. Supposons qu'il ait tout deviné ! Supposons qu'il ait compris que nous avions voulu le tuer ! Est-ce que cela pouvait expliquer son comportement ?

Non. Il n'était pas armé. Il n'avait même pas mis ses redoutables pointes.

Et puis, il se tenait sur le porche de la maison, sachant très bien qu'il faisait une cible idéale pour un tireur muni d'un viseur de nuit. Non, il ne savait rien.

A moins que son silence ne signifie JUSTEMENT qu'il savait ?

Tout en filant vers la base de Turquie devant la ligne de l'aube, je me fis le serment d'observer très attentivement ce qu'il avait pu faire après notre départ. Peut-être que cela me fournirait un indice. Car il fallait*absolument* que je sache !

8

Nous nous étions posés sans ennuis dans la montagne alors que la nuit régnait encore, et je me précipitai vers ma chambre secrète.

Stabb avait poussé les moteurs à fond et l'aube ne pointait pas encore là. Mais, aux États-Unis, sur la côte Est, il n'était encore que neuf heures du soir.

J'étais impatient d'observer les réactions d'Heller. Est-ce qu'il savait, oui ou non ?

Je ne me préoccupai pas de l'image directe et j'explorai l'enregistrement en arrière, en procédant par séquences espacées.

Il était rentré et il avait verrouillé la porte. Puis, avec un chariot, il avait transporté les boîtes jusqu'au bar. A l'aide d'un palan, il les avait descendues une à une dans l'ancienne mine dont l'orifice s'ouvrait au bout du bar.

Il était évident qu'il avait déjà été au travail au moment de notre arrivée. Un trou aux dimensions adéquates avait été creusé dans l'une des galeries et il y rangea les boîtes. A l'exception d'une.

Il prit deux petits objets qu'il mit dans un sac à dos. Puis la boîte rejoignit les autres. La lumière était trop faible pour que j'arrive à distinguer le numéro.

Il mit une toile sur le tout, qu'il recouvrit de terre. Ensuite, à l'aide d'une machine, il fabriqua des toiles d'araignées en travers de la galerie et d'une ou deux autres.

Il travaillait remarquablement vite. J'avais de la peine à suivre ses gestes. En tout cas, il faisait tout cela de façon très secrète. Ce qui était mauvais signe. Il soupçonnait sûrement quelque chose !

Il versa le contenu d'une bouteille d'eau dans la cuisinière, puis éteignit les lampes à pétrole. Il verrouilla tout avec un soin qui ne faisait que confirmer mes soupçons.

Il se rendit sur la zone d'atterrissage du remorqueur et promena le faisceau d'une lampe sur l'herbe qu'il redressa simplement.

Il remonta la route sur une centaine de mètres. Une camionnette y était garée. Ah, ah ! Il avait prévu un chemin de repli ! Donc, il soupçonnait bel et bien quelque chose !

Il jeta le sac sur le siège avant, puis s'installa au volant et démarra à toute allure, ce qui révélait son inquiétude.

La camionnette rejoignit bientôt l'autoroute et prit la direction du sud. Très vite, ses phares accrochèrent la voiture du sheriff. Il s'arrêta. Ah ah ! Il les avait donc bien utilisés comme piège !

Il sortit et se pencha à l'intérieur de la voiture de

police. Ralph et George étaient là, l'air assoupis. Quels comédiens !

– Tout va bien, mon jeune ami ? demanda George.

Ainsi, ils avaient bien été en état d'alerte !

– Vous avez vos mesures ? ajouta Ralph.

– Oui, oui, fit Heller.

– Vous savez, dit George, vous pouvez très bien aller jusque là-bas. Inutile de laisser votre voiture près de l'autoroute pour terminer à pied. Moi-même, je ne le savais pas jusqu'à l'autre jour.

– Dites, mon jeune ami, enchaîna Ralph, je sais que vous êtes ingénieur et tout ça, mais l'époque de la chasse au chevreuil approche. Quelquefois, on aime bien chasser dans ce coin. Est-ce que vous pensez que le consul verrait un inconvénient à ce qu'on vienne dans sa propriété ?

– Pas du tout, je suis certain qu'il en serait heureux, dit Heller. Il m'a dit beaucoup de bien de vous deux.

– En tout cas, répondit George, vous pouvez dire à votre patron, Tangobanco Bojazz, qu'on s'occupe de ses affaires.

Mais oui, c'était bien ça : Heller avait su qu'on était là pour le tuer. Et il s'était sournoisement arrangé pour que des sheriffs déguisés en chasseurs patrouillent dans le coin ! Pas question de se pointer dans le secteur dans ces conditions !

Dès qu'Heller eut démarré, direction sud, la voiture de police fila vers le nord. Il avait même prévu une défense d'arrière-garde !

Et soudain, je pris conscience que j'avais totalement négligé un autre indice. Je fis retour sur l'enregistrement. La première fois, dans ma frénésie, j'avais laissé de côté un point important : les bocaux de verre !

En rentrant dans la maison, il les avait posés sur le comptoir, dans la salle de danse. Après avoir enlevé la dernière boîte, il avait repris les bocaux, gratté la moisissure, puis jeté le contenu dans le vieux poêle de fonte. Voilà pourquoi il avait été obligé d'éteindre le feu. Très très significatif ! Il était persuadé qu'on avait voulu l'empoisonner !

Bien, je n'avais pas besoin de regarder plus avant. Mais c'est pourtant ce que je fis.

Une fois encore, il avait repris l'autoroute pour se rendre chez la vieille dame. Il avait mis la camionnette au garage. Puis il avait pris sa tenue de travail bleue. Et ses pointes. Ce qui indiquait qu'il s'attendait à des ennuis, et il pensait peut-être que nous allions lui tendre une embuscade.

La vieille dame aveugle arriva plus tard. Elle tenait un fusil de chasse. Ce qui en disait long : il lui avait sans doute expliqué qu'on le traquait et qu'il devrait sans doute faire le coup de feu.

– Oh, c'est vous, jeune homme, dit-elle.

Elle lui proposa une tasse de café. Il s'excusa de la déranger à cette heure tardive.

– Mais non, fit-elle, ça ne fait rien.

Il coiffa sa casquette de chauffeur de taxi, monta dans le vieux taxi orange et repartit.

Le dernier événement marquant se déroulait en ce moment même : il s'était arrêté dans un restaurant de fruits de mer, sur le littoral, et dégustait deux homards vapeur au beurre fondu. Très significatif. On dit qu'un homme condamné a toujours droit à un dernier repas. Il le prenait tardivement, mais cela montrait bien qu'il se savait condamné.

Je me rassis.

Ses agissements ne pouvaient que m'amener à la conclusion qu'Heller, sans le moindre doute, savait que nous étions venus pour le tuer.

Ce qui devait l'intriguer, c'est pourquoi nous ne l'avions pas fait. Oui. La façon dont il se débattait avec une pince de homard pour en extraire la chair montrait bien qu'il était sous tension.

Il avait deviné mes intentions véritables.

Il fallait donc me montrer très prudent et que mes plans soient mortellement efficaces.

Cette nuit, nous avions échoué et nous avions alarmé Heller.

J'avais de sérieux problèmes sur le dos.

Car un Heller prévenu serait bien plus dangereux. Par conséquent, il fallait que je sois plus rusé encore.

Une chose était certaine : je ne pouvais le laisser continuer comme ça. S'il réussissait vraiment dans cette mission, ce serait la ruine de Lombar. Et s'il ne réussissait pas, ce serait la ruine de la Terre.

J'en avais mal à la tête.

Il fallait désespérément que je me tire de cet imbroglio.

Mais comment ?

VINGT-TROISIÈME PARTIE

1

Le lendemain, mal m'en prit, j'empruntai le tunnel qui séparait ma pièce du hangar. Mon intention était en fait de vérifier si mon système d'alarme secret fonctionnait.

J'avais l'intention de déclencher un exercice d'entraînement. A présent qu'Heller nous soupçonnait de vouloir le tuer, il valait mieux être prêt au cas où il nous attaquerait.

Faht Bey se trouvait dans le hangar. Je lui fis part de mon intention. Il protesta en disant que j'allais interrompre le travail de tous. J'étais sur le point de lui expliquer que nous devions maintenant craindre Heller lorsque le capitaine Stabb, nous voyant brandir les poings, nous rejoignit.

Je me dis que l'Antimanco allait choisir son camp et me défendre. Mais il était de méchante humeur. Il ne s'intéressait visiblement pas à notre discussion.

– J'affronte une mutinerie, déclara-t-il.

Faht Bey ne voulait rien avoir à faire avec les mutineries et il détala avec toute la vitesse que lui permettait sa masse adipeuse, me laissant seul en face de Stabb.

– Gris, vous êtes un bon officier, si tant est que cela puisse exister. Mais vous ne pouvez pas promettre une petite gourmandise à tout un équipage et leur dire au dernier moment qu'ils ne l'auront pas. Ça n'est pas juste. Vous leur avez fait miroiter qu'ils allaient pouvoir tuer un officier royal sans qu'ils posent de questions, et puis vous annulez la chose comme ça. Vous leur avez cassé le moral, voilà ce que vous avez fait. Et puis, c'est injuste.

– Qu'est-ce que je peux faire ?

– Ils exigent leurs droits. S'ils n'ont pas satisfaction, je ne réponds plus d'eux. Alors, vous feriez mieux d'accéder à leur demande.

– Quels droits ont-ils ?

– Mais celui de pirater, bien sûr.

– Écoutez, soyez raisonnable. Dès qu'on sort ce remorqueur, les pilotes-assassins sont sur les dents.

– Oh, ce machin, fit-il avec un geste méprisant en direction du vaisseau. Il n'est pas armé. Il ne peut même pas transporter de butin. Mais qui parle du remorqueur ?

Il me fit signe et je le suivis jusqu'à un recoin du hangar. C'était en réalité un entrepôt où s'accumulaient des tonnes d'emballages vides et de ferraille.

Stabb contourna l'énorme entassement de détritus, et me désigna des caisses très grosses, décolorées par le temps. Il y en avait un nombre impressionnant.

– Vous savez ce que c'est ?

Je n'en avais pas la moindre idée.

– C'est un « saute-ligne ». Moi, pendant que certains négligeaient leur devoir, je me suis activé et j'ai cherché à savoir comment ça avait pu aboutir ici. Ç'a été totalement démantelé, emballé et expédié ici depuis Voltar. Et... (il ménagea une pause impressionnante) ça n'a jamais été remonté.

– Un « saute-ligne » ? Qu'est-ce que c'est ?

– Une merveille étonnante, voilà ce que c'est. C'est l'Armée voltarienne qui les a mis au point. Et elle s'en sert. Ils peuvent emporter des centaines de tonnes d'artillerie, sauter par-dessus les lignes ennemies et déposer comme ça des armes lourdes qui ouvrent le feu sur les arrières de l'ennemi.

J'étais complètement perdu. Nous n'avions pas de lignes ennemies à sauter, aucun déplacement d'artillerie n'était prévu...

– Je pense, continua Stabb, que quelqu'un, dans les bureaux de l'Appareil, peut-être votre chef, qui sait, a eu l'une de ces idées brillantes qui viennent parfois aux officiers et s'est dit que ça pourrait servir pour transporter d'énormes quantités de drogue par-dessus les frontières de cette planète. Alors, il s'est procuré un « saute-ligne » de l'Armée et l'a expédié ici en pièces détachées.

– Ça me parait bien vu, dis-je en considérant les caisses décolorées avec un respect nouveau.

– Ouais, mais c'est comme toutes les idées des officiers qui finissent par bousiller les opérations et par faire tuer des gens : ça ne marchera pas. La charge est soulevée par des rayons tracteurs. Elles est totalement exposée et peut être détectée par le système de radar le plus primitif. Ça n'est opérationnel qu'en atmosphère – il y a une protection au niveau de la protection atmosphérique minimale sur le pont de commandement – et puis, ça ne peut pas monter très haut. C'est pour ça qu'ils ne l'ont jamais remonté.

– Donc, ça ne vaut rien.

– Justement non, dit Stabb, car ça va devenir le plus formidable outil de piraterie qu'on ait jamais vu. Parce que avec les rayons tracteurs on peut soulever un village complet dans les airs. On prend une banque, par exemple, on la pille à trois mille mètres d'altitude, et on laisse tomber ce qui reste. Parce que, sans cargaison, ce truc est indétectable. Ne dites pas que ça ne vaut rien : ça n'a pas de prix !

Il tapota une caisse.

– Je pourrais même mettre au point un rideau de façon à recouvrir la cargaison et, comme ça, on pourrait livrer des armes à des révolutionnaires. Il y a une fortune à faire avec ça ! Mais jamais un officier n'a posé la question à un sous-officier aussi dévoué que brillant, voilà. L'Armée pulvérise un revêtement d'absorbo sur l'artillerie. Je ne sais pas si l'Appareil était au courant de ça. Ça n'était pas dans le mode d'emploi. Au bout du compte, c'est l'expérience qui compte. Pas ce qu'on lit dans les livres.

Cela m'inspirait une idée merveilleuse sur la façon d'en finir avec cette mutinerie.

– Ça prendra combien de temps pour assembler cette chose ?

– Ma foi, ç'a été démantelé jusqu'à la plus petite pièce, jusqu'au moindre joint. Si on travaille dur pendant le temps qu'on consacre aux dés et à la boisson...

deux heures par jour à peu près... ça ne prendra que quelques mois.

– Mettez-vous au travail ! dis-je. De toute urgence !

– Gris, vous êtes un type formidable, même si vous êtes officier. On va vous montrer qu'on est sincères et qu'on s'y connait en affaires. Si on arrive au bout et si on le remet en marche, on vous donnera une bonne part du butin.

Il me donna une grande claque fraternelle dans le dos et retourna vers son équipage pour leur apprendre la nouvelle.

J'étais franchement soulagé. J'avais maté cette mutinerie de main de maître.

Mais le destin ne se montra pas clément pour autant. Je m'étais à peine engagé dans le tunnel pour regagner mon bureau que je fus stoppé net par Faht Bey.

– Il y a quelque chose que je ferais mieux de vous dire.

Je pensai : Oh, Dieux, je savais bien que je n'aurais jamais dû venir ici.

– Il faut que nous accélérions notre production d'héroïne.

– Quoi ? Mais vous allez déjà au maximum !

– Je sais, mais ça ne me plaît guère de vous le dire, il manque un sac de vingt-cinq livres.

– Et alors ? (Bip) avec tous ces détails de comptabilité !

– Les gardes de la sécurité disent que quelqu'un l'aurait volé.

– Oh, mais non, il y a probablement une erreur dans les comptes !

– Non. Ça ne s'est jamais passé auparavant et ça fait la troisième fois en cinq jours. Quelqu'un vole nos réserves d'héroïne et en grande quantité ! Et ça se passe ici même, à l'intérieur de la base !

– Bon, eh bien, accélérons la production, dis-je d'un ton impatient.

Par les Dieux, je n'étais pas d'humeur à affronter de nouveaux problèmes.

– Je voulais seulement que vous soyez au courant, dit Faht Bey en me jaugeant d'un air étrange. Nous allons accélérer la production.

Bien, j'avais également réglé ça.

Voilà qui m'apprendrait à me risquer dans le hangar ! Il fallait être armé pour venir ici, et avec autre chose qu'un simple éclateur ! Quel dommage qu'on ne puisse pas balancer une grenade sur les problèmes dès qu'ils se présentent ! Tant d'efforts de matière grise après tout ce chagrin, ça ne faisait qu'augmenter mon mal de tête.

2

Maintenant que Heller savait qu'on complotait contre son existence, j'avais intérêt à ne pas le quitter de l'œil. Il pouvait très bien se ramener à la base pour m'assassiner.

Mais, comme d'habitude, ce qu'il faisait n'avait guère de sens.

Dans les jours qui suivirent son retour dans le Connecticut, il consacra beaucoup de temps à étudier. Il rattrapait les cours dont il avait les copies. Il potassait dans son bureau de l'Empire State Building et probablement aussi dans son appartement – mais là, on ne pouvait guère le savoir, à cause de l'interférence. Mais, ce qui m'agaçait le plus, c'est qu'il étudiait aussi dans le hall du Gracious Palms.

Ce soir-là, les palmes le dissimulaient à demi aux regards des gens du hall, mais il était bien visible pour ceux qui entraient. Il devait avoir des raisons bien particulières pour avoir choisi un pareil endroit pour étudier car il était constamment interrompu .

Il portait un tuxedo noir à revers de soie. Sa chemise était à jabot de dentelle, avec manchettes de soie fermées par des boutons en diamant. J'ignorais où il avait pu se procurer ça. Peut-être l'avait-il fait confectionner. Mais, en tout cas, il avait aux pieds ses chaussures de base-ball noires à pointes !

Il venait d'entamer la lecture d'un ouvrage sur les équations différentielles ou quelque autre stupidité de ce genre et il avait à peine fini une page qu'un diplomate ou un autre arrivait pour lui serrer la main. Et c'en était fini de sa journée. Apparemment, la session des Nations unies commençait à peine et les clients étaient nombreux, de toutes les couleurs et de tous les horizons.

Ils échangeaient des propos qui n'avaient rien d'intelligent et, pendant quelque temps, je me dis qu'ils devaient converser en code. C'étaient des choses du genre : « Comment vas-tu, vieux ? » de la part des diplomates, ce à quoi Heller répondait : « Super. » Complètement incompréhensible ! Il y avait même certains diplomates qui, en haussant les sourcils, demandaient : « Et... tu te les fais ? » Et Heller de répondre : « Priorité aux gens importants. » Et ils se mettaient régulièrement à rire avec un air entendu. Incompréhensible.

Mais, néanmoins, une chose était claire : il était (bipement) trop populaire !

Il y avait toujours une toile en cours d'exécution dans un coin du hall. Et, régulièrement, une véritable foule entourait l'artiste et la fille à demi nue qui lui servait de modèle. J'aurais d'ailleurs aimé avoir quelques aperçus plus précis mais, pour mon malheur, Heller ne regardait jamais dans cette direction ! Et, en vision périphérique, on n'a pas beaucoup de détails !

La seule occasion que j'avais de pouvoir surprendre ces beautés de toutes les couleurs, c'est lorsqu'elles quittaient le hall. Mais elles passaient alors une robe puisque la séance de pose était terminée. Régulièrement, elles s'arrêtaient auprès d'Heller avant de prendre l'ascenseur et lui disaient : « Ça se passe très bien, mon joli. J'ai obtenu le oui de l'Afrique du Sud. » Ou quelque chose d'aussi absurde. J'étais totalement dérouté. A l'origine, d'ailleurs, le programme avait prévu la « pute de la semaine » et, à l'évidence, on en était à la pute d'une nuit ! De quoi souffrir du *jet lag*... Mais il était bien évident qu'Heller préparait quelque chose. Même si on n'arrivait pas à le suivre.

D'un autre côté, il valait peut-être mieux que je regarde pas trop toutes ces filles. Mon lit était vide et je ne voyais plus Utanc qui, pourtant, tous les jours, sortait en voiture. Elle avait sans nul doute rayé de son existence l'être malheureux que j'étais devenu. J'avais entendu dire que le jeune garçon se remettait mais il ne quittait plus la chambre d'Utanc, de même que son camarade.

En dehors de ses copies de cours, de la lecture de

ses manuels et de ses mondanités, Heller, lui, trouvait encore le temps de courir.

Trois matinées durant, il se livra au manège le plus idiot auquel j'eusse jamais assisté.

Tout d'abord, il prenait le taxi d'une compagnie régulière et se faisait conduire quelque part. Un moment après, Bang-Bang arrivait à l'endroit où il était descendu et lui disait simplement : « Rien. » C'est tout.

Heller, ensuite, prenait le métro et Bang-Bang le rejoignait à la station où il était descendu pour lui dire encore une fois : « Rien. » Heller repartait à pied, faisait le tour d'un ou deux immeubles, faisait du lèche-vitrines, et Bang-Bang reparaissait une troisième fois pour dire encore : « Rien. »

Je réussis enfin à percer leur stratégie, qui était en fait une méthode stupide du G-2 de l'armée pour échapper aux filatures. Mais Heller était perpétuellement coiffé de sa casquette rouge de base-ball, tellement repérable. En fait, il ne cherchait pas à échapper à d'éventuels suiveurs. Donc, c'était un exercice absurde, que ce soit dans le cadre du programme G-2 ou à titre personnel.

Cela cessa au bout de trois jours. Peut-être était-il fatigué de marcher et de courir dans tous les quartiers. A moins que son intention ne fût seulement de visiter New York. Mais qui pouvait comprendre vraiment ses agissements ineptes ?

Cette routine d'études et de rencontres dans le hall du Gracious Palms durait depuis deux semaines ou presque quand se produisit un changement soudain.

Heller se leva très tôt un matin. Il prit un train jusqu'à Newark et se rendit à pied au garage Flash Class. Mike Mutazione leva la tête d'un moteur dans lequel il était plongé et ils échangèrent de grandes effusions avant de se mettre à bavarder. Mike se lança dans un discours persuasif pour inviter Heller à épouser la foi catholique et Heller se défendit en lui disant : « Mais comment peux-tu savoir que mon âme n'a pas déjà été sauvée ? » Mike ne paraissait pas avoir de réponse toute prête et ils en vinrent aux affaires.

Heller désirait louer un box. Mike lui dit que ça ne posait pas de problème, qu'ils en avaient plusieurs tout près de là où ils planquaient les « caisses tirées » en attendant qu'on les « retape ». Mike accompagna Heller qui en visita plusieurs avant de se décider pour un box qui avait des serrures haute sécurité.

Ils revinrent ensuite au garage. La vieille Cadillac d'Heller était là. Les réparations étaient avancées mais, apparemment, le nouveau moteur était modifié pour « taper du 300 à l'heure ». Cela n'intéresait pas Heller. Il voulait absolument *l'ancien* moteur qu'on avait déposé sur des cales.

A sa manière précise, rapide et répugnante, il traça un croquis pour Mike Mutazione.

Il voulait que l'ancien moteur et un radiateur soient montés sur une caravane. Ainsi qu'un réservoir. Il fallait aussi prévoir un tambour de frein sur l'embrayage du vilebrequin.

J'étais éberlué. Pourquoi installer un moteur sur une caravane puisqu'il ne pourrait pas la faire avancer ?

– Ça c'est facile, commenta Mike. On a une caravane, justement, qu'une espèce d'(embipé) de crétin a piquée. Comment veux-tu que je retape une caravane pour la revendre ? Elle est à toi. Et j'ai des gars que je peux mettre là-dessus. Ça peut être fait pour cet après-midi.

Heller lui donna alors un peu d'argent et lui demanda de garer la caravane dans le box qu'il avait loué quand le montage serait fini. Complètement dingue. Non seulement il faisait installer un moteur qui ne servirait à rien mais il avait prévu un garage pour ça ! Pas étonnant si ce Mike Mutazione cherchait à le convertir. Heller était vraiment trop cinglé.

Il nota quelques adresses et partit acheter une énorme bouteille d'oxygène ainsi qu'une autre d'hydrogène qu'il fit livrer au garage.

Ensuite, il retourna à New York pour reprendre sa routine. Le lendemain, cependant, frais et dispos, il repartit de bon matin pour Newark avec une imposante trousse à outils plus toutes sortes d'ustensiles.

Il alla droit au garage qu'il avait loué. La caravane était toujours là, ainsi que les bouteilles d'oxygène et d'hydrogène. Il revêtit une combinaison blanche de mécanicien et se mit au travail, en laissant les portes ouvertes. Il fixa un dynamomètre sur le tambour de frein, à l'arrière du moteur. Puis il accéléra progressivement tout en lisant les mesures. Les vibrations, la fumée et le grondement étaient atroces !

Il jouait, en fait ! C'était bien d'un type de la Flotte, ça : toujours en train de s'amuser avec les machines !

Il enfila des gants avant de démonter le carburateur.

Puis il monta des régulateurs et des tuyaux sur les bonbonnes.

Il confectionna un adaptateur en cuivre qu'il mit à la place du carburateur, et installa deux raccords pour les tuyaux d'oxygène et d'hydrogène.

Le montage était plutôt rudimentaire.

Il mit un masque respiratoire pour continuer son travail.

Et alors, il lança le moteur !

Ça fonctionnait !

Il régla le débit des gaz et entreprit d'augmenter la pression sur le frein. Il notait régulièrement les chiffres des régulateurs ainsi que les mesures du dynamomètre.

En se servant d'une sorte de jauge, il préleva des échantillons des gaz rejetés par le tuyau d'échappement. En réglant les deux valves des bouteilles d'hydrogène et d'oxygène, il étalonna la mesure sur zéro, puis sur le maximum en agissant sur le dynamomètre du tambour de frein.

Il était tard. Il démonta le tout, ôta sa combinaison et quitta le garage.

Ce qui me laissait avec un autre dilemme. Qu'est-ce que tout cela pouvait signifier ?

En tout cas, une chose était sûre : il était heureux. Tout en descendant la rue pour aller prendre le train qui le ramènerait à New York, il sifflait. Encore un nouveau truc qu'il avait appris.

Il faisait trop de progrès et trop vite ! Je savais que c'était pour me montrer son mépris, pour me narguer parce que j'avais projeté de le tuer.

J'étais affreusement déprimé.

3

Alors même que je me disais que les choses ne pouvaient empirer, le *Blixo* arriva. Ce qui chassa instantanément la confusion qui avait envahi mon esprit. Il était huit heures du soir, temps local de Turquie.

J'étais occupé à réfléchir à un moyen de ne pas passer une autre nuit d'insomnie dans mon lit désert lorsque le panneau d'alerte de mon bureau secret s'illumina.

Vaisseau en approche

Ça ne pouvait être que le *Blixo.* Et je pensai aussitôt : « Mon or ! », ce qui commença à me redonner un peu le moral. Puis, aussitôt, en contrecoup, je me souvins que j'avais promis au capitaine Bolz une bouteille de scotch à son arrivée. C'était le genre d'officier qui n'oubliait pas ces choses-là. Mais la bouteille de scotch que je lui avais gardée avait été volée. Et il risquait de confisquer mon or !

Je me précipitai sur le téléphone et appelai le chauffeur de taxi.

– Pour l'amour des Dieux, amenez-moi une bouteille de scotch, à toute vitesse !

– Ça n'a pas l'air d'aller ! remarqua-t-il.

– Non, ça ne va pas !

Je raccrochai. Je me mis à fouiller de tous côtés pour trouver un uniforme. Quand le panneau s'était allumé, je n'avais rien sur moi et ce ne serait pas très indiqué d'aller comme ça à bord. Bolz pourrait penser que j'avais si peu d'autorité ici qu'il pouvait très bien garder mon or. Pour six millions de dollars, il pourrait s'offrir pas mal de bouteilles de scotch ! Je le connaissais.

J'arrivai à mettre la main sur une tunique d'uniforme, mais je n'avais toujours pas de pantalon. Quand j'en trouvai enfin un, je m'aperçus que j'avais égaré la tunique. Je découvris ma casquette sous le matelas, mais impossible de retrouver mes médailles.

On aurait dit qu'un ouragan avait traversé ma chambre. Finalement, pourtant, j'eus un pantalon, une tunique, des bottes et ma casquette. Peut-être, espérais-je, Bolz ne noterait-il pas l'absence de médailles.

J'entendis le taxi. Le chauffeur arriva en courant et me tendit une bouteille dont l'étiquette disait : *Haige and Haige.* Une contrefaçon arabe !

– Ça n'est pas du bon scotch, dis-je.

– La situation non plus n'est pas très bonne, rétorqua le chauffeur.

Bon, il faudrait bien que ça fasse l'affaire. Je le laissai repartir avec une poignée de livres.

Puis je fonçai dans le tunnel, en direction du hangar.

Le *Blixo* n'avait pas encore été remorqué et j'attendis.

La longue carcasse bosselée de 75 mètres de haut fut enfin installée sur le côté de l'aire d'atterrissage et on dressa une échelle vacillante et bien trop haute en direction du sas. On alla en chercher une autre. Elle n'allait pas non plus. Finalement, ce furent les hommes du *Blixo* qui lancèrent leur propre échelle de coupée jsuqu'au sol et je pus monter à bord.

Le capitaine Bolz était dans sa cabine, en train d'enfiler un costume civil à l'aspect débraillé. Il se préparait à aller passer la nuit en ville. Il achevait de boutonner une chemise froissée sur sa poitrine velue. Je lui tendis la bouteille de scotch et il laissa tomber immédiatement la chemise. D'un coup de dents, il arracha le bouchon et but une longue, très longue goulée. Puis il écarquilla les yeux avec un frisson.

– Dieux ! éructa-t-il. Mais c'est que c'est bon ! (Il but encore et dit :) Alors, Gris, comment ça va ?

Je glissai la main dans ma poche pour prendre la clé de la réserve où se trouvait mon or.

– Tous vos passagers sont en super-forme, déclara Bolz. Un certain Gunsalmo Silva était en sommeil profond, alors on n'a pas entendu parler de lui. Prahd Bittlestiffender est resté dans sa cabine pendant tout le voyage, à étudier comme un fou. Quant à ce petit (embipé) – comment s'appelle-t-il déjà ? Chochotte ? – j'ai été forcé de le mettre aux fers. Pas tant à cause de lui mais de mon équipage. Ils voulaient tous se l'envoyer. Donc, tout est en ordre. Si vous voulez bien viser mes documents, le tout est à vous avec la cargaison.

Je sortis instantanément mon identoplaque et je me mis à estampiller les papiers de Bolz. Très vite, je m'aperçus que mon poignet commençait à fatiguer et je regardai alors ce que j'étais en train de viser. Toute la deuxième moitié de la liasse était constituée par des sauf-conduits qui allaient lui permettre de faire entrer des marchandises de contrebande sur Voltar et j'y apposai mon visa.

Il sourit.

– Je vois qu'on se comprend. Maintenant, laissez mes gars s'occuper du déchargement. Moi, je m'en vais. Vous voulez un coup de scotch ? Non ? Bon, allez, et que les Dieux veillent sur la Turquie.

Il s'éclipsa.

Il dut quand même lancer quelques ordres en partant car un homme d'équipage se présenta aussitôt pour m'aider. Très vite, la serrure fut ouverte et mes neuf merveilleuses caisses étaient bien là ! Dix-huit barres d'or de cinquante livres ! Compte tenu de la différence de gravité – la pesanteur terrestre n'étant que de cinq sixièmes par rapport à Voltar – cela ne représentait que sept cent cinquante livres d'or. Si l'on comptait douze onces troyennes par livre, cela faisait neuf mille onces. Le cours de l'or était actuellement de sept cents dollars l'once. J'avais donc devant moi six millions trois cent mille dollars d'or ! La preuve que le crime paie, après tout.

Je réquisitionnai deux manœuvres du hangar et, très rapidement, l'or fut acheminé par le tunnel jusqu'à ma chambre secrète. En entrant, je jetai très vite une couverture sur mon écran et laissai les manœuvres décharger mon trésor dans un coin de la pièce. En fait, il ne prenait pas autant de volume que je l'avais craint. Bien entendu, il était impossible de connaître la nature de ce chargement, puisque tous les marquages de ces caisses indiquaient qu'il s'agissait de matériel médical et radioactif de surcroît.

Je m'apprêtais à refermer la porte pour savourer mon bonheur quand un messager se présenta.

– Ils veulent décharger le reste de la cargaison ! Où est-ce qu'on le met ?

Je repris le tunnel en ayant bien soin de fermer ma pièce. On déchargeait activement des caisses et des caisses de matériel Zanco.

Par tous les Enfers ! L'hôpital ! Mais oui : j'avais complètement oublié de m'assurer de l'évolution de l'hôpital !

Je plongeai sur un téléphone pour appeler l'entrepreneur.

– Mais évidemment qu'il est terminé ! me dit-il. J'essaie de vous joindre depuis plusieurs jours !

Ah, ah ! Encore une source de profit !

– Où sont les clés ?

– C'est Faht Bey qui les a.

De mieux en mieux. J'envoyai un messager à Faht Bey.

– Des camions ! criai-je ensuite. Il me faut des camions ! Tout ça est destiné au nouvel hôpital !

– Tout ça ?

Je me tournai de nouveau vers le vaisseau. Le déchargement n'était pas fini ! Il y avait déjà une véritable montagne de marchandises et ça continuait ! Il y avait quelque chose qui n'allait pas.

J'arrachai une facture des mains d'un homme d'équipage. En fait, il y a en avait trois. Une pour l'équipement utilisé chez la Veuve Tayl, une pour mes commandes personnelles et une troisième !

Mes Dieux ! Il n'y avait donc pas de terme aux turpitudes de nos supérieurs ? Lombar avait quadruplé la commande Zanco pour se faire un million et demi de crédits de profit supplémentaire ! Il y avait là suffisamment de matériel de cytologie pour une armée. Que dis-je : pour deux ! Et tous les extras que j'avais pu commander avaient été quadruplés. Impossible de savoir ce qu'il y avait dans cette montagne qui continuait encore de grandir au fur et à mesure qu'on déchargeait le *Blixo*. En vérité, le cargo avait dû être plein à ras bord !

Et l'explication me vint tout à coup. Quelle bande d'ignobles escrocs ! Ils ne m'avaient pas donné la part de ma commission de trente mille crédits ! Je m'apprêtais à leur expédier une lettre de protestation quand Faht Bey me demanda :

– Est-ce que vous voulez dire que tout ça est pour l'hôpital ?

– Oui, oui. Effacez les marques. Mettez vos équipes du hangar au travail là-dessus.

– Mais tout va être mélangé, alors.

Par les Enfers, que de détails, de broutilles.

– Où est Prahd Bittlestiffender ? demandai-je à un homme d'équipage.

Le nom lui était inconnu mais, après une rapide description du personnage, il remonta à bord et Prahd Bittlestiffender sortit bientôt de sa cabine. Il descendit l'échelle de coupée, grand et dégingandé, lourdement chargé de bagages et d'enregistreurs.

– C'est vous qui allez diriger l'hôpital ! Je ne veux pas qu'on voie ces marques en public. Changez-les toutes et embarquez-moi tout ça dans des camions.

– Bonjour, officier Gris, me dit-il. Je sais parler

turc. Écoutez. Vous entendez ? Je parle le turc. Est-ce que mon salaire démarre à partir de maintenant ?

J'étais sur le point de me précipiter pour aller écrire cette lettre de protestation quand un homme d'équipage m'arrêta.

– Et celui-là, on le met où ?

Sur un brancard, un personnage était étendu, en sommeil profond. Je reconnus le visage mauvais de Gunsalmo Silva. Même le sommeil ne l'améliorait pas.

– Dans une cellule. N'importe laquelle. Ne le réveillez pas. Je m'occuperai de lui plus tard.

Une fois encore, je fis une tentative pour m'échapper. Deux spatiaux arrivaient au même instant, encadrant un personnage enchaîné, enveloppé dans un drap avec un cadenas. Il avait un sac sur la tête et marchait avec difficulté.

– Et celui-là ?

On arracha le sac de sa tête. C'était Twolah, dit Chochotte, un employé de mon bureau. Dès qu'il me vit, il fondit en larmes.

– Mettez-le dans une cellule, lui aussi. Au secret absolu. On va vous montrer le quartier de détention.

Comme j'étais sur le point de retrouver ma liberté, un des spatiaux me dit :

– Il a au moins cent kilos de paperasses dans sa cabine. Qu'est-ce qu'on doit en faire ?

– Mettez tout dans mon bureau. Et qu'on ne m'amène plus personne. J'ai du travail !

Enfin, je pus m'éclipser.

Je rédigeai un instant plus tard la lettre la plus féroce de ma vie. Elle était adressée à Zanco. Ils me devaient trente mille crédits et ils essayaient de me les faire passer sous le nez ! Il n'y avait pas que ça : ils m'avaient empêché d'acheter de l'or avec cette somme ! Des truands, voilà ce qu'ils étaient !

Alors seulement, je me sentis mieux. Le *Blixo* était arrivé. Comme un idiot, je me dis que mes ennuis étaient finis.

Ils ne faisaient que commencer !

4

Je dormis paisiblement jusqu'à l'aube : mon or était là.

Karagoz me secoua violemment par l'épaule.

– Sultan Bey ! Venez vite ! Il va peut-être y avoir une émeute !

Je sortis du lit, enfilai prestement un pantalon et des bottes, puis un sweater à col roulé avant de me ruer sur les traces de Karagoz.

Faht Bey attendait devant la porte, en voiture. Il tenait la portière ouverte. Il faisait à peine jour mais je vis quand même que son visage était cendreux.

– L'hôpital ! dit-il simplement, et le chauffeur démarra aussitôt. Elles se sont rassemblées avant l'aube. Elles avaient entendu dire que l'hôpital ouvrait aujourd'hui.

– Qui ?

– Les mères.

– Pourquoi ?

– A cause du panneau.

– Mais je ne vois pas pourquoi ça poserait autant de problèmes.

– Non ? Si nous perdons le soutien des mères dans ce district, notre source de certificats de naissance ne tardera pas à être à sec ! Alors, occupez-vous-en avec prudence.

– Moi ? M'en occuper ? m'écriai-je. Mais les autres membres de l'Appareil ? Est-ce que ça n'est pas votre boulot ?

– C'est votre hôpital. Vous n'avez pas eu l'accord du Conseil des Officiers.

– Mais il faut que je fasse tout ! me lamentai-je.

– Ah, et faites aussi très attention à la façon dont vous vous y prendrez avec le piquet de grève, ajouta Faht Bey.

– *Quel* piquet de grève ?

– Celui des docteurs de la région et de leurs assistants.

Quand nous arrivâmes à l'hôpital, la foule était

dense. Il y avait là surtout des mères avec leurs enfants. Elles attendaient docilement, comme savent le faire les Turcs. Les Turcs sont un peuple très discipliné, surtout quand ils s'apprêtent à exploser. Ils obéissent à la volonté d'Allah. Mais Allah, apparemment, est prêt à déclencher la guerre sainte à la moindre occasion.

Je me frayai un chemin dans la cohue. On toussait beaucoup autour de moi. En Turquie, la tuberculose est une maladie endémique. Les yeux me suivaient tandis que j'avançais. Des yeux malades. Le trachome est une autre maladie endémique, en Turquie. Il y avait aussi quelques difformités et les inévitables ulcères.

L'hôpital était entouré d'amas de terre : le paysage n'avait pas encore été aménagé. Mais le bâtiment lui-même était imposant – très vaste et bas. L'escalier était large et accédait à une grande terrasse et à une porte monumentale.

Non loin, il y avait un grand panneau avec un croissant rouge. Dans la plupart des pays, sur Terre, les ambulances et autres portent une croix rouge, mais en Turquie, c'est un croissant, symbole de la résurrection.

Il y avait un autre panneau, tout aussi grand, qui proclamait :

HÔPITAL MONDIAL DE LA PITIÉ
ET DE LA CHARITÉ
Entreprise de construction Laich Bouh

Je ne voyais toujours pas où était le problème. Une émeute ? Faht Bey exagérait toujours tout.

J'escaladai le grand escalier en écartant les gens et je me heurtai au piquet de grève !

– Halte ! me lança un personnage de haute taille qui tenait un calicot. Quiconque franchit le piquet est l'ennemi de la dignité nationale turque !

Il me montra les calicots, tout autour de nous :

LA MÉDECINE OFFICIELLE TRAHIE !
HALTE AUX JAUNES !
A BAS LA CHARITÉ !

Tous ces docteurs et leurs assistants avaient l'air décidé.

En haut des marches, il y avait un piédestal. Il était probablement destiné à une statue qui n'était pas encore arrivée. Faht Bey me poussait dans le dos et je n'eus d'autre choix que de monter sur ce piédestal.

C'était une véritable mer de visages que j'avais devant moi !

Une étendue faite de regards malades et de toux.

Un océan de membres atrophiés et autres infirmités !

Je savais que le ministère de la Santé et des Affaires sociales turc se montrait particulièrement efficace devant la maladie. Ainsi que le ministère du Travail. Et il y avait aussi de multiples organisations philanthropiques. Mais mener tout cela de front, en Turquie, représentait un effort considérable. Et je n'avais pas réalisé qu'il y avait autant de malades ici. Misérable racaille.

J'avais la bouche ouverte pour leur crier de tous rentrer chez eux. Mais je n'en eus pas le temps.

Le gros docteur qui se trouvait en avant du piquet se mit à crier :

– J'ai fait mes études aux États-Unis. Je connais mon métier. PAS QUESTION DE CLINIQUES GRATUITES !

Aussitôt, les gens du piquet encerclèrent le piédestal où j'étais et commencèrent à me frapper avec des bâtons et des calicots !

Je tentai d'esquiver, je me baissai et essayai de me défendre.

Mais ils se mirent tous à scander, tout en me cognant dessus pour garder le rythme :

– NON AUX CLINIQUES GRATUITES ! NON AUX CLINIQUES GRATUITES !

Et je hurlai alors :

– Mais bien sûr qu'il n'y aura pas de cliniques gratuites !

Instantanément, la foule se déchaîna. Ils avaient tous préparé des boulettes de boue et ils en lancèrent tellement à la fois que l'air s'assombrit ! Et c'est sur MOI qu'ils les lançaient !

Les docteurs furent les premiers à s'arrêter. Leur gros leader se tourna vers la foule et cria :

– Vous avez compris ? Il n'y aura pas de clinique gratuite !

Dans la seconde même, le bombardement de boue

reprit, et cette fois ça tombait aussi bien sur moi que sur les docteurs ! Les huées se changèrent en une clameur féroce !

– Où sont les troupes de sécurité ? criai-je à l'adresse de Faht Bey.

Il s'était réfugié à l'autre extrémité des escaliers.

– C'est votre hôpital ! me cria-t-il dans le tumulte.

Je reçus une boulette de boue en pleine figure !

Et je tombai du piédestal !

Mon nez saignait !

C'est alors qu'un personnage de haute taille, dégingandé, en veste blanche, surgit en levant les bras. Prahd Bittlestiffender !

La foule cessa aussitôt de jeter des boulettes pour écouter ce qu'il avait à dire.

Dans un turc très pur, très classique, Prahd s'adressa aux gens :

– Amis citoyens ! Amis turcs ! Je viens aujourd'hui pour proclamer l'appel à la liberté ! Il est temps, grand temps, que nous, les enfants d'Allah, nous dressions d'un seul et même élan pour rejeter de nos cous le joug de fer de l'oppression étrangère !

Mon nez continuait de saigner, si abondamment que je me dis que j'allais mourrir d'hémorragie. Mais il devait bien y avoir de l'eau froide dans cet hôpital. Jouant des pieds et des mains, je me rapprochai de la porte et je réussis à me glisser dans le hall.

J'entendais toujours la voix de Prahd :

– Une Turquie unie faisant face à ses ennemis rapaces...

Puis je fus trop loin pour percevoir la suite de son discours.

Je trouvai une salle de bains, refermai la porte et m'installai sur le siège des toilettes en maintenant un bout de papier humecté d'eau fraîche sur ma nuque.

Enfin, mon nez s'arrêta de saigner.

A présent, dehors, tout semblait terriblement calme. Est-ce que les gardes de la sécurité étaient enfin intervenus et avaient abattu tout le monde ?

Je risquai un coup d'œil au-dehors. Ce que je voyais, c'était une immense salle d'attente avec des mères qui faisaient patiemment la queue.

On avait mis des tables en place.

Tout autour, des docteurs allaient et venaient,

accomplissant les gestes de tous les docteurs. Ils semblaient très doux avec leurs patients. Et je ne voyais personne en train de sortir de l'argent de sa poche. Je ne comprenais plus rien.

Craignant d'être repéré et de nouveau molesté, je me glissai dans un couloir.

Une main se posa sur mon épaule. Je sursautai.

– C'est vous que je cherchais.

C'était le jeune docteur Prahd Bittlestiffender. Il me conduisit jusqu'à une petite salle d'opération et entreprit d'examiner mon nez.

– Qu'est-ce que vous avez donc fait ? lui demandai-je. C'était quoi, ce discours ?

– Celui-là même que Kemal Ataturk a prononcé au début de la révolution.

Ah, oui, Kemal Ataturk. Les Turcs le vénéraient. Ils avaient donc reconnu le discours et ils l'avaient écouté.

– Aïe ! fis-je.

Il explorait l'intérieur de mon nez.

– Restez tranquille, je vous en prie.

– Et cette clinique gratuite ? demandai-je, tout en frissonnant à l'idée de ce que son intervention pourrait me coûter.

– Oh... (Il poussa son exploration nasale un peu plus avant.) Je leur ai dit que ça ne coûterait rien.

– Aïe !

– Je leur ai dit aussi qu'après tout c'était leur hôpital, qu'ils devaient par conséquent se porter volontaires pour tout aménager, pour être infirmiers, tout ça... Ils ont trouvé cette idée formidable.

– Aïe ! fis-je encore. Mais ces docteurs ?

– Je les ai tous engagés à temps partiel pour travailler durant deux heures par jour pour un très haut salaire.

– Aïe ! criai-je, mais cette fois, ça n'était pas à cause de la douleur.

Cet hôpital, tout à coup, menaçait d'être une ruine, pas une source de profit !

– Et qui est-ce qui vous a dit que vous aviez le pouvoir de prendre une telle décision ?

– Hier soir, vous m'avez dit vous-même que j'étais responsable de cet hôpital, alors j'ai fait très exactement ce que vous deviez attendre de moi, officier Gris. C'est-à-dire soigner les malades. Aider les pauvres et tous ceux qui sont dans le besoin. Améliorer les relations avec les tribus des avant-postes primitifs. J'ai beaucoup d'admiration pour votre vision très large et généreuse des relations interstellaires. Est-ce que mon salaire court à partir de maintenant ?

– Oh, mes Dieux !

– Vous savez, je sais parler l'italien également, insista-t-il d'un ton persuasif.

– Et comment pourrais-je savoir que vous savez guérir les gens ? Vous venez à peine de commencer votre essai ! Il y a une petite chance pour que vous soyez payé quand cet hôpital commencera à rapporter. De l'argent, beaucoup d'argent !

Il s'attaqua plus fermement encore à mon nez.

– Aïe !

5

Mon sweater était souillé de boue et Prahd me donna une veste blanche qu'il avait apportée.

– Je veux vous faire visiter cet endroit parce que des problèmes se posent, me dit-il.

Je me hérissai. Comment, des problèmes ? Mais je l'avais conçu moi-même. Et j'y avais passé du temps.

Je le suivis. Dans le hall, les queues progressaient en bon ordre et le calme était revenu.

Au bout d'un couloir, une salle d'opération dont l'équipement n'était pas encore complètement en place. Des salles de consultation pas vraiment installées. Puis des portes, beaucoup de portes. Des salles avec des lits, en très grand nombre. J'entrai dans l'une d'elles.

– Non, fit Prahd. Elle est complète.

– Il y a déjà tant de patients ?

– Non, non. Toutes ces salles et ces chambres particulières sont pleines d'équipement et de marchandises. J'ai travaillé avec le personnel de la base pendant toute la nuit. On a changé les marques et tout déménagé ici. Il y a suffisamment de matériel et de fournitures pour permettre à plusieurs hôpitaux de fonctionner pendant des années. C'est ça que je voulais vous montrer. Nous n'avons pas la moindre place pour ces malades. Il me faut même un autre bâtiment pour entreposer ce qui reste ! Ainsi qu'une grande salle réfrigérée pour que je puisse commencer mes cultures et mes banques de cellules.

Ainsi, il ne savait pas. J'appuyai sur un panneau et un escalier apparut. Je précédai Prahd vers le sous-sol.

Il y avait là tout un complexe hospitalier. Avec d'innombrables chambres.

Prahd était stupéfait.

– Mais qu'est-ce que c'est ? Un hôpital clandestin sous un hôpital ?

– Précisément.

Et je lui expliquai mon plan : transformer l'identité des gangsters et de ceux qui étaient poursuivis.

– On dirait des cellules de prison, remarqua-t-il.

– C'est pour qu'ils se sentent chez eux. Est-ce que vous pensez que vous y arriverez ?

– Oui, pas de difficulté de ce côté-là. C'est seulement que l'hôpital d'en haut devrait être opérationnel.

– Mais il sert de camouflage.

– Ça ne résout pas le problème du stockage, officier Gris. Ni celui de la réfrigération. Ce sera d'autant plus nécessaire que je vais avoir des cultures supplémentaires à faire, pour la modification des empreintes, des larynx, tout ça...

Je sentais qu'il était obstiné. Nous remontâmes jusqu'à son bureau. C'était un très beau bureau. Le téléphone était branché et j'appelai la Laich Bouh. Très vite, j'eus l'entrepreneur en ligne.

– Je pense qu'il y a une transaction financière qui n'a pas été réglée, lui dis-je.

– Il y a eu dépassement du devis.

– J'aurai besoin d'un espace de stockage supplémentaire ainsi que d'une structure de réfrigération.

– Si nous atteignons un autre demi-million de dollars US, bien entendu, nous ne parlerons plus de ce dépassement.

Mes Dieux, cet hôpital était un gouffre !

– Mêmes conditions, dis-je.

– Mêmes conditions.

– Voyez les plans avec le responsable, et démarrez.

– Vous êtes riche, dit-il.

– Et vous, vous feriez mieux de ne pas trop le devenir. Il y a des quantités de boue dans le coin.

Je raccrochai. Après tout, ces hôpitaux de charité ont leurs bons côtés. J'allais en tirer un demi-million.

Je me préparai à repartir. J'avais encore le nez endolori.

– Dites aux gens de la Laich Bouh ce que vous désirez quand ils seront là et qu'ils se mettent tout de suite au travail. J'ai d'autres choses à faire.

Prahd ne fit pas mine de se lever.

– Vous ne voulez pas que je vous donne des nouvelles de Voltar ? Je sais à quel point la prospérité de votre monde vous tient à cœur.

Il faut savoir se montrer sociable et bavarder. Aussi je me rassis.

– Tout va bien sur Voltar, reprit Prahd. Il fait beau. Les buissons sont fleuris.

Je savais qu'il parlait de la résidence de la Veuve Tayl. J'étais sur mes gardes.

– Comme vous le savez, j'ai dû travailler sur la Veuve Tayl. Je suis certain que vous vous réjouirez d'apprendre que tout a été mené à bien avant le départ du *Blixo.*

Plus par méfiance que parce que j'étais intéressé, je demandai :

– Quel genre de travail ?

– Je connais l'intérêt que vous portiez à cette demeure et à sa personne également. Aussi ai-je fait très exactement ce que vous vouliez que je fasse, officier Gris. Le problème, c'était sa nymphomanie – elle était obsédée par le sexe.

Par tous les Dieux, pour ça, il avait raison !

– Donc, je lui ai élargi les ovaires pour commencer. Elle peut désormais avoir trois fois plus d'orgasmes qu'auparavant et bien plus forts.

Par tous les démons ! Pas un homme, dans les collines de Pausch, ne serait à l'abri ! Grâce aux Cieux, j'étais sur Terre ! Mais... il avait bien dit : « pour commencer » ?...

– Vous avez fait autre chose ?

– Mais bien sûr. Vous faites partie de la célèbre famille Gyrant Slahb, et je ne voulais pas sous-employer mes qualités professionnelles.

J'attendis, les yeux rétrécis par le soupçon, qui est un réflexe naturel chez les membres de l'Appareil.

– La nymphomanie, reprit-il d'un ton docte, est

souvent provoquée par la stérilité. Je me suis donc livré à un examen de ce côté et j'ai découvert un blocage de l'ovulation – l'ovule n'était pas éjecté et ne pouvait par conséquent pas être fertilisé. J'ai donc mis un terme à ce blocage.

Ah... Peut-être avait-il réglé ainsi la situation. Si la Veuve Tayl se mettait à avoir des bébés, ça la calmerait probablement.

En vrai professionnel, Prahd affichait un sourire de fierté.

– Vous vous rappelez le jour où j'ai eu l'honneur de vous rencontrer pour la première fois ? Vous aviez eu des rapports avec elle, n'est-ce pas ? Eh bien, j'ai recueilli un peu de votre semence...

– Eh, attendez ! lançai-je, soudain inquiet. Vous couchiez avec elle depuis un jour et demi ! Comment pouvez-vous savoir que ce n'était pas la vôtre ?

– Oh, fit-il avec un geste vague, c'est contraire à l'éthique de la profession que d'utiliser son propre sperme. (Il m'adressa un sourire de commisération très professionnel.) Comment un cytologiste ne reconnaîtrait-il pas la configuration de son sperme ? C'est élémentaire. En tout cas, même bloquée, elle était prête à l'ovulation. J'ai donc placé l'ovule en présence de votre sperme dans un tube à essai. Et j'ai une bonne nouvelle : ça a « pris » avec succès. Avant notre départ, je me suis assuré qu'elle n'avait rien dans les ovaires et j'ai inséré l'embryon.

L'horreur déferlait en moi. La Veuve Tayl !

– Est-ce qu'elle sait de qui il vient ? demandai-je avec un faible espoir.

– Oh oui ! Elle a dit que, du moment que ça ne pouvait pas être Heller, vous conveniez très bien. En fait, elle était très heureuse. Ça fait sept semaines, maintenant. Ce sera un garçon.

J'avais maintenant franchi les bornes de l'horreur et la férocité montait en moi.

– J'étais tellement reconnaissant pour tout ce que vous aviez fait pour moi, dit Prahd, et j'ai fait tout ça pour vous. Imaginez ! Un descendant de votre grand-oncle Gyrant Slahb ! Il aura en lui le sang du plus célèbre cytologiste de Voltar ! Est-ce que ça ne vous rend pas fier ?

J'avais les poings crispés.

– Mais vous ne pouvez pas faire ça ! Il n'y a pas de preuve que je suis le père !

– Oh, mais si. J'ai rempli le certificat de parenté avec les autorités. Vous n'avez pas à craindre de le perdre et j'ai fait le nécessaire pour que vous puissiez être certain de reconnaître l'enfant.

Par tous les Dieux et les Démons ! Ce type était un monstre !

– Pourquoi avez-vous fait ça ? hurlai-je.

Enfin, cette fois, il fut intimidé et il se mit à bredouiller :

– Eh bien... D'ac... d'accord : j'avais une autre... une autre raison... Vous... vous aviez dit que... que... que vous vouliez brû... brûler cette belle maison ! Et ça... ça, je ne pouvais pas le ... le supporter. Alors j'ai pensé que... que si vous saviez que vous allez avoir un... un fils, vous... vous ne la brûleriez pas !

Je restai prostré dans mon fauteuil. Dieux, Démons, Enfers ! J'étais uni à la pire nympho de Voltar ! Il était même possible, si elle le demandait, que je sois obligé de l'épouser !

Prahd retrouva quelque peu son contrôle.

– Cela a ses bons côté. C'est vraiment une *très belle* résidence. Elle vous a envoyé une carte.

Il la sortit de sa poche. Au recto, il y avait une nymphe au regard lubrique qui essayait de dissimuler sa nudité de telle façon qu'elle montrait tout. Au verso, on avait écrit :

A Soltan,

Bonjour, bonjour, bonjour ! Où que tu sois ! Je vais très bien ! Il va très bien ! Est-ce que tu reviendras bientôt ? Je t'espère.

Ta petite Tayly-Jolie
Bisous, bisous.

Je quittai l'hôpital.

De retour chez moi, je m'étendis sur mon lit et me mis à pleurer.

Quel dommage que Prahd fût déjà officiellement mort. Autrement, je l'aurais tué sur place.

6

Le destin, ce jour-là, ne m'avait pas mis au régime. Il se révélait très généreux. J'avais droit à toute la poisse que je pouvais encaisser et même plus encore.

Au milieu de l'après-midi, Karagoz entra dans ma chambre. Quand il s'agit de mauvaises nouvelles, il me les apporte toujours lui-même. Pour les bonnes, il ne se donne même pas la peine d'envoyer quelqu'un.

– Il y a un homme affreux qui attend sur la pelouse, m'annonça-t-il.

Je me levai. Impossible de dissimuler une arme sous un sweater – de plus, il était plein de boue. Je mis donc un coupe-vent et glissai le colt Cobra dans ma poche avant de sortir, sur mes gardes.

C'était Jimmy « l'étripeur » Tavilnasty. Il était occupé à jouer à la pichenette avec un poignard.

Il tourna vers moi son visage grêlé et ses petits yeux noirs.

– Vous avez mon type ?

– On ne joue pas du flingue ici, dis-je, très inquiet.

Il continua de lancer son poignard.

– Je ne me sers jamais d'un flingue. Pourquoi croyez-vous qu'on m'a surnommé « l'étripeur » ?

Il regarda autour de lui afin de s'assurer que personne ne pouvait nous entendre. Il semblait s'exprimer uniquement avec un côté de la bouche.

– J'ai les gars qu'il vous faut. (Il tapota sa poche.) Quand vous me montrerez mon type, vous les aurez.

Les candidats au changement d'identité ! Avec ce qu'il allait falloir verser aux docteurs de la région et notre annonce de soins gratuits, cette rentrée d'argent n'était pas seulement souhaitable. Elle était vitale !

– Revenez dans un moment, dis-je.

– Je vais rester ici jusqu'à ce que vous me montriez Gunsalmo Silva. On a appris de nouveaux trucs sur lui. C'est lui qui a donné « Saint Joe » Corleone après être devenu son garde du corps. Un type malhonnête. On le veut absolument. Et vous, il vous faut absolument ces noms que j'ai là. Mais si on ne conclut pas le marché, vous n'avez qu'un mot à dire, et je m'occupe de vous. J'ai besoin de m'exercer, vous comprenez.

– Non, attendez ! Vous ne m'avez pas compris ! Je voulais seulement dire qu'il fallait que je donne un coup de téléphone pour qu'on règle ça ailleurs. Restez tranquillement assis. Je vais dire à mes hommes de vous apporter un verre de quelque chose...

– Je ne bois jamais pendant le travail. C'est illégal pour les flics et donc aussi pour moi. Allez donner votre coup de téléphone !

– A quel hôtel êtes-vous descendu ?

– Aucun. Je suis venu d'Istanbul avec une voiture louée.

– C'est tout ce que je voulais savoir.

Je me précipitai dans ma chambre et fermai au verrou. Puis j'appelai Faht Bey par le circuit intérieur.

– Ce type qui était en sommeil profond à bord du *Blixo*. Trouvez-lui une voiture non identifiable qui serait censée venir d'Istanbul. Conduisez-le à la Résidence Saglanmak. Installez-le sous le nom de « John Smith » et racontez à la réception qu'il a trop bu en route. Coupez le sommeil profond dans la voiture de façon qu'il ne sache pas où il était. Et assurez-vous qu'il n'ait aucune marque d'identité sur lui, aucun objet personnel.

Faht Bey me promit de faire le nécessaire, mais ajouta :

– Pas de brutalités, officier Gris. Une émeute, ça suffit pour aujourd'hui.

Je me munis d'un viseur à infrarouge avant de ressortir. Je réussis à convaincre Jimmy « l'étripeur » de quitter la pelouse pour s'installer à une table. On lui servit une boisson non alcoolisée. Il en donna un peu à un chat qui se promenait et son regard s'attacha sur lui.

On ne pouvait pas dire qu'il était de très bonne compagnie.

– Comment va Babe ? demandai-je enfin.

– Pourquoi, ça vous intéresse ?

– Eh bien, après tout, c'est une vieille amie.

– Elle dit qu'elle a jamais entendu parler de vous.

– Je ne me sers pas toujours du même nom.

– Oh...

– Et Geovani ?

– Pourquoi, ça vous intéresse ?

Bon, il n'était pas du genre facile.

Je me dis que j'avais laissé suffisamment de temps à Faht Bey pour qu'il s'organise.

Nous regagnâmes ensemble la voiture de location de Jimmy et je lui indiquai notre destination.

Quelques minutes après, nous étions garés dans une rue écartée. Juste en face de la Résidence Saglanmak, il y avait une maison avec un toit en terrasse. Je déclarai au vieux Turc que nous connaissions :

– Je suis un inspecteur des toitures. (Je lui tendis un billet de cinq cent livres.) Nous ne voulons pas inquiéter les gens avec des inspections publiques.

Il nous précéda jusqu'à une trappe qui accédait à la terrasse. Elle était entourée d'un parapet. A quatre pattes, nous nous approchâmes du bord. Le parapet nous dissimulait aux regards. D'où nous étions maintenant, nous regardions droit dans la chambre. Je désignai à Jimmy « l'étripeur » l'escalier qui conduisait au porche extérieur. Mais il le connaissait déjà. A la suite de circonstances assez fâcheuses pour lui.

On était en automne mais il faisait plutôt chaud sur cette terrasse. Jimmy ne semblait pas en souffrir. Apparemment, il avait l'habitude d'attendre comme ça. C'était le parfait tueur entraîné.

Le soleil déclina. Nous n'échangions pas un mot. Les premières étoiles apparurent. Ce qui m'amena aucun commentaire de l'un ou de l'autre.

Une voiture s'arrêta enfin devant l'hôtel et trois hommes en descendirent. Celui qui était au milieu semblait ne pas tenir sur ses jambes. Ils entrèrent dans la Résidence.

Peu après, la chambre s'éclaira.

– Bon sang ! laissa échapper Jimmy « l'étripeur ».

On portait Gunsalmo Silva, parfaitement reconnaissable. Il avait l'air complètement groggy.

Les deux autres le déshabillèrent, puis le couchèrent dans le lit et bordèrent les couvertures.

Jimmy vérifiait son poignard et son pistolet. Il était tellement absorbé que je dus lui rappeler :

– La liste.

Il glissa la main dans sa poche de blouson. Pour ma part, je n'avais pas lâché mon Cobra au cas où il sortirait autre chose que la liste.

Mais c'était bien ça.

– Y a deux cents noms, dit-il. Tous des bons, tous prêts à venir. Le dernier de la liste, c'est mon frère d'Hoboken. C'est à lui qu'il faut envoyer les commissions. C'est l'honnête homme de la famille. Il est éboueur. Si vous oubliez de le payer, je reviendrai m'occuper de vous.

– L'honnêteté, c'est la sécurité. C'est un plaisir que de faire des affaires avec vous.

Il grommela.

Nous redescendîmes par la trappe.

Jimmy « l'étripeur » se dirigea alors vers l'escalier extérieur de l'hôtel.

Bien que je sois amateur de sports, je jugeai qu'il était plus sage de ma part de me fabriquer un alibi.

Je descendis la rue et entrai dans un bar. Je commandai un Coca. Je me préparais à rester au moins une demi-heure à discuter du temps avec le barman. Mais ça ne se passa pas comme ça.

Un coup de feu résonna comme le tonnerre dans la rue !

Deux autres lui succédèrent !

Mes Dieux, mais Jimmy se servait de quoi ? D'un canon ?

Je ne bougeai pas. J'entendis une voiture de police. Des bruits de course. Des cris.

– Drôlement bruyant dehors, ce soir, dis-je au barman.

– Je comprends pas pourquoi, fit-il. Vous êtes pourtant là, Sultan Bey.

– Ça pour sûr, dis-je.

Je fis exprès d'essayer de le voler en payant mon Coca pour qu'il se souvienne de moi.

Quand notre altercation eut pris fin, je sortis et redescendis la rue. Il y avait pas mal de gens rassemblés autour de la Résidence Saglanmak. Un flic montait la garde devant la porte.

Je rebroussai chemin et trouvai un taxi qui me laissa à l'hôpital.

J'entrai.

Je fus quelque peu surpris de découvrir une infirmière en blouse blanche derrière le comptoir de réception. Elle était d'allure agréable, efficace. Une Turque brune qui me parut étonnamment jeune.

– Qui désirez-vous voir ? me demanda-t-elle d'un ton très professionnel.

Je faillis dire : « Prahd » mais je me souvins à temps qu'on lui avait donné les papiers d'identité d'un bébé mâle décédé et qu'il « avait étudié à l'étranger ». Quel était son nom, déjà ? Je n'arrivais pas à m'en souvenir.

– Le nouveau directeur, dis-je.

– Ah, le docteur Muhammed Ataturk ! Vous avez rendez-vous ? Je ferais peut-être mieux de vous adresser à un interne.

– C'est un ami, dis-je très vite.

– Alors, ce sera trois cents livres. Nous pourrons cependant réajuster ce montant après la consultation. C'est une caution.

– Mais je croyais que c'était une clinique gratuite !

– Seulement pour ceux qui ne peuvent pas payer. A l'évidence, vous le pouvez. Vous êtes arrivé en taxi. Pas d'argent, pas de rendez-vous.

– Qu'il sorte ! lançai-je d'un ton menaçant.

J'avais dû m'exprimer suffisamment fort, car Prahd pointa la tête hors de son bureau et dit :

– Ça va, infirmière Bildirjin. C'est un rendez-vous d'affaires.

Elle me laissa passer avec réticence. Dans le bureau de Prahd, je dis :

– Qu'est-ce que ça veut dire, par tous les Enfers ?

– Son nom veut dire « caille ». Je l'ai trouvée plutôt jolie, me dit-il.

– Un salaire de plus ?

– Eh bien, oui. C'est la fille du meilleur médecin de la ville. Son fils va arriver d'Istanbul ce matin pour achever son internat ici. Mais nous n'attendons que cinq autres infirmières qui viennent de l'école d'Istanbul.

– Mais qui est cet « interne résident » ? demandai-je.

– Oh, quand ils n'ont pas d'argent, c'est moi.

Je remarquai une table avec les restes d'un dîner qui avait dû être assez copieux.

– Vous faites également des notes dans les restaurants ? demandai-je.

– Oh, non. Vous m'avez demandé d'être économique. Alors j'ai engagé seulement deux cuisiniers, trois plongeurs, un chef et une blanchisseuse. Ils ne demandent pas beaucoup. Juste des vivres en quantité suffisante pour nourrir leur famille.

– Écoutez, cette fille qui est là dehors va plumer tous nos patients pour son père. Et ce fils, quand il arrivera...

– Oh, j'ai l'intention de lui donner une formation de cytologiste ! (Il avait soudain les yeux brillants.) Officier Gris, je pense être capable de débarrasser tout ce district du trachome et de la tuberculose ! Et après, la Turquie tout entière ! Et ensuite, tout le Moyen-Or...

– Docteur Bittlestiffender ! l'interrompis-je d'un ton cassant, il est évident que vos études ne comportaient aucun cours d'économie et de finance. Le docteur Gyrant Slahb avait coutume de dire : « Dans quels Enfers serait donc la cytologie sans argent ? »

– Mais elle a essayé de vous soutirer un droit d'entrée, dit-il faiblement.

Je m'assis.

– Prahd, je crois que vous avez grand besoin de quelques cours élémentaires sur la vie pratique. Ce n'est pas *mon* argent que vous devez recueillir, mais de l'argent *pour moi*, jeune docteur Prahd.

Je vis qu'il était bouleversé. Mais je sais me reprendre rapidement dans ce genre de situation.

– Afin que je puisse financer tous les traitements de ces maladies, ajoutai-je.

Aussitôt, il me regarda avec une étincelle d'adoration dans les yeux.

– En ce cas, j'ai bien fait de demander deux nouvelles ambulances avec leurs conducteurs...

Dieux !

Il était inutile de lui expliquer certaines choses. Il était vraiment trop stupide. Je brandis la liste que m'avait remise Jimmy « l'étripeur ».

– Il y a là-dessus deux cents noms. Avec les numéros de téléphone. A Paris, New York, Las Vegas, Rio, et les Dieux savent où encore... Faites votre planning afin qu'ils arrivent par vingt à la fois et grouillez-vous !

Il prit la liste et eut un regard perplexe.

– Qu'est-ce qu'il y a encore ?

– Je ne sais pas comment me servir de ces téléphones !

Je lui repris la liste. Il avait vraiment décidé de jouer les abrutis.

– Bon, je vais faire ça moi-même !

Je me dirigeai vers la porte.

– Inutile d'aller à pied jusqu'à votre villa ! me cria-t-il. Ma voiture est à votre disposition avec le chauffeur !

Quel (bip de bip !) : il y avait une Omni dernier modèle qui attendait devant la porte principale avec un chauffeur en livrée qui m'ouvrit instantanément la portière.

– Où désirez-vous aller, Sultan Bey ? me demanda-t-il.

Je lui dis d'aller se faire voir quelque part dans les Enfers Musulmans et je retournai à pied à ma villa. Histoire de leur montrer qui j'étais !

Cette petite promenade me calma. Prahd balançait l'argent par les fenêtres, d'accord. Mais (bip), ça rentrait par ailleurs.

Je me retrouvai bientôt assis avec la liste. Qu'est-ce que je devais en faire ? Je me mis à réfléchir. L'Agence Nationale de Sécurité contrôlait tous les appels intercontinentaux. Ça n'était donc certainement pas raisonnable de téléphoner d'ici. Je risquais d'attirer tout un tas de tueurs, et mêmes des tueurs de la CIA, ce qui est pire encore, et j'avais eu mon comptant de tueurs pour la soirée.

Ah, oui, le plus urgent : rédiger des instructions très claires pour qu'on utilise exclusivement des messagers, et non pas le téléphone. J'écrivis tout avec un maximum de détails. Puis je codai le contenu et empruntai le tunnel qui conduisait au bureau de Faht.

– Envoie ça à New York, dis-je. Et tout de suite !

– J'espère que vous savez ce que vous faites, Sultan Bey, dit-il en prenant mon texte. On a suffisamment d'ennuis comme ça. Il y a eu une fusillade en ville il y a un moment. On vient juste de m'appeler. Vous étiez où ?

– Dans un bar, je buvais un Coca et je peux le prouver, dis-je.

– Pour ça, je vous fais confiance.

Mais il introduisit quand même la liste dans sa machine.

7

Mais le destin n'avait pas pour autant cessé de pleuvoir sur moi.

A l'instant où je m'apprêtais à m'éloigner, Faht Bey dit :

– Vous avez un autre prisonnier en cellule. Le capitaine Bolz a appelé depuis un bordel d'Istanbul dans l'après-midi et m'a dit qu'il avait reçu des ordres pour ramener cette personne avec lui en partant. Il voulait s'assurer que nous avions des fers en plus pour lui.

Chochotte ! Le travail, toujours le travail !

– D'accord, fis-je. Je vais aller le voir maintenant !

Je n'avais pas de voiture, aussi c'est à pied que je gagnai les baraquements des archéologues dans la nuit glacée. J'allais trouver l'officier de service et nous entrâmes dans le hangar.

Devant la porte de la cellule, l'officier me demanda :

– Vous voulez que je reste ? Ils l'ont amené enchaîné. Il doit être drôlement violent.

C'était l'occasion ou jamais de montrer que j'étais dur.

– Je peux m'en occuper seul. Je suis armé.

Il déverrouilla la porte de la cellule et repartit.

J'allumai les plaques lumineuses de la cellule.

Twolah s'éveilla aussitôt et, en me voyant, fondit en larmes.

Il m'avait l'air passablement fripé.

– Six semaines atroces dans cet affreux vaisseau spatial avec cet horrible équipage qui voulait me violer, geignit-il. *Et vous voilà !*

Les larmes ruisselaient sur son mignon visage.

Je lui donnai une claque. J'ai horreur des homos. Ils me soulèvent le cœur. La seule pensée d'un homme faisant l'amour avec un autre homme me rend malade !

– J'ai deux cartes postales, lui dis-je. Une pour toi et une pour Oh Chéri. Si tu ne les postes pas à ton retour, vos mères seront automatiquement supprimées.

Ses larmes devinrent de vraies rivières.

– Donc, si tu veux que ces cartes continuent à maintenir le Courrier Magic, tu vas arrêter de gémir et tu vas tout me dire – bien distinctement et clairement.

Il me demanda la permission d'aller d'abord aux toilettes.

Il n'y a guère d'intimité dans ces cellules et je dus me retourner.

Finalement, il s'installa sur le banc de pierre, laissant échapper de longs sanglots vibrants.

Comme il paraissait se calmer, je lui dis :

– Je veux savoir tout ce que Lord Endow a dit ou fait depuis mon départ. Parle !

– Je ne suis allé le voir que dix jours après ! geignit-il.

– Pas de faux-fuyants. Raconte !

– Dès qu'il m'a vu, il m'a dit : « Oh, mon chéri ! » Et il a ajouté : « Ton pantalon m'a l'air un peu trop serré. Viens donc dans la salle de bains que je... »

– Non, non, non ! hurlai-je.

Maudits homos ! Je les déteste ! Des hommes qui font l'amour avec des hommes : rien qu'à cette idée, mon sang se fige dans mes veines !

– Je veux que tu me racontes l'essentiel ! Les informations importantes !

– Ah, oui. Les choses importantes. Il m'a dit que j'étais bien plus joli que son infirmier et il l'a fait remuter dans la Flotte. C'est vrai que je suis *adorable*, non ? Endow a dit une nuit...

– Chochotte, dis-je de mon ton le plus glacial, la politique. Je veux que tu me parles de politique et pas d'homosexualité !

Il se remit à pleurer et je lui balançai une deuxième gifle.

Finalement, je le collai sur le banc de pierre, un genou sur sa poitrine, un paralyseur pointé sur sa gorge, et il se décida à me donner de vraies informations.

Il semblait que Lombar, par l'entremise d'Endow, avait réussi à refiler de la méthédrine et de la morphine à plusieurs membres du Grand Conseil pour « guérir leurs rhumatismes ». Les docteurs de la Cité du Palais écoulaient la drogue avec succès.

Je le secouai et le giflai une ou deux fois pour qu'il continue. Lombar avait entendu parler de la Loi Harrison votée par le Congrès américain en 1914, temps terrestre, qui réglementait les drogues, et il faisait tout pour que le Grand Conseil l'adopte afin que tous ceux qui tenteraient d'écouler des drogues en dehors de son monopole soient immédiatment jetés en prison. La culture du pavot sur toutes les planètes de la Confédération Voltarienne entraînerait la confiscation des terres, de la récolte, de lourdes amendes et l'emprisonnement à vie. La synthèse du speed et de toute autre dope serait punie de mort. Chaque drogue aurait sa licence et toutes appartiendraient à Lombar.

Très habile. Exactement ce que Rockecenter et l'I.G. Barben avaient fait sur Terre. Lombar avait su parfaitement étudier les primitifs et en tirer des leçons.

A part quelques autres détails, c'était tout ce que Chochotte avait appris du Grand Conseil.

Je le laissai se relever. J'allais prendre les cartes postales quand un soupçon me vint. Il avait l'air satisfait de lui, comme les homos le sont souvent. Et je les hais. On ne peut pas leur faire confiance.

Je sortis donc les cartes, mais je les pris comme si je m'apprêtais à les déchirer.

– Non ! cria-t-il.

– Tu sais autre chose, lui dis-je.

Il réfléchissait intensément. Puis il se décida :

– Je pense à quelque chose, mais ça n'a rien à voir avec le Grand Conseil ou Endow. C'est à propos de Bawtch.

Ah, ah ! Il se rétractait. Je crispai un peu plus les doigts sur les cartes.

– Non ! Je vais tout vous dire ! L'autre jour, après votre départ, j'ai vu Bawtch assis dans votre bureau. Il riait tout seul. Et il a dit quelque chose.

Bons Dieux ! Bawtch en train de rire ? Cet imbécile de chef de bureau n'avait jamais ri de sa vie. Ça devait être affreux !

– Qu'est-ce qu'il disait ?

– Pour moi, ça n'avait aucun sens. Mais c'était à propos de vous. Bawtch a dit : « Des faux. Oh, par les Dieux, c'est merveilleux. Des faux ! Ils vont exécuter Gris pour ça ! »

Je me sentis glacé. Qu'est-ce que Bawtch avait bien pu trouver sur moi ?

Le seul faux qui pouvait vous valoir la mort était d'imiter le nom de l'Empereur sur un document !

Et c'est alors que je compris. Ces deux (embipés) de faussaires de la Section 451 avaient parlé !

Ils avaient tout dit à Bawtch sur ces deux documents que j'avais utilisés pour obliger la comtesse Krak à convaincre Heller de partir !

Oui ! Pour ça, on pouvait m'exécuter !

Bawtch, poussé par sa jalousie, allait se venger !

Qu'est-ce que je pouvais donc faire ?

Ces deux documents, les seules copies existantes en fait, c'était la comtesse Krak qui les avait sur elle !

La redoutable comtesse Krak ne laisserait personne la toucher ! Nul autre qu'Heller ne pouvait le faire sans mourir.

J'avais la tête qui tournait.

Il fallait que je trouve un moment pour réfléchir.

Je remis les deux cartes postales dans ma poche.

Chochotte poussa un hurlement angoissé.

Je quittai la cellule. L'officier de garde m'attendait. Il me dit :

– Par tous les Démons ! J'ai déjà entendu brailler, mais celui-là... Pas étonnant qu'on l'ait amené enchaîné !

– Laissez-le bouclé mais je veux qu'il soit prêt.

Je repris le tunnel jusqu'à ma chambre. Il y avait urgence. Le destin, en fait, avait joué avec moi avant de me poignarder !

Qu'est-ce que j'allais bien pouvoir faire ?

8

Mon vieux professeur d'Astuce Appliquée, à l'école de l'Appareil, disait toujours : « Quand les indigènes vous ont jeté dans l'huile bouillante et qu'ils vous lardent de sagaies, c'est le moment de rassembler vos informations. » J'avais toujours suivi ce conseil.

La nuit s'écoulait et j'étais toujours là, à tenter de réfléchir. Mon regard fut attiré par l'écran.

Dans l'appartement d'Heller, l'interférence avait cessé. D'ordinaire, quand je ne suis pas là, je coupe le son. Je le montai.

Vantagio, Izzy, Bang-Bang, et bien entendu Heller, étaient tranquillement installés. Ce devait être juste avant l'heure du dîner.

Vantagio avait ouvert un grand atlas et examinait une carte du monde. Tout d'abord, je me dis qu'il était plongé dans son passe-temps favori : la science politique.

– ... c'est donc ça le « processus démocratique » : les politiciens promettent au peuple des choses qu'ils ne possèdent pas afin de se faire élire. Compris, mon garçon ?

Heller acquiesça. Bang-Bang déclara qu'il aimerait boire un scotch.

– Maintenant, le communisme, continua Vantagio, consiste à interdire au peuple de posséder quoi que ce soit afin que les commissaires politiques gardent tout pour eux. Voilà les différences essentielles entre la démocratie et le communisme. Tu as compris, mon garçon ?

– Oui, fit Heller. La science politique est un sujet passionnant.

– C'est vrai. La politique consiste surtout à se remplir les poches et la science politique te donne une chance d'être le premier à le faire.

Izzy les regarda et dit avec l'air de s'excuser :

– Est-ce qu'on pourrait en revenir au Maître-plan ?

Instantanément, je dressai l'oreille. Je tournais en rond et ce maître-Plan » était une chose que j'avais tout intérêt à connaître car j'avais manqué toutes les occasions précédentes.

Izzy reprit :

– Combien de ces pays dépendent des votants ?

Vantagio prit l'atlas et le leur présenta en pointant l'index.

– Prenez l'Angleterre, pour commencer...

Et l'interférence revint. Un (bip) de diplomate avait décidé de revivre ses amours de jeunesse sur l'herbe artificielle et sous le soleil synthétique ! Je lui souhaitai de se retrouver avec du sable plein les cheveux !

Je coupai le son et je m'apprêtais à jeter une couverture sur l'écran quand l'importance de ce que je venais d'entendre me frappa soudain.

On comprendra que j'étais dans un état de grande nervosité. Mon sort était entre les mains de Bawtch, ce qui était déjà pénible, mais je savais également que je courais le risque d'être exécuté sur l'ordre de l'Empereur. N'importe qui aurait considéré que cela faisait assez de menaces pour une nuit. Mais voilà qu'une autre m'apparaissait maintenant !

Heller, lui aussi, pouvait me tenir !

Car ils conspiraient, là-bas, dans l'appartement. Heller étudiait la science politique et il ne pouvait y avoir qu'une raison à cela. S'ils s'emparaient de tous les pays du monde – et Vantagio avait clairement spécifié qu'ils s'apprêtaient à s'emparer de l'Angleterre – Heller pourrait alors contrôler les forces militaires combinées de la planète. Et maintenant qu'il savait que j'avais tenté de le tuer, il les utiliserait pour un seul but – *me capturer* !

La balance était complètement inversée.

Je pris une décision.

Je réveillai Karagoz. Il me confirma que le break Ford était en mesure de rouler.

J'étais trop énervé pour conduire. Je le forçai à prendre le volant, bien qu'il protestât qu'il n'avait ni pantalon ni chaussures, et je le contraignis à me conduire à l'hôpital.

Sur les feuilles d'inventaire, j'avais lu qu'il était fait mention d'un hypnocasque. Il faisait partie des nouveaux équipements livrés par Zanco et dont j'avais demandé la liste.

Je passai devant la vieille femme qui était de garde au service des admissions et je me dirigeai à grand bruit vers la chambre de Prahd.

Mais je n'avais pas fait suffisamment de bruit. Il était au lit avec l'infirmière Bildirjin. Leurs deux têtes surgirent des draps.

– Ciel, mon père ! s'écria Bildirjin.

– Ce n'est pas ton père, dit Prahd. Sultan Bey, je pense que vous connaissez déjà l'infirmière Bildirjin ? Je vous en prie, ne faites pas sauter l'hôpital.

Très professionnelle, l'infirmière Bildirjin enfilait déjà sa tenue.

– Il faut vous faire inscrire, dit-elle. Le prix de la première consultation est de trois cents livres.

Je la fichai dehors avec un coup de pied aux fesses.

– Où sont les inventaires ?

Prahd était occupé à passer un pantalon sur ses maigres jambes. Il prit une blouse et, pieds nus, me précéda vers son bureau. Il avait mis les feuilles d'inventaire dans un coffre-fort.

Je les parcourus. Il y avait deux lots et cela me prit un sacré bout de temps.

Brusquement, je me sentis glacé. Il y avait eu seize hypnocasques dans cette livraison ! Le seul souvenir de l'horrible expérience que j'avais vécue me fit frissonner. Seize de ces choses abominables étaient là, sur Terre ! Il ne m'en fallait qu'une. Mais les quinze autres devaient être retirées de la circulation immédiatement !

La problème était que Prahd n'avait pas eu le temps de dresser la liste des caisses selon leur répartition par salle. Avec l'équipe du hangar, il n'avait pu que modifier les marquages.

C'est lui qui fit le plus gros du travail. C'était dur de tout explorer, de lever des couvercles, de soulever des choses, de regarder dessous. Salle après salle. Il y avait des caisses partout.

Mais j'étais entêté et nous arrivâmes enfin à la dernière caisse, plus grande que les autres, qui voisinait avec des machines à découper électriques.

La nuit était glaciale mais Prahd était en nage quand, enfin, les seize hypnocasques furent entassés près du break.

– Mais qu'est-ce que c'est ? demanda-t-il pendant que Karagoz installait le tout à l'arrière.

– L'instrument le plus redoutable connu de toutes les espèces intelligentes. Comparée à ça, une bombe thermonucléaire n'est rien. Voilà ce que vous avez là, sous les yeux !

Il n'avait pas l'air vraiment repentant et je lui dis :

– A cause de l'insécurité que cela représente, je ne fais pas encore courir votre salaire.

Cette fois, il eut l'air peiné. Il en grinçait des dents. Parfait.

Je retournai à ma villa.

A proximité de ma chambre, il y a une chambre forte dont nul ne connaît l'existence. J'expédiai Karagoz vers son lit et je transportai moi-même les caisses dans la chambre forte. Toutes, sauf une.

Je l'ouvris et sortis le casque de son emballage. Il sentait le neuf. Je vérifiai son alimentation. Je faisais très attention à ne pas me trouver trop près et je me servis d'un bâton. Oui, il fonctionnait.

Je cherchai dans les accessoires et je trouvai bientôt les bandes vierges.

Avec d'infinies précautions, j'en mis une dans ma machine et confectionnai l'ordre-suggestion. Voilà : il n'y avait plus qu'à l'introduire dans la fente du casque.

Ensuite, je m'assis afin de rédiger une lettre à l'intention de Lombar. Je ne lui en disais pas trop. Rien que des généralités aimables. Plus une demande.

J'en fis une autre pour Snelz.

Avec précaution, je les joignis au rapport d'Heller afin qu'elles partent avec le *Blixo.*

A présent, j'étais prêt pour la deuxième phase. Si cela marchait, ma vie était sauve, et de plusieurs façons.

Je reprenais confiance.

J'allais combiner les talents subtils de la psychologie terrienne avec les techniques policières du FBI. Comment pouvais-je échouer ?

9

Il était grand temps que je me retourne contre le destin.

Je téléphonai au chauffeur de taxi. Il dormait.

– Vous connaissez cette grosse prostituée sale qui habite au nord de la ville ? Fatima Hanim ? Amenez-la-moi, et vite.

Cela l'inquiéta considérablement.

– Mais qu'est-ce qui se passe avec qui vous savez ?

Je ne voulais pas qu'il pense que mes capacités sexuelles étaient menacées, non plus que mon talent à dompter les femmes.

– Rien, elle est merveilleuse. Fatima, c'est pour quelqu'un d'autre.

– Vous me voyez soulagé. Parce qu'il n'y a pas de remboursement prévu. J'arrive avec Fatima.

J'allai ouvrir une chambre vacante et jetai quelques oreillers sur le sol. Puis j'orientai les lampes selon les angles voulus at allai chercher une caméra. Je la fixai dans un coin de la chambre, la réglai sur commande à distance et mis le déclencheur dans ma poche.

Je pris l'hypnocasque et je me rendis au hangar.

L'officier de garde m'escorta jusqu'à la cellule de Twolah.

Il se réveilla instantanément et, en me voyant, se mit à hurler :

– Oh, non ! Non !

– Du calme, lui dis-je. Ça sera pire encore. Mets ça.

– NON !

L'officier me prêta main-forte pour lui passer les chaînes. Ensuite, je le fis sortir de la cellule.

– Mais qu'est-ce qu'on lui a mis sur la tête ? demanda-t-il.

– Un truc pour étouffer ses cris.

– Oh... Oui, il était temps.

– A présent, écoutez-moi. Quels sont les membres du personnel de la base qui ont été punis pour s'être livrés à des actes sexuels sur des jeunes garçons turcs ?

– Une demi-douzaine.

– Je veux le pire.

– Oh, il est en train de tirer quatre-vingt-dix jours. Cellule 13.

J'allumai les plaques en entrant. Le type était un monstre énorme, avec des muscles comme des ballons. Il était assis, l'air groggy.

– Tu vas faire exactement ce que je vais te dire et ta peine est finie.

– C'est quoi ?

– Sexe, dis-je.

– Je ne veux pas toucher aux filles.

– Il ne s'agit pas de filles. On est d'accord ?

– O.K. Vous voulez faire ça tout de suite, ici ?

Je faillis le gifler. J'ai vraiment horreur des homos. Mais j'avais des choses plus importantes à faire.

– Qu'il reste-là, dis-je à l'officier de garde.

Je retournai auprès de Chochotte. Je glissai la bande enregistrée dans la fente du casque. Puis, avec un bâton que j'avais apporté et en me tenant aussi loin que possible du champ, j'activai le casque.

Chochotte cessa de se débattre.

Toujours à l'aide du bâton, j'éteignis le casque.

Puis je le délivrai de ses chaînes.

J'ôtai le casque. Je sortis mon colt Cobra et je poussai Chochotte dans le couloir.

Je sortis deux bandeaux de ma poche et dis à l'officier de bander les yeux de Chochotte et de l'énorme brute.

Braquant toujours mon Cobra, je leur fis remonter le

tunnel jusqu'à ma chambre secrète, puis traverser le patio jusqu'à la chambre que j'avais préparée.

– Asseyez-vous sur les oreillers. Et surtout n'enlevez pas ccs bandcaux. Jc rcvicns.

Je sortis. Le chauffeur de taxi était là, avec Fatima Hanim. Je lui dis d'attendre dans le taxi.

Fatima Hanim était un bloc de chair tremblotante et malodorante. Je lui dis :

– Tu vas faire exactement ce que je vais te dire et tu toucheras cinq cents livres.

– Là, sur l'herbe ?

Je la fis taire. Je lui expliquai ce qu'elle devait faire. Elle eut l'air un peu intriguée mais elle acquiesça.

Je la conduisis jusqu'à la chambre.

J'avais des ennuis : la brute avait arraché son bandeau et tentait de déshabiller Chochotte.

Braquant mon colt, j'obligeai l'énorme chose à reculer. Et il fallut insister !

Je me penchai pour murmurer à l'oreille de Chochotte, qui ne comprenait que le voltarien :

– Maintenant, Chochotte, tu vas recevoir la récompense que mérite un bon messager comme toi.

Je reculai et fis signe à Fatima.

je sortis ensuite et déclenchai la caméra.

Derrière la porte close, j'entendis Fatima qui susurrait une berceuse :

Pauvre petit bébé,
Petit chaton affamé,
Viens voir maman, mon chéri,
Elle saura te contenter.
Mets tes jolis petits doigts
Dans ses cheveux comme de la soie.
Mmm, mmm, mmm, mmm !
Comme il est doux le sein de maman,
Comme il est bon le lait que tu bois !

Chochotte poussa soudain un cri aigu ! L'énorme brute jura et lui dit de ne pas bouger.

J'eus une grimace de dégoût en entendant gémir Chochotte.

Fatima reprit sa berceuse.

Puis la brute lança un juron explosif.

Chochotte émit une plainte d'extase.

Un bruit confus et un baiser sonore !

– Oh ! fit Chochotte en voltarien. Tu es tellement mieux qu'Endow !

Instantanément, j'arrêtai la caméra.

Et j'ouvris la porte.

Chochotte avait les bras passés autour de la grosse brute.

Il avait l'air abasourdi.

– Mais pourquoi j'ai dit ça ? Ce n'est pas vrai. Tu n'es pas meilleur qu'Endow !

J'eus un mince sourire. Il avait dit ça parce que l'hypnobande l'avait obligé à le dire.

– C'est fini, dis-je.

– Mais quelle langue il parle ? demanda la grosse Fatima.

– Le langage des bébés, fis-je.

– Oh...

Je la fis sortir et je donnai mille livres au taxi pour qu'il la paie et prenne sa part.

Puis je regagnai la chambre.

La brute pelotait Chochotte, qui ne s'en plaignait pas. Je les séparai à coups de pied. Les homos, quelle horreur !

Puis, en les stimulant avec mon Cobra, je les forçai à se rhabiller et à remettre leur bandeau. Je les raccompagnai jusqu'au quartier cellulaire.

– Ça se passe bien ? me demanda l'officier de garde.

– Parfait.

On poussa Chochotte dans sa cellule et je dis à la brute énorme :

– Tu peux t'en aller maintenant. Tu es libre.

– Est-ce que je pourrais rester quatre-vingt-dix jours avec lui ? demanda-t-il, en tentant de suivre Chochotte.

Je demandai au capitaine des gardes de le raccompagner jusqu'au casernement.

Je fis asseoir Chochotte sur le banc de pierre. Il était encore tout pâmé.

– On dirait que ça t'a plu, lui dis-je.

– Oh, oui, fit-il en fermant les yeux.

– Maintenant, il faut payer le prix.

Aussitôt, il fut sur ses gardes.

– Vous m'aviez dit que c'était une récompense.

– La récompense, c'était une femme. Pour l'homme, tu n'as pas payé. Écoute-moi attentivement.

Je sortis trois objets de ma poche, que j'avais choisis dans ma trousse de l'Appareil.

– Le matin, tu sers souvent le secoueur-chaud et les pains sucrés à l'état-major. Là, dans ma paume, j'ai trois capsules. Chacune d'elles contient une poudre à concentration moléculaire. Le centre de la molécule est un poison mortel.

Il frissonna et ses yeux s'emplirent d'horreur. La psychologie ne se trompe pas. Ce que vous leur dites immédiatement après le coït est auto-hypnotique.

– Cette molécule de poison, poursuivis-je, est enveloppée dans une molécule de cuivre qui l'isole. Et le cuivre est lui-même enveloppé dans du sucre. Quand la capsule arrive dans l'estomac, il faut deux heures aux acides pour dissoudre le cuivre. Ensuite, c'est la mort. Tu comprends ?

Il comprenait. Mais, rien que pour me contrarier, il s'évanouit. Il y avait un pot d'eau dans la cellule et je l'aspergeai pour le ranimer.

Il gémit.

– Donnez-moi les capsules. Vous allez m'ordonner quelque chose d'affreux. Je vais les prendre toutes les trois à la fois !

J'assumai un ton patient.

– Non. Le poison provoque une mort atrocement douloureuse. Il a fallu des années de recherches aux chimistes de l'Appareil pour atteindre un tel degré de souffrance. Et tu ne supporterais pas de mourir comme ça.

Il se mit à pleurer et je dus encore le gifler pour qu'il me suive.

– Écoute-moi bien. Tu connais les deux faussaires de la Section 451.

Il émit un grognement.

– Tu leur serviras un repas. Tu videras ces capsules sur leurs pains sucrés et tu les recouvriras d'un peu de sucre.

– Oh... Mais c'est un meurtre que vous voulez que je commette !

– Arrête d'ergoter. Quand tu auras servi les deux faussaires, ce sera le tour de Bawtch. La troisième capsule est pour lui...

Il cria :« BAWTCH ? » et s'évanouit encore une fois.

Je lui jetai encore de l'eau sur le visage et il reprit conscience.

– Écoute : si tu ne fais pas ça, je ne donnerai pas la

Carte Magic à Oh Chéri quand il viendra dans trois mois. Le commandant de la Section Couteau recevra un ordre. Et c'en sera fini de ta mère.

Il s'évanouit pour la troisième fois. Comme il ne restait plus d'eau, je le réveillai à coups de pied.

– Autre chose. J'ai rédigé certains ordres pour Lombar mais je veux avoir la certitude qu'ils sont bien exécutés. En usant de ton influence sur Endow, vérifie que deux personnes viendront bien avec Oh Chéri au prochain voyage – absolument. Il faut qu'elles arrivent ici indemnes et en bonne forme. La première de ces personnes est la comtesse Krak. La seconde est le docteur Crobe.

Il pleurait, geignait, se débattait et cognait des poings sur le banc de pierre. Je savais qu'il allait tout faire pour refuser, et j'étais prêt.

Je sortis une petite visionneuse de ma poche, la mis en marche et l'obligeai à lever la tête.

La scène d'amour défila pour se terminer avec le gros baiser et la remarque qu'il avait lancée, obéissant à la suggestion post-hypnotique. « Oh, tu es tellement mieux qu'Endow ! » Nous autres psychologues connaissons notre métier.

– Endow me tuera ! Ou il me fera emprisonner à vie ! Avec des fous !

– Exactement. (Oui, nous sommes assez forts, nous autres psychologues.) Donc, si ces trois personnes ne trouvent pas la mort sur Voltar et si les deux autres que j'ai nommées n'arrivent pas à bon port avec Oh Chéri, ces bandes se retrouveront entre les mains d'Endow ! Compris ?

Quand il reprit conscience, il avait compris. Ensuite, avec quelque difficulté, je lui fis répéter le tout. Il reperdit conscience et son rythme cardiaque se détériorait. Je ne voyais qu'une solution : le torturer, mais je le laissai.

Ça, c'était un coup de maître !

Heller avait demandé un cytologiste. Crobe avait toujours rêvé de s'attaquer à quelqu'un d'aussi beau qu'Heller. Je le confierais donc à Crobe.

La comtesse Krak avait deux faux sur elle. Dès qu'elle serait arrivée, je m'arrangerais tout simplement pour les subtiliser avec la discrétion qui s'imposait.

Elle tomberait sur Heller parce qu'il vivait dans un

bordel et elle le persécuterait tellement qu'il ne pourrait plus rien mener à bien. Elle serait constamment sur lui et peut-être, ainsi que je l'avais écrit à Lombar, finirait-elle par tuer Heller. Lombar comprendrait que j'avais besoin d'une tueuse.

Et quand j'en aurais fini avec Heller, de quelque manière que ce soit, la comtesse Krak n'aurait pas l'occasion d'accomplir sa vengeance. Je veillerais à ce qu'elle ne quitte plus jamais la Terre.

Tous les témoins seraient ainsi éliminés. Et les faux au nom de l'Empereur seraient en sécurité entre mes mains. Oui, c'était un coup de maître !

Je savais que j'avais bien assimilé la psychologie terrienne et la technique des fausses preuves chère au FBI.

Pour la première fois depuis bien des jours, j'allai me coucher avec sérénité.

VINGT-QUATRIÈME PARTIE

1

Je n'avais qu'une envie : que le *Blixo* reparte au plus vite. Et c'était assez compréhensible : de tous les vaisseaux qui atterrissaient et redécollaient, le *Blixo* était apparemment le seul à transporter une cargaison bien particulière : les mauvaises nouvelles.

Aussi, dès mon réveil – après une nuit de repos bien méritée –, je m'attaquai aux deux cents livres de paperasses que j'étais censé estampiller. Le capitaine Bolz pouvait les remporter. Je les avais assez vues.

Je m'assis à mon bureau.

C'était trop demander que de lire tous ces papiers et je me contentai de les tamponner, l'un après l'autre. Je ne tardai pas à fatiguer. Comment Bawtch avait-il fait pour accumuler autant de paperasses en dix jours seulement ? Mais bon... Il n'en avait plus pour longtemps. Dans quelques semaines, il aurait droit à des funérailles civiles. On porterait sans doute son cercueil entre deux rangées de gratte-papier qui formeraient une arche avec leurs stylos, et, sur sa tombe, on graverait problablement les mots : *APPOSEZ VOTRE TAMPON ICI.*

Je changeai de tactique : je fixai mon identoplaque sous mon pied droit et repris ma corvée d'estampillage. Mais j'eus bientôt mal au dos à force de me baisser pour changer de feuille et je laissai tomber. Pendant un instant, je caressai l'idée d'aller en ville et de trouver un mendiant aveugle pour faire le travail à ma place – mais ils n'arrêtent pas de pleurnicher, et j'avais eu ma dose de larmoiements ces derniers jours.

Je finis à dix heures du soir. J'allai chercher un chariot et transbahutai la pile de papiers à travers le tunnel qui reliait mon bureau au hangar. Deux ouvriers les chargèrent à bord du vaisseau.

Par bonheur, Bolz souffrait d'une gueule de bois carabinée et j'échappai à l'habituel échange de civilités. Il avait entravé Chochotte dans des fers avant de l'enfermer dans une chambre forte pour laquelle il n'existait qu'une clé. Il s'était assuré que les ballots d'opium étaient bien arrimés, que les sacs d'héroïne étaient intacts et ne se promèneraient pas dans la cale, et que les caisses qui contenaient les flacons de speed I.G. Barben ne seraient pas réduites en miettes en forte accélération. Il me dit au revoir avec une grimace – je lui avais serré la main trop fort, tellement j'étais heureux de le voir partir – et gagna la cabine de pilotage.

La plate-forme roulante s'ébranla et le sas du vaisseau se referma avec un claquement. Puis la carcasse élancée et cabossée du *Blixo* s'éleva dans les airs, traversa l'illusion de montagne et disparut dans la nuit. Dans six semaines, je l'espérais, il se poserait sans histoire sur Voltar et c'en serait fini du plus gros de mes ennuis.

Épuisé par toutes ces heures d'estampillage, je retournai me coucher et dormis du sommeil du juste... et du malin.

Je me réveillai le lendemain vers dix heures. Cette nuit de repos m'avait requinqué. Je me fis servir mon petit déjeuner dans ma chambre et traînai un moment. Lorsque le serveur eut débarrassé, je décidai d'aller faire un tour dans le jardin.

Je ne m'attendais à rien de précis. Je me sentais optimiste. Dans le patio, je levai la tête vers le ciel et vis que c'était une belle journée d'automne.

La porte qui donnait sur le jardin était fermée. Elle avait un petit vasistas – les Romains étaient des gens prudents. Plus par habitude que par appréhension, je jetai un coup d'œil à travers la minuscule ouverture avant d'ouvrir la porte.

Je me figeai !

Quelqu'un était assis sur la pelouse et faisait sauter un objet dans sa main. GUNSALMO SILVA !

Je reculai précipitamment.

La tête me tournait.

Que DIABLES faisait-il là ? Il était MORT !

Je risquai un coup d'œil à travers le vasistas. Il ne m'avait pas vu. Il continuait de faire sauter dans sa main l'étrange objet – mince, noir, long d'environ trente-cinq centimètres.

Un fusil à canon scié !

Je crois que les gangsters américains surnomment ce genre d'engin un « léopard ». Ils scient le canon et le fût et se retrouvent avec une espèce de pistolet. Mais c'est un pistolet particulièrement monstrueux, une arme à deux coups de calibre douze, capable de faire dans un corps humain deux trous de la taille d'un disque trente-trois tours !

Pourquoi Gunsalmo Silva était-il ici ?

Il n'y avait qu'une explication possible : il savait que je l'avais désigné à Jimmy « l'étripeur », et il était venu me tuer.

Ce n'était pas le moment de faire une promenade dans le jardin !

Je regagnai silencieusement ma chambre.

Je verrouillai et barrai la porte.

Puis j'ouvris l'issue secrète et piquai un sprint à travers le passage qui conduisait chez Faht.

Je fis irruption dans son bureau et, quelque peu essoufflé, criai :

– Il y a un homme dans mon jardin !

Faht Bey était en train de vérifier des comptes. Il leva la tête avec lassitude et dit :

– Ça doit être lié à ce déplorable incident avec le consul américain. (Il vit que je ne comprenais pas et ajouta :) La fusillade. Celle pour laquelle vous avez un alibi... C'était si calme avant votre arrivée.

– Quel consul américain ? vociférai-je.

– Ne me dites pas que vous ne savez pas ce qu'est un consul américain... Ces types-là ont deux fonctions : primo, réclamer les corps des Américains décédés, et deuzio, veiller à ce que les Américains accusés d'un crime soient jetés dans la première prison venue et ne bénéficient pas d'un procès en bonne et due forme. Et, bien entendu, en plus de tout ça, ce sont eux qui dirigent en secret l'antenne locale de la CIA.

– Que se passe-t-il ici ? hurlai-je.

– Ne jouez pas les innocents. Il y a deux jours, une fusillade a éclaté dans l'une des pensions du coin. Un type appelé Jimmy « l'étripeur » Tavilnasty a pénétré dans une chambre et s'est fait descendre. C'est une vieille connaissance : il est venu avec le *Blixo* et vous le savez très bien. Vous nous aviez donné l'ordre de l'emmener dans cette pension et c'est ce que nous avons fait. Et il a abattu Tavilnasty.

– Que s'est-il passé ? demandai-je d'une voix pressante.

– La police a arrêté Silva et l'a jeté en taule. Le consul américain est venu d'Ankara pour réclamer le corps de Tavilnasty et le réexpédier aux États-Unis. Silva a appris qu'il était en ville et a insisté pour le voir en braillant qu'il était un citoyen américain. Nous avons craint un instant qu'ils fassent subir un interrogatoire à Silva mais, fort heureusement, il n'en a rien été. En constatant que Silva était bel et bien américain, le consul a bien entendu demandé au juge de le garder en prison et de le mettre au pain et à l'eau. Mais la police a dit qu'il avait agi en état de légitime défense et elle l'a relâché. Elle n'aime pas que des étrangers lui donnent des ordres. Le consul a piqué une grosse colère en invoquant la coopération internationale, mais cela n'a eu aucun effet et il est reparti le lendemain par l'avion du matin avec le corps de Tavilnasty. Vous comprenez maintenant ? (Mais il n'avait pas envie de connaître ma réponse et poursuivit) : Si l'homme assis dans votre jardin est un gars trapu et musclé au teint basané et aux cheveux et aux yeux noirs, c'est Gunsalmo Silva. (Il me vrilla du regard.) Comment se fait-il que nous ayons toujours des problèmes quand vous êtes là ? Et comment se fait-il que vous arriviez toujours quand tout est réglé ?

Réglé ?...

– Comment ça, réglé ? criai-je. Le type est assis sur ma pelouse avec un fusil à canon scié !

– Oh... des broutilles, tout ça...

Je vis que Faht ne lèverait pas le petit doigt pour m'aider. Je fis demi-tour et, au moment de sortir, je vous jure que je l'entendis murmurer :

– Bonne chance, Silva.

Mais j'étais tellement agité que je ne m'arrêtai pas à ça.

Je parcourus le long, le très long tunnel en sens inverse, et regagnai ma chambre.

Un millier de plans se mirent à se bousculer dans ma tête.

Je commençai à charger une carabine de calibre dix, mais je laissai tomber. Je ne pouvais pas éparpiller Silva aux quatre coins de la pelouse : ça laisserait des traces. De plus, il risquait de tirer le premier si je passais la tête par la porte.

Mais, d'un autre côté, je ne pouvais quand même pas rester planqué dans ma chambre pendant des semaines. Il fallait que je trouve une solution !

Je m'assis et pris une feuille de papier et un stylo. Je me mis à écrire tout ce que je savais sur Gunsalmo Silva. Je ne me livre à ce genre d'exercice qu'en tout dernier recours. Ça me permet quelquefois de trouver un plan magistral.

La première chose qui me vint à l'esprit était que je n'aurais plus désormais à verser la moindre commission à Tavilnasty. Ça, c'était le côté positif de toute cette histoire.

La deuxième chose était que Gunsalmo Silva se trouvait dans mon jardin. Ça, c'était le côté négatif.

Qu'est-ce que je savais au juste sur ce gangster ?... Il avait été garde du corps de « Saint Joe » Corleone, mais c'était lui qui avait piloté la liquidation de son patron. Des interrogatoires qu'il avait subis à Répulsos, il était ressorti qu'il possédait quelques renseignements sans importance à propos de sénateurs qui étaient à la solde des syndicats du crime. Ah oui, et il n'était pas très malin : il avait fait appel au consul des États-Unis.

Je savais qu'il y avait autre chose, mais ça m'échappait... Soudain je trouvai : il avait été hypno-entraîné par l'Appareil. C'était un lauréat de nos écoles d'espionnage. Aïe !... Il était mortellement dangereux !

Je maudis le vieux Bawtch. A cause de lui, l'ordre d'exécution de Silva m'était parvenu trop tard. Ah, on pouvait compter sur Bawtch pour semer la pagaille ! Mais bon, il n'avait plus que quelques semaines à vivre.

C'est tout ce que j'avais sur Silva. Je me mis à arpenter la chambre. Mais elle n'était pas très grande et je me cognai les tibias à plusieurs reprises.

Il avait été hypno-entraîné ! Ça y est, je tenais la

solution ! Je savais bien qu'il me viendrait une idée géniale !

Dans la pièce où je me trouvais, il y avait seize hypnocasques. Si quelques gardes postés à bonne distance neutralisaient Silva avec des aiguilles paralysantes, je pourrais le mettre sous un hypnocasque et lui ordonner d'oublier tout l'entraînement qu'il avait reçu à Répulsos.

Bon, voyons... Que savais-je sur l'hypnose ? A vrai dire, c'était un sujet que je n'avais pas beaucoup étudié. Mais je ne voulais pas agir à l'aveuglette, aussi je sortis mes manuels de psychologie et en parcourus un qui était consacré à l'hypnose – les psychologues terriens ont constamment recours à l'hypnotisme. C'est un art dans lequel ils sont passés maîtres.

Le livre disait que la plupart des races primitives connaissaient l'hypnotisme et que les prêtres s'en servaient dans les temps anciens, ce qui était la preuve que la religion ne valait rien – les psychologues détestent la religion, car elle constitue une menace pour leur racket.

Ensuite, le livre décrivait les nombreux avantages que les psychologues pouvaient tirer de l'hypnotisme. Ils pouvaient s'en servir pour séduire les filles. D'ailleurs c'était surtout dans ce but qu'ils s'en servaient et cela me donna une autre idée. En fait, cela m'ouvrit de tout nouveaux horizons : Utanc était souvent au centre de mes pensées et je me demandai soudain s'il ne me serait pas possible de l'hypnotiser et de la ramener à la raison, c'est-à-dire de la faire atterrir dans mon lit.

Et puis, mon attention fut attirée par un paragraphe affreux qui disait que la valeur de l'hypnotisme était discutable vu que 22 % seulement des gens étaient hypnotisables. Et comme l'objectif de la phychologie était l'assujettissement et le contrôle absolu de TOUTE LA POPULATION SANS EXCEPTION, l'hypnotisme était mal vu dans les milieux psy.

Ça, c'était un sale coup !... Même si je parvenais à faire osciller un objet brillant ou à faire tourner une spirale devant le visage d'Utanc, le résultat n'était pas garanti : elle pouvait fort bien faire partie des 78 %. En outre, je doutais de pouvoir la faire tenir tranquille assez longtemps.

Mais... Les hypnocasques ! N'avais-je pas lu quelque chose à leur propos ? J'ouvris le coffre-fort et farfouillai dans la boîte du casque que j'avais utilisé sur Chochotte. Lorsque j'avais enregistré mes suggestions hypnotiques sur la bande, je m'étais contenté de reproduire les gestes que Krak avait une fois exécutés devant moi. Mais il y avait probablement bien d'autres choses à savoir.

Ah ! Un petit manuel !

Je l'ouvris.

En essence, il disait que l'hypnotisme était un instrument qui pouvait servir à améliorer ou à effacer la mémoire, ou encore à remplacer des souvenirs authentiques par des faux. Enfin du concret !

Ensuite, il disait qu'on pouvait éliminer ou renforcer n'importe quelle émotion. Ha ha ! Je pouvais ordonner à Utanc de m'aimer !

Mais il ajoutait que l'hypnotisme primitif ne marchait qu'avec 18 % des sujets. Cette petite contradiction avec le manuel terrien m'irrita. Les psychologues ne mentent jamais. Du moins en ce qui concerne les statistiques.

Venait ensuite une explication détaillée. Apparemment, l'esprit avait plusieurs longueurs d'onde. Le casque reproduisait deux d'entre elles. La première était l'onde du sommeil. En utilisant cette onde, le casque pouvait engendrer un sommeil hypnotique. La seconde était l'onde de la pensée. Toute pensée véhiculée sur cette onde – depuis une bande enregistrée ou une bouche humaine jusqu'au sujet hypnocasqué – était considérée par celui-ci comme étant sienne puis conservée. Utilisé de la sorte, l'hypnotisme marchait dans 100 % des cas. Les sujets étaient entièrement à la merci du casque. Avec l'hypnocasque, on pouvait accomplir tout ce qu'on désirait. Cependant, on s'en servait principalement pour la formation accélérée. Il permettait d'apprendre en un temps record n'importe quelle matière, n'importe quelle langue. C'était comme ça que j'avais appris l'anglais et les autres langues, sous la supervision de Krak...

Une vague horreur me submergea : je venais de me remémorer les souffrances atroces que j'avais endurées après la « séance d'anglais » où Krak m'avait placé sous hypnose pour m'ordonner d'avoir des nausées chaque fois que j'essaierais de nuire à Heller. J'avais souffert le martyre !

Je lâchai le manuel comme s'il était tout à coup brûlant.

Ces casques étaient DANGEREUX !

J'avais donné l'ordre à Krak de venir sur Terre.

Et si elle me mettait l'un de ces casques sur la tête ?...

C'était une pensée si atroce qu'il s'en fallut de peu que je ne me rue hors de la pièce pour fuir ces maudits engins.

Je me ressaisis à temps. Je ne devais surtout pas aller dans le jardin !

J'allai m'asseoir dans le coin opposé de la pièce, loin des casques. Il était impératif que je trouve une solution.

Peut-être valait-il mieux les détruire tous. Je pouvais me procurer un désintégrateur dans les ateliers du hangar et... Mais non ! Ces casques étaient précieux. Je pouvais m'en servir pour séduire toutes les filles que je voulais. Ou bien pour faire trimer et se prosterner les domestiques à chacune de mes apparitions. Ou, plus important encore, pour obliger Utanc à m'aimer.

Ah oui... Et je pourrais annuler l'entraînement que Silva avait reçu à Répulsos et lui implanter l'idée qu'on avait besoin de ses services au Pôle Nord. Sous la glace.

Non, je ne devais pas détruire les hypnocasques. Il fallait que je les utilise, autrement j'étais condamné à demeurer pour toujours dans ma chambre. Gunsalmo avait eu la peau de Tavilnasty. Entraîné par l'Appareil, il finirait peut-êre par m'avoir, quoi que je fasse.

De toute évidence, il n'y avait qu'une solution : le neutraliser avec une aiguille paralysante, le mettre sous un hypnocasque et lui ordonner d'aller voir au Pôle Nord s'il y était.

Bien.

Mais je ne voulais pas courir le risque de me retrouver dans une situation où Krak ou n'importe qui d'autre me transformerait en marionnette docile.

Je pris mon courage à deux mains et examinai l'un des casques. Il y avait un petit voyant sur le devant qui s'allumait pour indiquer que l'appareil fonctionnait.

Hé !... Ce voyant ne faisait pas partie du circuit d'ondes mentales...

EURÊKA !

J'allais pouvoir sortir de cette pièce et me promener tranquillement dans le jardin !... J'allais pouvoir séduire toutes les filles que je voulais !... J'allais pouvoir obliger les gens à se prosterner à mes pieds !... Et forcer Utanc à m'adorer !...

Tout ça sans risque !

2

Par l'intercom, j'ordonnai qu'on m'envoie le technicien qui avait installé le nouveau système d'alarme. Il arriva bientôt par le tunnel.

C'était un nabot suffisant et plein d'aplomb qui répondait au nom de Flip. Il était originaire de Wiggo, l'une des planètes de la Confédération. Personne n'avait encore réussi à le convaincre de se coiffer à la façon terrienne et ses cheveux montaient en spirale de chaque côté de son crâne, comme des antennes jumelles.

– Le système d'alarme ne marche pas ? demanda-t-il.

Je lui dis de s'asseoir et lui tendis l'hypnocasque et sa boîte d'emballage.

– Une crise grave vient de se produire, lui annonçai-je. Ces casques qui sont arrivés avec le *Blixo* marchent sur tout le monde.

Les techniciens ont une drôle de manie : ils ne regardent jamais l'extérieur des choses. Flip ouvrit immédiatement le casque et en étudia longuement le mécanisme interne. Puis il leva la tête et dit :

– S'ils fonctionnent, pourquoi devrais-je les réparer ?

– Tu ne comprends pas, lui expliquai-je patiemment. J'en ai seize comme celui-ci et je veux que tu me les bricoles de façon qu'ils ne fonctionnent que lorsque *moi* je le veux. Je veux que tu les trafiques de façon qu'ils aient l'air de fonctionner sur *certaines* personnes, alors qu'en réalité ils ne fonctionneront pas du tout.

Il examina à nouveau le casque.

– Facile, dit-il. Le voyant sur le devant qui montre à l'hypnotiseur que le casque marche peut fonctionner indépendamment du circuit principal. Il suffit de le doter d'un interrupteur et il s'allumera, mais le circuit principal sera débranché.

– C'est plus compliqué que cela. Je veux que l'hypnotiseur allume le casque et croie qu'il fonctionne, mais je veux aussi qu'il fonctionne vraiment avec tel ou tel sujet et qu'il cesse de fonctionner avec tel ou tel autre sujet. Tu me suis ? Je m'étais dit que tu pourrais peut-être installer à l'intérieur un interrupteur secret que le sujet lui-même presserait pour éteindre le casque. Ça devrait résoudre le problème, non ?

– Oh, vous voulez dire que le gars qui porte le casque doit être en mesure de l'éteindre, mais que l'hypnotiseur ne doit s'apercevoir de rien et continuer de croire que le casque est allumé. C'est ça ?

– Exactement. Et j'ai eu une idée : peu de gens sont capables de remuer les oreilles, mais moi j'en suis capable. C'est un don que j'ai. Donc, disons que l'hypnotiseur me coiffe du casque et que je remue trois fois les oreilles. Et toc ! le casque est débranché, mais l'hypnotiseur n'a rien remarqué et croit qu'il est branché.

– Je suis incapable de remuer les oreilles, commenta Flip.

– Précisément. Donc, le casque fonctionnerait avec toi, mais comme je suis capable de remuer les oreilles, il ne fonctionnerait pas avec *moi*.

– C'est irréalisable. La technologie n'en est pas encore à un stade aussi avancé. Ça n'existe pas, les interrupteurs déclenchés par les oreilles.

– Même pas les lobes ? insistai-je d'une voix suppliante.

Il vit mon air désespéré et se mit à réfléchir. Puis il parcourut le petit manuel que j'avais lu avant son arrivée.

– Pff ! fit-il avec une mine méprisante. Une brochure d'instructions pour débutants. Elle ne vaut rien !

Il plongea la main dans la boîte d'emballage et en sortit un manuel suffisamment volumineux pour vous casser un bras : *Manuel de fabrication, de théorie, de maintenance et de réparation à l'usage des techniciens.* Il s'abîma aussitôt dans l'étude d'énormes schémas dépliants.

– Ha ha ! s'exclama-t-il. Un circuit multiple de dérivation ! (Il posa le doigt dessus et ajouta d'une voix solennelle :) Là !

Je le regardai, plein d'espoir.

Flip examina à nouveau l'intérieur du casque. Il dévissa un petit couvercle et regarda le circuit.

– Des composants de chez Yippcc-Zip. Vous avez de la chance. Ce sont des pièces électroniques standard. Nous en avons à la pelle.

– Tu vas pouvoir faire quelque chose ? haletai-je.

– Si je place un interrupteur proximo-déclenchable à cet endroit précis du circuit, chaque fois qu'on le déclenchera, le voyant s'allumera mais le casque sera complètement déconnecté.

Le schéma était gigantesque, mais le circuit que Flip m'indiquait n'était pas plus gros que l'ongle de mon pouce.

– Mais je pourrai jamais atteindre l'interrupteur avec le lobe de mon oreille, protestai-je. Et en plus, ce serait bien trop dangereux !

– Non, non, non. Un interrupteur proximo-déclenchable se compose de deux parties. On s'en sert dans les vaisseaux spatiaux. Lorsqu'un vaisseau s'approche trop d'un autre vaisseau, un interrupteur se déclenche automatiquement à l'intérieur de l'ordinateur de bord de l'autre vaisseau et la trajectoire de celui-ci est modifiée.

– Je ne comprends rien.

– Regardez. La partie A de l'interrupteur est placée dans le circuit du casque. Le sujet sur lequel le casque est censé ne pas fonctionner porte la partie B dans ses cheveux. Lorsque les parties A et B sont proches l'une de l'autre, B agit sur A. Résultat : le casque cesse de fonctionner tout en ayant l'air de fonctionner.

Il vit que je n'y comprenais toujours rien.

– Bon, attendez. Je vais aller en chercher quelques-uns.

Il se précipita au-dehors et revint dix minutes plus tard avec seize boîtes. Elles étaient petites mais *lourdes*.

– Mais je ne peux pas porter un truc aussi grand dans les cheveux, objectai-je.

Il éclata de rire et ouvrit l'une des boîtes. Elle contenait deux petits écrins de plomb qui portaient chacun des inscriptions différentes.

– Dans le premier écrin, dit Flip, il y a la pièce qui va dans le casque et, dans le deuxième, il y a celle que le gars cache dans ses cheveux.

– Mais ça va se voir ! m'écriai-je.
– Pas du tout. Vous n'avez pas compris.
Il ouvrit le premier écrin, celui qui contenait la pièce prévue pour le casque. A l'intérieur, il y avait un grain microscopique maintenu en place par une pince minuscule. Il ouvrit l'autre écrin. Il contenait un grain similaire.
– Des composants électroniques micro-minimalisés, annonça Flip.
– Mais pourquoi sont-ils enfermés dans des écrins de plomb ? C'est radioactif ou quoi ?
– Oh, non. Non, non, non. Mais si vous les entreposez tels quels dans les magasins, sans aucune protection, ils mettent en marche tous les autres composants, ils détraquent les ordinateurs qui se trouvent dans leur champ d'action. Alors on est obligé de les ranger dans des écrins blindés.
Il se mit immédiatement au travail et entreprit de fixer la pièce A dans le casque. C'était un travail incroyablement délicat et il dut utiliser une grosse loupe, ainsi qu'une pince et une tenaille minuscules. Il avait raison : l'interrupteur serait invisible !
Il lui fallut longtemps pour l'installer. Lorsqu'il eut enfin terminé, il dit :
– Je vais vous montrer comment ça marche maintenant.
Il posa le casque sur une chaise et plaça l'un de ses innombrables compteurs sous le siège. Il alluma le compteur. L'aiguille s'agita dans tous les sens. Le casque émettait à pleine puissance ! Je frissonnai.
Ensuite, il ouvrit l'écrin qui contenait la pièce B et, à l'aide d'une pince, la déposa sur la chaise. Le compteur cessa aussitôt de réagir. Le voyant, sur le devant du casque, brillait intensément. Flip appuya plusieurs fois de suite sur l'interrupteur du casque, éteignant et allumant le voyant. Le compteur ne réagit pas. Puis il remit la pièce B dans son écrin et ralluma le casque. L'aiguille du compteur reprit sa danse !
Durant sa démonstration, j'avais beaucoup réfléchi. Je savais ce que j'allais faire. Et je savais aussi ce que j'allais faire avec Flip. Car le secret ne devait pas filtrer.
– Bricole-moi tous les casques ! lui ordonnai-je.
Il se mit au travail avec enthousiasme.

Je fis une petite sieste et lus quelques bandes dessinées. La journée s'écoula lentement, très lentement. Finalement, il s'attaqua au dernier casque. Nous étions en début de soirée.

Il était temps de réduire Flip au silence. Mon plan initial avait été le suivant : lorsqu'il en aurait terminé avec les casques, je lui demanderais d'inspecter le faux sommet électronique et je le pousserais dans le vide. Mais Faht Bey était tatillon ces jours-ci. De plus, le cadavre d'un technicien éparpillé aux quatre coins du hangar ne manquerait pas d'éveiller les instincts meurtriers des pilotes-assassins – n'avaient-ils pas menacé de tuer les techniciens ?

Non, mon deuxième plan était bien meilleur. Je dis à Flip de bien vouloir m'excuser et je me rendis dans ma chambre. Je fermai la porte et sortis un enregistreur de mon coffre-fort. Puis j'étudiai rapidement le manuel qui décrivait la méthode pour faire des hypno-enregistrements.

J'enregistrai le message suivant : « Quand tu en auras terminé avec les hypnocasques, tu oublieras qu'ils se trouvaient dans ma chambre. Tu oublieras que tu les as trafiqués. Tu croiras que je t'avais appelé pour réparer le système d'alarme et que, durant le temps que tu as passé ici, tu n'as rien fait d'autre. Lorsque je retirerai le casque de ta tête, tu ne verras ni ne sentiras rien tant que je ne t'aurai pas dit : " Merci. " Puis, tu me demanderas si le système d'alarme marche bien et tu seras parfaitement éveillé et dans ton état normal. Tu oublieras que tu as entendu cet enregistrement. »

Je glissai l'enregistrement dans ma poche et retournai dans l'autre pièce.

Il mettait la touche finale au dernier casque.

– Terminé ! lança-t-il.

Il remit les casques dans leur boîte, porta le tout dans le coffre-fort et fit le ménage.

J'allai chercher un casque et un écrin contenant une pièce B.

– *Presque* terminé, dis-je. Tu as oublié le test.

– Pas la peine. Le compteur est formel.

– Les compteurs, moi je m'en méfie. Un test comme celui-là, ça doit se faire sur une personne en chair et en os. Tu permets ?

– Ouais, ouais, allez-y. Mais si ces machins ne fonctionnent pas, je prédis une épidémie de collisions de vaisseaux spatiaux. Ces interrupteurs sont parfaitement fiables.

J'ouvris l'écrin qui contenait la pièce B, sortis le grain microscopique et le déposai dans ses cheveux. Puis je lui mis l'hypnocasque sur la tête et je le branchai.

Il perdit aussitôt conscience ! Il faut dire que ce n'était pas la minuscule pièce B que j'avais déposée dans ses cheveux, mais un grain de poussière. La véritable pièce B était dans l'autre chambre, bien à l'abri dans un écrin blindé.

J'insérai la bande enregistrée dans le casque. Elle défila entièrement, comme prévu.

Je ramenai l'hypnocasque et l'écrin de plomb dans la chambre à coucher et les enfermai dans le coffre-fort. Puis je retournai dans l'autre pièce et disposai quelques-uns de ses outils autour de la dalle truquée près de laquelle il avait travaillé.

Ma mise en scène était terminée et je dis :

– Merci.

Il posa sur moi un regard vitreux et demanda :

– Est-ce que le système d'alarme marche bien ?

– Je te suis très reconnaissant d'être venu le réparer.

– Ouais, fit-il. (Il était tout à fait réveillé, à présent.) C'était pas grand-chose, en fait. Pour déclencher l'alarme dans le hangar, vous devez frapper la dalle de votre semelle et ensuite tourner votre pied. Souvenez-vous-en.

Il rassembla ses outils et sortit en fredonnant.

Je lui avais subtilisé l'un de ses compteurs. J'allai dans l'autre pièce et sortis un casque ainsi qu'un écrin contenant une pièce B. Je déposai le grain microscopique sous le casque et branchai ce dernier.

Le compteur ne réagit pas.

Hourra ! J'étais le maître, à présent !

D'ici peu, j'allais pouvoir séduire toutes les filles, faire se prosterner les domestiques à la moindre de mes apparitions et peut-être même ordonner à quelqu'un de cambrioler une banque pour moi. J'allais pouvoir débarrasser Silva de l'entraînement que l'Appareil lui avait dispensé. Et, surtout, j'allais pouvoir donner l'ordre à Utanc de m'aimer et de venir dans mon lit !

Mais il me restait encore un détail à régler.

3

Je rédigeai un ordre en toute hâte et apposai mon identoplaque dessus pour lui donner l'air officiel.

Ensuite je pris un colt .45 et je m'assurai qu'il était chargé. Simple précaution, au cas où je tomberais sur Silva – ce qui n'était certainement pas dans mes intentions.

D'un pas vif, je courus jusqu'au bureau de Faht Bey.

Joie ! Il n'était pas là. Je sautai sur son téléphone et composai le numéro du chauffeur de taxi. Il n'était pas chez lui. Après trois coups de fil, je finis par le dénicher dans un bar où il était en train de jouer aux cartes. Il m'annonça qu'il avait perdu un peu d'argent et qu'il voulait d'abord se refaire. Je me montrai magnanime. Il me dit qu'il n'en avait pas pour longtemps.

La femme de Faht Bey entra, me vit et sortit précipitamment.

Faht Bey finit par arriver. Je n'avais pas envie de le voir. Je vis à sa mine que c'était réciproque. Il s'assit et me dévisagea.

– Les vols d'héroïne continuent, dit-il.

– Pourquoi me dire ça à moi ?

– Vous êtes sûr que vous ne le savez pas ?

Vu la façon dont il me regardait, il était évident qu'il croyait que c'était *moi* l'auteur de ces vols !

– Vous avez intérêt à adopter une attitude plus respectueuse, rétorquai-je sur un ton glacial.

Oh, il ne perdait rien pour attendre ! Il serait l'un des premiers candidats aux séances d'hypnocasque.

– Nous sommes complètement ruinés. Cet hôpital nous coûte une fortune. Le banquier libanais est dans tous ses états.

– Pourquoi me dire ça à moi ?

– Vous êtes l'Inspecteur Superviseur Général.

– C'est exact et vous feriez bien de ne pas l'oublier.

– Nous devons de l'argent à I.G. Barben pour la dernière livraison de speed. Celle qui est partie avec le *Blixo*.

– Aux Diables le *Blixo* ! m'exclamai-je.

Et je le pensais !

– Le Libanais va être obligé d'emprunter de l'argent à la banque pour acheter la nouvelle récolte de pavot. Le taux d'intérêt est de trente pour cent.

Oh, mes Dieux, s'il y avait un candidat à l'hypnocasque, c'était bien lui !

– Notre solde était créditeur avant que vous arriviez.

Deux séances d'hypnocasque par jour ! Pour lui apprendre qui était le maître ici !

Le chauffeur de taxi arriva enfin. Il était dix heures du soir. J'explorai les alentours du regard avant de me risquer dehors. Je ne voulais surtout pas tomber sur Silva.

– J'ai perdu tout mon argent, dit le chauffeur de taxi. Vous n'auriez pas quelques dollars à me prêter ?

Sur un ton irrité, je lui dis de me conduire à l'hôpital. Lui aussi, il allait avoir droit à l'hypnocasque !

Lorsque nous arrivâmes à l'hôpital, je luis dis de m'attendre et d'ouvrir l'œil car un Sicilien au teint basané rôdait dans le coin.

J'entrai. Il n'y avait personne dans le hall à part une vieille femme qui faisait office de réceptionniste. Je passai devant son comptoir sans dire un mot et ouvris brutalement la porte de la chambre à coucher de Prahd.

Deux têtes se dressèrent.

– Mon père ! cria Bildirjin, l'infirmière.

– Est-ce que je commence à toucher mon salaire ? demanda Prahd.

De toute évidence, ces deux-là avaient été fort occupés à jouer à certains jeux.

Ils paraissaient tendus.

– Sortez de ce lit ! ordonnai-je. Debout !

Et deux candidats de plus à l'hypnocasque ! songeai-je. Aucun respect. Son père était un gros lard repoussant.

Ils virent que je n'étais pas là pour rigoler. Bildirjin se leva. Elle avait de tout petits seins – il faut dire qu'elle ne devait pas avoir plus de quinze ans. Elle enfila sa blouse d'infirmière en marmonnant.

Prahd se leva à son tour. Ce coup-ci, il se montra plus malin. Il mit d'abord ses chaussures.

Je le traînai jusqu'à son bureau et lui montrai le faux document officiel.

– Cet ordre vient d'arriver, lançai-je. Il faut l'exécuter sur-le-champ.

Il disait :

CE QUI SUIT EST UN ORDRE. Vous devez immédiatement vous faire implanter un mouchard. Si jamais vous étiez emprisonné dans l'une des cellules du sous-sol ou enterré dans quelque tombe inconnue, nous serions incapables de vous retrouver, d'où la nécessité de vous faire installer un mouchard dans le crâne. Bien entendu, tout cela est secret et officiel, et toute personne qui ne saura pas tenir sa langue sera privée à jamais du salaire qui lui avait été promis.

Les Pouvoirs qui règnent là-haut, tout là-haut.

Je repris l'ordre et lui tendis l'un des écrins qui contenaient la pièce B.

Il l'ouvrit et dut plisser les yeux pour distinguer le minuscule composant électrique.

– C'est un mouchard ? demanda-t-il.

– Un micro-répondeur. Il émet un signal quand il détecte le balayage d'un faisceau-chercheur.

– Oh, je vois. Ce genre de truc.

– Oui. Et je veux que vous me l'implantiez dans la calotte crânienne de façon à ce qu'il soit indétectable. Exactement comme le stipule l'ordre.

– Est-ce que je commencerai à toucher mon salaire juste après ?

– Nous verrons.

Il me dévisagea d'un air curieux, puis appela l'infirmière Bildirjin. Elle accourut en grommelant.

– Préparez la salle d'opération, lui ordonna Prahd.

Elle repartit au pas de course sans cesser de murmurer entre ses dents. Nous la suivîmes à une allure plus modérée. Quand nous arrivâmes, la salle était prête. Elle était brillamment éclairée et, au milieu, il y avait une table d'opération avec des sangles.

– C'est pour lui ? demanda Bildirjin.

– Oui, fit Prahd.

Aussitôt, elle me saisit par le bras et me jeta sur la table. Je fus abasourdi par sa force.

Elle me força à m'allonger et entreprit de me sangler. Elle m'attacha les pieds, le ventre, la poitrine, les bras, avant d'emprisonner ma gorge dans une sangle plus grosse encore. Elle avait serré si fort que j'avais du mal à respirer.

Elle continuait de marmonner des paroles incohérentes sur un ton sauvage.

– Attendez ! croassai-je.

Vu la façon dont ils me regardaient tout les deux, il ne fallait surtout pas que je perde connaissance. Je risquais de me réveiller avec un bistouri planté au mauvais endroit.

– Pas d'anesthésie générale ! lançai-je. Juste une anesthésie locale. C'est une opération de rien du tout.

– Il n'y a plus de novocaïne, dit Bildirjin.

Je tournai la tête vers une étagère.

– Là-bas, il y a un flacon avec l'étiquette *novocaïne* ! criai-je.

Elle le prit et le glissa dans la poche de sa blouse.

– Il est vide, répliqua-t-elle. Et il n'y a pas de pharmacies ouvertes à cette heure.

– C'est vrai, confirma Prahd.

Elle alla jusqu'à un tiroir et en sortit quelque chose. Elle revint vers moi et dit :

– Ouvrez grande la bouche.

J'obéis, croyant qu'elle voulait jeter un coup d'œil à mes dents. Elle me fourra un gros rouleau de bande Velpeau dans la bouche et l'enfonça d'une forte poussée.

Puis elle se mit à genoux sur ma poitrine. Comme elle était jeune et osseuse, ses genoux étaient plutôt pointus. Ensuite elle releva les pans de sa blouse, découvrant ses cuisses, et prit appui sur ses coudes. Elle saisit ma tête entre ses mains. Ses ongles acérés s'enfoncèrent dans ma peau. Elle me tenait si solidement que j'avais l'impression que mon crâne était pris dans un étau.

– Allez-y, docteur, dit-elle. Et j'espère que vos bistouris sont émoussés. Les jeunes filles sont sensibles !

Brusquement, je compris qu'elle souffrait d'un complexe d'Électre. Elle faisait une fixation sur son père. Je voulus lui dire que je n'étais pas son père, mais son bâillon m'en empêcha.

Bildirjin avait enfoncé ses genoux si fort dans ma

poitrine que je ne sentis même pas la première entaille. Par contre, je sentis très nettement la seconde !

En roulant les yeux, je réussis à voir que Prahd utilisait un bistouri électrique Zanco. Dans l'autre main, il tenait une petite cuvette qui se remplissait de sang. Il venait de m'ouvrir le crâne ! Remarquez, je n'avais pas besoin de voir toute cette hémoglobine pour le savoir. La douleur était largement suffisante !

Bildirjin m'avait emprisonné la tête si solidement entre ses mains qu'il m'était impossible de la remuer.

– Peut-être que ce n'est pas une très bonne idée de s'amuser à interrompre certaines choses en plein milieu, grinça-t-elle. Une fois, passe encore. Mais *deux* fois, ça ressemble à un fait exprès ! Les jeunes filles sont sensibles !

Prahd versait quelques gouttes de sang dans une éprouvette et réchauffait un catalyseur. Le chuintement des becs à gaz se mêlait au fracas des cuvettes de métal et au bourdonnement de divers appareils.

Prahd revint vers moi. Il tenait un objet que je n'arrivais pas bien à distinguer – une espèce de pelle miniature.

ZIP ! Une douleur atroce me traversa de part en part, tel un javelot. Jamais je n'avais eu aussi mal !

Prahd recula. Il venait de me prélever un morceau de crâne !

Il le mit dans une éprouvette qu'il déposa dans le catalyseur. Les becs se mirent à siffler. Mon crâne aussi !

– Ça vous est déjà arrivé d'être au beau milieu de l'action ? demanda la jeune infirmière. Ça vous est déjà arrivé d'être au beau milieu de l'action et d'être obligé d'arrêter ?

J'avais tellement mal au crâne que je ne sentais plus ses ongles.

Prahd mit en route une perceuse.

OUIIIILLE ! Le bruit qu'elle faisait était presque aussi atroce que la douleur ! La pièce se mit à tourner.

– Ça se passait si bien, reprit la jeune infirmière. C'était bon, c'était lent, c'était rythmé. Ça durait, durait, durait. C'était bon, tellement bon !

Prahd enfonça la perceuse dans mon crâne – latéralement. Je m'évanouis.

Quand je revins à moi, Bildirjin disait :

– Nous en étions aux préliminaires et la nuit s'annonçait merveilleusement bien. J'avais rêvé de ce moment toute la sainte journée. J'étais si bien que j'avais l'impression que ma tête se trouvait dans un nuage ! Et puis, mon père est entré !

Je voulus lui dire que je n'étais pas son père, qu'elle souffrait d'un complexe d'Électre et qu'elle éprouvait pour son père une passion refoulée qu'elle traduisait par des crises de haine. Mais impossible de prononcer la moindre parole avec ce maudit bâillon.

Prahd tenait l'écrin blindé.

– Veuillez vérifier l'objet, me dit-il.

La jeune fille relâcha momentanément ma tête. Oui, c'était bien la pièce B. J'acquiesçai avec une grimace de douleur.

Il prit le minuscule fragment avec une pince, le plongea quelques secondes dans une solution et le ressortit. Bildirjin s'empara à nouveau de ma tête et enfonça un peu plus ses genoux dans ma poitrine.

OUILLOUILLOUILLE ! Prahd venait de déposer sans douceur le « mouchard » dans mon crâne.

– Ça vous est déjà arrivé d'avoir été interrompu en plein milieu ? demanda une fois encore la jeune fille. Juste au moment où ça devenait merveilleusement bon ?

Prahd était occupé à sortir un petit tas de cellules osseuses de l'éprouvette qu'il avait catalysée. Il s'approcha à nouveau de moi et, tel un plâtrier, entreprit de boucher avec sa préparation le trou qu'il avait percé dans mon crâne.

Chaque fois qu'il me touchait, j'avais l'impression qu'il tirait brutalement sur chacun de mes nerfs.

– Voyez-vous, poursuivit Bildirjin, je suis une toute jeune fille. Je ne fais que commencer. Tout cela est nouveau et merveilleux pour moi. J'avais entendu dire que c'était bon, mais jamais je n'aurais cru que cela serait aussi *divin* !

Prahd retendait la peau à l'endroit où il l'avait incisée. La douleur était atroce !

– Il faut faire très attention avec les jeunes filles qui viennent de perdre leur fleur. C'est la plus belle période de leur vie !

Prahd étalait un produit autour de la plaie. Chaque fois qu'il me touchait le crâne, je souffrais mille morts.

– Ça ne se fait pas d'interrompre les jeunes filles en plein milieu, continua la jeune infirmière. Il faut les laisser finir ! Les jeunes filles, c'est sensible. Surtout ne l'oubliez pas !

Prahd promena une lampe sur mon crâne. Elle était si chaude que j'entendais mes cheveux crépiter. Il recula et, d'un ton docte, déclara :

– Vous pouvez le dessangler, mademoiselle Bildirjin.

Elle sauta à terre. J'avais tellement mal à la tête que je ne sentais même pas les hématomes que ses genoux avaient laissés sur ma poitrine.

Elle prit un bistouri. Je crus qu'elle allait s'en servir pour m'achever, mais elle se contenta de trancher la sangle qui emprisonnait ma gorge. Je pus à nouveau respirer normalement. Puis elle défit les autres sangles – manuellement cette fois-ci.

– Et voilà, fit Prahd. Votre mouchard est installé. Alors, je commence à toucher ma paye ?

Je sortis la bande Velpeau de ma bouche et hurlai :

– Dehors !

Ils obéirent sans discuter. La jeune infirmière n'avait pas encore atteint la porte que déjà elle déboutonnait sa blouse. Elle dévorait Prahd du regard.

– Aaaah, j'adore pratiquer la médecine ! Pas vous, docteur ? C'est TELLEMENT stimulant !

Je réussis tant bien que mal à descendre de la table d'opération. La tête me tournait.

Je me demandais si je venais de me faire opérer ou si je venais de me faire (biper).

4

Le chauffeur se réveilla lorsque j'ouvris la portière du taxi. Il me regarda avec des yeux ronds.

– Ouah ! s'exclama-t-il. Le Sicilien basané vous a retrouvé ou quoi ?

Je lui dis de me conduire directement aux baraquements : je ne me sentais pas d'humeur à affronter une fois encore les gémissements de Faht Bey. Je traversai le hangar.

– Vous vous êtes fait démolir par un gang ? demanda l'officier de garde.

Je remontai le tunnel qui conduisait à ma pièce secrète. A peine avais-je mis les pieds dans la chambre à coucher que je m'effondrai. Je sombrai non pas dans le sommeil, mais dans l'inconscience.

Je me réveillai très tard le lendemain. Le col de mon pull était maculé de sang. Mes cheveux aussi. Des mesures draconiennes s'imposaient : je pris une douche. Je fus plutôt surpris de ne pas voir la moindre goutte de sang s'écouler de mon crâne, mais je fus encore plus surpris en touchant l'endroit où Prahd m'avait opéré : je faillis mourir de douleur.

Cependant, un peu plus tard, alors que je mettais une chemise qui ne s'enfilait pas par la tête, je commençai peu à peu à savourer ma victoire. Aucun des seize hypnocasques ne fonctionnerait avec moi. Fini les cauchemars peuplés de diables mancos à queue fourchue. Krak ne pourrait plus m'hypnotiser. Par contre, moi, je pouvais hypnotiser tout le monde sur cette planète. C'était une pensée très agréable.

Le serviteur m'apporta du *kahve sade* chaud – sans sucre. Je l'avalai en plusieurs fois en prenant soin de boire de grandes lampées d'eau entre chaque gorgée. C'est comme cela qu'on est censé le boire, bien que je ne le fasse que très rarement. Mais quand on est blessé, on a soif. Je ne touchai pas au *baklava* : trop sucré.

Apparemment, le serviteur n'avait pas été réduit en bouillie par un fusil à canon scié au cours de ses allées et venues, aussi je traversai le patio sur la pointe des pieds et allai me planter devant la porte du jardin : je voulais trouver l'endroit idéal d'où un garde pourrait tirer une flèche paralysante sur Silva. Je collai un œil contre le vasistas.

Mes Dieux !

Utanc quittait la propriété au volant de sa BMW.

Et, assis à ses côtés et s'entretenant familièrement avec elle, il y avait GUNSALMO SILVA !

La voiture disparut par le portail.

Je pénétrai dans le jardin.

Karagoz aidait le jardinier à ensemencer les plates-bandes. Je lui fis signe de venir et pointai le doigt en direction du portail. J'étais incapable de parler.

– Oh, lui ? fit Karagoz. Il vous attendait.

Je hochai la tête.

– Des hommes étranges sillonnent la ville depuis deux jours. Utanc a peur d'eux. Alors, ce matin, elle a engagé Silva comme garde du corps.

De pire en pire ! Non seulement il voulait me descendre, mais en plus il me volait ma danseuse chérie. Allez savoir ce que ces deux-là étaient en train de comploter pour se débarrasser de moi !

Heureusement que j'avais ce plan avec les hypnocasques.

– Il est fauché, continua Karagoz. Le consul américian lui a confisqué tout l'argent qu'il avait pris dans les poches du gangster mort – il a dit que c'était pour les frais consulaires. Nous lui avons offert le couvert.

Même les domestiques faisaient partie du complot !

J'allais me diriger vers le portail quand je pris conscience que j'avais commis l'idiotie de sortir sans armes. Je fis demi-tour pour regagner ma chambre.

Soudain, il y eut un puissant déplacement d'air et un rugissement sonore.

La BMW !... Utanc pila et la voiture s'immobilisa à sa place habituelle dans un crissement de pneus.

Je me figeai.

Et contemplai fixement le véhicule, tel un oiseau hypnotisé par un serpent.

Je n'avais plus que quelques secondes à vivre.

Gunsalmo Silva sortait de la voiture, son fusil à canon scié à la main.

Utanc, voilée, encapuchonnée et enveloppée dans une pèlerine, passa à côté de moi sans même m'adresser l'esquisse d'un regard – comme si je n'existais pas. De toute évidence, elle m'avait déjà rayé de la liste des vivants. L'instant d'après, j'entendis sa porte se refermer avec violence, puis le fracas des barres de métal qu'on mettait en place.

Silva n'avait pas bougé. Il était debout, un pied dans la voiture, et me regardait.

Jamais je ne m'étais senti aussi nu. Je n'avais aucune arme à dégainer. De toute façon, même si j'en avais eu une, Silva aurait eu largement le temps de m'abattre. J'avais devant moi un homme hypnoentraîné par l'Appareil – capable de tout.

Il vint lentement vers moi. Il était trapu, musclé, plus sicilien que nature, terrifiant. Il me regardait en fronçant les sourcils.

Il s'arrêta à deux mètres de moi, leva son canon scié et se gratta la tête avec la gueule de l'arme.

– (Bip), je n'arrive pas à me rappeler où je vous ai déjà vu, lâcha-t-il.

Je demeurai silencieux.

Son front se plissa un peu plus. Brusquement son visage s'illumina d'une façon effrayante.

– Ça y est. Je sais. C'est dans ce (bip) de cauchemar que je fais tout le temps. C'est vous le personnage principal !... Je suis dans un hangar truffé de soucoupes volantes !...

Silva m'examina de la tête aux pieds et hocha la tête avant de conclure :

– Eh bien, maintenant que ce petit mystère est éclairci, si nous allions discuter dans un coin tranquille ? C'est un peu trop peuplé par ici.

Astucieux... Exactement ce que ferait un agent entraîné par l'Appareil. Une exécution sans témoins.

Dans ma chambre à coucher, mes armes seraient à portée de la main.

Je retrouvai l'usage de la parole.

– Venez avec moi.

Je le conduisis jusqu'à ma chambre. Puis il me vint une idée encore plus brillante.

– Vous désirez boire quelque chose avant que nous parlions ? Un peu de scotch ?

– Jamais d'alcool. J'ai un (bip) d'ulcère.

« Si ça ne marche pas, essaye autre chose », me répétaient tout le temps mes professeurs. « Tant que tu es en vie, il te reste toujours une maigre chance de ne pas mourir tout de suite. »

Je lui indiquai un siège. Pendant un instant, je caressai l'idée de me ruer dans ma pièce secrète et de déclencher l'alarme en faisant tourner la dalle truquée avec mon pied. Mais j'y renonçai car cela aurait uniquement pour effet de rassembler les hommes dans le hangar, alors que c'était ici que j'avais besoin d'eux.

J'essayai une autre approche.

– J'ai cru comprendre qu'Utanc vous avait engagé comme garde du corps.

– Ouais, grommela-t-il.

– C'est plutôt dangereux, par ici. Je me demande si vous êtes qualifié. Comment avez-vous tué Tavilnasty ?

Il émit un petit rire sec.

– Ç'a été un jeu d'enfant. Pendant que ces deux (embipés) m'installaient dans cette (bip) de chambre d'hôtel, je suis revenu à moi et je me suis dit : « Silva, on t'a amené ici pour que tu te fasses descendre. » Vous comprenez ? Voilà ce que je me suis dit : « On t'a amené ici pour que tu te fasses descendre. » Vous me suivez ?

Je le suivais très bien. C'était une façon de me faire savoir qu'il allait m'abattre.

– Donc, quand ils m'ont déposé sur le (bip) de lit, je me suis dit : « Dans deux ou trois minutes, une espèce d'(embipé) va se pointer ici pour te buter. » Dès que ces deux fils de (bip) sont partis, j'ai pris les couvertures, je les ai roulées en boule et je les ai glissées sous le drap, pour faire croire que le plumard était occupé. Ensuite, je me suis glissé dessous. Un jeu d'enfant, je vous dis.

« Et j'avais pas raison, hein ? J'avais pas raison ? Deux minutes plus tard, voilà que l'autre (embipé) de sa mère entre silencieusement par la fenêtre. Il se dirige à pas de loup vers le plumard. Je vois qu'il tient un (bip) de poignard et qu'il a un canon scié dans un holster, contre sa (bip) de jambe gauche.

« Il enfonce méchamment le poignard dans les couvertures. Pendant ce temps, je tends la main et je sors le (bip) de canon scié du holster attaché à sa (bip) de jambe.

« Avant même qu'il ait le temps de se baisser pour voir ce qui se passe sous le lit, je fais feu et je lui éclate la jambe. Il tombe par terre et je l'achève d'une balle dans le bide.

« Le moins qu'on puisse dire, c'est qu'il n'était plus en état de buter qui que ce soit. Je suis sorti de dessous le plumard. J'avais remarqué qu'il tenait aussi un vieux calibre .38 d'avant-guerre. Je l'ai pris et, bien que ça soit salement risqué de tirer avec – vu que ce genre d'engin, ça vous explose souvent à la figure –, j'ai mis une balle dans les couvertures. Ensuite, j'ai essuyé le (bip) de flingue et je l'ai remis dans la main de l'autre (bip), juste au moment où son corps a eu une dernière convulsion.

« Après, je l'ai fouillé pour lui prendre son (bip) de pognon et j'ai trouvé huit balles pour le canon scié. J'ai planqué le tout dans le réservoir des toilettes.

« Ensuite, ces (embipés) de flics ont rappliqué. Ils ont cru que le gars avait voulu se servir d'une bombe et qu'elle était partie trop tôt. Mais quand ils ont vu que j'étais américain, ils m'ont mis en taule.

« Comme un (bip), j'ai demandé à voir le consul des États-Unis et il est venu le lendemain et a exigé qu'on me colle perpète. Mais ils lui ont dit d'aller se faire (enbiper). (Bip) ! C'est bien la dernière fois que je fais appel à un (bip) de consul américain. Il m'a piqué tout mon blé.

« Le lendemain, je suis retourné à l'hôtel et j'ai récupéré le canon scié et les balles dans le réservoir des gogues. (Il demeura pensif pendant quelques secondes avant de reprendre :) Il me semble me rappeler vaguement d'un cauchemar où je demandais à voir le consul des États-Unis. J'ai vraiment été le roi des (bips). Mais j'ai comme l'impression que je suis beaucoup plus malin depuis quelque temps. On dirait que je sais tout de suite ce qu'il faut faire en toute circonstance. Ce qui nous amène à vous.

– Attendez, dis-je. Il semblerait que vous soyez effectivement qualifié. Mais, comme je l'ai dit, c'est plutôt dangereux dans le coin. Si vous prenez ce job de garde du corps, vous allez avoir besoin de ceci.

J'avais sorti un hypnocasque de sa boîte, la veille. Je le pris et en coiffai Silva.

J'appuyai sur l'interrupteur. Le voyant s'alluma.

J'attendis.

Rien.

J'attendis que son regard devienne vitreux et que ses yeux se ferment.

Rien.

Il était parfaitement éveillé !

– (Bip), fit-il. J'ai pas besoin d'un casque. (Il l'enleva.) De toute façon, il est pas à l'épreuve des balles.

Il le posa sur ses genoux.

Mes Dieux ! Le casque ne marchait pas ! *Il ne marchait pas !*

Je le repris et le mis de côté. Je réfléchis à toute allure. Que faire ? J'étais avec un tueur hypno-entraîné par l'Appareil !

– J'ai cette idée étrange qui me trotte dans la tête, comme quoi je suis censé rencontrer le type qui dirige les opérations en Turquie. Les gens ici m'ont dit que c'est vous. Ça paraît (bip), mais j'ai comme une voix qui me répète que vous avez un travail pour moi.

Je laissai échapper un long soupir de soulagement. C'était donc ça qu'on lui avait implanté sous hypnose après son hypno-entraînement !

– Vous savez, cette greluche que vous avez ici – comment elle s'appelle déjà ?... Utanc, non ?... Drôle de nom. Bon, toujours est-il qu'elle m'a proposé un job. Mais ça m'étonnerait que ce soit ça que je sois censé faire ici. Et puis, son job, j'ai l'impression qu'il sera permanent.

« Tout à l'heure, on prend la route qui conduit à Afyon. Et elle me raconte qu'il y a tout un tas d'étrangers en ville depuis deux jours et qu'elle a les jetons, mais qu'elle veut à tout prix éviter la bagarre. Et alors, elle me demande...

– Hé, attendez. Vous ne parlez pas turc.

– Je sais. Quelle langue de (bip) ! Elle m'a parlé en anglais. Avec un drôle d'accent d'ailleurs.

Oooh, l'adorable créature avait appris l'anglais. Pour me faire plaisir, sans doute ! C'était donc pour ça que je la voyais parfois revenir avec des flopées de livres. Ah, qu'elle était mignonne !

– Des fois, j'avais un mal de chien à comprendre ce qu'elle disait, continua Silva. Elle utilise tout un tas de mots qui font vingt bornes de long. Donc, comme je le disais, on roulait en direction d'Afyon, et puis, tout à coup, comme ça, elle demande si je connaissais ces gus qui avaient débarqué en ville. Sauf qu'elle n'a pas dit « ces gus ». Elle a dit... Ah, oui.. Elle a dit : « Ces intrus étrangers. » Bien entendu, je les connais et je lui ai dit que ces (bips) d'(embipés) de mes (bips) étaient le consul américain d'Ankara et trois ou quatre hommes de la CIA. Et boum ! elle fait demi-tour sur les chapeaux de roue et elle revient ici. A mon avis, elle se croit en danger.

Évidemment qu'elle était en danger – pauvre petite fille du désert.

– Et elle a changé d'avis entre-temps, poursuivit Gunsalmo. A l'aller, elle me dit qu'elle veut éviter la bagarre, et au retour, elle me demande combien ça coûte de faire buter quelqu'un. (Il prit un air dégoûté et ajouta :) Ah, les femmes ! Elles ne savent jamais ce qu'elles veulent, ces (bipasses) !

Effectivement, les femmes, c'est plutôt pénible. Là, j'étais d'accord avec lui.

– Je vais vous dire, moi, reprit-il. C'est drôlement risqué de descendre le consul américain. Ankara, c'est beaucoup trop près d'ici.

C'est souvent lorsque vous êtes dans une situation désespérée que l'inspiration vous vient. Il fallait absolument que je me débarrasse de Silva. Non seulement il constituait une menace pour la base, mais il risquait de me déposséder d'Utanc. Il était tout à fait capable de la convaincre de s'enfuir avec lui !

Quelle était la chose la plus dangereuse que je pouvais lui demander de faire ? Il fallait que je trouve quelque chose où il était sûr de se faire tuer. Quelle était la personne la mieux protégée de la planète ?

– Qu'est-ce que vous diriez de buter le Président des États-Unis ? proposai-je.

Il secoua la tête et dit :

– J'ai aucune envie de jouer les héros et de finir comme Oswald.

Et puis, brusquement, j'eus la solution. Là, il était *sûr* de se faire tuer.

– Qu'est-ce que vous diriez d'abattre le directeur de la CIA ?

Il se mit à réfléchir, tout en se grattant le menton avec la gueule de son canon scié.

– Ça a ses bons côtés. Cette bande d'(embipés) et leurs (bips) de consuls américains ! Oui, ça a ses bons côtés. (Il me fixa de ses yeux sombres.) Bon, c'est d'accord. J'accepte. Pour cent mille. Plus les frais.

Je me livrai à un calcul rapide. Je n'étais pas tout à fait sûr de ce qu'il entendait par « cent mille ». S'il voulait dire cent mille livres turques, ça représentait environ mille dollars US. Une bricole. En outre, il était sûr d'échouer. Les types de la CIA le transformeraient en passoire.

– Marché conclu, dis-je.

J'étais prêt à tout pour l'éloigner d'Utanc. Même à lui donner de l'argent. Je sortis une liasse de livres turques de ma poche et la lui tendis.

– Prenez une chambre en ville et ne revenez plus ici, autrement vous compromettriez notre plan. Descendez au Castle Hotel : on n'a pas augmenté les tarifs récemment. Demain, on vous apportera de l'argent et un billet d'avion pour les États-Unis.

– Vous avez des munitions pour mon canon scié ? Les miennes ne valent plus rien après leur séjour dans le réservoir de la chasse d'eau.

Il me restait une boîte de cartouches de calibre douze. Un marchand me les avait vendues pour rien vu que ce type de calibre est nul, même pour abattre les canaris. Je lui dis de m'attendre dans le jardin. Lorsqu'il eut quitté la pièce, j'allai à mon armurerie et pris la boîte. J'y glissai un petit morceau de plomb : comme ça, les détecteurs de métal étaient sûrs de réagir à l'aéroport.

Je sortis dans le jardin et lui donnai la boîte. Je lui serrai la main.

– Bonne chance, dis-je d'un ton chaleureux.

J'omis de préciser que ce n'était pas à lui que je souhaitais bonne chance.

Je dis à Karagoz de le conduire en ville.

Bon débarras ! Ça lui apprendrait à essayer de me voler Utanc !

Je me rendis dans mon bureau et rédigeai l'ordre de faire parvenir à Silva l'argent et le billet d'avion. Je l'adressai à Faht Bey. Je savais qu'il pousserait de hauts cris, mais c'était un cas d'urgence. ADIEU GUNSALMO SILVA !

5

Pourquoi le casque n'avait-il pas fonctionné ?

Je l'examinai longuement. Puis je le posai sur le compteur que j'avais volé à Flip, le technicien. Pas le moindre frémissement de l'aiguille ! Le voyant était allumé, mais aucune onde ne traversait le casque lui-même.

J'allais appeler Flip lorsque je me souvins que je lui avais implanté la suggestion post-hypnotique de tout oublier.

A l'évidence, quelque chose clochait. Malheureusement, je suis peut-être bon en langues, mais les schémas de circuits intégrés, ce sont des hiéroglyphes pour moi.

Je sortis les quinze autres casques de leur boîte –

tâche ô combien laborieuse. Je les testai l'un après l'autre avec le compteur.

Aucun ne fit réagir le compteur ! Leur voyant s'allumait, mais ils ne marchaient pas !

Était-ce la fin de mon rêve merveilleux ? Allais-je devoir renoncer à contrôler toute la population de cette planète par l'hypnose ?

Je passai mentalement en revue tout ce que Flip avait fait avec chacun des casques. Une chose était sûre : hier, après qu'il les avait bricolés, ils fonctionnaient parfaitement.

Haha ! J'avais encore les emballages et les étuis des pièces A et B. Je pris l'un des cartons. Sur l'un des côtés, je lus l'inscription : *Interrupteur proximo-déclenchable.* Et, en dessous, en petits caractères : *Usines Yipee-Zip, Cité Industrielle, Voltar.* Non, non, ce n'était pas cela que je cherchais. Je retournai la boîte et vis un autre texte imprimé en lettres minuscules :

Avertissement :

Modèle à portée minimale. A n'utiliser que dans les vaisseaux spatiaux qui naviguent en formation. Ne fonctionne qu'à une distance supérieure à trois kilomètres.

C'était comme si le ciel venait de me tomber sur la tête. Les vaisseaux spatiaux voguent à des vitesses telles qu'une marge d'avertissement de trois kilomètres est ridiculement basse. C'était probablement pour cela que nous avions ces interrupteurs en surabondance : parce qu'ils étaient généralement couplés à un interrupteur principal qui se déclenchait à mille ou deux mille kilomètres de distance.

Trois kilomètres !

Chaque fois que je me trouverais à moins de trois kilomètres de l'un de ces casques, il ne fonctionnerait pas !

J'essayai désespérément de trouver une solution à ce problème. Peut-être qu'en coiffant quelqu'un du casque, puis en sautant dans une voiture pour me rendre à plus de trois kilomètres de distance... Non, c'était complètement irréalisable.

Et si je faisais enlever la pièce B implantée dans mon crâne ?

Non ! Jamais ! Pour que Bildirjin m'enfonce à nouveau ses genoux dans la poitrine ?... Plus jamais ça ! La douleur avait été trop atroce ! Cette pièce B resterait dans mon crâne pour toujours !

Je remis tristement les casques dans le coffre-fort.

Et puis, brusquement, mon tempérament optimiste reprit le dessus et je retrouvai le sourire. J'avais quand même remporté une victoire.

Krak ne pourrait plus jamais m'hypnotiser avec un casque.

Fini les Diables mancos !

Tout compte fait, cette histoire se terminait bien.

Le *Blixo* était parti. Gunsalmo Silva était parti. Bawtch et les faussaires allaient mourir. Et d'ici quelques semaines, Heller se ferait réduire en bouillie par Krak.

J'avais bien envie de prendre une longue journée de repos. Et de partir à la chasse. Pourquoi pas ? J'avais fait du bon, de l'excellent travail. L'Appareil serait fier de moi. Oui, j'avais vraiment mérité un petit congé !

Ah, si seulement je parvenais à trouver quelque chose qui ferait plaisir à Utanc et la ramènerait dans mon lit si désespérément vide.

VINGT-CINQUIÈME PARTIE

1

Confiant en l'avenir, je mis au point un plan destiné à rendre mon existence encore plus agréable.

La nuit, je me sentais seul et malheureux sans Utanc. J'avais enfin trouvé quelque chose qui me ferait regagner ses faveurs.

Une bonne petite partie de chasse, gentille, tranquille.

Au cours de mon dernier séjour sur Terre, j'avais acheté une carabine automatique Franchi Deluxe – un canon de 80 cm, des balles de Magnum de 8 cm, un magasin à cinq balles. Je ne m'en étais jamais servi. Si je la chargeais avec de la chevrotine 00 – chaque plomb fait 8 mm de diamètre –, c'était l'idéal pour tuer les petits oiseaux chanteurs.

Il va sans dire qu'il est illégal de tuer les oiseaux chanteurs en Turquie – les Turcs sont bizarres. Par contre, la chasse au loup, au lynx et au sanglier est ouverte toute l'année. Et en ce moment, c'était la saison de la chasse au renard, au lièvre, au lapin, au canard, à la perdrix, à la bécasse et à la caille. La ruse consiste à faire semblant de chasser l'un de ces gibiers, puis à dévier rapidement votre fusil, à abattre un oiseau chanteur et à dire qu'il se trouvait sur la trajectoire.

Mon permis de chasse était en règle.

Mon break Ford était en état de rouler, même s'il

se livrait parfois à de petits caprices étranges.
Ah... Il y aurait des feux de camp joyeux au beau milieu de contrées hostiles. Et Utanc ? Où venait-elle se placer dans ce tableau ? Eh bien, en tant que fille du désert de Kara Kum, elle tomberait bien entendu en admiration devant un homme capable de remplir la bonne vieille marmite de gibier fraîchement abattu. Je voyais la scène d'ici. Moi, j'allais à la chasse et elle, elle attendait mon retour, assise auprès du feu. Lorsque je revenais, ma gibecière remplie de canaris sauvages, une lueur d'adoration illuminait son regard. C'est l'instinct primitif. Dans mes livres de psychologie terrienne, on appelle cela *atavisme*. Les gens sont tous des hommes des cavernes, même si Freud a décrété le contraire, et ils finissent tous par céder à leurs instincts primitifs, comme toutes les autres bêtes. Vous voyez donc que mes espoirs n'étaient pas sans fondement.

On peut aussi chasser l'ours en Turquie. Ça ne m'aurait pas déplu de traîner un ours mort jusqu'au camp et de me marteler la poitrine pour montrer à Utanc le grand chasseur que j'étais. Seulement, les ours, c'est difficile à tuer. Si vous ne faites que les blesser, il ne vous reste plus qu'à prier. Non, mieux valait impressionner ma danseuse chérie avec des canaris sauvages – et même des *tas* de canaris sauvages, pour vraiment lui en mettre plein la vue.

J'avais soigneusement étudié tous les aspects de mon plan. Il était parfait. Ce congé, je l'avais bien mérité. L'Appareil ne vous décerne jamais de médailles en public, aussi j'avais décidé de m'accorder moi-même ces petites vacances – comme récompense pour services rendus. Je passai deux journées délicieuses à mettre au point tous les détails de mon plan.

Utanc m'avait sans doute pardonné à propos du petit garçon à l'heure qu'il était. Il n'avait toujours pas quitté sa chambre. L'autre garçon non plus. Mais franchement, qu'est-ce qu'un petit coup sur le nez ? Il n'y a pas de quoi en faire un drame toute sa vie.

J'allai interroger Karagoz. Il me dit que ça faisait deux jours qu'Utanc n'était pas sortie de sa chambre. Depuis que Silva était parti, en fait.

Je me plantai derrière le mur de son jardin et écoutai. Pas le moindre éclat de rire.

Oui, il était temps de lui faire retrouver sa joie de vivre.

Je rédigeai un mot :

Utanc, ô adorable, ô merveilleuse créature. Vous êtes invitée à une longue, à une délicieuse partie de chasse. J'abattrai des oiseaux chanteurs et vous les ferez bouillir dans la marmite, au beau milieu des contrées sauvages.

Je savais que cela éveillerait son atavisme.

Je glissai le mot à demi sous sa porte.

Ah, ah ! Il disparut aussitôt.

J'écoutai en retenant mon souffle. Plusieurs minutes s'écoulèrent. Soudain je l'entendis enlever les barres.

Victoire ! Je savais bien que l'allais remuer l'atavisme qui sommeillait en elle. Je l'avais ramenée à l'âge des cavernes. Ça marche à tous les coups.

La poignée de la porte pivota avec un bruit sec.

La porte s'ouvrit en grand.

Et une avalanche d'objets féminins déferla sur moi : des chaussures, des tasses, une plante en pot. Un miroir me frôla et alla se fracasser contre le mur opposé du patio.

Elle se tenait dans l'encadrement, les narines frémissantes, serrant et desserrant les poings comme si elle allait m'arracher les cheveux.

D'une voix cinglante et chargée de haine, elle me dit :

– Espèce d'(embipé) ! Ça ne vous suffit pas de défigurer un joli petit garçon ! Il faut aussi que vous tuiez des OISEAUX CHANTEURS !

Une petite main apporta un objet derrière Utanc. Une chaise !

Elle la jeta sur moi avec une force inouïe. La chaise traversa les airs comme une fusée et explosa en mille morceaux contre le mur.

Je m'en tirai bien : je ne reçus qu'un coin du dossier. Je courus me réfugier dans ma chambre.

Le moins qu'on puisse dire, c'est que j'avais éveillé son atavisme. Mais pas celui que j'aurais voulu.

Je verrouillai ma porte à fond. Puis j'allai m'asseoir et me mis à réfléchir.

Aussi surprenant que cela pût paraître, elle m'en

voulait toujours à propos de ce (bip) de petit garçon. Incroyable !

Mais bon, les femmes sont bizarres. Imprévisibles. J'avais cru qu'elle s'en remettrait.

Eh bien, non.

Ma première conclusion avait été la bonne : jamais elle ne me pardonnerait. Et tout ça à cause d'un petit garçon (bip) et inutile.

Une profonde mélancolie m'envahit. En fait, c'était juste pour récupérer Utanc que j'avais eu envie de partir à la chasse.

2

Je me rendis dans mon bureau secret et m'écroulai sur une chaise. Devant moi, il y avait le visionneur. Ça faisait des jours que je n'y avais pas touché. Peut-être Heller avait-il des ennuis qui me remonteraient le moral. J'allumai mollement le visionneur.

L'image était sombre. Je montai le contraste.

Une cathédrale !

Une cathédrale gigantesque !

Il se passait quelque chose.

Des funérailles !

Il y avait une foule énorme. Des prêtres portant une robe se livraient à divers rituels. On entendait un chœur magnifique.

C'était exactement ce qu'il me fallait dans l'état où j'étais. Ah, quelle musique expressive ! Et si triste ! Si merveilleusement triste !

Heller était assis sur un banc. Il tenait la main de quelqu'un. Quelqu'un qui portait un voile noir. Babe Corleone ! Elle sanglotait ! Heller lui tapotait la main.

Un cercueil était placé bien en vue, sur l'autel. A l'évidence, les gens lui avaient déjà rendu un dernier hommage : il était couvert de fleurs.

Brusquement, je compris. Jimmy « l'étripeur » Tavilnasty. On célébrait ses funérailles. Dans ce qui était probablement la plus grande cathédrale des États-Unis ! St. John Divine ? St. Patrick ? En tout cas, elle était démesurée. Avec des arcs élevés et imposants, et de l'or et des cierges partout.

La musique se fit plus forte, plus majestueuse.

Quelqu'un monta dans l'une des chaires. Un enfant de chœur. A la musique succéda le silence. Un silence profond. La voix du garçon s'éleva sous les voûtes immenses, claire et nette, mais tremblante d'émotion – une belle voix de ténor.

– Sans notre très cher Jimmy, qui vient de nous quitter, je n'aurais jamais appris à laisser les autres garçons m'aimer !

Puis il entama la chanson la plus triste qu'il m'ait été donné d'entendre. Derrière lui, les voix magnifiques du chœur s'enflèrent solennellement.

La musique mourut. Un autre personnage prit place dans la chaire : un vieillard voûté par l'âge.

– En tant que directeur du centre de redressement, j'ai toujours compté Jimmy parmi mes amis. Le meilleur souvenir que j'ai de lui, c'est la fois où il a organisé, sans l'aide de personne et par pure charité, la plus grande émeute de l'histoire de notre centre. S'il n'avait pas donné l'exemple, nous n'aurions pratiquement plus de nouveaux pensionnaires aujourd'hui. Un grand homme nous a quittés. Il était l'idole de milliers de gangs de jeunes. Il nous manquera.

Le chœur chanta quelques accords majestueux qui parurent traverser les hautes voûtes pour s'élever dans les Cieux.

Un troisième homme monta à la chaire. Il inclina la tête avec vénération et se mit à parler avec des larmes dans la voix.

– J'ai souvent été son psychologue attitré quand il était en prison. Jimmy Tavilnasty a été un patient modèle. Je n'ai jamais vu quelqu'un réagir aussi positivement à la thérapeutique comportementale. En effet, son état n'a pas cessé d'empirer et, sous ma supervision étroite, il est devenu l'incarnation même du crime américain. (Sa voix s'étrangla sous le coup de l'émotion). Nous regretterons tous ce bon fils de famille américain devenu tueur à gages.

Le chœur poussa quelques notes pleines de ferveur et de respect.

Que c'était beau.

Puis vint l'enterrement proprement dit. Huit porteurs vêtus de noir – tous des Siciliens – soulevèrent le cercueil. Une bosse déformait leur veston : ils étaient armés.

Je compris alors pourquoi l'image avait été aussi sombre. Tout le monde portait des lunettes noires, Heller y compris. Lorsqu'ils sortirent, l'image devint encore plus sombre : il pleuvait et le ciel était gris foncé. Je montai à nouveau le contraste.

Le cercueil passa sous un arc de couteaux à cran d'arrêt formé par une vingtaine de gangs de jeunes.

Au cimetière, il y avait des couronnes mortuaires et des bouquets partout. Je vis un énorme fer à cheval fait de fleurs, avec une bannière portant l'inscription :

A Jimmy, notre pote

Un peu plus loin, j'aperçus d'autres fleurs. Elles avaient été disposées de façon à former un poignard. La bannière disait :

A Jimmy, de la part du gang à Faustino Narcotici

Elles furent solennellement piétinées et réduites en miettes.

Cinq girls en vêtements de deuil se tenaient près de la tombe. Elles pleuraient à chaudes larmes et pressaient un mouchoir noir contre leur bouche agitée de sanglots.

Je compris soudain pourquoi tout le monde portait des lunettes noires. Les funérailles étaient filmées par diverses chaînes de télévision. Techniciens et journalistes avaient eu la décence de mettre un brassard noir. Les brassards étaient distribués par un gangster qui tenait un revolver dans la main gauche.

La longue procession s'engagea dans une crypte qui portait l'inscription :

Crypte de la Famille Corleone

On fit glisser le cercueil dans un caveau. Les sanglots redoublèrent.

Les doigts de Babe effleurèrent une pierre tombale :

« Saint Joe » Corleone

Heller vit qu'elle était sur le point de s'effondrer. Il la conduisit jusqu'à une limousine. Il écarta doucement les gens qui essayaient de toucher la main de Babe ou de l'embrasser sur la joue pour lui marquer leur sympathie.

Elle pleurait abondamment, à présent.

Heller la fit asseoir à l'arrière et referma la portière. Babe l'agrippa.

– Je perds tous mes garçons, sanglota-t-elle.

Il lui tapota gentiment la main et lui donna un autre mouchoir. Elle se laissa aller en arrière dans le siège. Elle pleurait moins. Des gardes du corps repoussaient doucement la foule au moyen de fusils à canon scié. La limousine put enfin démarrer.

Babe serrait et desserrait les poings. La voiture traversait un pont.

– Jerome, dit-elle d'une voix tremblante, j'ai entendu dire que vous apprenez à conduire des voitures de course. Jerome, promettez-moi, promettez-moi sur tout ce que vous avez de plus sacré que vous ne ferez rien de dangereux.

Heller hésita longtemps avant de répondre.

– La vie comporte des tas de dangers, madame Corleone. Je ne peux pas vous promettre une telle chose.

Elle tourna brusquement la tête vers lui et dit :

– Parfait. Dans ce cas, si jamais vous voyez cet (embipé) de Silva, promettez-moi de buter ce sale fils de (bip) !

Heller le lui promit.

Mais j'étais hanté par cette musique religieuse que je venais d'entendre, par les voix des enfants de chœur et par tout le côté solennel et tragique de ces funérailles. J'éteignis le visionneur.

La musique continua de me hanter. C'était une sensation délicieuse.

Ah, quelles merveilleuses funérailles !

J'eus la vision de mes propres funérailles.

Utanc était agenouillée devant ma tombe sous une pluie battante, des fleurs fanées à la main. Elle pleurait parce qu'elle avait été méchante avec moi.

Quelle vision délicieuse ! J'avais moi-même envie de pleurer.

Les yeux embués, je regagnai ma chambre à coucher en titubant.

Je m'effondrai sur le lit.

Il y avait quelque chose sous ma tête. La plaie laissée par l'opération était encore à vif, mais je laissai la douleur s'enfler – j'étais toujours plongé dans cette vision d'Utanc agenouillée devant ma tombe.

La douleur devint trop forte. Ça me gâchait ma mélancolie. Aussi j'écartai d'un revers de la main l'objet qui se trouvait sous ma tête.

Quelque chose voleta jusqu'à l'autre oreiller. Je tournai la tête.

Un message. Je le lus :

Ces quelques mots pour vous rappeler que l'oisiveté ne paye pas. Lombar savait que vous relâcheriez vos efforts. Je vous avertis que si vous ne neutralisez pas Heller, il sera de mon devoir de vous exécuter.

En guise de signature, il y avait une dague maculée de sang.

Ainsi donc, ma vision allait se concrétiser.

Je me redressai au bout de quelques instants. La belle musique religieuse continuait de me hanter.

Je pris le message et le retournai. Il n'y avait rien écrit au dos.

Je trouvai un stylo et écrivis : *Allez-y.* Puis je signai mon nom et déposai le message sur mon oreiller.

C'était ce que j'avais de mieux à faire.

Utanc s'agenouillerait sous la pluie, minée par le remords. Ses larmes précieuses feraient de petits trous dans la boue qui maculerait ma tombe.

Je m'assurai que je n'avais aucune arme dans les poches.

Je sortis et traversai le patio jonché de débris. Il me faisait penser à mon existence – mon existence qui n'était plus qu'un amas de débris.

La musique religieuse résonnait dans mes oreilles, plus forte que jamais. Je m'enfonçai dans le crépuscule en espérant qu'un coup de feu fatal mettrait fin à cette vie qui ne valait plus la peine d'être vécue.

Tout en pleurant, peut-être chanterait-elle une chanson triste et prendrait-elle conscience qu'elle aurait dû se montrer beaucoup plus gentille avec moi de mon vivant.

Comme c'était beau.

3

Je marchai toute la nuit, mais personne ne m'abattit.

Je regagnai ma chambre dans le petit matin glacial. J'étais déçu.

Le message avait disparu. La personne que Lombar avait désignée pour me tuer devait avoir la faculté de se déguiser en ombre. Mais bon, c'était au moins la millième fois que je me faisais cette réflexion.

J'étais épuisé. Je me déshabillai et me mis au lit. Peut-être subsistait-il encore un espoir. Peut-être mourrais-je durant mon sommeil.

Je me réveillai en fin d'après-midi. J'étais toujours en vie. Quelle déception !

Irrité, je me tournai pour sortir du lit.

Mon regard rencontra un nouveau message ! Il était posé sur l'autre oreiller, à dix centimètres à peine de mes yeux. Peut-être voulait-on s'excuser de ne m'avoir pas tué la nuit dernière.

Je m'assis. D'une main indifférente, je pris le message et le retournai pour pouvoir le lire. Il disait :

Ce serait un plaisir de vous tuer, mais vous n'êtes pas le premier sur la liste. Si Heller n'est pas neutralisé, je tuerai d'abord Utanc.

Ce fut comme si on venait de m'envoyer une décharge électrique à travers le corps.

Un cri de protestation s'échappa faiblement de ma gorge nouée.

Sans même prendre la peine de saisir une serviette, je me ruai dans le patio et collai une oreille contre la porte d'Utanc.

Pas le moindre son !

Peut-être l'avait-on déjà tuée !

Je me précipitai dans le jardin.

Melahat était occupée à couper des fleurs. Elle détourna les yeux en me voyant arriver.

– Ils ont tué Utanc ? demandai-je d'une voix pressante.

Elle me regarda avec des yeux ronds avant de détourner une nouvelle fois le regard et de marmonner :

– Elle allait bien quand je lui ai apporté des serviettes de toilette il y a quelques minutes.

Je laissai échapper un soupir de soulagement. Puis je me dis que j'avais intérêt à prendre des précautions. Je rejetai la tête en arrière et hurlai :

– JE TRAVAILLE !

Peut-être cela arrêterait-il l'assassin.

Melahat paraissait alarmée. Mais aux Diables la pudeur – ce n'était vraiment pas le moment !

Je fis demi-tour et me ruai dans ma chambre où j'enfilai fiévreusement quelques vêtements tout en essayant de mettre de l'ordre dans mes pensées, ce qui n'était guère facile, je puis vous l'assurer. Pourquoi s'en prenait-on soudain à moi ?

Mais oui, bien sûr !... Mon ennemi devait savoir quelque chose que je ne savais pas.

Heller !... Heller tramait quelque chose !

Je me précipitai dans ma chambre secrète et allumai le visionneur. Je raidis mes muscles et regardai. Mais j'étais debout et, sous cet angle, je ne voyais pas grand-chose. Je m'assis.

Je ne vis que des pièces détachées posées sur une table.

Heller leva la tête. Ah, il était dans son bureau de l'Empire State Building. Il y avait des gens avec lui. Le décor avait changé !

Les murs étaient recouverts de gigantesques posters en couleur représentant des raffineries de pétrole. De gros nuages de fumée noire s'échappaient d'innombrables cheminées qui se dressaient haut dans le ciel obscurci.

Non, il n'y avait pas que des raffineries. A l'extrémité du champ de vision d'Heller, je distinguai vaguement un énorme photo-montage sur un autre mur : des oiseaux qui se noyaient dans des nappes de pétrole, des fleurs qui se fanaient, des arbres qui dépérissaient.

Heller tourna la tête. Une autre affiche murale. Des vaisseaux spatiaux tout juste visibles dans le lointain arrosaient d'un tir de barrage une planète qui ressemblait à la Terre. Sans doute la reproduction d'une couverture de magazine de science-fiction.

Il y avait des gens partout dans l'immense bureau. J'effectuai un arrêt sur image pour les compter et les identifier. Les gens, ça peut être dangereux.

Derrière le bar, il y avait un barman avec une veste blanche. Il lisait tranquillement un journal de courses.

Devant le bar, perchée sur un tabouret, une jeune femme promenait une cuiller dans une crème glacée. Elle portait une robe longue qui ne cachait pas grand-chose – une espèce d'assemblage de disques dorés. Elle avait des yeux noirs très aguichants. La secrétaire d'Heller.

A la droite d'Heller, il y avait trois filles. Elles portaient une jupe ultracourte qui leur arrivait au ras des fesses, des bottines et un petit chapeau de groom. Leurs vêtements – si on pouvait appeler « vêtements » quelques centimètres carrés de tissus – étaient d'un blanc immaculé et s'harmonisaient parfaitement avec la moquette. Elles tenaient un stylo. D'autres secrétaires ?

Dans mon émoi, j'avais oublié de mettre le son. Je réparai cet oubli.

Quelqu'un avait mis de la musique d'ambiance en fond sonore. L'orchestre déménageait drôlement : roulements de caisse claire et de timbale, trompette stridente.

Je me détendis. J'avais eu tort de m'alarmer. Il était impossible de travailler dans un boucan pareil. Heller faisait joujou, comme d'habitude.

Il était occupé à tripoter deux objets de métal posés sur un carré de toile épaisse. Il tourna la tête vers la gauche. Izzy Epstein était assis à côté de lui.

Izzy l'arnaqueur. Izzy et son sempiternel complet-veston – celui qu'il s'était procuré à l'Armée du Salut. Izzy et son vieil attaché-case tout défoncé – qui, pour le moment, était posé sur ses genoux. Izzy et son nez en forme de bec. Izzy et ses lunettes à monture d'écaille – dont les verres étincelaient de temps à autre.

Il était en grande conversation avec Heller.

– Je suis complètement perdu, monsieur Jet. Il faut dire que je n'ai jamais rien compris à l'ingénierie. Je sais que vous m'avez tout expliqué en détail hier, mais avec tous ces problèmes qui m'accablent ces jours-ci, je n'ai rien retenu de ce que vous m'avez dit. J'ai eu mal à la tête toute la nuit. Ma santé est chancelante, vous savez.

Heller tendit un tournevis à l'une des filles. Elle le fit tournoyer trois fois entre ses doigts à la façon d'une majorette et le déposa dans un coffret.

Heller donna une espèce de signal bizarre. Je scrutai l'écran. Apparemment, il s'agissait d'un code. Le barman posa son journal, prit un grand verre – de cristal ? – et, avec un mouvement de va-et-vient expert, en transvasa le contenu pétillant dans une flûte. Il la posa sur un plateau d'argent et l'apporta à Izzy. Heller l'avait-il initié à la drogue ?

Izzy vida la flûte, laissant une fine moustache blanche sur sa lèvre supérieure. Le barman reprit courtoisement la flûte et demanda :

– L'Alka Seltzer de monsieur était-il assez fort ?

Izzy hocha la tête et le remercia.

Pendant ce temps, la fille aux yeux noirs avait fini sa crème glacée et était partie. Une autre fille vêtue – ou plutôt dévêtue – de rouge vif entra. Elle s'assit au bar. Le barman revint et lui servit une glace. Encore une secrétaire ?

Personne ne pouvait travailler dans une frénésie pareille ! Je n'avais vraiment rien à redouter.

Un ingénieur doit se concentrer. Son environnement de travail est austère et dépouillé. Je m'étais inquiété pour rien.

– Ton mal de tête s'est calmé ? demanda Heller à Izzy.

– J'ai bien peur qu'il ne soit parti.

– Parfait. Je vais donc tout te réexpliquer. En fait, le problème repose sur la capacité d'une civilisation à maîtriser la *force*. La civilisation terrienne en est incapable.

« Maintenant, écoute attentivement. Vous devez être capables de convertir la matière en énergie. Vous pourrez alors utiliser l'énergie pour déplacer ou faire bouger la matière.

« Quel que soit le domaine dans lequel vous opériez – politique, financier ou autre –, vous devez être capables de maîtriser la *force*. Autrement, vous risquez de faire voler la société en éclats.

« Maintenant, pour je ne sais quelle raison stupide, les sociétés de cette planète considèrent que la *vie* est tributaire de la force. C'est une philosophie complètement insensée appelée *matérialisme* ou *mécanisme*. Et elle est fausse.

« Si les sociétés terriennes ne reprennent pas bientôt leurs esprits et ne se débarrassent pas rapidement de cette philosophie, qui relève plus de la superstition primitive qu'autre chose, elles périront.

« En fait, c'est la vie qui commande à la force ! Il n'y a que la vie qui puisse commander aux choses. La matière est incapable de contrôler la matière – elle n'a pas de desseins. La vie n'est PAS le produit de la matière. Au contraire : elle la régit !

« Vous voulez que cette société aille dans l'espace ? Commencez par vous mettre dans le crâne que c'est la *vie* qui commande à la force. Vous voulez que cette culture survive ? Eh bien, prenez conscience que c'est la vie qui régit la force.

« Ceux qui vous affirment le contraire cherchent non seulement à vous empêcher de quitter cette planète mais aussi à la détruire, et vous avec.

– Seigneur ! lâcha Izzy. Vous voulez dire que nous ferions mieux d'éliminer les psychologues et tous les autres adeptes du matérialisme ?

– Il ne s'agit pas d'éliminer qui que ce soit, répliqua Heller. Encore que l'idée ne soit pas mauvaise. Mais le fait est qu'ils vous ont bel et bien enchaînés à cette planète !

– Je déteste la violence. Mais si vous voulez bien m'excuser, monsieur Jet, vous avez dit que vous désiriez me voir au sujet de la conversion de la matière.

Heller tourna la tête et regarda son immense bureau. Il désigna deux objets.

– Eh bien, pour commencer, voici une paire de convertisseurs de matière.

Les deux engins étaient identiques – le même modèle en double. C'était un assemblage complexe de pièces et de tubes. Par tous les Dieux ! Il s'agissait de l'un de ces modèles de démonstration qu'on utilisait dans les écoles primaires voltariennes – une machine éducative. Cela me revenait maintenant : il avait sorti ces convertisseurs d'une caisse, dans le Connecticut. Rien ne manquait. Il y avait même les tiges pour les décharges électriques et les sacs pour recueillir le gaz.

Heller posa un convertisseur devant lui. Les trois

filles firent tournoyer un tournevis entre leurs doigts et le lui présentèrent. Il en prit un. Les deux autres filles firent tourbillonner les tournevis inutilisés et les remirent dans leur étui.

Il se mit à démonter l'engin. Plusieurs fois, il tendit la main, et d'autres outils tournoyèrent entre les doigts des jeunes femmes.

Lorsqu'il eut terminé, il étala les pièces devant Izzy.

– J'en ai deux, dit Heller, alors ce n'est pas grave si j'en démonte un.

Izzy regardait fixement les quelque quarante pièces étalées devant lui.

Heller saisit l'autre convertisseur – celui qui était entier.

– Regarde ici, dit-il en désignant le sommet de l'engin. Tu insères un bâtonnet de carbone pur dans le haut. La machine va alors le réduire par conversion atomique. L'oxygène sort de ce côté-ci et l'hydrogène de ce côté-là. La charge électrique est évacuée par ces deux tiges.

– Seigneur ! fit Izzy.

Heller tendit la main. L'une des filles fit tourbillonner un stylo entre ses doigts et le lui présenta.

– C'est de la chimie élémentaire, continua Heller. (Il se mit à écrire.) Le carbone a six électrons. L'oxygène en a huit. L'hydrogène en a un. La machine a une action toute simple : elle déplace les électrons à l'intérieur des atomes. Le carbone cesse d'être du carbone. Ses électrons montent et descendent sur le tableau de classification périodique des éléments et on obtient de l'oxygène et de l'hydrogène. Ce qui donne la formule : $C_2 - H_4 + O$. (Il jeta la feuille devant Izzy.) L'oxygène et l'hydrogène brûlent quand on les combine. Tu comprends ?

– Mais... mais... balbutia Izzy.

– En fait, cette machine produit aussi une énorme quantité d'énergie électrique, et cette planète a besoin de moteurs électriques. Mais presque tout, à l'heure actuelle, fonctionne avec des moteurs à combusion interne – les voitures et tout ça. Ce type de moteur est stupide. Vous y mettez du carburant pour obtenir une explosion et de la chaleur, et ensuite vous avez un système de refroidissement qui élimine – qui gaspille, en fait – la chaleur. Mais les gens semblent attachés à ce genre de moteur et c'est donc celui-là que nous utiliserons. Ce convertisseur transforme le carbone en oxygène et en hydrogène. Comme il y a des réserves quasi illimitées de carbone sur cette planète, nous pouvons nous lancer en toute tranquillité.

– Le carbone sous n'importe quelle forme ? demanda Izzy d'un air ahuri.

– Bien sûr... Pétrole, asphalte, mauvaises herbes, vieux chiffons... La quantité de gaz que vous pouvez tirer de la matière est de l'ordre d'un milliard pour un. L'espace présent à l'intérieur d'un gaz est fabuleux. Donc, tu insères un morceau de carbone ici, en haut, tu mets un réservoir pressurisé de chaque côté du convertisseur pour recueillir le gaz ; tu montes un levier pour alimenter la machine en carbone ; tu installes une valve afin de pouvoir régler l'arrivée de gaz dans le moteur ; et voilà !

– Je n'ai rien compris, fit Izzy d'un ton lugubre. Il me faudrait des schémas détaillés montrant chaque partie.

Heller soupira et tendit la main en agitant les doigts d'une certaine façon – une espèce de signal. Aussitôt, l'une des filles installa un tableau avec des gestes gracieux. La deuxième fit onduler une feuille de papier à dessin comme un drapeau avant de la fixer au tableau avec des punaises. Quant à la troisième, elle fit tournoyer deux stylos feutres entre ses doigts et les présenta à Heller.

Heller se mit au travail, avec aisance et rapidité. Il dessinait si vite que sa main était floue. Il termina un premier schéma émaillé de symboles terriens – un schéma parfait.

Une nouvelle feuille fut agitée et fixée au tableau. Un nouveau marqueur apparut dans la main de l'une des filles.

Quelques instants plus tard, il avait terminé quinze schémas complets montrant en détail les différentes parties du convertisseur.

L'homme d'affaires, en Izzy, parut soudain se réveiller. Il fit un rouleau de chaque dessin, avant de demander :

– Puis-je emporter l'un de ces modèles ?

Tournevis et clés anglaises tourbillonnèrent. Le convertisseur fut remonté en un tour de main.

Izzy le prit et le déposa précautionneusement dans une boîte.

– Je vais faire breveter tout ça, annonça-t-il. Je l'attribuerai à un groupe d'ingénieurs anonymes. Votre nom ne doit surtout pas être associé à nos différentes sociétés – à cause de M. Trapp, vous savez. (Il réfléchit quelques secondes et ajouta :) Je pense que nous devrions mettre les brevets au nom de la Société Multinationale. C'est moi qui la contrôle.

– Fais comme bon te semble, dit Heller. (Cet imbécile ne voyait-il donc pas qu'Izzy était en train de lui voler ses brevets ?) Je vais travailler sur l'autre convertisseur. Il me reste encore à fabriquer les réservoirs pressurisés. Ensuite il faudra que je monte le tout sur le moteur après avoir essayé la voiture avec du carburant ordinaire.

– Oui, mettez-vous au travail, monsieur Jet. Mais évitez d'associer la Multinationale ou nos autres sociétés à ce que vous faites.

– C'est promis.

Les filles se livrèrent à une espèce de danse, puis l'une d'elles demanda :

– Est-ce que nous pouvons avoir des ice-creams, maintenant ? Nous devons retourner au cours de majorettes.

– Donnez-leur des ice-creams ! lança Heller à l'adresse du barman.

– Est-ce qu'il n'est pas mignon ? fit l'une des filles en se perchant sur un tabouret.

Ce n'étaient absolument pas ses secrétaires. Juste des étudiantes d'une école située au même étage. Et la jeune femme aguichante aux yeux noirs fréquentait sans doute l'école de mannequins. Ces filles étaient venues mendier des glaces ! Typique des New-Yorkais. Tous décadents !

Le barman apporta à Heller une bière suisse sans alcool.

Au moment où il portait le verre à ses lèvres, un homme fit irruption dans la pièce, suivi d'autres chargés de valises. Le tailleur !

– Je suis terriblement navré, monsieur, dit-il. J'aurais préféré attendre que vous soyez de retour dans vos appartements, mais nous avons dû arrêter la production dans nos ateliers.

Heller but une gorgée de bière sans alcool.

L'un des assistants du tailleur alla jusqu'au bureau. Il tenait un costume bleu. C'était un survêtement dont le col se boutonnait au moyen d'une large bande. Un deuxième assistant arriva. Il avait entre les mains un survêtement identique, mais pas encore cousu.

– C'est à cause de la couleur, expliqua le tailleur. Nous n'arrivons pas à nous mettre d'accord sur la couleur. Le bleu, c'est plus éthéré. Mais nous avons soudain pris conscience que nous avions oublié le sang.

– Le sang ? fit Heller.

– Oui. Voyez-vous, la course automobile est un sport dangereux. Il faut que vous soyez habillé en conséquence. Dès qu'il y a un accident, les caméras de télévision rappliquent. Mais si vous portez du rouge, le sang ne se verra pas. C'est pour ça que nous voulions avoir votre avis. Vous ne trouvez pas que le rouge serait plus approprié ?

Heller renifla dans son verre. Peut-être la bière était-elle trop forte pour lui.

Vous n'avez qu'à mettre un rembourrage sur le devant du survêtement, dit-il. Comme ça le sang sera absorbé et personne ne le verra.

– Ah, fit le tailleur. Prenez note, Cottonwool. Du rembourrage sur le devant. Donc vous optez pour le rouge, monsieur ?

– La voiture est rouge, dit Heller.

– Ouf ! Vous m'enlevez une grosse épine du pied. Excusez-moi de vous avoir dérangé.

Et ils quittèrent la pièce en courant.

Izzy était toujours là. Il se tordait les mains, visiblement nerveux.

– Monsieur Jet, il a parlé de sang. Vous êtes sûr qu'il ne serait pas préférable que j'engage des gardes du corps pour veiller sur vous vingt-quatre heures sur vingt-quatre ?

– Ne dis pas de bêtises. J'ai des semaines de travail devant moi. Personne ne sera au courant.

– Écoutez-moi bien, monsieur Jet. Je me suis arrangé pour que nos sociétés soient indépendantes les unes des autres, mais je n'en suis pas moins responsable de vous. Rockecenter n'aura plus qu'à mettre la clé sous le paillasson si vous conquérez le marché avec ce carburateur. Vous allez sans doute signer l'arrêt de mort de l'industrie pétrolière.

– Mais non, mais non. Mon carburateur consomme du pétrole, même s'il n'en consomme pas beaucoup. Mais surtout, il ne causera aucune pollution.

– N'empêche que cela risque de la mettre sur la paille.

Mon sang se figea dans mes veines. Soudain je compris ce qu'Heller était sur le point de faire avec ses (bips) de machines d'école primaire. Il allait s'en servir comme carburateurs ! Pour les voitures et tous les autres types de moteurs !

Mes Dieux ! Ça ne pouvait pas être pire ! Lombar avait raison : si jamais Delbert John Rockecenter était ruiné, il perdrait le contrôle d'I.G. Barben Pharmaceutical et nos transactions avec I.G. Barben cesseraient. Et Lombar pourrait dire adieu au trône voltarien.

C'était une *situation de crise* !

Et je ne l'avais pas prévenue !

Je n'avais pas le temps d'attendre l'arrivée de Krak. Je ne disposais que de quelques semaines pour régler ce problème.

Il fallait absolument que *j'agisse* !

4

J'avais intérêt à prendre des mesures efficaces sans perdre un instant. J'avais été trop mou avec Heller.

Je me ruai dans le tunnel jusqu'au bureau de Faht Bey.

– Mettez immédiatement Raht et Terb sur cette affaire ! criai-je en faisant irruption chez lui.

Il n'était pas là.

Je me précipitai dans son appartement. Il était à table, en train de s'empiffrer. Sa femme était occupée à lui servir une deuxième assiette de *kadin budu* – littéralement « cuisse de femme », un plat à base de boulettes de viande et de riz. Je le saisis par le bras. Sa femme fit un bond en arrière et renversa le contenu de l'assiette sur le sol.

Je l'entraînai dans son bureau d'un pas pressé.

– Nous avons de gros ennuis à New York ! hurlai-je. Il va falloir me mettre Raht et Terb là-dessus immédiatement !

Il s'essuyait la bouche avec une serviette. Il n'avait pas l'air disposé à coopérer.

– Je m'en occupe ! criai-je à la cantonade.

– Raht et Terb sont toujours à l'hôpital, dit Faht Bey. Grâce à vous, bien entendu... Ils ne sortiront pas avant deux semaines et vous le savez aussi bien que moi.

Oh, mes Dieux ! C'était vrai.

– Le bureau de New York ! vociférai-je. Envoyez un message à New York. Comme ça ils pourront tout de suite s'y mettre. (Je levai la tête et criai :) Vous voyez ? Je m'en occupe !

Dans l'autre pièce, la femme de Faht nettoyait le sol en poussant des cris. Le visage de Faht s'assombrit.

– Il n'y a plus personne au bureau de New York, grogna-t-il. Ils sont tous partis aux quatre coins du monde pour essayer de trouver les criminels qui figurent sur la liste que vous leur avez envoyée. A cause de vous, New York n'est plus opérationnel !

Je levai à nouveau la tête et criai à tue-tête :

– Je trouverai une solution !

– Pourquoi hurlez-vous tout seul ?

– Au cas où quelqu'un écouterait.

L'imbécile. Ne voyait-il donc pas que nous étions confrontés à une catastrophe nationale ?

Il n'y avait rien à tirer d'un type comme lui. Inutile d'attendre une solution de sa part. Il avait tout fichu par terre en laissant le bureau de New York complètement vide. Tout était de sa faute !

Je fis demi-tour et traversai le tunnel au pas de course.

Je me mis à arpenter ma chambre.

Karagoz se trouvait dans le jardin. Je me ruai dehors et lui demandai si Utanc était toujours en vie. Au moment où il ouvrait la bouche pour me répondre, je levai la tête et hurlai :

– Je vais régler ce problème !

– Le domestique vient de lui apporter son dîner et elle allait très bien, dit Karagoz en me regardant d'un air étrange.

– Elle n'a pas été empoisonnée ? Elle n'était pas tordue en deux, l'écume aux lèvres ?

Il secoua la tête. Je crus déceler de la tristesse dans son regard. Rien à tirer de lui non plus.

Je courus vers ma chambre.

Je n'arrivais pas à mettre de l'ordre dans mes idées. Je me mis à faire les cent pas.

Mais oui bien sûr ! Comment n'y avais-je pas pensé ?...

Je pris un sac de grenades dans mon coffre-fort et sortis dans le patio où je m'installai dans une chaise longue. Je resterais ici toute la nuit. Si quelqu'un essayait de s'introduire chez Utanc, je lui réservais un feu d'artifice à ma manière.

La nuit s'écoulait lentement et le froid se faisait de plus en plus mordant. On pouvait sentir dans l'air que l'hiver était proche.

J'étais gelé.

Je pris conscience que je ne pourrais pas rester ici toutes les nuits pendant des mois. Il faisait beaucoup trop froid.

Je venais de m'assoupir lorsque la solution que j'avais tant cherchée me vint en un éclair – un plan complet qui allait me permettre de neutraliser Heller !

Il manquait bien quelques petits détails mais je les réglerais au fur et à mesure.

J'irais personnellement à New York.

Une fois sur place, j'engagerais la crème des criminels pour mettre fin aux agissements d'Heller.

Oui, mais...

Je ne pouvais pas laisser Utanc seule ici !

Eh bien, je l'emmènerais avec moi.

Une autre heure s'écoula. J'étais frigorifié.

Je m'assoupis à nouveau.

Soudain, j'eus la clé du problème. Je me réveillai en sursaut.

Je savais très exactement comment j'allais m'y prendre pour convaincre Utanc de m'accompagner.

Les situations de crise produisent parfois des idées brillantes.

5

Maintenant qu'il faisait jour et que les domestiques étaient levés, il y avait peu de chances qu'on essaie d'attenter à la vie d'Utanc. Je regagnai ma chambre à coucher et m'étendis par terre. Je laissai la porte entrebâillée afin de pouvoir épier le patio et la porte qui donnait sur le jardin.

L'attente fut longue et je m'endormis. Je fus réveillé par le bruit d'une voiture qui démarrait.

Utanc ! J'avais deviné juste : ses craintes s'étaient dissipées et elle osait à nouveau s'aventurer en ville. D'après la position du soleil, il devait être dix heures du matin. En général, elle s'absentait deux heures.

C'était le moment ou jamais d'agir.

Les deux petits (embipés) étaient seuls ! J'allais m'occuper d'eux une fois pour toutes.

Je savais qu'ils étaient dangereux. L'un d'eux était peut-être même armé. Cette fois-ci, je ne commettrais pas l'erreur de les sous-estimer. Je ne pouvais pas me permettre d'échouer.

Lors d'un de mes séjours sur Terre, je m'étais acheté un colt .44 Magnum chez un receleur. C'est un revolver monstrueux. Il est si lourd que vous pouvez vous déboîter le poignet. Je le chargeai.

Je m'étais aussi procuré une Mannlicher « Safari » – une carabine à deux canons de calibre .458 dont on se sert pour abattre les éléphants. Les canons sont si gros que lorsqu'on regarde à l'intérieur, on a l'impression de pouvoir y passer la tête. Je la chargeai.

Melahat coupait des fleurs dans le jardin. Elle ne m'entendit pas arriver. Je lui collai le canon de la carabine sous le menton. Lorsque je l'eus fait revenir à elle, je lui murmurai :

– Tu vas t'arranger pour qu'on ouvre la porte afin que je puisse pénétrer chez Utanc.

Elle était pâle comme un linge et fixait le canon de l'arme en louchant. Elle demeurait immobile, comme paralysée.

– Si tu n'obéis pas, j'abats tous les domestiques.

Elle sortit de sa torpeur et se leva en chancelant.

Je restai à ses côtés. Pas un instant le canon de mon fusil ne quitta sa gorge. Après deux essais infructueux, elle réussit à retrouver sa voix et appela :

– Ohé, les garçons ! Au moment de partir, Utanc a dit que je devais vous donner votre cadeau tout de suite pour que vous puissiez vous amuser avec pendant son absence.

Silence.

Soudain une petite voix flûtée se fit entendre.

– C'est quoi comme cadeau ?

J'enfonçai le canon de l'arme un peu plus dans sa gorge.

– Ouvrez la porte et vous le saurez, fit Melahat.

La curiosité fut la plus forte. J'entendis le frottement de la barre de fer qu'on enlevait, puis le cliquetis du verrou qu'on tournait. La porte s'entrebâilla, faisant grincer les gonds.

Aussitôt je me jetai sur la porte et me ruai à l'intérieur comme la Police Tactique de New York !

Le garçon qui avait entrouvert la porte fut propulsé à travers la pièce. L'autre était assis dans le lit, le visage enveloppé dans des bandelettes. Il se mit à hurler.

Tout en continuant de tenir en joue le garçon qui était par terre, je sortis le colt .44 Magnum et je le braquai sur celui qui se trouvait dans le lit.

– Allez hop ! Tous les deux par là-bas... les mains à plat contre le mur et les jambes bien écartées.

Ils regardèrent en direction de Melahat, dans l'espoir qu'elle vienne à leur secours. Mais elle gisait sur le seuil, évanouie.

Ils obéirent. Ils tremblaient comme des feuilles et pleuraient bruyamment. L'un d'eux avait même le hoquet.

Je les fouillai, prêt à les faire tomber en leur fauchant les jambes si jamais ils essayaient de jouer aux durs. Je ne trouvai aucune arme. Mais ce n'était pas vraiment surprenant puisqu'ils ne portaient qu'un pantalon.

Je laissai échapper un soupir de soulagement. Jusqu'ici tout se déroulait bien.

J'explorai la pièce du regard. Utanc avait disposé des carpettes un peu partout sur les grands tapis. C'était d'un goût exquis. Des instruments de musique reposaient sur des chevalets. Il y avait une série de photos encadrées sur un mur.

Sans quitter les petits garçons du regard, j'allai les examiner de plus près. C'étaient juste des photos qu'elle avait découpées dans les magazines et placées dans des cadres dorés. Des acteurs de cinéma ! Des stars masculines. Des stars masculines de toutes les époques.

J'aperçus quelques livres. Je l'avais souvent vue rapporter des livres. Tout en gardant un œil sur les garçons, je les feuilletai rapidement. Il y avait de tout. Je tombai sur une série de livres reliés intitulés *La vie illustrée des plus grandes stars de tous les temps.*

Brusquement il me vint une idée qui allait considérablement améliorer les plans que j'avais formés.

Je me tournai vers les garçons. Ils tremblaient encore plus qu'avant et ils avaient tous les deux le hoquet maintenant. L'un d'eux vomissait. Parfait. Ils coopéreraient. Je brandis le colt .44 Magnum, puis je l'armai.

– Lequel est son préféré parmi tous ces acteurs de cinéma ?

Celui qui ne vomissait pas réussit à arrêter son hoquet pendant quelques secondes et cria d'une petite voix :

– Les deux du fond !

Il les indiqua d'une main, perdit l'équilibre et se cogna la tête contre le mur.

Je suis allé voir. Oui, pas de doute : les deux dernières photos étaient couvertes de rouge à lèvres.

Rudolph Valentino et James Cagney !

Je me suis emparé des exemplaires de *La vie illustrée* qui leur étaient consacrés.

J'ai sorti de ma poche un rouleau de ruban adhésif de cinq centimètres de largeur. J'ai saisi les poignets du premier garçon et je les ai attachés avec le ruban. Je lui ai donné quelques coups de pied dans les chevilles pour qu'il les place l'une contre l'autre et je les ai attachées à leur tour. J'ai fini en lui collant un gros morceau d'adhésif sur la bouche.

J'ai répété l'opération avec l'autre.

Ensuite j'ai donné des coups de pied à Melahat pour qu'elle se lève et je lui ai dit d'aller me chercher deux couvertures. Elle est partie en chancelant.

Quelques instants plus tard, elle me les apportait. Après les avoir déployées sur le sol, j'y déposai les deux garçons – un par couverture – et je les enroulai dedans. Puis je jetai les deux paquets sur mon épaule. Ils ne se débattaient même pas.

– Maintenant, écoute-moi bien, espèce de chameau, dis-je à Melahat d'une voix glaciale. Tu vas nettoyer cette pièce de fond en comble. Quand Utanc reviendra, tu lui diras que les grand-mères des deux garçons sont tombées malades, qu'elles les ont réclamés et qu'ils seront absents pendant pas mal de jours.

Elle n'arrêtait pas d'ouvrir et de fermer la bouche. Sans doute essayait-elle de me dire quelque chose.

– Si tu ne le fais pas et si Utanc a le moindre soupçon ou si elle entend dire que c'est moi qui ai pris les garçons, je tue tous les domestiques.

Elle se laissa tomber par terre et se mit à se cogner la tête contre le sol. Ha ! Pas besoin d'hypnocasques. Il suffit d'avoir une carabine à éléphant.

Je glissai le colt dans ma ceinture et gagnai ma Ford. Je jetai mes deux paquets sur le siège arrière et démarrai.

Il fallait absolument que mon plan marche !

6

Je me suis rendu à l'hôpital. J'ai jeté les deux ballots sur mon épaule et je me suis engagé dans le passage secret qui menait au sous-sol.

J'ai appelé Prahd par l'intercom.

Il est arrivé en courant, un peu inquiet : il n'y avait encore aucun patient dans les chambres du sous-sol.

J'avais posé les ballots sur une table.

– J'ai amené les deux premiers criminels, dis-je.

– Mais je ne suis pas encore prêt, protesta Prahd. Je suis en train de travailler sur un micro-organisme qui utilise le virus du trachome pour se développer. Ensuite il dévore ce virus, devient lui-même inoffensif et approvisionne le malade en vitamines. En plus, il est contagieux. Lorsque j'en aurai terminé avec cela, je m'attaquerai à la tuberculose.

– Ceci est plus important, répliquai-je sèchement.

– Il y a aussi mon projet sur la mortalité infantile. Je pense pouvoir la réduire à zéro.

Mes Dieux ! Ce Prahd était vraiment inconscient. Faht Bey aurait une attaque si on le privait de la source de bulletins de naissance que représentaient les nouveau-nés décédés.

– Reprenez vos esprits, lançai-je.

– J'ai un autre projet en vue : faire avoir des triplés à toutes les femmes. Ce n'est pas important, ça ?

Par tous les Dieux ! Le gouvernement serait furieux ! Déjà qu'il y avait trop de gens et qu'ils étaient obligés d'émigrer pour trouver du travail.

– Vous voulez que tout le monde crève de faim ? fis-je brutalement.

– Non, non. J'y ai pensé. J'ai fait le croquis d'un nouvel appareil intestinal qui permet au corps d'utiliser 94 % de la nourriture qu'il absorbe. Et j'ai aussi trouvé un moyen de quintupler leurs récoltes de blé !

– Prahd ! dis-je d'une voix forte pour essayer de le secouer. Revenez à la réalité ! C'est la Terre, ici. Les producteurs de blé nous tueraient si nous faisions cela. Les USA ne pourraient plus écouler leurs surplus. Ça rapporte des fortunes à leurs grosses légumes. Allons, soyez pratique ! Les criminels, c'est encore votre meilleur produit !

Il n'avait pas l'air convaincu. L'un des ballots s'était mis à remuer. Il le regarda d'un air inquiet et l'ouvrit. Puis il défit le deuxième. Les garçons le regardèrent en écarquillant les yeux. Ils étaient terrorisés.

– Méfiez-vous d'eux, dis-je. Ils sont très méchants. Séparez-les. Enfermez-les à double tour dans des cellules différentes et ne les quittez pas des yeux. Leur présence dans cet hôpital doit rester absolument secrète !

– Mais je n'ai pas de geôliers !

– Vous êtes le roi du recrutement. Embauchez une demi-douzaine de sourds-muets. Je veux que cet endroit soit opérationnel. Vous allez me transformer la pièce où nous nous trouvons en salle d'opération cytologique. *Maintenant !*

– Et je commencerai à toucher ma paye.

– Prahd, si vous réalisez un travail parfait, j'y songerai très sérieusement. (Je lui tendis les deux exemplaires de *La vie illustrée.*) Je veux que vous vous arrangiez pour que l'un des garçons ressemble à Rudolph Valentino et l'autre à James Cagney.

Ils sont trop jeunes pour qu'on leur colle un visge d'adulte.

Je décidai de faire un compromis.

– Alors faites-leur des visages qui, avec l'âge, seront identiques aux deux visages que vous avez sous les yeux.

Il avait ouvert chaque livre. Son intérêt fut brusquement éveillé.

– Ah, il ya des photos d'eux quand ils étaient jeunes.

– Parfait. Comme ça, vous avez tout ce qu'il vous faut.

Il souleva les bandelettes du petit garçon blessé.

– Vous auriez dû me l'amener plus tôt. Quelqu'un l'a à moitié défiguré.

– Il a foncé dans un arbre...

– Mais ce n'est pas grave. De toute façon, il fallait que je modifie la structure osseuse.

– Vous pensez pouvoir y arriver ?

– Oh oui. Peut-être devrai-je effectuer quelques modifications génétiques et changer la pigmentation. Ça prendra du temps mais ça n'a rien de sorcier.

– Combien de temps ?

– Vous voulez dire combien de temps avant que je commence à toucher ma paye ?

– Non ! Combien de temps pour finir le travail et me les présenter avec leur nouveau visage ?

Il réfléchit longuement.

– Eh bien, ça me prendra le temps qu'il vous faudra pour me verser ma première paye.

– L'opération et le rétablissement complet ! tonnai-je. Combien de temps ?

Il se frotta le menton. Il paraissait se livrer à des calculs.

– Une semaine – si je commence à toucher ma paye dès que j'ai terminé.

– Une semaine ? hurlai-je.

– Je ne peux pas aller plus vite.

Mon plan s'effondrait. Comment allais-je bien pouvoir meubler ces huits jours ? Il faudrait que je trouve quelque chose à faire, et vite.

– Bon d'accord. Une semaine.

– Et je commencerai à toucher ma paye ?

– Vous me livrez un travail parfait dans une semaine et vous commencez à toucher votre paye.

– Ah.

Il prit les garçons et les mit chacun dans une cellule à sécurité maximale. Il enleva le ruban adhésif de la bouche de celui qu'il venait d'enfermer.

Je partis.

Les hurlements du garçon m'écorchaient les oreilles. Il fallait que je trouve quelque chose pour m'occuper. Une semaine de retard !

Oui, il fallait que je trouve quelque chose.

7

Ma confiance en moi revenait peu à peu après tous ces coups durs. Mon *ça* avait tellement dégusté que mon *ego* avait été étouffé. Ma résurrection coïncidait avec cette inspiration que j'avais eue à propos des petits garçons.

Ma première idée – ô combien ! banale et prosaïque – avait été de demander à Prahd de retaper le petit garçon et de lui rendre la santé. Mais mon génie avait repris le dessus et s'était une fois de plus affirmé à l'instant où j'avais vu ces deux photos couvertes de rouge à lèvres.

Quel cadeau fabuleux ! Un petit garçon avec la tête de Rudolph Valentino et l'autre avec celle de James Cagney ! C'était quand même mieux que des photos en deux dimensions, plates et inintéressantes. Utanc pourrait mettre les garçons sur une étagère – un peu comme des bibelots.

Utanc allait fondre d'amour pour moi ! Et elle ferait mes quatre volontés.

D'accord, ce délai d'une semaine présentait bien entendu certains dangers. Mais maintenant que mon *ça* propulsait à nouveau mon *ego* vers des sommets jamais atteints, ce serait un jeu d'enfant que d'y faire face.

Je ne devais rien laisser au hasard. De toute évidence, le mystérieux assassin faisait partie du personnel de la base. Par conséquent, il fallait que je m'arrange pour faire savoir à tout le monde que j'effectuais mon travail avec zèle.

Partout où j'irais, je braillerais pour annoncer que j'étais actif et efficace. Sauf que je ne pourrais pas continuer longtemps comme ça : je commençais à être enroué.

Le lendemain, je me réveillai avec un plan brillant. Je m'habillai et me procurai une liste de toutes les personnes qui travaillaient à la base. Puis j'entrepris de les débusquer une par une.

Mon intention était de les interroger de façon à ce qu'elles en concluent que je me consacrais corps et âme à mon travail. Je savais que les gens de la villa bavardaient et qu'ils feraient passer le mot. Ce qui prendrait quand même au moins trois jours.

Je questionnerais chacun longuement et en profondeur à propos des poisons. Je n'avais nullement l'intention d'empoisonner Heller – puisque je n'avais pas la plaque – mais cela servirait à montrer à tout le monde que j'avais le cœur à l'ouvrage.

Je leur demanderais de me dire tout ce qu'ils savaient sur les poisons et en particulier sur les poisons rares, violents et indécelables. Il était inutile que je leur précise qui je voulais empoisonner car je savais que le personnage qui avait pour mission de me tuer – et de tuer Utanc – déduirait cela par lui-même et qu'il en conclurait que je faisais mon travail sérieusement.

Chose étrange, je n'obtins pas tellement de réponses. La plupart des personnes interrogées détournaient les yeux ou se frottaient les pieds. Au troisième jour, pas mal de gens me regardaient d'un air étrange.

Le quatrième jour, je dus mettre fin au projet : dès que j'arrivais quelque part, on s'enfuyait. De plus, je commençais à me méfier de la nourriture et des boissons qu'on me servait. Mais mon plan avait été efficace : Utanc était toujours en vie.

Le cinquième jour, je pris conscience que j'avais intérêt à continuer de faire croire à tout le monde que je travaillais, autrement, j'allais le payer. J'eus une nouvelle inspiration.

Je me rendis dans ma chambre secrète à l'heure du déjeuner – je ne voulais pas que Faht Bey m'accuse d'interrompre des tâches vitales –, posai un pied sur la dalle truquée qui se trouvait devant la porte du tunnel et la fis pivoter.

Bien entendu, les signaux d'alarme – inaudibles pour moi dans ma chambre secrète – se mirent à hurler et à clignoter dans toute la base.

Je leur laissai le temps de se rassembler. Lorsque je fus certain qu'ils avaient tous gagné leur poste de défense, je traversai le tunnel d'un pas nonchalant.

Ils étaient tous dans le hangar central, tapis derrière

des sacs de sable, et pointaient nerveusement leurs fusils-éclateurs dans toutes les directions. Je faillis me faire abattre.

Je leur expliquai d'abord qu'il s'agissait juste d'une manœuvre, puis je leur annonçai qu'il se passait des choses d'une importance capitale dans un autre pays et que j'allais devoir m'absenter durant plusieurs semaines pour m'occuper d'un « certain individu ».

Aussitôt, des hourras enthousiastes s'élevèrent dans tout le hangar.

Ce fut un chahut indescriptible. J'entendis même quelques hurlements hystériques. Tous agitaient leur casquette et manifestaient bruyamment leur joie.

Jamais je n'aurais cru que j'étais aussi populaire. Leur réaction était vraiment très touchante. J'en eus les larmes aux yeux.

Mais, par-dessus tout, je venais de me ménager du *temps*. Je pourrais désormais préparer la perte d'Heller sans avoir à redouter un coup de poignard dans le dos.

J'examinai ma collection de passeports et choisis un passeport diplomatique de la Ligue des Pays Arabes. Il me permettrait non seulement de franchir les douanes sans avoir à ouvrir mes bagages mais aussi d'être accompagné des personnes de mon choix. Je fis un aller-retour jusqu'à Istanbul afin de me procurer un passeport pour Utanc. Cela me prit deux jours. Lorsque je revins à la base, le délai d'une semaine était presque écoulé. J'avais intérêt à précipiter les choses.

Je pris soudain conscience que j'aurais sans doute besoin de mouchards. Il y avait toutes sortes d'instruments de surveillance dans les caisses qui contenaient le matériel que j'avais dérobé à feu Spurk, le patron des Yeux et des Oreilles de Voltar. Je fonçai à l'hôpital.

Prahd était au sous-sol. Je n'étais pas d'humeur à supporter ses discours absurdes sur la destruction du système capitaliste et la guérison de toutes les maladies de la Terre, aussi je décidai de trouver les mouchards tout seul. Comme les entrepôts n'étaient pas encore prêts, on avait entassé toutes les caisses de matériel dans les salles d'opération. J'allai chercher les clés et me mis au travail. Les caisses avaient été empilées n'importe comment. Pour accéder à celles qui se trouvaient au fond, il fallait soulever celles de devant.

Je savais que le matériel de Spurk avait été entreposé ici, mais tout ce que je pus dénicher sans avoir à soulever et à déplacer quoi que ce soit, ce fut une petite boîte.

A l'intérieur il y avait un télescope compact. Apparemment, il permettait de voir à travers les murs. Il perçait l'espace entre les molécules dont se composait un solide et captait ce qui se trouvait de l'autre côté de ce solide – image et son. Il fallait être éloigné d'au moins trente mètres du solide. Haha ! Exactement ce dont j'avais besoin ! J'allais pouvoir explorer la suite d'Heller. Le problème des interférences ne se poserait plus. Je savais qu'il y avait à proximité du Gracious Palms plusieurs toits qui feraient d'excellents postes d'observation. Ce télescope allait me permettre de savoir où il cachait les choses et ce qu'il fabriquait durant les moments d'interférence.

Dans la boîte je trouvai aussi un mouchard ordinaire, de la taille d'un grain de poussière, qui captait le son. Peut-être pourrais-je le dissimuler dans la chambre d'Utanc.

J'étais épuisé à la pensée de devoir soulever toutes ces caisses, aussi je sortis.

Il me restait maintenant à régler le problème de l'argent.

J'ai constaté qu'il est vital d'avoir de l'argent quand on voyage. Si mes plans se déroulaient comme prévu, il m'en faudrait beaucoup.

Je me rendis dans ma chambre secrète, à l'endroit où j'avais déposé les caisses « radioactives » qui contenaient mon or. Je ne les avais pas vraiment vérifiées depuis leur arrivée à la base. Pour les ouvrir, je dus les soulever l'une après l'autre. Soulever, toujours soulever !

J'alignai les lingots devant moi et enfonçai l'ongle du pouce dans chacun. J'y plantai même les dents. Hmmm, tendres. Dix-huit lingots d'or de cinquante livres. Si beaux... Si brillants...

Brusquement, je ne pus supporter de m'en séparer.

Je trouverais un autre moyen pour financer mon voyage.

Avec vénération, je rangeai les lingots dans leurs caisses.

J'allai voir Faht Bey. Je lui expliquai que ce voyage était urgent et qu'il serait très onéreux.

Il m'écouta sans rien dire en se tenant la tête entre les mains. J'eus beau faire valoir tous les arguments possibles et imaginables, je ne réussis pas à lui soutirer le moindre dollar. Je parvins cependant à lui arracher une information qu'il me livra sous la forme d'un marmonnement : le Libanais se trouvait à l'hôpital.

Ça tombait bien : depuis le temps que je voulais lui dire ses quatre vérités, à ce Libanais ! Il avait contribué à la faillite des établissements bancaires de Beyrouth et maintenant c'était moi qu'il essayait de ruiner !

Je le trouvai dans le sous-sol de l'hôpital.

Derrière l'entrée secrète, il y avait un petit bureau. Je vis qu'il avait été fortifié avec de grosses barres de fer et un épais grillage. Impossible d'entrer, même avec un fusil-éclateur ! On avait également installé un hygiaphone à l'épreuve des balles, par lequel on pouvait glisser de menus objets, et un tambour pour les objets plus volumineux. Pour parler au caissier, on était obligé de se pencher et de hurler dans l'hygiaphone. Visiblement, il avait tiré certains enseignements de la révolution libanaise.

– Je veux de l'argent ! vociférai-je à travers l'hygiaphone.

Il était assis de l'autre côté de la vitre blindée et me regardait d'un air menaçant. Il avait le teint jaune, un crâne parfaitement lisse, et il ne lui restait que deux ou trois dents.

– Nous n'avons pas d'argent ! gronda-t-il.

Quel culot ! Bien en évidence sur son bureau, il y avait des liasses et des liasses de billets ! Il avait été occupé à les compter au moment de mon arrivée. Jamais je n'avais vu autant d'argent à la fois. Des dollars américains, des livres britanniques. Et même quelques diamants.

– Des gangsters viennent d'arriver ! criai-je. J'en ai la preuve devant les yeux !

Il jeta quelques feuilles de comptabilité vierges sur les liasses.

– Pas plus de dix pour le moment ! répliqua-t-il.

– Il y en a deux cents sur la liste !

– Leur arrivée est programmée. Ils viendront à intervalles réguliers et préétablis. Certains d'entre eux doivent cambrioler une banque pour pouvoir venir.

– Mais s'il y a déjà dix gangsters ici, ça veut dire que vous avez ramassé un million de dollars. Le tarif était de cent mille dollars par tête !

– Cet hôpital nous a coûté un million ! rugit-il. Nous n'avons même pas amorti nos frais !

J'entendis un déclic à ma gauche et à ma droite. Je levai la tête et vis deux canons de carabine automatique émerger de tourelles télécommandées. Les deux armes étaient braquées sur moi. Le Libanais avait la main sur un bouton qui devait sans doute les déclencher.

Je partis.

Je m'installai au volant de ma vieille Ford délabrée et me mis à réfléchir. Quelle injustice ! Grâce à moi, la base amassait des sommes folles. Il restait encore cent quatre-vingt-dix gangsters à soumettre à la chirurgie plastique. Ce qui réprésentait *dix-neuf millions de dollars* dans les semaines ou les mois à venir ! Sans compter le premier million qui avait déjà été versé !

Il me vint une idée lumineuse : l'entreprise de construction Laich Bouh !

Je démarrai en trombe et fonçai jusqu'au bureau du patron.

– Ils ont de l'argent ? demanda-t-il.

– Ils peuvent vous payer en liquide pour tous les travaux que vous avez effectués jusqu'ici.

Il sauta dans une voiture et fila à l'hôpital.

Il revint.

Il me tendit deux cent cinquante mille dollars.

Avec des gestes fébriles je fourrai l'argent dans un sac de papier. Un *grand* sac de papier. Ce n'était que la moitié de ce qu'il aurait dû me donner, mais il n'avait reçu que la moitié de ce qu'on lui devait.

Nous nous serrâmes la main avec un sourire radieux.

Je rentrai chez moi.

8

Utanc était sortie. Melahat faisait le ménage dans sa chambre. Apparemment, Utanc avait gobé l'histoire des grand-mères malades. Toute la semaine, elle avait eu envers moi son attitude habituelle : elle m'avait ignoré. Ah ! Tout cela allait bientôt changer !

Melahat attendit que je sorte pour verrouiller la porte, ce qui ne me laissa guère le temps de trouver un endroit favorable pour dissimuler le mouchard. Je fis semblant de vérifier si le ménage avait été bien fait et glissai le minuscule engin sous un tapis.

Je gagnai ma chambre et branchai l'émetteur-récepteur audio qui allait me permettre d'écouter ce qui se passait dans la chambre d'Utanc. Ensuite j'appris à me servir du télescope. Le manuel d'instructions disait vrai : il fallait être à trente mètres minimum du mur si l'on voulait voir au travers. A New York, ce serait parfait.

Je passai un coup de fil à Prahd. Il me dit que les « deux paquets » seraient prêts demain matin à huit heures – frais et dispos. Il avait été légèrement retardé par l'arrivée d'un certain nombre de « clients ». Il ajouta qu'on pouvait déjà enlever les bandages. Je lui dis de les laisser.

Il mentionna sa paye, mais je lui rétorquai que nous en reparlerions plus tard – si son travail était parfait.

Cette nuit-là, je rêvai d'Heller : on le jetait dans le vide du haut d'un gratte-ciel. Il se faisait écrabouiller par deux trains qui entraient en collision. Des diables mancos le faisaient bouillir dans de l'huile. Quels rêves merveilleux !

Et puis, juste avant l'aube, je fis un rêve plus merveilleux encore : Utanc la ravissante se glissait dans mon lit. Voilà un rêve qui deviendrait réalité d'ici peu !

A huit heures pile, je franchis l'entrée de l'hôpital. Deux sourds-muets que Prahd avait engagés m'apportèrent les petits garçons. Leur visage était enveloppé dans un épais bandage.

Une surprise m'attendait : lorsque je leur indiquai le siège avant de la voiture, ils s'y assirent sans discuter. Ils étaient calmes et silencieux.

Je démarrai et m'arrêtai un peu plus loin, dans un endroit tranquille.

– Lequel de vous deux est Rudy ? demandai-je.

Pas de réponses. J'avais pris avec moi les photos de *La vie illustrée* dont Prahd s'était servi. Je choisis au hasard et fixai la photo de Rudolph Valentino sur l'un des garçons et celle de James Cagney sur l'autre.

Je passai autour d'eux un ruban de couleur. Je sortis deux petits bristols sur lesquels j'écrivis : *A Utanc, ma bien-aimée. A déballer avec précaution. Sultan Bey.*

J'avais emporté avec moi mon colt Magnum .44, mais il semblait bien que je n'aurais pas à m'en servir : ils se tenaient tout à fait tranquilles.

Je conduisis la voiture dans le jardin.

Utanc était revenue. Sa BMW était là.

Sans faire de bruit, j'amenai les petits garçons dans le patio et les déposai devant la fontaine. Je mis la dernière touche aux rubans. Puis je donnai un coup de pied à chacun !

Ils se mirent à hurler !

Je détalai.

J'entendis Utanc enlever les barres.

Sa porte s'ouvrit.

Les petits garçons se ruèrent vers elle.

Le sourire aux lèvres, je regagnai ma chambre et allumai l'émetteur-récepteur audio.

Rien !

Pas le moindre son. Peut-être que l'engin ne fonctionnait pas. Je sortis le manuel d'instructions en toute hâte – je ne l'avais pas encore lu.

On mettait ce genre de mouchard sur des cadres de tableau ou de photo. Il ne fallait surtout pas le poser dans des endroits où le son était étouffé. Mes Dieux ! Je l'avais glissé sous un tapis ! Quelle poisse !

Je mis le son à fond. J'entendis vaguement quelque chose de temps à autre, lorsque quelqu'un élevait la voix. Quelle déveine ! Comment allais-je faire pour connaître la réaction d'Utanc ?

Une chose était sûre : elle ne s'était pas précipitée dans ma chambre pour me remercier. Je n'avais aucun moyen de savoir si elle était contente ou non.

Une heure s'écoula. Une heure d'angoisse !

Tiens... Quel était ce bruit ? De l'eau qui coule ? Oui, de l'eau qui coule.

Puis, brusquement, une chanson... Utanc chantait !

Viens ici, p'tit Rudy, pour me laver le dos.
Et toi p'tit Jimmy, passe-moi la savonnette.
Embrassez-moi et cajolez-moi, vous êtes si beaux.
Serrez-moi et dites-moi ma mignonnette
Puis nous irons dans la chambre à coucher
Où je vous apprendrai d'autres façons de vous amuser.

J'étais tellement soulagé que je faillis éclater en sanglots. De toute évidence, les garçons ressemblaient à Valentino et à Cagney jeunes. Tout allait bien !

J'avais été tellement sous tension que je n'avais presque rien mangé de la semaine. Je me fis apporter un déjeuner copieux : une grande assiette de *hunkar begendi* (« Sa Majesté adorait ça »), du ragoût d'agneau à la compote d'aubergine et, pour le dessert, du *kadin gobegi* (« nombril de femme »). J'arrosai le tout de plusieurs pichets de *sira* puis, lorsque j'eus fini mon repas, je me laissai aller en arrière dans mon siège pour déguster mon *kahve*. La vie était belle.

Vers deux heures de l'après-midi, j'entendis à nouveau des sons sur mon émetteur-récepteur. Je dressai l'oreille. Un coup de cymbale ?... Oui... Puis un autre. Et un autre. Et encore un autre. Une danse !

Soudain la voix d'Utanc retentit, claire et nette. Elle chantait à nouveau et paraissait *heureuse.*

Un petit bisou en allant au marché.
Un petit soupir en restant à la maison.
Une petite caresse – Seigneur, quel bonheur !
Ils sont restés extasiés, tant ils étaient excités !

Ces paroles étaient pour le moins obscures. Peut-être le mouchard captait-il mal le son. C'était la première fois que j'entendais cette berceuse.

Il me restait encore à effectuer tous les préparatifs de départ : choisir mes costumes, compter mon argent et ainsi de suite. Je me mis donc au travail, m'attendant à tout moment à ce qu'Utanc se précipite dans ma chambre pour venir me remercier.

Le soir arriva. Timide comme elle l'était, elle préférait sans doute attendre la nuit. Je pris un bain. Puis je commandai un dîner et attendis. Je finis par le manger seul. Je ne lui trouvai pas très bon goût.

De temps à autre, j'allais m'asseoir devant l'émetteur-récepteur.

Brusquement, j'entendis un son métallique. Des sabres qui s'entrechoquaient ? Une danse du sabre ?... Oui, d'après la façon dont les pieds frappaient le sol et dont on cognait les sabres l'un contre l'autre, cela ne pouvait pas être autre chose.

La voix d'Utanc s'éleva alors, puissante et harmonieuse :

Des petits pieds courent sur mon ventre rond.
Ils dansent, dansent, et font des bonds.
Et hop ! on saute ! Et hop ! on redescend !
Puis on se laisse aller profond, et plus lentement
Avant de remonter, encore plus haut si on ose
Et on continue... jusqu'à l'apothéose !

Que se passait-il, par tous les Diables ? Les garçons étaient-ils morts ? Utanc exécutait-elle une danse funèbre ?

Non. J'entendais des petits cris aigus. Des cris de bonheur ?... Des rires ?... En tout cas, ce n'étaient certainement pas des cris de douleur. Ils étaient empreints de gaieté... On aurait presque dit des cris d'extase... Oui, c'était bien ça : des cris d'extase.

J'abdiquai. Il était neuf heures. J'avais eu une journée épuisante. J'éteignis la lumière et, sans beaucoup d'espoir, laissai la porte entrouverte. Je me mis au lit.

Une demi-heure environ s'écoula. Je fus réveillé en sursaut par un bruissement.

Mon lit bougea légèrement.

Des mains.

Utanc !

Elle était habillée de la tête aux pieds, mais ses lèvres étaient chaudes lorsqu'elles se posèrent sur ma joue. Et brûlantes lorsqu'elles s'écrasèrent contre ma bouche !

Ses mains explorèrent mon corps. Elle écarta les couvertures afin d'avoir davantage de liberté de mouvement.

– Utanc, chuchotai-je.

– Chut... Tout ceci est pour vous. Tout est dans les lèvres.

Ses mains !

J'étais ivre de désir.

Elle continua longtemps, très longtemps.

Lorsqu'elle eut terminé, j'étais haletant, assouvi.

Elle avait posé le bras en travers de ma poitrine.

Une joie immense s'empara de moi.

J'AVAIS GAGNÉ !

– Je suis tellement heureux que vous soyez venue ! susurrai-je.

– J'étais tellement excitée, murmura-t-elle. Ils n'ont pas beaucoup d'endurance et vous êtes le seul autre homme disponible ici.

– Est-ce qu'ils ressemblent à Rudolph Valentino et James Cagney ?

– Oh oui, fit-elle en laissant échapper un profond soupir. Au début, j'ai cru qu'ils avaient été maquillés, mais quand je leur ai lavé le visage, ce n'est pas parti. Ils ressemblent à Rudy et James quand ils étaient enfants. (Nouveau soupir.) Et à mesure qu'ils grandiront, ils continueront de leur ressembler. J'ai comparé avec les photos.

Elle tressaillit et soupira une fois encore.

Elle se remit à me caresser de ses lèvres. Jamais je n'avais été autant excité. Mon corps n'était plus qu'un volcan, et puis, soudain, après ce qui me parut être une éternité de plaisir et de volupté, il me sembla que l'univers tout entier explosait !

Utanc demeura prostrée à mes côtés, pantelante. Peu à peu, sa respiration se fit plus régulière. Après un temps, je rassemblai tout mon courage. J'avais pris une décision capitale. Je décidai de me montrer honnête avec elle, du moins cette fois-ci.

– Utanc, dis-je. Je dois m'en aller.

Pas de réponse.

– Utanc, vous êtes en danger ici.

Avais-je senti ses membres se raidir ?

– Je me suis procuré un passeport diplomatique. Je veux que vous m'accompagniez, en vous faisant passer pour ma femme. J'ai fait prendre une photo de vous, où vous êtes voilée. Vous pouvez voyager voilée.

– Vous avez de l'argent ?

– Oui.

– Vous me confierez l'argent et vous me laisserez m'occuper des dépenses durant le voyage ?

– Heu, c'est-à-dire que... (Je vis qu'elle se levait pour partir et ajoutai rapidement :) Oui.

– Et où allons-nous ?

– A New York.

– Je n'ai pas de vêtements, dit-elle aussitôt. Pourrons-nous nous arrêter à Rome, Paris et Londres ?

Je me mis à réfléchir. Puis je vis qu'elle s'apprêtait de nouveau à quitter la chambre et je répondis en toute hâte.

– Oui.
– Est-ce que je peux emmener vingt malles avec un passeport diplomatique ?
Horreur et damnation ! Au prix du fret !
– Une malle.
– Cinq malles.
– *Deux* malles !
– Cinq malles, répéta-t-elle sur un ton qui ne souffrait aucune discussion.
Je savais quand j'étais battu.
– D'accord, cinq malles.
– Bien. Et, bien entendu, nous aurons des chambres séparées dans les hôtels ?
C'était tout à fait compréhensible, vu sa timidité. Je hochai la tête. Puis je me rendis compte qu'elle n'avait pas pu voir mon hochement de tête dans l'obscurité de la chambre, aussi je dis :
– C'est d'accord.
– Et vous promettez de me ramener à ces adorables petits garçons dans quelques semaines ?
Les garçons ?... Brusquement, elle semblait faire une fixation sur eux ! Apparemment, elle ne comptait pas les mettre sur une étagère avec ses autres bibelots, comme je l'avais prévu. Je cédai une fois encore.
– Oui, dis-je faiblement.
– Bien. Alors je vous accompagnerai.
Ma joie revint.
– A propos des petits garçons, dit-elle, je ferais bien de retourner dans ma chambre maintenant pour m'assurer qu'ils dorment paisiblement dans mon lit.
Elle se leva brusquement et se rua au-dehors.
Je m'allongeai sur le dos. Je pris soudain conscience que ces (bips) de petits garçons allaient de plus en plus ressembler à Valentino et à Cagney à mesure qu'ils grandiraient. J'avais fait une légère erreur de calcul. Ces garçons étaient mes rivaux à présent et cela ne ferait qu'empirer.
Bof... Je m'étirai longuement. Tout compte fait, j'avais gagné : elle était venue dans mon lit. Et elle y reviendrait souvent, maintenant.
Je pouvais enfin me consacrer entièrement à la destruction d'Heller. Plus rien ne s'y opposait.
La vie était belle !

VINGT-SIXIÈME PARTIE

1

Malgré tous mes efforts, nous ne pûmes partir le lendemain. Il fallut qu'Utanc enmène les petits garçons en ville chez un photographe pour leur faire tirer le portrait et mettre leurs photos dans des cadres dorés.

Ils ressemblaient aux acteurs comme deux gouttes d'eau, ou du moins, ils avaient la tête de Cagney et Valentino enfants – en admettant qu'un enfant, ça ressemble à quelque chose. Depuis qu'ils avaient leur nouveau visage, ils étaient d'une suffisance insupportable. Même leurs mères ne les reconnaissaient pas et elles prétendaient qu'elles voyaient la main du Diable dans tout cela ! J'étais de leur avis : les avoir mis au monde ne pouvait avoir été que l'œuvre des Démons.

Ensuite Utanc dut faire ses malles et quand elle eut enfin terminé, Dieux qu'elles étaient lourdes !

Fidèle à ma promesse, je lui donnai de l'argent : cent mille dollars américains. Je lui dis que c'était tout ce que j'avais. C'était une grosse somme, mais je pris mes précautions : je lui demandai de ne pas trop dépenser de façon qu'il nous reste de l'argent lorsque nous serions de retour à la maison.

Et c'est ainsi que le lendemain, après beaucoup de cris, de tapage et de précipitation, nous décollâmes dans un nuage de kérosène – Utanc, ses cinq malles et moi.

Pour vous donner une idée des difficultés que je dus

surmonter avant de pouvoir rallier Washington – la capitale des USA, où je devais régler certains détails préliminaires – et des épreuves que doit endurer un officier de l'Appareil pour accomplir son devoir, je vais vous narrer brièvement les péripéties de notre voyage.

Notre première escale fut Rome. Apparemment, Utanc avait déjà téléphoné pour réserver nos chambres. Je comprenais parfaitement qu'une pauvre fille du désert, timide et effarouchée, ne supporte plus les privations. Mais j'avoue que je ne m'étais pas attendu à ce que nous descendions à l'hôtel Salvatore Magnifico Cosioso, le plus beau bâtiment du centre-ville. En fait, j'aurais même eu du mal à trouver la ville elle-même. Mais Utanc, elle, regardait les panneaux indicateurs par-dessus son voile et semblait persuadée que notre chauffeur de taxi italien tournait volontairement en rond pour gonfler le prix de la course.

Avec un accent italien parfait et d'une voix chargée de venin, elle lui dit :

– Écoute-moi bien, espèce de petite frappe émasculée, si tu penses que tu peux me rouler parce que je suis l'épouse sans défense d'un cheikh, tu te goures complètement. Si tu ne prends pas immédiatement la bonne route, je t'enfonce un poignard dans le (bip) si profondément que ta mère croira que tu t'es fait opérer des amygdales !

Bien entendu, elle avait dû apprendre ça dans un des ces petits manuels d'expressions idiomatiques pour touristes, n'empêche que je fus surpris.

Lorsque nous arrivâmes au Salvatore Magnifico Cosioso, on nous conduisit immédiatement dans la suite nuptiale – la « chambre » réservée par Utanc. Elle était magnifique ! Entièrement blanc et or. Et gigantesque ! On s'y sentait tout petit. D'un coup de pied, Utanc m'envoya – moi et ma valise – dans le salon avant de s'enfermer à double tour dans la chambre à coucher.

Après trois heures passées à me demander ce qu'elle pouvait bien fabriquer là-dedans avec ses cinq malles, je décidai de me désintéresser de la question et d'aller faire un tour au bar pour me changer les idées.

Dans le couloir, je rencontrai la femme européenne la plus belle qu'il m'eût été donné de contempler. Elle se dirigeait vers notre suite. Elle était habillée à la dernière mode et portait des chaussures à talons aiguilles, ainsi qu'un sac à main assorti qu'elle faisait tournoyer.

C'était Utanc !

Elle passa devant moi, entra dans la chambre à coucher et verrouilla la porte. Et voilà à quoi se résumèrent les deux journées de mon séjour à Rome.

A Paris, elle avait réservé la suite nuptiale du Château Le Beau Grand Cher. Elle était entièrement blanc et or, immense, magnifique. C'est le directeur lui-même qui nous y conduisit. Utanc désigna le seau et la bouteille de champagne que la direction nous offrait à titre gracieux et, dans ce qui me sembla être du français, elle lui fit un commentaire méprisant. Le directeur sortit la bouteille du seau, examina le millésime et devint pâle comme un linge. Pendant dix minutes, elle lui fit un long sermon, puis il sortit en titubant et revint avec un sommelier. Elle parcourut la carte des vins, trouva ce qu'elle cherchait. Ils sortirent en toute hâte et réapparurent bientôt avec une autre bouteille, ainsi qu'une bouteille de scotch Malcolm Fraser.

Il était tout naturel qu'une pauvre fille du désert timide et effarouchée refuse de boire du champagne d'une mauvaise année. Mais cette fois-ci, je ne l'avais pas vue étudier de manuel d'expressions à l'usage des touristes. Serais-je moins observateur qu'avant ?

Je n'eus pas le loisir de goûter ni au champagne ni au scotch. Je passai ces deux journées à dormir sur le canapé du salon et à m'interroger sur les rires qui fusaient continuellement de sa chambre à coucher. Bien entendu, comme à Rome, elle effectua maintes allées et venues. Et le dernier après-midi, quelqu'un livra une montagne de paquets portant le nom de diverses boutiques. Est-ce qu'elle était en train de dévaliser la ville ?

A Londres, les choses changèrent quelque peu. Elle avait réservé la suite royale du Savoy Hotel. Une suite somptueuse. Le canapé du salon s'avéra être encore plus dur que ceux de Rome et de Paris.

Durant les trois journées que nous passâmes à Londres, Utanc ne cessa de sortir – à n'importe quelle heure du jour et de la nuit. Je ne la vis jamais. J'entendis juste sa porte s'ouvrir et se refermer dans le couloir. Ça et le ronronnement de l'ascenseur. Elle était sans doute en train de dévaliser entièrement Londres. Mais lorsque nous nous rencontrâmes à l'aéroport, elle portait son voile et sa grande pèlerine à capuchon et elle était telle qu'elle m'était apparue la toute première fois : timide et réservée – encore que son regard fût quelque peu vitreux.

Nous nous installâmes en première classe. Le vol pour Washington était direct et me parut relativement court. Par contre, le trajet de l'aéroport à l'hôtel prit pas mal de temps. Utanc avait réservé la suite présidentielle du Willard Hotel, un des buildings les plus célèbres de la ville. A peine eut-on déposé ses cinq malles dans la chambre à coucher qu'elle se jeta sur le lit et dit au directeur qui nous avait accompagnés :

– Veuillez me faire apporter un dîner froid. Une salade de poulet avec du Liebfraumilch 1954. Et peut-être aussi un sorbet à l'orange. Ah oui... Commandez-moi une limousine, de préférence une Cadillac, pour neuf heures demain matin. Et maintenant, laissez-moi. Je suis épuisée.

Elle dit cela dans un anglais parfait. Mais cette fois-ci, elle ne réussit pas à me tromper : le manuel d'expressions pour touristes dépassait de son sac à main.

Je pris mes bagages et me rendis dans le salon afin qu'elle pût s'enfermer dans la chambre à coucher. Elle devait être morte de fatigue après tous ces voyages et toutes ces emplettes !

J'étais enfin arrivé !

J'allais pouvoir me mettre au travail.

2

C'est hallucinant la facilité avec laquelle vous pouvez rencontrer un sénateur américain. Il suffit de dire à sa secrétaire que vous êtes le patron d'un syndicat local dans l'État qu'il représente et bing ! vous voilà face à face avec lui.

Évidemment, je n'étais plus déguisé en cheikh. J'avais plutôt l'air sicilien avec mon costume trois pièces cintré dernier cri et mon feutre noir – encore que pour un Sicilien, j'étais plutôt grand.

Le sénateur Twiddle était assis à son bureau, encadré du drapeau américain et de celui de son État, le

New Jersey. Il était l'image même du politicien noble et majestueux : des cheveux blonds peignés en arrière, un visage de patricien – quelque peu couperosé par des excès de boisson –, un buste droit et une voix grave et caverneuse. Un homme qui inspirait confiance. C'était lui le sénateur à la solde de la Mafia dont Gunsalmo Silva nous avait révélé le nom. Il était aussi à la solde de Rockecenter.

– Asseyez-vous, asseyez-vous, me dit-il. Que pouvons-nous faire pour vous ? C'est toujours un plaisir de parler avec les syndicats.

– Sénateur, répondis-je en prenant place dans un siège et en déclinant le cigare qu'il m'offrait (je ne voulais pas mourir gazé), que diriez-vous si je vous apprenais qu'Octopus, la compagnie pétrolière de Rockecenter, est sur le point d'être éliminée par un concurrent qui ne plaisante pas ?

– Eh bien, je sauterais sur ce téléphone et j'appellerais ses hommes de loi.

– Sénateur, c'est une affaire trop délicate pour qu'on en discute au téléphone – surtout en cette époque où tout est sur écoute. Et elle est bien trop délicate pour qu'on la confie à des hommes de loi.

– Vous voulez dire que vous désirez parler avec le grand homme en personne ?

Il était éberlué. Pendant quelques instants, il tripota son cigare. Il le posa, ouvrit un tiroir et en sortit un flacon de Jack Daniels ainsi qu'une bouteille d'eau gazeuse fournie gratuitement au Sénat à titre publicitaire. Il remplit deux verres et m'en tendit un. Je fis semblant de siroter le mien. Il vida le sien d'un trait. Il se laissa aller en arrière dans son fauteuil et dit :

– Jeune homme, vous me plaisez. De toute évidence, vous n'avez pas conscience du danger que vous encourez. Et de toute évidence, vous ne connaissez pas le grand homme en question. Non pas que sa grandeur puisse être remise en question, hein ? Ne me faites pas dire ce que je n'ai pas dit.

Il se gratta le menton d'une main potelée et se servit un deuxième verre qu'il se mit à siroter.

– Jeune homme, vous me plaisez. Quand on rend service à Rockecenter, on me rend aussi service à moi. Vu ? Mais ne dites pas que je vous l'ai dit.

Je hochai la tête.

– Vous connaissez la famille Rockecenter ? (Je répondis que non.) Eh bien, en tant qu'homme d'expérience, il est de mon devoir d'éduquer les jeunes. Je vote toujours en faveur des réformes pédagogiques. Et des réformes proposées par les syndicats, ajouta-t-il en toute hâte. Il y a tout un tas d'informations concernant les Rockecenter que vous ne trouverez pas dans le *Who's Who.* Et si vous ne les connaissez pas, vous n'irez pas loin avec Delbert John Rockecenter. Mais ne dites pas que je vous l'ai dit.

« Ce que je vais vous dire doit rester entre nous. L'histoire des Rockecenter est très ancienne. A l'origine, ce sont des émigrants allemands. Ils sont arrivés ici au XIXe siècle. Leur vrai nom est Roachengender. Le fondateur de la famille dans ce pays vendait du pétrole brut comme remède contre le cancer. C'était un criminel recherché pour viol. Mais ne dites pas que je vous l'ai dit. Je nierai tout en bloc. De toute façon, vous avez un visage trop honnête pour faire partie du FBI.

« A mesure que la famille s'enrichissait, elle devenait de plus en plus dégénérée. La première génération décida de changer de nom et se fit appeler Rockecenter. Elle se lança dans l'industrie pétrolière. Lorsque l'automobile fit son apparition, elle s'arrangea pour avoir le monopole du pétrole aux États-Unis. Le Congrès essaya de voter une loi en 1911 pour casser ce monopole, mais les Rockecenter réussirent à s'y soustraire.

« La génération suivante contrôla non seulement l'industrie pétrolière, mais aussi l'industrie pharmaceutique. La troisième génération contrôla le pétrole, l'industrie pharmaceutique et la politique. La quatrième génération commença à se désagréger.

« D'ordinaire, les grandes fortunes ne durent pas plus de trois générations. Les socialistes ont fait ce qu'il faut pour cela. Mais la fortune des Rockecenter était telle qu'elle survécut à la quatrième génération. Celle-ci était vacillante. Politiquement parlant, elle était au bout du rouleau. La troisième génération n'avait réussi à accéder qu'à la vice-présidence des États-Unis, mais la quatrième génération, elle, ne put se hisser plus haut et commença à sombrer.

« C'est alors qu'un homme émergea de cette génération pour s'installer sur le devant de la scène mondiale. Delbert John Rockecenter. Personne n'aurait parié sur ses chances. Ce ne fut que lorsqu'il eut enterré tous ses adversaires que ceux-ci se rendirent compte qu'ils avaient eu tort de le sous-estimer. Apparemment, Delbert John avait suivi les préceptes du premier Rockecenter : « Sois modéré. Sois modéré. Ne te laisse pas prendre au piège de la bonté d'âme. N'aie confiance en personne ! » Autrement dit, jeune homme, il exhuma les principes de base qui avaient fait la fortune des Rockecenter : « Gruge tout le monde. Ne tolère pas la moindre concurrence. Détruis tout le monde, y compris les membres de ta famille. » Ne le répétez à personne. Cela doit rester entre nous.

« Delbert John s'empara des holdings et des entreprises des autres membres de la famille et les regroupa en un gigantesque trust. Il fit même assassiner sa tante Timantha pour pouvoir hériter. Il remit de l'ordre dans toutes les entreprises qui avaient été aux mains de la famille : les banques, les gouvernements, les médicaments et les drogues, les carburants, j'en passe et des meilleures. Et il se les appropria. Sans l'aide de personne et pour lui tout seul. Il demeura célibataire. Pourquoi se serait-il marié, hein, puisqu'il peut (embiper) le monde entier ?

« Bon, en le voyant, vous allez dire que c'est juste un vieux machin. Mais ne vous fiez pas à votre première impression. C'est la ruse personnifiée, la ruse à la puissance mille ! Je n'ai jamais vu un type aussi rapace ! Il est complètement tordu ! Et je le soutiendrai jusqu'à la fin de mes jours !

Twiddle vida son verre et se pencha vers moi.

– Et voilà l'homme que vous demandez à rencontrer ! poursuivit-il. (Il secoua la tête.) Même les chefs d'État se voient refuser cet honneur. (Il se laissa aller contre le dossier de son siège et me décocha un sourire – un sourire de politicien.) Alors déballez-moi votre histoire et je la raconterai à ses hommes de loi.

– Écoutez, monsieur Twiddle. Ses hommes de loi, je peux aller les voir moi-même. Un parrain de la Mafia m'a dit que vous étiez en mesure de m'aider.

Oh, Oh... je vis que j'avais fait mouche. J'aurais préféré ne pas avoir à utiliser cet argument, mais bon...

– Les syndicats et la Mafia, fit-il d'un air hagard.

J'aurais dû m'en douter. Vous êtes sûr que ça va servir les intérêts de Rockecenter ?

– Je dirais qu'un nouveau carburant bon marché susceptible de détruire son monopole mérite qu'on s'y intéresse. Pas vous ? Je cherchais juste à rendre service.

– D'accord. (Il jeta un coup d'œil à la note qu'avait rédigée sa secrétaire et qui portait mon nom et ma profession du moment.) D'accord, Inkswitch. Que voulez-vous ?

– Des papiers qui me nomment officiellement membre de la Commission d'Enquête du Sénat, avec les pleins pouvoirs. Comme ça, il acceptera de me voir. (Je lâchai alors la phrase qui achèverait de le convaincre :) Vous pourrez garder ma paye – mais que ça reste entre nous.

Soudain il était radieux.

– Ha ! ha ! Vous irez loin, Inkswitch. Je suis à la tête du Comité Sénatorial de la Crise de l'Énergie. Je rends constamment de petits services à notre cher Delbert John, comme par exemple empêcher l'écoulement des stocks excédentaires de carburant de la concurrence. Il verra mon nom sur vos papiers et il saura que je sers de mon mieux les intérêts de Rockecenter en attendant les prochaines élections. Un nouveau carburant bon marché, hein ? Oui, c'est effectivement une situation de crise.

Et il rédigea rapidement un ordre qui disait de me remettre tous les papiers dont j'avais besoin.

J'étais content de voir que, pour une fois, ce n'était pas moi qui rédigeais des ordres.

Nous nous quittâmes très bons amis.

Deux heures plus tard, j'avais tous les documents nécessaires : une carte de membre de la Commission d'Enquête du Sénat et un papier qui me donnait le droit de malmener n'importe quel officier américain et même de porter une arme et d'en faire usage – je dus quand même signer un document où je promettais de ne pas abattre de sénateurs.

Heller, me dis-je, tu es quasiment cuit. Encore une petite poussée et tu as la tête dans l'huile bouillante.

Il ne me restait plus qu'à trouver le moyen d'arracher Utanc de Washington.

3

Mais deux jours plus tard, Utanc ne paraissait toujours pas vouloir partir. Je dus avoir recours à un stratagème génial. Je la pris en filature en taxi. Voici comment je procédais : je sautais dans un taxi et montrais ma carte de membre de la Commission d'Enquête du Sénat. Le chauffeur disait : « Oh non ! Encore un de ces (bips) d'agents fédéraux ! » et il suivait la limousine.

Cela me permit de voir Washington en long, en large et en travers. Je passai à plusieurs reprises devant l'énorme panneau « J. Edgar Hoover » qui domine Pennsylvania Avenue.

Pendant un instant je caressai l'idée d'aller voir Cassglutch et Cretinsky, de leur montrer mes papiers et de leur dire avec un rire méprisant qu'Heller les avait roulés. Mais comme cela risquait d'éveiller leur jalousie professionnelle et de les inciter à abattre Twiddle – ce qui aurait pour effet de rendre sans valeur mes papiers nouvellement acquis –, je préférai y renoncer.

Utanc passait son temps à visiter les musées et les monuments. Je n'avais aucun mal à la repérer : elle était habillée avec tant de classe !

En fin d'après-midi, la limousine s'arrêta dans Potomac Park, à deux pas de l'endroit où Heller avait été embarqué par le FBI. Je reconnus même le policier à cheval qui l'avait interrogé. Ah, le bon vieux temps !

Il ne me fallut pas longtemps pour retrouver Utanc. Elle était sur les marches du Lincoln Memorial. Elle avait tourné la tête vers l'est et, son index dans la bouche, contemplait le grand obélisque du Washington Monument. Le vent d'automne faisait tourbillonner les feuilles mortes et ridait les eaux du lac, si bien que le monument ne s'y reflétait pas. Le spectacle n'avait pas grand-chose d'attrayant à cette époque de l'année. Je n'arrivais pas à comprendre pourquoi elle restait en admiration devant ce monument. Il était à peine visible dans la brume blanchâtre.

Je me trouvais à une quinzaine de mètres d'elle et je portais des vêtements qu'elle n'avait encore jamais vus sur moi. Je savais que ma filature avait été discrète. Elle laissa échapper un profond soupir, retira son doigt de la bouche et se tourna vers moi.

– Est-ce que ce n'est pas d'une beauté à couper le souffle, Sultan Bey ?

Je m'approchai d'elle. Inutile de faire celui qui n'avait pas entendu, maintenant qu'elle m'avait repéré. Et puis, sa question avait éveillé ma curiosité.

– Je ne vois pas ce que cet obélisque a de tellement beau, répliquai-je.

– Il est si haut, si blanc, si *dur*.

Elle remit son index dans la bouche et continua de contempler l'imposant monument.

Brusquement, j'eus une inspiration !

– Cet obélisque ne fait que cent quatre-vingts mètres de hauteur. L'Empire State Building en mesure près de quatre cent cinquante – presque trois fois autant !

– C'est vrai ? fit-elle, incrédule.

– Tout ce qu'il y a de vrai. Il y a même un épieu au sommet.

Et nous partîmes pour New York le soir même. Quand on travaille dans l'Appareil, on est constamment obligé d'être génial !

Nous descendîmes au Bentley Bucks Deluxe Hotel. Nous prîmes un appartement avec terrasse au dernier étage. Nous avions une vue imprenable sur l'Empire State Building au sud et sur Central Park au nord. Mais ce que j'appréciai le plus, c'était qu'il y avait *deux* chambres à coucher ! Quel bonheur ! J'allais pouvoir dormir dans un vrai lit. Fini, les canapés ! Et la chose était d'autant plus réjouissante que nous allions sans doute rester à New York un bon bout de temps. Ouf ! Ma chance revenait à pas de géant.

Je me levai de bon matin, frais et dispos. Pas la moindre courbature, pas le moindre torticolis. Je pris mon petit déjeuner et, dès que les innombrables serveurs et femmes de chambre furent partis, je sortis mon récepteur et mon visionneur. Avant d'agir, mieux valait m'assurer des progrès que ce (bip) d'Heller avait faits depuis l'autre jour.

L'écran émettait une lumière blanche aveuglante !

Peut-être que mon matériel avait été endommagé pendant le voyage. Je vérifiai tous les boutons. Non, apparemment, tout semblait en ordre.

Soudain je compris : le récepteur était toujours relié au Relais 831. Celui-ci amplifiait le signal afin que l'image et le son puissent être reçus à des milliers de kilomètres.Il fallait absolument que je le débranche si je voulais capter quoi que ce soit localement.

Où Raht et Terb l'avaient-ils placé ? Ah oui ! Sur l'antenne de l'Empire State Building. Je sortis sur la terrasse et regardai vers le sud. Oui, on la voyait très nettement d'ici.

Aucun problème. Il suffisait que j'envoie quelqu'un débrancher ce (bip) de relais.

Je sautai sur le téléphone et appelai le bureau de New York.

Il sonna et sonna. Personne ne décrocha. Je me souvins alors de ce que m'avait dit Faht Bey : tout le personnel était en vadrouille, à la recherche de criminels susceptibles de vouloir se faire refaire le portrait.

Mes Dieux ! Il fallait que je fasse tout moi-même. Je mis des vêtements ordinaires, étudiai avec perplexité le plan du métro new-yorkais et pris un taxi.

L'Empire State Building n'était qu'à une dizaine de pâtés de maisons de l'hôtel. Quelques minutes plus tard, j'étais sur place et j'achetais mon billet. L'ascenseur m'amena au 80e étage. Il lui faut moins d'une minute et je laissai mon estomac au rez-de-chaussée.

Mais bon, le devoir c'est le devoir, et il faut éviter de se plaindre. Je pris le deuxième ascenseur – celui qui allait au 86e étage.

Sans réfléchir, je me rendis sur la plate-forme publique. Elle est entourée d'un mur de verre de trois mètres de hauteur destiné à empêcher les candidats au suicide de se jeter dans le vide. Le problème, c'est qu'on voit à travers – à cent kilomètres à la ronde, les jours où le ciel est clair. Et pour une journée d'automne, et surtout pour New York, le ciel était relativement clair ce matin. Je battis précipitamment en retraite et allai me réfugier dans le snack-bar. Je commandai un Coca que j'avalai en tremblant. Dieux que cet endroit était HAUT !

Mais apparemment, un Coca-Cola, ça ne me calme pas les nerfs. Je me fis la réflexion qu'il fallait un télescope pour voir les gens en bas dans la rue.

Où Diables était cette (bip) d'antenne de télévision ? J'interrogeai un guide.

– Oh, elle se trouve sur la dernière plate-forme, répondit-il. Au 102e étage. L'observatoire circulaire.

Il pointa le bras vers le haut.

– Au 102e étage ? fis-je, presque dans une plainte.

– Oh, il n'y a aucun danger. Il est entouré d'un mur de verre.

Impossible d'y couper. Le devoir m'appelait. Le devoir dans toute sa cruauté.

Je me rendis au 102e étage.

Pour découvrir quoi ? Que ce n'était pas le sommet ! Il restait encore quelque soixante-dix mètres ! D'après la brochure touristique, le mât devait être multidirectionnel au départ et pivoter sur lui-même. Mais après une tentative qui avait failli mal tourner, on avait renoncé à l'utiliser de la sorte et on s'en était servi comme antenne de télévision.

Le Relais 831 était quelque part là-haut !

Non seulement je voyais à cent kilomètres à la ronde à travers le mur de verre, mais je voyais aussi la rue quatre cents mètres PLUS BAS !

Il y avait une trappe d'accès dans le plafond.

Mon corps fut agité de tremblements. Je ne supporte pas les hauteurs. Tout au fond de mon âme, je savais que si j'essayais de monter là-haut, je n'en réchapperais pas.

Je réussis à maîtriser mon vertige et à regagner l'ascenseur. J'avais exécré les trois voyages consécutifs qui m'avaient emmené jusqu'en haut, mais ce fut une bénédiction que de redescendre !

Lorsque je fus de nouveau dans la rue, je m'accroupis et tapotai affectueusement le trottoir.

J'étais dans une situation insensée. Là-bas en Turquie, à des milliers de kilomètres d'ici, je n'avais aucun mal à suivre les faits et gestes d'Heller. Ici, il était à peine à quelques centaines de mètres, dans le même immeuble, et je n'étais pas en mesure de le surveiller. Spurk et ses inventions ! Quel (bip) !

Raht et Terb !

Je savais où ils se trouvaient : au Silverwater Memorial Hospital, à Roosevelt Island. Mais je ne savais pas sous quels noms ils s'étaient fait admettre.

Je consultai le plan du métro afin de trouver la ligne qui conduisait là-bas. Quel méli-mélo ! Je pris un taxi.

Une fois à l'hôpital, je partis à leur recherche. Dans toutes les salles où je passais, je me présentais comme un « ami inquiet », puis je donnais leur date approximative d'admission et je décrivais l'état dans lequel ils étaient arrivés. Je finis par les retrouver.

Ils étaient debout ! Ils n'étaient même pas alités ! Ils étaient tranquillement assis dans le foyer et regardaient la télévision ! Quel culot ! Ils avaient fait exprès d'être blessés pour pouvoir se payer des vacances aux frais du gouvernement voltarien !

Ils prirent conscience que quelqu'un les observait d'un air menaçant.

– Officier Gris ! hoqueta Terb.

Il leva ses deux bras plâtrés en un geste de protection.

Raht ne dit rien. Sa mâchoire était toujours emprisonnée dans du fil de fer.

– Que faites-vous ici ? demanda Terb de façon quelque peu superflue.

– Je suis venu faire votre travail ! tonnai-je.

– Chut ! fit Terb en agitant ses plâtres.

– Comment ça, « chut » ? hurlai-je. (Oui, pourquoi ? Il n'y avait que des vieillards et des gens chroniquement malades dans le foyer. De la racaille.) En tant qu'agents du gouvernement, vous négligez votre devoir ! Vous avez laissé le Relais 831 allumé ! C'est de la négligence !

Une infirmière arriva en courant. Elle affichait une expression alarmée et désapprobatrice. Je l'arrêtai dans son élan et lui montrai ma carte d'agent sénatorial. Quelques minutes plus tard, je m'entretenais avec l'un des directeurs de l'hôpital.

– Ces deux hommes sont des tire-au-flanc, lui annonçai-je. Ils ont été rappelés en service commandé mais ils refusent de se présenter. Quand pouvez-vous les faire sortir d'ici ?

Visiblement, mon petit speech l'avait impressionné.

– Ces dossiers montrent qu'ils souffrent de fractures multiples, répondit-il. Nous allons devoir attendre un peu avant de leur enlever leurs plâtres et leurs fils. Ce serait dangereux de les laisser partir tout de suite.

– Si vous refusez de coopérer, je m'arrangerai pour qu'on vous coupe vos fonds d'aide à la recherche. Votre devoir est de servir le gouvernement.

Il le savait. Je ne lui précisai pas de quel gouvernement il s'agissait. Il se mit à ramper et bredouilla qu'il ferait de son mieux pour me satisfaire.

Je retournai au foyer et dis à Raht et à Terb de débrancher le Relais 831 au plus vite. Je leur donnai le téléphone du Bentley Bucks Deluxe Hotel. Puis, sur un ton acide, j'ajoutai :

– Quand vous aurez fini de regarder la télé et que vous aurez repris le travail, passez-moi un coup de fil. En attendant, votre paye est suspendue.

Je partis. J'étais furieux. Je me défonçais comme un beau diable pendant que les autres batifolaient !

Mais mon problème n'était toujours pas résolu. Avant d'entreprendre quoi que ce soit, il fallait absolument que je sache ce que tramait Heller.

Je retournai à l'hôtel en taxi. Cela me coûta une fortune.

Utanc était sortie. Je n'avais pas encore déjeuné. Je me fis monter trois cocktails de crevettes que je mangeai avec morosité.

Et puis, brusquement, bing ! Une nouvelle inspiration. La nourriture a parfois cet effet sur moi. Le télescope ! J'avais oublié le télescope.

Je le déballai et me rendis sur la terrasse. Heller avait ses bureaux dans l'Empire State Building.

Je braquai l'engin. L'image était mauvaise. Voilée, jaunâtre. Je consultai le manuel d'instructions.

Ce télescope n'agissait pas comme un télescope normal. Il émettait un rayon. Ce rayon « percevait » ce qu'il y avait de *l'autre côté* d'un mur en traversant les espaces compris entre les molécules qui *constituaient* ce mur. Lorsqu'il n'avait plus d'espaces à traverser, il formait une espèce de tache d'énergie qui agissait comme un miroir. Et l'image reflétée dans ce miroir était alors renvoyée à l'utilisateur du télescope. Ce rayon captait aussi le son. Je regardai l'engin : on aurait vraiment dit un télescope ordinaire.

Je fis un nouvel essai. Soudain je compris où était le problème. Le smog. Ce pauvre télescope croyait que le smog était un mur bien dur et bien solide. Il fabriquait des miroirs réflecteurs chaque fois qu'il rencontrait une couche de smog.

Oui, trop de smog. Pour le percer, il faudrait que je me rapproche de ma cible. Tout ce que j'obtenais, c'était une image floue. Je ne voyais que des formes indécises dans les bureaux sur lesquels je braquais l'engin. Bref, rien d'utile. Brusquement, je me souvins que les bureaux d'Heller se trouvaient de l'autre côté – ils donnaient sur le sud. (bip) ! Il fallait que j'agisse sans attendre. Le devoir l'exigeait. Le moindre retard pouvait s'avérer catastrophique.

Utanc revint, suivie de deux grooms enfouis sous une montagne de paquets. Je vis le nom des boutiques : Saks, Lord and Taylor, Tiffany. Si elle continuait comme ça, nous n'aurions pas assez d'argent pour rentrer.

Elle me rejoignit sur la terrasse.

– Nous allons rester ici un certain temps, lui dis-je. J'espère qu'il nous restera assez d'argent pour rentrer.

Elle ouvrit son portefeuile.

– Regardez, répondit-elle. J'ai encore la quasi-totalité des cent mille dollars que vous m'avez donnés.

Je n'en revenais pas. Après nos séjours à Rome, Paris, Londres et Washington ?... Le moins qu'on puisse dire, c'est que cette créature du désert de Kara Kum savait gérer l'argent ! Stupéfiant !

Pour une fois, elle était amicale avec moi. Mieux : elle me parlait.

– Seigneur, s'exclama-t-elle en mettant son index dans la bouche. (Son regard s'était posé sur l'Empire State Building qui se dressait fièrement dans la lueur du crépuscule.) Comme il est grand et noble et dur ! Et si HAUT ! C'est un spectacle qui vous prend aux tripes !

– Ça vous pouvez le dire ! dis-je avec un frisson, en pensant à ce que j'avais enduré le matin.

Quelque chose la tarabustait. Elle me regarda avec une expression charmante et dit :

– Sultan Bey, est-ce que vous croyez qu'après le dîner, lorsqu'il fera noir dans votre chambre, je pourrais venir vous voir et... euh... enfin... vous voyez ce que je veux dire ?

Joie !

Jamais, de toute mon existence, on ne m'avait proposé un plan aussi parfait, aussi merveilleux.

Le devoir pouvait attendre un peu !

Il n'y a pas que mon moral qui remonta en flèche.

4

Bien entendu, ce fut fantastique.

Mais, vers dix heures, Utanc parut légèrement agitée. Elle se leva et regagna sa chambre. Moi-même, j'étais trop excité pour trouver le sommeil. Je dressai l'oreille : elle paraissait très occupée dans l'autre pièce. Soudain j'entendis l'ascenseur arriver. Puis repartir.

Ma curiosité fut la plus forte. Je crochetai la serrure de sa porte.

Elle était partie !

Oh, bof... Elle était sans doute allée prendre l'air.

Je me sentais fort et puissant. Je pris soudain conscience que la chance me souriait depuis quelque temps. En fait, jamais elle ne m'avait autant souri. Lorsqu'on est dans une bonne passe, il faut en profiter. Aussi je décidai de prendre le télescope et d'aller jeter un coup d'œil à la suite d'Heller.

Je consultai un plan de la ville et vis que mon hôtel était à moins de deux kilomètres du Gracious Palms. Je mis des vêtements sombres et pris le télescope. Je l'avais rangé dans un étui mince et long muni d'une poignée.

Je descendis et hélai un taxi. Quelques minutes plus tard, il me déposait dans une rue calme, devant un immeuble situé juste au nord du *Gracious Palms.* Le bâtiment n'était pas tout neuf. Et il n'y avait pas de concierge. Dommage, il aurait pu me conduire sur le toit en échange de quelques dollars. Il n'y avait qu'une longue rangée de boutons d'interphone et de boîtes à lettres en cuivre.

Mon génie reprit le dessus : il me suffisait de prendre quelqu'un qui habitait au dernier étage, d'appuyer sur l'interphone, de me faire ouvrir la porte et de me glisser sur le toit.

L'appartement 22 B était situé au dernier étage. Je lus le nom du locataire : Margarita Pompom Pizzazz ! Quel beau nom ! C'était sans doute une danseuse dans une revue et elle devait avoir des petits amis à la pelle. Elle était probablement habituée à recevoir des visites tard le soir. Je sonnai.

Il y avait un téléphone à côté des boîtes à lettres. Apparemment, quand vous sonniez chez quelqu'un, on vous appelait et vous deviez décrocher. Le téléphone sonna. Je le décrochai.

– Qui est-ce ? fit une voix – la ligne était mauvaise.

– Un vieil ami, répondis-je en espérant que la ligne était aussi mauvaise dans l'autre sens.

Aussitôt la serrure fit « clic ». Je poussai la porte, montai dans l'ascenceur et sortis au 22e étage. Au bout du couloir, un escalier de secours conduisait au toit. J'y dirigeai mes pas.

A mi-chemin, je vis une porte entrebâillée. L'appartement 22 B.

– Allons, dites-moi qui vous êtes, petit cachottier ? fit une voix musicale.

A travers l'entrebâillement, je parvins à distinguer le visage de la femme. Elle avait au moins soixante ans ! Elle me regardait avec un sourire accueillant.

– Je viens inspecter le toit, répondis-je.

– Quoi ? (Son sourire disparut.)

– Je viens inspecter le toit. Ordre de la mairie.

– Vous voulez dire que vous n'êtes pas venu faire la fête avec moi ?

Dans l'état où j'étais après ma séance avec Utanc ?... Et puis quoi encore ?

– Je viens inspecter le toit, répétai-je en tapotant mon étui.

Elle claqua violemment la porte.

Bof... Il paraît qu'on trouve de tout sur cette planète. Je montai l'escalier de secours. La porte qui donnait sur le toit était verrouillée. Ce fut un jeu d'enfant de la crocheter.

Le toit était parsemé de grands blocs qui abritaient les moteurs des systèmes d'air conditionné de l'immeuble. Ils me bloquaient la vue.

Il me fallut moins de deux minutes pour m'orienter et trouver un poste d'observation. Je sortis le télescope de son étui, m'accoudai sur le parapet et essayai de localiser le Gracious Palms et la suite d'Heller. Je savais à quoi elle ressemblait de l'intérieur. Je ne tardai pas à être complètement perdu, jusqu'au moment où je me rendis compte que je cherchais au sud et non pas au nord. Je rectifiai le tir.

Quelques instants plus tard, j'avais le Gracious

Palms en point de mire. Le télescope fonctionnait exactement comme le disait le manuel d'instructions de feu Spurk. En cet instant, il me renvoyait l'image d'une chambre dont le décor consistait en une jungle et une plage artificielles. Un petit diplomate au teint chocolat, qui ne portait rien d'autre qu'un haut-de-forme, était en train de faire un carton avec une fille à peau d'ébène. Ils se roulaient dans l'herbe artificielle, sous les rayons ardents d'un soleil tout aussi artificiel. Par contre, leurs ébats n'avaient rien d'artificiel, je puis vous l'assurer.

Après quelque temps, il prit une corde et attacha les poignets et les chevilles de la fille. Puis il se remit à l'ouvrage, mais cette fois-ci avec deux fois plus d'ardeur.

Je sentis l'excitation monter en moi. Et moi qui croyais avoir été assouvi ce soir... S'il continuait comme ça, il allait tuer la fille.

Et puis, brusquement, ce fut terminé. La fille se débarrassa de ses liens d'un simple mouvement et demanda :

– Alors, c'était bien comme ça que ça s'est passé, monsieur Boola ?

– Absolument ! Recommençons !

Bon, je n'étais pas venu ici pour m'amuser. Je déplaçai le télescope. Ah, le salon d'Heller. Plongé dans l'obscurité.

Tout était parfaitement rangé. Même la vaisselle sale : elle était empilée bien proprement sur le bar, prête à être emportée par le valet de chambre. Ah, Heller et son amour de la propreté !

En tout cas, on pouvait voir que c'était une très belle pièce, même dans la pénombre.

Je braquai le télescope sur sa chambre à coucher. Il y avait des miroirs partout ! Impossible de s'orienter. Où se trouvait son lit ? Difficile à dire avec les innombrables images renvoyées par les glaces. Je finis par le localiser. Il était gigantesque, circulaire – une demi-douzaine de personnes auraient pu y tenir à l'aise.

Et qui vis-je dans le lit ? Heller. Il était couché sur le côté, sa tête blonde posée sur un bras, et dormait paisiblement, indifférent aux ennuis qu'il me causait !

Il dormait seul !

Il n'y avait personne dans sa chambre !

Mon télescope glissa et se braqua sur le miroir qui couvrait le plafond. Tiens, il y avait quelqu'un sur l'autre oreiller... Un visage... Un petit visage en trois dimensions...

J'agrandis l'image.

Un portrait voltarien en trois dimensions.

LA COMTESSE KRAK !

Ce fut un véritable choc. Ces portraits ont l'air si *vivants*, malgré leur fond de ciel bleu et de nuages. On aurait dit que la comtesse me fixait du regard. Elle était là, avec son visage parfait, ses cheveux blonds, ses yeux gris-bleu. Avant notre départ pour la Terre, Heller avait dû faire venir un photographe en cachette dans le *Remorqueur 1*.

Mais alors, il avait trimbalé la photo de la comtesse dans ses bagages !

Et maintenant, elle était là, près de lui, sur l'autre oreiller.

Je ne sais pas pourquoi, ça me mettait mal à l'aise. Je me repris aussitôt. Quel sale hyprocrite, ce Heller ! Tous les jours, il couche avec je ne sais combien de femmes, et, le soir, il sort la photo de la comtesse !

De toute façon, ce n'était pas pour ça que j'étais venu. Je réglai mon télescope et entrepris d'explorer ses armoires.

Le moins qu'on puisse dire, c'est qu'il avait une garde-robe fournie.

Ses tiroirs étaient truffés de cuillers à brochet. Des pièges mortels !

Malheureusement, le télescope était incapable de « voir » à l'intérieur des piles de pull-overs et de sweaters.

J'aperçus une armoire barrée et verrouillée. Ah, il subsistait encore un léger espoir : peut-être ne la verrouillait-il qu'au moment d'aller se coucher et peut-être que si je venais plus tôt demain, je le verrais l'ouvrir.

Il me revint en mémoire que nous approchions de la date à laquelle il était censé rédiger son troisième rapport. Si je revenais demain avant qu'il aille se coucher, peut-être aurais-je la chance de le voir rédiger son rapport ou, en tout cas, de le voir ouvrir cette armoire.

Je résistai à la tentation d'observer les prouesses amoureuses des autres diplomates et regagnai l'escalier. Je verrouillai soigneusement la porte de secours et pris l'ascenseur. Quelques instants plus tard, j'étais dans la rue. Tout cela avait été un jeu d'enfant ! Mais bon, ce genre de travail n'a rien de bien sorcier pour quelqu'un qui a été formé dans les écoles de l'Appareil.

Je retournai à l'hôtel. Utanc n'était pas rentrée. Je ne l'attendis pas. J'allai immédiatement me coucher. J'avais eu une soirée très éprouvante.

5

Je passai la journée du lendemain à flâner. Je ne vis pas Utanc, mais je m'y attendais. Je commençais à être habitué à séjourner seul dans les chambres d'hôtel.

Dans les journaux de l'après-midi, je lus une nouvelle intéressante. Rockecenter était rentré en toute hâte d'une conférence au Moyen-Orient où il avait rencontré des rois, des dictateurs et tout ça. Il avait réussi à régler définitivement la crise mondiale de l'énergie jusqu'à la semaine suivante – c'est-à-dire jusqu'à la prochaine augmentation du prix du baril de pétrole. Il y avait une belle photo en première page, qui le montrait en train de recevoir un bouquet de lis des mains de Miss Paix. Le photographe avait dû réaliser des prodiges pour se frayer un chemin parmi les deux ou trois cents soldats armés jusqu'aux dents qui entouraient Rockecenter. Ainsi il avait été à l'étranger et il était revenu. La chance continuait de me sourire. Demain, je prendrais rendez-vous avec lui et j'irais le voir. En tout cas, le sénateur Twiddle avait raison quand il disait qu'il était difficile de s'approcher de Delbert John Rockecenter. Tous ces soldats... Et d'après ce que je voyais sur la photo, au moment de la remise du bouquet, un garde du corps était apparemment occupé à fouiller Miss Paix.

Pour ce qui était du travail qui m'attendait ce soir, je savais qu'Heller regagnait sa suite aux alentours de neuf heures – c'étaient mes nombreuses séances devant le visionneur qui me l'avaient appris. Il n'était pas suffisamment entraîné pour savoir qu'un agent secret ne doit jamais sombrer dans la routine.

Je dînai tranquillement dans ma chambre. A 8 h 45, j'étais dans l'entrée de l'immeuble de la veille au soir.

Puisque ça avait marché une fois, je ne voyais pas pourquoi ça ne marcherait pas une seconde fois. Je sonnai hardiment chez Margarita Pompom Pizzazz.

– Oui ? fit-elle.

J'optai pour le charme.

– J'étais extrêmement pressé hier soir. Je crains de m'être montré impoli. Pourriez-vous m'ouvrir ?

La porte fit « clic » et j'entrai. Je pris l'ascenseur, descendis au 22e étage et me dirigeai vers l'escalier de secours. La porte était à nouveau entrebâillée.

– Je viens inspecter le toit, dis-je.

– Oui, et quoi d'autre ?

– Rien. Je viens juste inspecter le toit.

Elle claqua la porte encore plus brutalement que la veille !

Je montai l'escalier, crochetai la porte de secours et ralliai mon poste d'observation. Je braquai le télescope. Heller était là ! Et il était levé.

Je pointai le télescope sur l'armoire. Pas de chance : elle était toujours verrouillée. Je le braquai à nouveau sur Heller.

Il était installé dans le divan et lisait quelque chose. Bang-Bang regardait la télé. Heller se leva et alla se chercher un Seven Up. Quelqu'un frappa à la porte.

Vantagio entra. Il avait une fille au bras. Elle portait une tenue ordinaire.

– Voici Margie, la fille dont je t'ai parlé au téléphone.

– Asseyez-vous, Vantagio, dit Heller.

– Non, non. J'ai trop à faire ce soir. Écoute, môme, je veux juste que Bang-Bang et toi, vous lui appreniez les rudiments. Elle vient d'arriver. Elle est inexpérimentée. Elle est nouvelle.

Hoho... Alors, comme ça, Heller enseignait les « rudiments » aux filles ! Krak sauterait de joie si elle l'apprenait.

Heller la regarda et demanda :

– Vous voulez vraiment que je vous apprenne ? Je vous préviens : on déguste, la première fois.

– Oh oui ! fit-elle. On m'a dit que vous étiez un professeur fabuleux !

– Je m'en vais, grommela Bang-Bang. C'est le genre de chose dont il ne faut pas abuser. Moi, ça m'épuise. J'ai des courbatures partout.

– Tais-toi, Bang-Bang ! lâcha Vantagio. Allez, fais-moi plaisir, môme. Juste cette fille-là. Je te promets que c'est la dernière. Les autres filles ont pris une sacrée assurance depuis qu'elles sont passées entre tes mains.

Bang-Bang s'était approché de la porte.

– Reste ici ! lança Heller.

– Tu veux qu'elle se déshabille, môme ? demanda Vantagio. Tu la veux allongée ou debout ? (Il se tourna vers la fille et dit :) Enlève ton tailleur et ta veste.

Il voulut joindre le geste à la parole.

– Bas les pattes, Vantagio ! fit Heller. Autrement, c'est vous qui allez passer entre mes mains !

Le petit Sicilien enleva le tailleur de la fille et se dirigea vers la porte.

– Ça, ça m'étonnerait, répliqua-t-il. Je suis trop vieux. De plus, je m'en vais.

Et il sortit.

Heller se tourna vers la fille. Elle était en combinaison à présent et le dévorait du regard.

La fille s'assit, les jambes écartées. Elle décida qu'elle n'était pas assez déshabillée et ôta sa combinaison. Il ne lui restait plus que son slip et son soutien-gorge.

– Oh, pas tellement, répondit-elle. Quelques garçons au lycée. Dans une voiture... Au gymnase... Un ou deux profs... Et mon frère, bien sûr... Bref, pas de quoi fouetter un chat.

– Vous avez déjà été agressée ? demanda Heller.

– Oui, une fois. Un poivrot m'a violée.

– Ah, voilà qui est intéressant. Et qu'avez-vous fait ?

– J'ai essayé de le repousser, mais il m'a assommée. Ensuite il m'a arraché mes vêtements et il m'a violée.

– Très bien... Bang-Bang ! Commence à la violer ! Toi, tu commences et moi, je finis.

Bang-Bang laissa échapper un gémissement et se leva. Il attrapa la fille par les bras et la jeta par terre. Puis il lui sauta dessus et lui arracha son soutien-gorge. Il saisit son slip par l'élastic, le fit glisser le long de ses jambes et le jeta au loin.

– Bon, ça ira, intervint Heller. Dites-moi, Margie. Pourquoi l'avez-vous laissé faire ?

– Parce que vous lui avez donné l'ordre de me violer.

– Non, non, non... Bon, ce que vous allez faire maintenant, c'est attraper Bang-Bang par les bras et le violer *lui* !

Margie se leva et saisit Bang-Bang avec détermination.

Le petit Sicilien jeta ses poignets en l'air et envoya la fille voler à travers la pièce.

Heller la cueillit au vol et la déposa par terre.

– A vous maintenant, lui dit-il. Faites pareil.

Bang-Bang s'empara d'elle. Elle jeta ses poignets en l'air de la même façon que lui. Il alla dinguer contre un meuble.

– Vous avez vu ? s'écria-t-elle. Il n'a pas réussi à m'attraper !

Heller la fit asseoir sur une chaise.

– Maintenant écoutez-moi bien, dit-il. Le plus grand problème des prostituées, c'est qu'elles sont souvent maltraitées. On leur donne des coups.

– D'après Vantagio, leur carrière s'en trouve raccourcie, intervint Bang-Bang. Mais il ne pense jamais aux pauvres types comme moi !

Heller ignora son commentaire et poursuivit :

– La première chose que nous allons vous apprendre, c'est à vous dégager de n'importe quelle prise. Ensuite nous vous apprendrons à attaquer. Vous allez en baver.

– Pas plus que moi, fit Bang-Bang avec morosité.

– Avec de la pratique, continua Heller, non seulement vous saurez vous défendre et contre-attaquer, mais vous pourrez aussi donner l'impression à n'importe quel homme que vous êtes sous son contrôle absolu tout en demeurant parfaitement capable de le maîtriser, qu'il soit soûl ou à jeun. Compris ?

Elle regardait Heller avec des yeux brillants d'enthousiasme.

– Oh oui ! Et je vous promets que je m'entraînerai avec assiduité ! Les autres filles sont aux anges ! Elles m'ont dit que les hommes ont arrêté de lever la main sur elles.

– Il n'y a que sur moi qu'on lève la main, gémit Bang-Bang.

Heller alla au bar et versa du Seven Up dans trois verres. La fille se pencha vers le petit Sicilien et demanda à voix basse :

– Je parie qu'il a inventé ces techniques de combat

lui-même pour pouvoir se débarrasser de toutes les filles qui lui courent après. Je n'ai encore jamais vu un gars aussi mignon, monsieur Bang-Bang. C'est vrai qu'il est puceau ?

J'étais écœuré. Heller les menait tous en bateau. Il leur faisait carrément croire qu'il était l'inventeur de tout ça, alors qu'il s'agissait de techniques voltariennes de combat à main nue ! En plus, il était complètement cinglé : il apprenait à toutes ces jolies filles à se défendre. Il trahissait la race masculine ! Est-ce qu'il avait pensé à tous les hommes qui prenaient leur pied en cognant sur les putes ? Non, évidemment ! Il fallait toujours qu'il agisse sans réfléchir ! Quel (bip) !

C'est l'homme qui est le maître !

J'entendis un léger bruit derrière moi.

Je tournai la tête.

Et qui aperçus-je, là-bas, dans l'encadrement de la porte du toit, sa silhouette se découpant sur la lumière rouge émanant du 22e étage ? Margarita Pompom Pizzazz !

Elle portait une robe de chambre à fleurs.

On aurait dit un vieux Démon sexagénaire sorti tout droit des Enfers !

Elle tenait quelque chose dans la main. Une arme gigantesque, menaçante ! Un pistolet à air comprimé BB – une arme redoutable qui crache de tout petits plombs.

Elle vit que je l'avais repérée.

Elle leva son arme et, d'une voix chargée de haine, elle cria :

– Les mains en l'air, espèce de sale voyeur ! Exécution immédiate ou je tire ! Je vais t'apprendre, moi, à jouer avec mes sentiments et à ne pas tenir tes promesses ! (Elle brandissait férocement son pistolet). Tu es fichu ! J'ai appelé la police et je leur ai dit qu'il y avait un tueur sur le toit. Une unité des brigades d'intervention va arriver d'une minute à l'autre et te transformer en passoire. Alors obéis ! C'est mon dernier avertissement.

Je tressaillis. Un peu partout sur le toit, il y avait ces énormes blocs qui abritaient les machines à air conditionné. Si je réussissais à me dissimuler derrière l'un d'eux...

Je reculai.

Elle fit feu !

Le plomb ricocha contre mon télescope ultra-fragile. Il y eut un jaillissement d'étincelles électroniques.

Je plongeai derrière un bloc.

Elle tira à nouveau.

Je ne lâchai pas mon télescope. J'allais peut-être devoir m'en servir comme arme.

Dissimulé par le bloc, je m'éloignai à quatre pattes.

Elle me suivit. Ma tête se retrouva dans sa ligne de tir l'espace d'un instant. Elle appuya sur la détente. *Pfft !* fit le pistolet à air comprimé. *Don !* fit le plomb en ricochant contre une feuille de métal à quelques centimètres de ma tête.

Bon sang, elle était rudement précise ! Une vraie championne de tir ! Peut-être qu'elle avait été tueuse à gages dans sa jeunesse.

Je battis un peu plus en retraite, toujours à quatre pattes. Je risquai un œil. Elle continuait de me suivre. Sa robe de chambre flottait au vent comme la pèlerine de quelque cavalier de l'Apocalypse.

Pfft !... Dong !...

C'était le moment ou jamais de montrer mes talents de stratège – surtout qu'une unité de brigades d'intervention allait bientôt arriver. Comment me sortir de là ?... En mettant en branle le Plan d'Urgence National Triple X ? En lâchant des bombes atomiques ?

Je décrivis un large cercle dans le dédale des blocs d'air conditionné.

Mais elle continuait de me suivre en hurlant des « Rends-toi, (embipé) ! » et des « Géronimo ! » chaque fois qu'elle faisait feu.

Pour gagner la porte qui conduisait dans l'immeuble, je devais traverser trois espaces découverts. Je rassemblai tout mon courage et traversai le premier comme une fusée. Elle fit feu. Raté !

Je m'accroupis et me tins prêt à franchir le second espace. Elle s'éloigna de la porte pour pouvoir me mettre en joue. Avec un timing parfait, je m'élançai !

Elle tira. Manqué !

Dissimulé derrière un autre bloc, je contemplai le dernier espace découvert. Dangereux, très dangereux ! Je risquai d'y laisser ma peau. Mais je ne pouvais pas rester sur ce toit avec ce Démon tonitruant à mes trousses.

Je raidis tous mes muscles et m'élançai.

Je ressentis une douleur cuisante au postérieur.

Constatant que je n'étais pas mortellement touché, je me précipitai dans l'escalier. Un plomb vint s'écraser contre la porte au moment où je la refermais. Je la verrouillai. Je dévalai les marches six à six.

La vieille se mit à marteler la porte en poussant des hurlements de rage. Cela me donna des ailes. Je descendis les vingt-deux étages en un rien de temps et fis irruption dans l'entrée de l'immeuble.

Personne.

Tout là-haut, Margarita Pompom Pizzazz continuait de faire un boucan de tous les Diables.

J'ouvris la porte, en remerciant les Dieux que les portes d'immeubles ne soient jamais verrouillées de l'intérieur.

Je me précipitai au-dehors et traversai la rue.

Des voitures de police !

Il y en avait trois. Elles roulaient côte à côte et descendaient la rue à toute allure.

Impossible de m'échapper. J'étais coincé.

D'un bond, je me mis à l'abri dans un soubassement.

Je levai la tête et risquai un regard.

Elle était là-haut, debout sur le parapet ! Dans une main, elle tenait son pistolet et, dans l'autre, elle brandissait quelque chose. L'étui du télescope ! Je l'avais oublié ! Plus que jamais, elle avait l'air d'un Démon avec sa silhouette qui se découpait contre le ciel nocturne.

Elle criait quelque chose. Mais elle était trop loin pour qu'on pût distinguer ses paroles. Brusquement je compris : elle m'avait vu traverser la rue ! Elle pointait un bras en poussant des hurlements.

J'avais toujours le télescope. Si on le trouvait sur moi, mon compte était bon ! Je l'examinai. Il était fichu. Je le jetai en tout hâte dans une poubelle proche et regagnai ma cachette.

Je vis qu'elle m'avait à nouveau repéré !

Je ne savais pas ce qu'elle criait, mais ses gestes étaient éloquents : elle brandissait le pistolet et l'étui dans ma direction.

Les voitures de police s'arrêtèrent devant l'immeuble.

Les hommes de la brigade d'intervention sortirent des véhicules et se mirent aussitôt en position.

Je reconnus l'homme qui conduisait la troisième voiture : l'inspecteur Bulldog Grafferty !

J'avais intérêt à trouver une solution. *Et vite !* L'autre folle là-haut n'arrêtait pas d'agiter les bras dans ma direction. On voyait très nettement le pistolet et l'étui.

C'est alors que j'eus une idée de génie – une idée qui me sauva. De toutes mes forces, je me mis à hurler :

– Planquez-vous ! C'est Maggie la Dingue, la tueuse de Times Square !

Aussitôt, les hommes de la brigade d'intervention s'éparpillèrent pour se mettre à l'abri.

Avec un ensemble parfait, ils firent feu avec leurs fusils. La détonation fut assourdissante.

Criblée de balles, Margarita Pompom Pizzazz bascula lentement en avant et, après une chute interminable, vint s'écraser sur le macadam avec un bruit mat.

La police fait toujours son devoir. Surtout quand elle se sent menacée.

Grafferty s'assura qu'il n'y avait pas d'autres tueurs sur le toit, puis il se dirigea vers le corps et, du pied, le retourna.

Il alla prendre un mégaphone dans sa voiture et s'adressant à la rue déserte, il dit :

– Citoyens ! Vous pouvez sortir à présent et vaquer à vos occupations. Le tout premier devoir de la police est de protéger les contribuables. Grâce à Bulldog Grafferty, les rues sont à nouveau sûres.

Est-ce qu'il briguait le poste de maire ou est-ce que c'était une façon d'annoncer que ses tarifs de protection allaient augmenter ?

Je partis en boitillant.

Un poète terrien a dit une fois qu'il n'y a pas furie plus dangereuse qu'une femme bafouée. Il devait sans doute penser à Margarita Pompom Pizzazz.

Ce ne fut pas une partie de plaisir de rentrer à l'hôtel avec un plomb dans le postérieur.

6

Il était temps de prendre des mesures radicales. L'heure était venue de faire appel aux troupes, aux tanks et à la grosse artillerie. De toute évidence, Heller était mortellement dangereux. On risquait sa vie en permanence avec lui, même en surveillant simplement son appartement. Mon postérieur était là pour en témoigner. Ce n'est que dans la salle de bains de ma chambre d'hôtel que j'avais pu constater que ma blessure n'était pas fatale. J'avais même eu une vision émouvante : avec des gestes tendres, Utanc retirait le plomb funeste tandis que je laissais échapper un petit gémissement stoïque. Malheureusement, le plomb n'avait pas pénétré dans la chair. Il était tombé lorsque j'avais retiré mon pantalon ! Par contre, j'avais une ecchymose. Elle était très douloureuse au toucher et elle devait faire au moins un demi-centimètre de diamètre !

Non, plus question de risquer ma vie à cause d'Heller.

Assis sur une fesse dans le fauteuil chamarré de ma chambre d'hôtel, je décrochai le combiné du téléphone blanc et or et appelai le bureau de Rockecenter.

Ma requête mit le standard de l'hôtel en ébullition. Lorsque je dis à la standardiste à qui je désirais parler, elle ne voulut pas me croire. J'aurais essayé d'appeler Dieu que sa surprise n'eût pas été plus grande.

Finalement le superviseur du standard de l'hôtel appela la compagnie du téléphone et s'entretint avec le superviseur des appels urgents. Celui-ci entra en communication avec le superviseur des renseignements pour la ville de New York. Tout ce beau monde ne cessa de répéter que le mieux était d'appeler la Compagnie Pétrolière Octopus, dans l'Ohio. Je leur démontrai qu'ils se trompaient et ils prétendirent alors que je devais appeler l'Octopus Oil Company du New Jersey. Ils commencèrent à se disputer. On se serait cru dans une conférence. Au bout d'un moment, l'un d'eux eut l'idée d'appeler le superviseur des renseignements de la Compagnie de Téléphone Continentale, lequel appela aussitôt la Compagnie de Téléphone Internationale. De plus en plus de gens prirent part à la « conférence ». Il en ressortit que personne n'avait jamais essayé d'appeler Delbert John Rockecenter. Ils se demandaient tous si cela ne relevait pas du sacrilège.

Finalement, ils contactèrent un superviseur arabe qui

travaillait pour la compagnie de téléphone du Yemen. Dans un anglais approximatif, il leur conseilla de demander à la standardiste de la ville de Hairytown, dans l'État de New York, car il avait entendu dire que son roi s'était rendu là-bas une fois et qu'il avait été obligé d'appeler Rockecenter pour lui demander de l'aider à régler une révolution de palais. Ils appelèrent donc la standardiste de Hairytown et son babillage vint s'ajouter à la confusion générale. Elle dit qu'il suffisait d'appeler le majordome du Domaine Rockecenter, à Pokantickle. Peut-être saurait-il comment joindre Delbert John Rockecenter. Ce fut le quatrième assistant du majordome qui répondit. D'une voix hautaine, il nous fit savoir que seule une certaine Miss Agnes était autorisée à appeler et que tous les autres appels devaient être adressés à Flooze et Plank, à Wall Street.

On appela donc Flooze et Plank. La téléphoniste qui décrocha fut horrifiée. Ça ne se faisait pas d'appeler Delbert John Rockecenter ! Elle allait immédiatement le signaler à la police.

J'eus une inspiration. D'une voix menaçante, je lançai :

– Passez-moi M. Trapp !

– Oh, je suis désolée, fit-elle, mais M. Trapp se trouve actuellement dans le bureau spécial du building de l'Octopus Oil Company, Place Rockecenter. Il a rendez-vous avec M. Rockecenter à dix heures et il sera absent toute la journée.

Soupir de soulagement général. Il partit de New York, passa par Londres et mourut au Yemen. Ils avaient enfin localisé la tanière de Dieu le Père. Je suis sûr que la plupart d'entre eux fêtèrent cela avec une petite pause café dès qu'ils eurent raccroché.

La standardiste de l'hôtel me dit que la Place Rockecenter ne se trouvait qu'à quelques centaines de mètres de l'hôtel. Elle me mit en communication avec l'Octopus Building.

Miracle. Le quatrième réceptionniste-adjoint du bureau de M. Trapp pouvait m'accorder quelques minutes à treize heures pile.

Bien entendu, je pris un bain. Je mis un pansement sur mon ecchymose pour atténuer la douleur et enfilai celui de mes costumes qui me donnait le plus d'apparence d'un agent fédéral. Je n'oubliai pas de lustrer ma carte de membre de la Commission d'Enquête du Sénat. A treize heures pile, j'étais assis devant l'hygiaphone blindé et grillagé du quatrième réceptionniste-adjoint, dans le bureau spécial de M. Trapp dans l'Octopus Building, Place Rockecenter. Il était parti déjeuner et arriva à treize heures quinze.

Je levai ma carte d'agent fédéral du Sénat afin qu'il puisse la voir à travers la vitre blindée de l'hygiaphone. Il s'assit à son bureau et dit :

– Je regrette, mais nous n'avons aucun ordre à donner au Sénat aujourd'hui.

– Vous feriez mieux de me laisser voir M. Trapp sinon vous allez vraiment le regretter !

Il se leva et examina attentivement ma carte.

– L'entrée des domestiques est au sous-sol, dit-il finalement.

– Je veux voir M. Trapp, répliquai-je sur un ton ferme.

– M. Trapp revient d'un rendez-vous important. Il est épuisé ! Comment osez-vous parler sur ce ton ? je suis scandalisé !

– Décroche ce bigophone, p'tite tête, rétorquai-je, et dis à M. Trapp que c'est Delbert John Rockecenter qui sera scandalisé si je ne le vois pas.

– Vous me menacez ?

Il appuya sur un bouton d'alarme et deux gardes armés de fusils à pompe firent irruption derrière moi.

– Dites à Trapp que je suis venu éviter un scandale ! Un scandale qui risque de faire la une des journaux !

Les gardes s'emparèrent de moi.

– Quel genre de scandale ? demanda le quatrième réceptionniste-adjoint.

– Familial ! criai-je en me débattant.

Aussitôt le gars leva la main pour intimer aux gardes de me relâcher. Il était temps. Ils m'avaient déjà traîné jusqu'à la porte.

Miracle !

Deux minutes plus tard, j'étais dans le bureau de M. Trapp, encadré par les deux gardes.

Trapp était encore plus desséché qu'avant. Normal : la vie ne lui faisait pas de cadeaux. Il était plus ridé qu'un pruneau.

– De quel scandale voulez-vous parler ? demanda-t-il.

Je désignai chacun des gardes d'un mouvement de tête. Trapp fit un signe. Ils me fouillèrent et me prirent mon revolver. Puis ils sortirent.

– Carburant bon marché, lâchai-je.

– Ce n'est pas un scandale familial, remarqua Trapp.

– Ça en deviendra un si je ne vois pas Delbert John Rockecenter au plus vite. Un carburant bon marché pourrait mettre toute la famille sur la paille.

L'avocat de Wall Street se mit à réfléchir.

– Il est si bon marché que ça ? demanda-t-il enfin.

– Encore plus que vous ne le croyez. J'ai découvert l'ignoble complot après une enquête laborieuse et minutieuse.

– Qui est au courant ?

– Twiddle et moi. Et Twiddle ne connaît pas les détails du complot. Dès que j'ai eu fini de rassembler les preuves, je suis venu directement au QG.

– En quoi consiste ce carburant ?

– Je ne le dirai qu'à Delbert John Rockecenter.

– Non, non. Vous me le dites à moi et je le lui répéterai.

– C'est ce que tout le monde me dit, grinçai-je. Ce carburant vaut moins cher qu'une plaquette de chewing-gums. Je n'en parlerai à personne d'autre que lui. Je suis sûr qu'il n'apprécierait pas beaucoup que j'en parle à un tiers. Cela irait à l'encontre de la règle familiale : « N'aie confiance en personne ! »

– Ah, fit Trapp d'un air songeur. Je vois ce que vous voulez dire. M. Rockecenter est très à cheval sur les règles familiales... Mais qu'avez-vous à y gagner ? Que demandez-vous ?... Il faut que je sois sûr de votre honnêteté.

– C'est une vengeance personnelle. J'ai un ennemi dont je veux la perte.

Ça tenait debout. C'était une motivation qu'il pouvait très bien comprendre. Pourtant il hésita.

– Non, en fait, je crois que vous feriez mieux de tout me dire à moi. Vous n'avez pas le choix puisque je suis le seul à pouvoir vous faire rencontrer M. Rockecenter.

La remarque du quatrième majordome-adjoint du Domaine de Pokantickle me revint en mémoire.

– Non, vous n'êtes pas le seul. Il y a aussi Miss Agnes.

– Oh, (bip) ! rugit M. Trapp, oubliant un instant qu'il était homme de loi. Combien de fois lui ai-je répété de se débarrasser de cette (bipasse) !

Il se ressaisit et passa une main sur son visage parcheminé.

– Bon, d'accord, soupira-t-il. On va vous faire passer les épreuves. Mais si vous avez menti, vous vous retrouverez au fond de l'East River avec de jolies bottines en ciment.

Il vit que j'étais déterminé à aller jusqu'au bout. Il appuya sur un bouton et deux gardes entrèrent. Ce n'étaient pas les mêmes que tout à l'heure. Il pressa d'autres boutons et débita quelques instructions dans un interphone. Une grosse brute vêtue d'un costume coûteux arriva. On aurait dit un orang-outang.

– Emmenez-le dans le secteur préventif, dit Trapp. Ensuite conduisez-le chez M. Rockecenter.

– Quoi ? vociféra l'orang-outang, incrédule.

– Vous avez très bien entendu, grommela Trapp d'un air renfrogné. (Il se tourna vers moi et ajouta :) Si je ne vous revois plus jamais, ne revenez pas.

Heller, me dis-je, tu peux faire ton testament. Tu es un homme mort ! En fait, tu es plus que mort !

Puis je songeai à toutes ces mesures de sécurité qu'on allait m'appliquer et mon optimisme chuta d'un cran : si je voulais neutraliser Heller, il fallait d'abord qu'on me laisse voir Rockecenter et ensuite que j'arrive à le mettre dans ma poche.

7

Nous avons quitté l'Octopus Building et sa façade d'aluminium et d'onyx noir pour couper à travers la Place Rockecenter et ses parterres de fleurs. Ensuite, nous avons traversé l'Avenue des Amériques. Les deux gardes me tenaient solidement par les bras.

Nous sommes passés devant le City Musical Hall avant de remonter une rue bordée de jardins qui aboutissait à une petite place où se dressaient tous les drapeaux des Nations unies. Nous avons traversé la 5e Avenue, puis nous sommes passés devant une statue de bronze : Atlas portant un gigantesque monde squelettique sur ses épaules. Je me suis demandé si Delbert John Rockecenter ne ressentait pas la même chose parfois. A présent, nous nous dirigions vers le nord en passant devant la cathédrale St. Patrick.

Les deux gardes continuaient de me maintenir solidement, leur visage dénué de toute expression.

A quoi rimait cette étrange promenade ? Essayaient-ils de me désorienter ? Ou était-ce une visite guidée de tous les buildings appartenant à Rockecenter ?

L'orang-outang s'arrêta dans une boutique et acheta un litre de lait de chèvre et un sachet de pop-corn.

Ensuite, nous avons refait tout le trajet en sens inverse – du moins c'est ce qu'il me sembla, car j'étais complètement perdu à présent. Nous nous sommes retrouvés dans un hall immense décoré de peintures murales. Puis nous avons franchi une petite porte invisible, astucieusement incrustée dans un mur. Nous étions dans un ascenseur.

Quand la porte s'est ouverte, nous étions dans un vestibule.

On me poussa en direction de deux gardes – des armoires à glace. Les gardes qui m'avaient accompagné leur tendirent mon revolver et reprirent l'ascenseur. L'orang-outang resta – avec son sachet de pop-corn et son lait de chèvre.

Les armoires à glace me fouillèrent. D'une poussée, ils me firent franchir une barrière de sécurité – pas très rassurante : deux mitrailleuses de part et d'autre.

Dans la pièce suivante, il y avait d'autres gardes. Ils me fouillèrent et prirent mes papiers sénatoriaux. L'un d'eux décrocha un téléphone et appela le bureau du sénateur Twiddle pour s'assurer de l'authenticité de mes papiers.

Ils me firent traverser une deuxième barrière. Ils tendirent mon revolver aux gardes qui attendaient de l'autre côté. Ceux-ci relevèrent son numéro de série et déchargèrent un magasin entier dans une cabine insonorisée. Ils décrochèrent un téléphone et communiquèrent les résultats à quelqu'un. Un texte s'afficha sur un ordinateur :

Cette arme n'a pas servi à assassiner
des chefs d'État dernièrement.

On me fit traverser une autre barrière. Une fois de plus, on me fouilla. On prit ma photo au moyen d'un polaroïd, ainsi que mes empreintes digitales. Ils introduisirent tout ça dans l'ordinateur des casiers judiciaires du FBI. Les données partirent à Washington. La réponse revint quelques instants plus tard. L'ordinateur afficha :

Pas encore recherché.

Ils jetèrent la photo et les empreintes dans une déchiqueteuse.

Pendant tout ce temps, l'orang-outang ne m'avait pas quitté d'une semelle. Il n'avait toujours pas touché à son lait de chèvre et à son pop-corn.

Une autre barrière. D'autres gardes. Ils m'installèrent dans un fauteuil de dentiste et passèrent mes dents aux rayons X pour voir si elles ne dissimulaient pas des capsules de poison. Ensuite, c'est mon corps tout entier qu'ils radiographièrent – au cas où on y aurait implanté des micro-bombes.

Dans la pièce suivante, on examina mon portefeuille et mes clés, pour voir si je n'y avais pas dissimulé des poignards ou des lames, et on passa mes semelles aux rayons X.

La barrière suivante fut encore plus impressionnante : je passai entre deux canons à obus. je me retrouvai dans une pièce plongée dans le noir, à l'exception d'une tache de lumière au centre. Sur le côté, je discernai un bureau et un écriteau qui disait :

Psychologue en Chef

Ah, j'étais entre amis.

Il me conduisit vers la tache de lumière et me fit asseoir sur un tabouret. Il examina ma structure crânienne, alla se rasseoir et hocha la tête.

L'orang-outang me conduisit vers une porte à tambour. Je la franchis. J'étais dans une salle d'opération miniature. Il y avait deux infirmiers vêtus d'une blouse bleu-vert. Ils éteignirent leurs cigarettes et mirent un masque.

Il me firent enlever tous mes vêtements. Ils prirent ma température et ma tension. Ils prélevèrent un échantillon de ma salive et le placèrent sous un microscope. Ils me firent une prise de sang et l'analysèrent.

Celui des deux qui donnait les ordres hocha la tête et l'autre me donna une bourrade qui me fit atterrir dans une cabine vitrée. Ils se mirent à remplir des bonbonnes.

– Hé ! protestai-je. Est-ce que tout cela est vraiment nécessaire ?

– Écoutez, répondit l'orang-outang, si le Premier ministre britannique supporte tout cela sans broncher, je ne vois pas pourquoi vous n'en seriez pas capable !

Les bonbonnes étaient pleines à présent. Ils appuyèrent sur plusieurs boutons. Je fus aspergé d'antiseptique !

Je sortis de la cabine. Ils y jetèrent mes vêtements et leur firent subir le même traitement.

Ils me les collèrent dans les bras et me placèrent devant un grand séchoir.

Lorsque je fus rhabillé, l'orang-outang désigna la porte suivante. Cette fois-ci, ce furent des pointes d'acier qui m'effleurèrent tandis que je la franchissais. Apparemment, elles jaillissaient instantanément au moindre geste suspect.

Une fille était confortablement installée dans un fauteuil, les pieds sur son bureau. Elle mâchait du chewing-gum. Je la reconnus. C'était Miss Paix, celle qui avait fait la une des journaux. Ah, ah ! Roc-kecenter utilisait son propre personnel pour les cérémonies de bienvenue. Astucieux ! Et sage !

– Il a passé toutes les épreuves avec succès, fit l'orang-outang.

La fille enleva ses pieds du bureau et ouvrit un gigantesque tiroir. Il contenait des rangées et des rangées de badges. Des badges énormes. En haut vous aviez le titre – « Roi », « Banquier », et ainsi de suite – et au-dessous une ligne vierge où vous inscriviez votre nom.

– (Bip) ! grommela la fille. Je n'ai plus de « Visiteurs Indésirables » ! Si je choisis autre chose, IL va croire que je fais mal mon travail.

– Donne-lui n'importe quoi, dit l'orang-outang. Le lait va bientôt tourner et en plus je suis en retard.

Elle prit un badge « Vainqueur du Derby d'Epsom » et le laissa retomber dans le tiroir. Elle sortit « Tueur à

Gages de l'Année » et le lâcha aussitôt. Elle tremblait comme une feuille.

– (Bip), (bip), (bip) ! Si je ne donne pas un badge à ce gus, IL ne va pas savoir à qui IL s'adresse !

Une fois de plus, l'entraînement que j'avais reçu au sein de l'Appareil fit merveille : mon œil de lynx repéra un « Agent Secret Promu Espion Personnel de la Famille ». Je le désignai et dis :

– C'est le seul qui convienne. Je ne suis pas un roi.

– Ça vous pouvez le dire, fit-elle en me regardant. Vous n'êtes certainement pas un roi.

– Dépêche-toi ! gronda l'orang-outang. Le pop-corn est en train de refroidir. Tu tiens à ce que je me fasse virer ?

Elle s'empara de mes papiers et gribouilla « Inkswitch » sur le badge « Agent Secret Promu Espion Personnel de la Famille ». Puis elle le fixa brutalement au revers de ma veste.

Ce Rockecenter devait être un sacré bonhomme pour avoir un personnel aussi loyal et dévoué !

Au fond du bureau, il y avait une porte d'église avec un cadre en arc. L'orang-outang me la fit franchir d'une bourrade.

La pièce était immense. Le plafond était une grande voûte de cathédrale et se trouvait à une hauteur vertigineuse. Sur les côtés, il y avait des niches avec la statue d'un saint. Sous chaque saint, un cierge brûlait en offrande. Toutes les statues représentaient Delbert John Rockecenter. Plus loin, je vis un grand bureau – ou plutôt, un autel.

Il n'était pas assis à son bureau. Il s'était installé dans un trône couvert de dorures et contemplait un mur que je ne pouvais voir de là où j'étais. Aha ! me dis-je. Delbert John Rockecenter est plongé dans de profondes réflexions et puise dans son puissant cerveau les solutions aux problèmes de ce monde.

L'orang-outang me poussa vers le milieu de la pièce. Je vis alors ce que Rockecenter regardait. Un miroir transparent. De l'autre côté, il y avait le vestiaire et les toilettes d'une troupe de danseuses. Elles se déshabillaient et enfilaient des tenues qui ne cachaient pas grand-chose. Certaines allaient aux toilettes.

Delbert John Rockecenter prit conscience de notre présence. Il jaillit de son trône et se tourna vers nous avec un regard furibond. C'était un homme de grande taille, la soixantaine passée, le cheveu rare. Il avait indéniablement les traits d'un Rockecenter : un croisement entre un vautour affamé et un politicien. Mais c'était difficile de distinguer son visage : son bureau-cathédrale était noyé dans une lumière rouge.

– Vous ne voyez donc pas que je suis en train de prendre mon goûter ? rugit-il.

– Je l'ai apporté, dit l'orang-outang en lui tendant le pop-corn et le lait de chèvre.

– Vous ne devriez pas venir ici pendant que je suis en pleine concentration, grommela Delbert John.

Il me vit enfin. Il s'approcha et déchiffra mon badge.

– On ne vous a pas encore fait prêter serment, me dit-il, mais autant commencer votre apprentissage tout de suite. (Il désigna le miroir transparent.) Je m'assurais que ces filles n'étaient pas enceintes. Je hais les bébés. Vous avez dû entendre parler de mes programmes d'avortement et d'infanticide. Nous devons réduire la population. A bas la racaille !

Il oublia aussitôt ma présence. Il alla se rasseoir et poursuivit son inspection. Il se mit à siroter son lait de chèvre et à grignoter son pop-corn.

Apparemment, ce bureau était situé juste derrière les loges d'un théâtre. A l'autre extrémité de l'immense pièce, il y avait un balcon qui surplombait les parcs et la ville. Les vitres épaisses des portes-fenêtres étaient probablement à l'épreuve des balles.

L'orang-outang s'était éclipsé.

Après un moment, Rockecenter laissa échapper un soupir et, d'un geste brusque, pressa un bouton sur le côté de son trône. Des rideaux se refermèrent avec un bruissement et masquèrent le miroir. Il finit son pop-corn et son lait de chèvre.

– Le meilleur régime alimentaire du monde, dit-il en soupirant. C'est ce qui a permis à Gandhi de devenir l'un des plus grands leaders de tous les temps. (Il examina de nouveau mon badge.) Inkswitch, hein ?... Alors, Inkswitch, qu'avez-vous fait pour être promu espion de la famille ? C'est un poste très important, Inkswitch. Les familles, c'est souvent un ramassis d'(embipés) !

– J'ai toujours été l'un de vos agents secrets les plus

dévoués et les plus efficaces, répondis-je. (Ce que je lui dis ensuite venait directement des renseignements que nous possédions sur lui dans les archives de l'Appareil.) J'ai étouffé toutes les rumeurs comme quoi vous étiez connecté à I.G. Barben. J'ai aussi effacé tout ce qui pouvait relier I.G. Barben au gang de Faustino Narcotici. A quoi bon être agent secret si on n'est même pas capable de s'acquitter de ce genre de tâche ?

J'avais éveillé son intérêt. Je ne prenais pas vraiment de risques en lui racontant tous ces mensonges : des millions de gens se tuaient au travail pour lui. Il ne pouvait pas connaître tout le monde.

– En fait, poursuivis-je, je suis un ami de la famille depuis pas mal de temps, mais je ne l'ai jamais ébruité. J'étais même présent aux funérailles de la tante Timantha.

– Eh bien, il semblerait que votre promotion soit amplement méritée.

– Je ne suis pas venu les mains vides. Dernièrement, j'ai servi vos intérêts en tant qu'agent d'investigation du Comité pour la Crise de l'Energie présidé par le sénateur Twiddle. Et dès que j'ai appris que j'étais promu, je me suis fait un devoir de recueillir tous les renseignements possibles sur un crime crapuleux et ignoble. Le sénateur Twiddle était fou de rage. Guand je l'ai mis au courant, il m'a dit que c'était la crise de l'énergie du siècle.

– L'un de nos meilleurs hommes, ce Twiddle. Beaucoup de bon sens. Il me consulte toujours chaque fois qu'il y a un vote au Sénat. Et quelle est la nature de cette crise ?

– J'ai découvert un complot contre vous : on va mettre sur le marché planétaire un nouveau carburant bon marché sans passer par vous. Vous allez devoir faire face à une concurrence sans merci !

Jusqu'ici, il n'avait pas vraiment fait attention à ce que je lui avais raconté, mais ma dernière phrase agit comme un déclic.

– Bonté divine, Inkswitch ! Les seuls concurrents que je tolère, ce sont ceux qui sont morts !

– Amen, lançai-je avec dévotion pour rester dans l'ambiance religieuse de son bureau-cathédrale.

– Nous avons des milliers de brevets d'invention qui pourraient nous donner un carburant moins coûteux.

Nous les rachetons tous et nous les jetons aux oubliettes. Pourquoi cette nouvelle invention n'a-t-elle pas suivi le même chemin ?

– C'cst unc invention diabolique. Elle fabrique un carburant qui ne coûte presque rien. L'inventeur en détient le monopole.

– Qui est cet inventeur ?

– Un dénommé Jerome Terrance Wister.

– On ne pourrait pas l'acheter ?

– Non. Il est incorruptible.

– On ne peut pas l'éliminer ? Il paraît que c'est ce qu'a fait mon arrière-grand-père avec Rudolf Diesel. Plouf ! dans la Manche par une nuit sombre. On ne pourrait pas faire ça avec ce Wister ?

– On a essayé.

Rockecenter alla jusqu'à son bureau. Son visage était fantasmagorique dans la lumière rouge de ses lampes de bureau. Il appuya sur un bouton.

– Trapp ! aboya-t-il. Venez ici.

Il poussa brutalement son trône qui alla rouler vers le balcon en tournant sur lui-même. Il posa son regard sur moi.

– Inkswitch, dit-il, en attendant que Trapp arrive, autant que je vous fasse prêter serment en tant qu'espion de la famille. Levez la main droite. Répétez après moi : Je fais la promesse solennelle d'utiliser, de soutenir et de veiller à ce qu'on ne viole pas les règles familiales suivantes :...

Je levai la main droite. Qu'est-ce qu'un serment de plus pour un officier de l'Appareil ? Je répétai la première phrase du serment.

– Un : La concurrence étouffe la libre entreprise. Deux : Le monde entier doit continuer de croire qu'il n'a rien à craindre de rivaux destructifs tant que D.J. Rockecenter aura la mainmise sur tout. Trois : Les gouvernements doivent continuer de comprendre qu'ils auront des tas de conflits tant qu'ils obéiront aux ordres que leur donne D.J. Rockecenter. Quatre : Les banques doivent continuer de savoir que personne d'autre ne compte tant que D.J. Rockecenter fait des bénéfices. Cinq : Nous prônerons la démocratie aussi longtemps qu'elle ne fera pas obstacle au communisme. Six : Il faut forcer la population à comprendre que l'euthanasie et l'avortement à grande échelle sont une nécessité et qu'elle doit aider à son autodestruction. Sept : Il n'y a que ce qui est bon pour D.J. Rockecenter qui puisse être bon pour les autres. Huit : D.J. Rockecenter est le seul membre de la famille qui compte. Et neuf : N'aie confiance en personne... Je fais la promesse sacrée d'enfoncer ces règles dans le crâne de tout le monde, et que le grand Rockecenter me croque si je faillis à ma promesse !

J'avais répété chaque règle au fur et à mesure.

– Eh bien, voilà qui est fait, dit-il. Je suis le seul à pouvoir faire prêter serment. Je ne fais pas confiance aux autres.

A peine avait-il prononcé ces mots que Trapp arriva. Par une autre porte. Il semblait légèrement inquiet, angoissé même.

Rockecenter s'assit derrière son bureau – je devrais dire son autel. Son visage était totalement irréel dans la lumière rouge.

– Trapp, fit-il, Inkswitch m'a dit qu'un type vient tranquillement d'inventer un carburant bon marché. Vous avez entendu parler d'un certain Jerome Terrance Wister ?

L'avocat devint blême.

Je compris aussitôt la situation. Trapp n'avait jamais parlé de « Wister » à son patron. Il le croyait mort !

Mais les réflexes d'un officier de l'Appareil sont instantanés. J'intervins rapidement :

– Je ne vois pas comment M. Trapp aurait pu entendre parler de lui. C'est un simple étudiant.

Et sans que Rockecenter me voie, je fis un clin d'œil à Trapp.

Celui-ci me regarda fixement. On aurait dit un procureur en train de jauger un avocat.

– Ce Wister me paraît être une menace pour la société, reprit Rockecenter. Il a inventé un carburant bon marché et il a refusé de se laisser acheter. (Il se tourna vers moi et demanda :) Savez-vous autre chose que vous ne m'ayez pas encore dit ?

Trapp était de plus en plus tendu. C'était presque palpable dans l'air.

– Oui, répondis-je. Il va démontrer l'efficacité de ce carburant lors d'une course automobile.

– Ah, fit Rockecenter.

Il se caressa le menton et plissa le front. Puis son

visage s'éclaira et il dit quelque chose qui, pour moi, n'avait ni queue ni tête.

– Trapp ! Ne parlez de cette invention à personne. Engagez un public-relations pour ce Wister.

– Oui, monsieur, dit Trapp.

Il ne dut pas le dire assez fort car Rockecenter se leva et se planta à quelques centimètres devant lui.

– Arrangez-vous pour qu'on tourne cette invention en dérision ! Allez, hop ! Au travail ! Je veux que ce (bip) de Wister soit la risée du monde entier ! Compris ?

J'éprouvai un léger choc. Le ton de la voix ! L'attitude ! On aurait dit Lombar ! Il ne manquait que le « cingleur » !

– Oui, monsieur, articula Trapp.

Il était hagard.

Cette fois-ci, il l'avait apparemment dit assez fort, car Rockecenter alla se rasseoir. Il pointa un doigt sur moi et dit :

– Inkswitch vient de prêter serment en tant qu'espion de la famille. Il se fait passer pour un agent fédéral du Sénat et je le mets immédiatement sur cette affaire !

Trapp me dévisagea. Et puis, brusquement, sa décision fut prise et il dit :

– Je suis persuadé qu'il sera un merveilleux espion pour votre famille. Ce sera un plaisir de travailler avec lui.

Il s'éclipsa.

Je me levai pour sortir à mon tour. Mais Rockecenter, qui consultait sa montre, m'arrêta d'un geste.

– Non, dit-il. Il n'y en a plus que pour quelques minutes.

Il se dirigea vers le balcon et ouvrit la porte-fenêtre. Le bureau-cathédrale s'emplit du ronronnement de la circulation.

Il désigna les superbes voûtes d'un large mouvement du bras.

– Maintenant que vous êtes l'un des espions de la famille, vous pensez sans doute que tout cela est trop sobre, trop dépouillé, Inkswitch. Mais je suis un homme modeste. Je n'ai pas besoin de grand-chose. Les docteurs de ma fondation me disaient encore l'autre jour à quel point ils étaient heureux d'avoir réussi à me rendre immortel. C'est une très bonne chose pour la planète d'être définitivement la propriété d'un seul homme. Elle n'a pas de quoi payer les frais de succession.

« Lorsque vous êtes entré, j'ai vu que vous vous demandiez pourquoi je n'épousais pas l'une des danseuses. Vous êtes un proche de la famille depuis si longtemps – Tante Timantha et tout ça – que vous avez le droit de savoir et que vous ne me trahirez pas au profit de l'un des membres de ma (bip) de famille. Je n'ai pas besoin de me marier, Inkswitch. La fondation m'a assuré que je vivrai éternellement et je n'ai aucune envie d'avoir un (bip) de fils qui viendra gonfler les rangs de mes rivaux. Vous comprenez, Inkswitch ? Alors évitez de sympathiser avec les autres membres de la famille. C'est compris ?

Je hochai la tête, mais il ne me regardait pas. La nuit tombait sur la ville – *sa* ville.

Il jeta un coup d'œil à sa montre, puis il leva la tête avec une expression d'extase.

– Vous entendez les harpes ? Elles jouent tous les jours à la même heure. Écoutez ! Écoutez attentivement !

Il se tut. Il était au comble de la félicité.

– Là ! s'écria-t-il brusquement. Juste à l'heure !... Vous avez entendu ?... Quelles merveilleuses paroles ! « Il n'existe qu'un Dieu : Delbert John Rockecenter ! »

Il se précipita vers son bureau. Il revint vers moi avec un stylo et une feuille de papier posée sur une tablette dorée.

– Je suis tellement heureux d'avoir eu un témoin de plus ! Veuillez signer cette attestation.

J'obéis en chancelant. La tête me tournait.

Hallucination auditive ! Schizophrénie paranoïde ! Mégalomanie !

Comme Lombar !

Delbert John Rockecenter était fou à lier !

Je travaillais pour *deux* cinglés !

VINGT-SEPTIÈME PARTIE

1

Je passai les jours qui suivirent à parfaire mon éducation. J'appris comment une organisation aussi puissante que celle de Rockecenter, composée de gens efficaces qui lui étaient dévoués corps et âme, pouvait (biper) une planète en l'air. J'étais béat d'admiration. Pas étonnant que Lombar ait étudié Rockecenter avec tant d'ardeur ! Je pris un maximum de notes partout où je passais. Mon intention était de les envoyer à mon chef afin de me ménager ses bonnes grâces. Les technologies terriennes étaient peut–être primitives et déficientes, mais je n'avais encore jamais vu une organisation comme celle de Rockecenter dans toute la Confédération Voltarienne. Il avait des années-lumière d'avance. Cinq générations de complots diaboliques avaient fait de cette organisation ce qu'elle était aujourd'hui : un colosse ! Imaginez ça : une planète tout entière obéissant au doigt et à l'œil à un psychopathe !... Magnifique ! Comparativement, Heller était un cas mineur. Et j'étais sur le point de lâcher une avalanche sur lui.

Mon éducation commença à l'instant où je sortis de la chambre d'auto-adoration de Rockecenter pour retourner dans le bureau de Miss Paix.

– (Bip) ! fit-elle en levant son joli visage. Il est cinq heures et je vais arriver en retard à la clinique d'avortement. Il vous en a fallu du temps !

Discipline, horaires stricts ! Voilà comment on bâtit un grand empire !

– Ouvrez votre (bip) de chemise ! m'ordonna-t-elle. (Elle avait déjà mis son manteau et son chapeau. Elle commença à farfouiller fébrilement dans son tiroir, jetant des objets dans toutes les directions.) Où est ce (bip) de tampon ?

Tout en étudiant chacun de ses gestes, j'ouvris ma chemise. Elle trouva ce qu'elle cherchait sous un sandwich au beurre de cacahuète. Quelle cachette astucieuse pour un tampon !

C'était un grand disque avec une poignée et une gâchette. Elle le posa sur son bureau et, au moyen d'un trombone tordu, elle entreprit de composer un texte en déplaçant frénétiquement les lettres changeables sur le devant de l'engin.

Elle composa le texte : *Esspion de la Famille Rockecenter.* Il y avait un espace pour la date et les initiales. Quelle efficacité !

Elle avança sur moi avec tant de rapidité et de sauvagerie que, l'espace d'une seconde, je fus alarmé. Elle avait le doigt sur la gâchette.

– Vous êtes sûre qu'il y a deux « s » à espion ? demandai-je.

– Ne commencez pas à contester nos codes ! lança-t-elle d'un ton sec. (Elle indiqua un panneau lumineux sur le mur.) Quand on voit ces douze points mauves clignoter sur ce panneau, cela veut dire qu'il vous a fait prêter serment en tant qu'espion de la famille. Vous n'irez pas très loin si vous commencez à contester ses codes à *lui* ! Ouvrez votre (bip) de chemise mieux que ça !

Que pouvais-e faire ? Un code est un code. J'ouvris un peu plus ma chemise.

Elle abattit le tampon sur ma poitrine et pressa la détente. Je ressentis une douleur aiguë !

Elle prit une espèce de style bizarre sur son bureau et, la langue coincée entre les dents, son visage figé dans une expression de concentration intense, elle l'appuya brutalement contre ma poitrine et se mit à écrire laborieusement ses initiales. Quand elle eut fini, elle recula et accrocha le style à l'une des patères du portemanteau.

Je baissai la tête et regardai ma poitrine.

Il n'y avait rien !

Bon, inutile de discuter... Tout en reboutonnant ma chemise, je gagnai la porte par laquelle j'étais entré tout à l'heure – celle avec les grandes pointes d'acier.

– Non, non, non ! cria-t-elle d'un air exaspéré. Ils sont tous rentrés chez eux. Prenez cette porte-là !

Et elle passa par une porte coulissante en marmonnant des imprécations à propos des employés nouveaux et inexpérimentés. Je lui emboîtai le pas, mais elle marchait si vite que je la perdis immédiatement de vue.

J'étais dans un vaste bureau bourré d'employés qui rentraient chez eux. Le moins qu'on pût dire, c'est qu'on respectait les horaires ici. Il y avait une expression d'angoisse sur tous les visages.

Je me dis que j'étais sans doute censé aller voir M. Trapp et je me frayai un chemin à travers la marée humaine qui se déversait des buildings. Quel enthousiasme chez tous ces employés ! Et quel bonheur de les voir respecter leurs horaires avec autant de zèle !

En jouant des mains et des coudes, je réussis à gagner l'Octopus Building. Il était fermé !

Je compris alors que j'étais censé rentrer chez moi avec enthousiasme, maintenant que j'étais un employé dévoué de Rockecenter. Et c'est ce que je fis. Par bonheur, l'hôtel n'était pas loin : les gardes m'avaient pris les cinq cents dollars que j'avais dans mon portefeuille, ne me laissant que mon revolver et mes papiers d'agent fédéral du Sénat.

Après avoir pris un bain pour me débarrasser de la puanteur de l'antiseptique, je passai quelque temps devant la glace pour essayer de voir l'empreinte du tampon.

Rien.

J'appelai un groom et lui demandai d'emporter mes vêtements gorgés d'antiseptique. Il téléphona au département de la santé publique qui envoya un camion spécial. Je pris de l'argent dans mon matelas et lui donnai un pourboire de cinq dollars. Il me remercia chaleureusement.

Comme Utanc était absente, je me fis monter un dîner somptueux dans ma chambre et je le dévorai en regardant la télévision, après quoi j'allai me coucher avec délectation.

J'avais eu une journée chargée, mais il était désormais de mon devoir d'être frais et dispos afin de pouvoir me présenter au travail à neuf heures précises.

La machine était en branle. Personne ne pouvait plus rien pour Heller, pas même les Dieux !

2

A neuf heures pile, j'étais devant la porte du bureau spécial de M. Trapp. J'avais mis un costume et un feutre neufs.

Il n'y avait personne.

J'attendis dans le vestibule.

Vers dix heures moins le quart, un concierge, venu pour faire le ménage, ouvrit la porte. J'entrai. A dix heures, des hommes de la sécurité arrivèrent pour vérifier si les bureaux étaient sûrs. Ils ne m'adressèrent pas la parole.

Le quatrième réceptionniste-adjoint arriva aux alentours de dix heures trente. Il débrancha le signal d'alarme, ouvrit la porte de sa cabine blindée, s'assit et se mit à lire un journal de turf.

A onze heures, je décidai d'aller lui parler.

– Je crois que je suis censé voir M. Trapp, dis-je à travers l'hygiaphone.

– Pourquoi venir pleurer sur mon épaule ? Ce n'est quand même pas de ma faute si vous avez la poisse.

Et il se replongea dans son journal.

A midi, le vestibule s'emplit d'un brouhaha assourdissant. On aurait dit une émeute. N'écoutant que mon devoir, je me ruai au-dehors pour voir ce qui se passait : des hordes d'employés sortaient d'innombrables bureaux pour aller déjeuner. La cohue était telle que je manquai être piétiné. Je me composai une expression d'employé modèle et partis manger.

Je revins à treize heures. Le quatrième réceptionniste-adjoint arriva vers treize heures quinze. Il posa sur moi un regard écœuré, entra dans sa cabine et appuya sur un bouton.

Cinq gardes firent irruption dans la pièce, l'arme au poing. Le quatrième réceptionniste-adjoint me désigna du doigt et les gardes braquèrent leur revolver sur moi.

– Attendez ! criai-je. Je m'appelle Inkswitch ! Je suis censé voir M. Trapp !

Le chef des gardes désigna une feuille de papier à travers la vitre blindée du réceptionniste adjoint et demanda :

– Est-ce qu'il est sur la liste des personnes recherchées ?

Je ne voyais pas ce qui se passait : les gardes m'avaient placé de dos, les mains contre le mur, les pieds écartés.

– Non, il n'est pas sur la liste des personnes recherchées, fit le réceptionniste-adjoint. Je n'y comprends rien. Quelqu'un a dû faire une erreur.

– Vous avez une autre feuille de papier ici, fit le chef des gardes. On dirait la liste des tueurs à gages.

– Non, c'est un mot de M. Trapp. (Puis il se mit à crier à mon adresse :) Hé ! Espèce d'abruti ! Vous aviez rendez-vous à dix heures dans le département du personnel. Jamais vu un (bip) pareil ! Vous êtes en retard !

Aussitôt les gardes m'entraînèrent vers une porte sur laquelle il y avait l'inscription : *Personnel.*

Ils me poussèrent à l'intérieur et repartirent.

– Inkswitch ? dit une secrétaire après que je me fus présenté. Vous n'êtes pas sur la liste du commando en partance pour le Venezuela. Qu'est-ce que vous faites ici ? Est-ce que vous vous rendez compte que le gouvernement est censé être renversé à seize heures ?

Ma présence provoqua un drôle de remue-ménage. Le directeur du personnel arriva en personne pour s'enquérir de la cause « de tout ce boucan » qui l'empêchait d'écouter son émission de radio préférée. Il ramena rapidement le calme : l'affaire vénézuélienne avait été confiée aux Russes. Les employés parurent très contrariés de n'avoir pas été mis au courant.

Le directeur du personnel pressa un bouton. Six gardes arrivèrent en courant. Il pointa un doigt sur moi et cria :

– Il a semé le (bipier) dans tout le bureau !

Ils s'emparèrent de moi.

– Attendez ! vociférai-je. (Je hurlai d'autant plus fort qu'ils me tordaient les deux bras dans le dos et qu'ils essayaient de me soulever pour me jeter dehors.) Je travaille ici ! C'est M. Rockecenter lui-même qui m'a embauché – et pas plus tard qu'hier !

Ils me laissèrent retomber par terre.

– Je parie que non ! dit le chef des gardes.

– Je parie qui oui ! lança le directeur du personnel. Cinq dollars !

– Tenu ! fit le chef des gardes. Arrachez-lui sa chemise !

Les gardes obéirent et les boutons volèrent.

L'un des gardes braqua une espèce de lampe de poche sur ma poitrine. Je baissai la tête pour regarder. En lettres vertes phosphorescentes, il y avait les mots *Esspion de la Famille Rockecenter,* ainsi que la date et les initiales de Miss Paix.

– Vous avez perdu, Throgmorton, dit le chef des gardes.

– Pas du tout, c'est *vous* qui avez perdu, rétorqua le chef du personnel.

Une altercation épouvantable s'éleva entre eux. Quelqu'un appela le département psychiatrique. Un psychiatre arriva et leur dit qu'ils avaient tous les deux perdu et qu'ils abréagissaient. Il leur dit de se donner mutuellement cinq dollars et, d'un air distrait, repartit avec les billets.

Je me retrouvai dans une minuscule cabine, face à une employée. Elle prit mes papiers d'agent fédéral du Sénat et se mit à poinçonner des cartes informatiques. Ce fut un travail laborieux. Finalement, elle inséra les cartes dans un ordinateur et appuya sur une touche pour afficher les données sur son écran. L'écran demeura vierge.

– Parfait, dit-elle. Tout est en ordre.

– Comment ça ? L'écran est resté vierge.

– Évidemment, soupira-t-elle. Vous ne voudriez quand même pas que votre identité d'emprunt soit connue de tout le monde !

Je sortis.

La porte du bureau de M. Trapp était entrouverte. Je la poussai et entrai.

– Où diable étiez-vous passé ? grogna-t-il. Ça fait une heure qu'ils nous attendent !

Quelques instants plus tard, nous étions dans la rue et montions dans un taxi.

Les choses commençaient enfin à bouger !

3

Durant la plus grande partie du trajet – plusieurs fois interrompu par les embouteillages –, M. Trapp demeura silencieux. De temps en temps, il jetait un coup d'œil dans ma direction en clignotant nerveusement des paupières. Finalement, il se décida à parler.

– Que savez-vous de ce Wister ? demanda-t-il.

– J'en sais moins que vous, mentis-je. Quand j'ai vu que vous étiez pris au dépourvu hier, je vous ai couvert.

S'il estimait que j'en savais plus que lui, il risquait de lancer des tueurs à gages à mes trousses.

– Hmmm, fit-il. Cette façon de régler le problème Wister ne me plaît guère, Inkswitch. Je veux bien que nos solutions soient généralement tortueuses, mais dans ce cas précis, je pense qu'il aurait mieux valu engager un tueur.

Je me figeai, étreint par l'angoisse. Je n'avais pas la plaque. Pas question de tuer Heller et de déclencher l'invasion voltarienne. Je n'avais aucune envie d'être réduit en particules ioniques. Vu l'état de cette planète, Voltar anéantirait toutes les formes de vie avant de reconstruire l'écologie et de procéder à une colonisation en règle. Parmi les « formes de vie », il y avait *moi*.

Comment résoudre ce problème ?... Ah oui !...

– Torpedo Fiaccola n'a vraiment pas eu de chance, lâchai-je négligemment.

Ce fut à son tour de se figer. Pourtant les hommes de loi de Wall Street savent généralement déguiser leurs sentiments – en admettant qu'ils en aient.

– Doux Jésus ! s'exclama-t-il, en me regardant avec des yeux ronds. (Mais la curiosité reprit rapidement le dessus et il me demanda :) Est-ce que cet (embipé) vous a parlé ?

– Non. Wister l'a envoyé au Pôle Nord. Il n'y a rien à craindre de lui : il doit parler l'ours polaire à l'heure qu'il est. (Je décidai que Trapp s'était suffisamment intéressé à moi.) C'est Wister qui a encaissé les cent mille dollars et non pas Facciola.

– DOUX JÉSUS !

– Oui, acquiesçai-je d'un ton aimable. Wister se sert de votre argent pour financer son carburant bon marché.

– Seigneur !

– Je sais ce que vous pensez : si jamais cela venait aux oreilles de M. Rockecenter, ses représailles seraient terribles.

Trapp me regardait fixement, horrifié. Autant lui dicter les règles du jeu tout de suite.

– Il y a une chose que vous pouvez me dire, repris-je. Pourquoi M. Rockecenter refuse-t-il catégoriquement d'avoir un fils ?

Le visage de Trapp évoquait un pruneau blanc.

– Il est impuissant, dit-il enfin. C'est juste un voyeur. Ça fait des années qu'il ne peut plus avoir de relations sexuelles.

– Allons, allons, monsieur Trapp. Ne tournez pas autour du pot. Dans son bureau, je vous ai défendu à un moment où j'aurais pu vous laisser couler à pic. N'est-ce pas la preuve que vous pouvez me faire confiance ? Je suis sûr qu'il y a une autre explication.

– Inkswitch, j'ignore comment vous avez fait pour obtenir toutes ces informations. Mais laissez-moi vous assurer qu'elles sont *très* dangereuses. Je trahirais la confiance de mon client si je vous disais un mot de plus. La défense en restera là.

Notre taxi se fraya un chemin à travers deux autres embouteillages. Soudain, Trapp me regarda de ses yeux pâles et me gratifia d'un sourire sans joie – ça consistait en une espèce de contraction aux commissures de ses lèvres.

– Inkswitch, après m'être longuement consulté, je suis parvenu à la conclusion suivante : vous êtes l'une des crapules les plus sournoises et les plus malfaisantes qu'il m'ait été donné de rencontrer. Non, je préfère rectifier tout de suite : vous êtes la crapule la plus sournoise et la plus malfaisante qu'il m'ait été donné de rencontrer.

– Et vous, monsieur Trapp, vous êtes la canaille la plus fourbe et la plus vile avec laquelle j'aie eu le privilège de travailler jusqu'ici.

Nous nous serrâmes solennellement la main pour marquer notre admiration mutuelle.

Nous étions enfin arrivés à destination.

– Bon, fit M. Trapp, allons rouler ce Wister dans la boue et faisons de sa vie un véritable enfer ! Qu'il soit condamné sans appel et à jamais incapable de relever la tête !

Et, sur ces paroles enthousiastes, nous descendîmes du taxi.

Trapp leva légèrement le bras pour désigner les gratte-ciel qui se dressaient partout autour de nous.

– Ici c'est le centre mondial de la publicité. Nous allons rendre visite à FFBO, la plus grande agence de pub et de public-relations des États-Unis. C'est *moi* qui vais parler. Ne dites pas un mot !

– FFBO ? dis-je. Que signifie ce sigle ?

– Fable, Farce, Burp et Obscene. Tout publicitaire digne de ce nom doit être capable de débiter ce nom à toute allure sans bafouiller. Ça montre qu'il est vraiment du métier. Mais, comme je viens de le dire, c'est moi qui assurerai la totalité de la conversation. Comme je suis avocat, ils ne pourront pas me poursuivre pour parjure ou diffamation.

Nous entrâmes dans un hall immense au décor somptueux. Les murs étaient ornés de poissons métalliques qui faisaient penser à des piranhas.

Notre ascenseur décolla. Il nous éjecta dans une petite pièce. Pas la moindre chaise nulle part. Des gens faisaient les cent pas avec une mine frustrée. De toute évidence, ils ne travaillaient pas pour l'agence. Dans un coin, il y avait une grande cage de verre blindé à l'intérieur de laquelle était installée une réceptionniste. Les murs de la pièce étaient rouge foncé. En haut de l'un des murs, j'aperçus un orifice duquel dépassait un canon scié. Derrière l'arme, deux yeux vigilants surveillaient la pièce. Je ne vis ni pancartes ni panneaux de direction.

Trapp sortit une carte de son portefeuille et la colla contre l'hygiaphone blindé. La fille eut un mouvement de recul.

– Le vice-président pour les relations publiques avec l'étranger, ordonna M. Trapp.

La fille sauta sur un téléphone. Elle aboya quelques paroles hystériques dans le combiné, puis, aussitôt, leva la tête et cria :

– Cinquantième étage ! Vous êtes attendu, monsieur Trapp !

Les gens tressaillirent et reculèrent pour nous laisser passer.

Nous prîmes un ascenseur. Du coin de la bouche et sans remuer les lèvres, Trapp susurra :

– Je n'ai pas aimé la lenteur de leur réaction. Je connais bien leurs tactiques de temporisation. Je sens qu'il y a quelque chose qui cloche. Peut-être devrons-nous avoir recours à l'intimidation. Rabattez votre chapeau sur vos yeux. Quand je tousserai, prenez un air menaçant. Quand je frapperai le sol du pied, enfoncez votre main dans votre poche, comme si vous alliez dégainer. Compris ?

J'étais en train d'apprendre les us et coutumes du monde des affaires. Je lui dis que j'avais parfaitement compris.

– Mais surtout n'abattez personne, ajouta-t-il brusquement. La mutuelle qui assure le personnel de cette boîte nous appartient et nous serions obligés de payer. S'il doit y avoir des actes de violence, laissez-leur l'initiative. Comme ça, leur contrat d'assurance sera automatiquement caduc.

Nous étions arrivés. La porte de l'ascenseur coulissa. Nous pénétrâmes dans une salle d'attente joliment décorée.

Deux hôtesses d'accueil qui ne portaient presque rien sur elles tenaient chacune l'extrémité d'un bâton autour duquel un tapis était enroulé – un tapis rouge. Elles se mirent à le dérouler à reculons.

Deux fleuristes portant une robe de soie blanche et un panier arrivèrent en sautillant et jetèrent des fleurs sur notre passage avec des gestes délicats.

Deux violonistes vêtus d'un costume folklorique hongrois apparurent à nos côtés en jouant des airs mélodieux.

– Je hais ces (bips) de réceptions des agences de pub, grogna Trapp.

– C'est toujours comme ça ? demandai-je.

– Non. Il n'y a qu'avec moi qu'ils agissent ainsi. Ils savent que ça me fait horreur.

Nous remontâmes un long couloir. Deux jeunes hommes habillés en hérauts soufflèrent dans une trompette avant de former un arc avec leurs instruments.

Une jeune femme vêtue d'une peau d'agneau ouvrit gracieusement une porte sur laquelle je lus :

J.P. Shocking
Vice-président
Département des Relations Publiques avec l'Étranger

La pièce était jonchée de fleurs.

Un homme corpulent vêtu d'un smoking pourpre nous accueillit en nous gratifiant de force courbettes et en se frottant les mains.

– Je suis J. P. Shocking, monsieur Trapp. Bienvenue. Bienvenue. Bienvuenue.

Dans un coin de la pièce, trois petites filles levèrent leur visage angélique et se mirent à chanter :

Joyeuse bien-invenue,
Joyeuse bien-invenue, cher monsieur Trapp,
Avec Gélatex, on gratte, on rince, et on passe mieux la pommade.

Elles firent la révérence et sortirent à petits pas gracieux, tout en esquissant un cha-cha-cha et en nous envoyant des baisers. Pas évident à faire.

Shocking se frotta à nouveau les mains.

– Que puis-je vous offrir, à vous et à votre hôte, monsieur Trapp ? demanda-t-il d'un ton mielleux. Un cigare Havana Havana Havana ?... Du champagne Raire 1650 ?... Ou peut-êre une jolie secrétaire bien à point pour vous rafraîchir ?... Cette porte ici donne sur une chambre à coucher, et une charmante créature vous y attend, entièrement vêtue de Gélatex pour vous passer la pommade !

– Si vous demandiez à votre cour de se retirer, dit Trapp d'une voix acide. De la sorte nous pourrions peut-être en venir à l'objet de ma visite.

Sans cesser de sourire, Shocking frappa dans ses mains potelées et, du pied, indiqua à tout le monde de débarrasser le terrain. Aussitôt, les violons cessèrent de jouer et les gens qui se trouvaient dans le couloir détalèrent dans toutes les directions, comme s'ils avaient tous les Diables à leurs trousses.

Trapp ôta un pétale de fleur de son costume sombre comme s'il s'agissait d'une saleté et le laissa tomber sur le sol, puis il s'essuya les doigts avec son mouchoir.

– Nous sommes ici pour louer vos services et ouvrir

un compte client chez vous. Mais nous exigeons de choisir le public-relations qui travaillera pour nous.

– Sei-gneur, monsieur Trapp ! Quel honneur ! *Quiconque* veille sur les intérêts de M. Rockecenter n'a qu'à commander, et nous ferons tout, mais alors *tout* ce qui est en notre pouvoir pour lui donner entière satisfaction – en toute priorité, cela va de soi.

Il frappa dans ses mains.

Une secrétaire accourut, un bloc-notes ouvert dans une main, un sachet de contraceptifs dans l'autre.

Shocking frappa trois fois dans ses mains. Un jeune homme vêtu d'un costume Ivy League des plus stricts fit irruption dans la pièce avec un livre volumineux. Sur un geste de son patron, il ouvrit le livre devant nous et commença à nous montrer des photos de public-relations souriants avec, en dessous, leur biographie et leurs statistiques de réussite.

Trapp toussa.

C'était le premier signal. Je pris aussitôt un air menaçant.

– Pour l'affaire qui nous intéresse, dit l'homme de loi, nous voulons J. Walter Madison et personne d'autre.

Le jeune homme sursauta.

La secrétaire sursauta.

J. P. Shocking blêmit.

– Oh, mon Dieu, monsieur Trapp ! s'écria-t-il. Noooon !

– J'insiste ! siffla Trapp, implacable.

Shocking se mit à genoux. Le jeune homme se mit à genoux. La secrétaire se mit à genoux.

Tous trois joignirent les mains en un geste de supplication.

– *Pas* J. Valseur Madingo ! gémirent-ils en chœur.

Du coin de la bouche, Trapp murmura à mon adresse :

– Il nous faut cet homme. C'est un artiste sans pareil.

Il frappa le sol de son pied.

Je plongeai la main dans ma poche, en faisant comme si j'allais dégainer.

Ils poussèrent des hurlements !

Des bruits de pas précipités dans le couloir.

Un grand homme bedonnant vêtu d'un complet violet à rayures fit irruption dans la pièce.

– Que se passe-t-il ici ? rugit-il.

Il vit Trapp et tressaillit.

Ces idiots, dit l'avocat d'une voix sourde et acide, refusent de louer les services de votre maison à Rockecenter. Et vous, monsieur Buhlshot, en tant que directeur de FFBO, vous voici le témoin numéro un de ce crime crapuleux !

M. Buhlshot se mit à genoux et joignit les mains.

– Oh, mon Dieu ! Je vous en prie, monsieur Trapp, implora-t-il. N'annulez pas votre compte client. Pitié, monsieur Trapp !

– Il exige que nous lui donnions J. Walter Madison, gémit Shocking à l'adresse de son patron.

– Mon Dieu ! glapit M. Buhlshot. (Il se tordait les mains de désespoir.) Pour l'amour du Ciel, ne nous faites pas ça, monsieur Trapp ! La dernière fois qu'il a travaillé pour vous, il a complètement détruit les relations diplomatiques de la République de Patagonie avec le reste du monde ! Et ensuite le pays a été déchiré par une révolution ! Tous les biens d'Octopus ont été saisis et nationalisés ! Le président s'est suicidé ! Et tout cela par la faute de J. Walter Madison !

– Ça ne marche pas, souffla Trapp du coin de la bouche. Reculez vers le mur et couvrez-moi avec votre revolver. Il va peut-être y avoir de la bagarre.

Je fis comme il me l'avait demandé. Ils se mirent tous à hurler. Dans le vestibule, des portes claquaient avant d'être verrouillées en toute hâte.

– Si j'ai bien compris, vous refusez de satisfaire à une demande parfaitement raisonnable, Buhlshot ? lança Trapp d'une voix menaçante.

– Pour l'amour du Ciel, Trapp ! Pitié ! Vous risquez de ruiner la réputation de FFBO !

– Vous refusez de nous donner J. Walter Madison ?

Buhlshot, qui était toujours agenouillé, se pencha en avant et se mit à lécher les chaussures de Trapp. Celui-ci recula.

– Vous ne me laissez guère le choix, monsieur Buhlshot.

Trapp alla jusqu'au téléphone et décrocha le combiné.

– Passez-moi la Grabbe Manhattan Bank.

Les quatre larves le contemplèrent d'un air incrédule.

– Trapp à l'appareil. Veuillez me passer M. Caesar, Département des Prêts Impayés.

– Nooon ! hurla Buhlshot. Je vous en prie, monsieur Trapp, ne demandez pas le remboursement des emprunts de FFBO ! Nous sommes à découvert !

Trapp attendait calmement que Caesar prenne la communication. Brusquement, je compris. Rockecenter était propriétaire de la Grabbe Manhattan Bank ! L'une des plus grandes banques du monde ! Et elle contrôlait la plupart des autres banques ! Quel coup de maître !

Et quel honneur d'appartenir à une organisation aussi colossale et aussi efficace ! J'étais enflé d'orgueil. Mais je continuai de braquer mon arme sur eux.

– Mais nos prêts ne sont pas tous impayés ! hurla Buhlshot.

– Ils le seront sous peu, rétorqua Trapp.

– Attendeeeeez ! Nous capitulons !

Trapp posa la main sur le microphone du combiné.

– Je vais essayer de vous le trouver ! cria Buhlshot.

Le jeune homme et la secrétaire ceinturèrent Shocking pour l'empêcher de se jeter par la fenêtre.

Buhlshot sortit en courant.

Il revint trente secondes plus tard. Il était hagard.

– Personne ne sait où il est, annonça-t-il.

Un haut-parleur se mit à beugler, demandant à tous les employés de tous les étages de se rendre immédiatement dans la salle numéro cinq pour « une réunion urgente de création ».

La salle ne tarda pas à s'emplir. Les gens conversaient avec animation. Il y eut des regards choqués lorsque le nom de J. Valseur Madingo fut mentionné.

Buhlshot courait d'un employé à l'autre.

– Je veux une réponse immédiate ! Où est J. Walter Madison ? Celui qui trouvera le slogan aura droit à un mois de vacances aux Bahamas, tous frais payés !

Trapp avait toujours la main posée sur le microphone du combiné.Il me lança un regard en coin.

– Comme je vous l'avais dit, les choses se sont envenimées. Mais il nous faut cet homme !

Les employés aboyaient des réponses éclair. « A mort, Madison ! » « Va te faire (embiper), Madison ! » « Prêtez cinq dollars à Madison aujourd'hui et votre fiancée vous larguera demain ! » « Pourquoi ne pas positionner Madison au-dessus des Quatre Cavaliers de l'Apocalypse ? » « Montrons Madison hilare devant une planète en flammes ! » « Faisons un photomontage où Madison assassine sa mère – mais je crois que ça a déjà été fait. » « Un Madison, déjà ça va pas ! Deux Madison, bonjour les dégâts ! »

Une voix claire et haut perchée se fit entendre par-dessus le vacarme :

– Miss Dicey sait peut-être où il est !

Ruée générale.

Ils extirpèrent Miss Dicey d'un placard à balais où elle était allée se cacher et, après l'avoir fait passer de main en main par-dessus leurs têtes, ils la larguèrent dans le bureau de M. Buhlshot.

C'était une petite brune frêle et menue. Ses yeux immenses nous fixaient avec terreur.

M. Buhlshot baissa la tête et l'écrasa du regard. Elle était minuscule à côté de lui.

– Miss Dicey ! Il paraît que vous êtes le dernier mannequin à avoir travaillé avec J. Walter Madison. Où est-il ?

Elle tremblait comme une feuille.

– Une visite guidée du Washington Monument, tous frais payés, si vous nous dites où il est ! ajouta-t-il d'un ton câlin.

Miss Dicey essayait désespérément de s'enfoncer dans la moquette.

– Vous avez une seconde pour répondre, ou vous êtes virée !

– J'ai promis de ne rien dire ! cria-t-elle. (Sa voix se cassa sous l'effet de la terreur.) Il sait que vous voulez le tuer. Si je vous révèle où il est, il reviendra briser ma carrière avec ses slogans idiots ! Je le sais ! Même son fantôme serait dangereux !

Buhlshot claqua des doigts. Deux jeunes comptables vêtus d'un complet jaune vif entrèrent. Le premier saisit Miss Dicey par les poignets et le second la prit par les chevilles. Ils la tinrent en l'air, à l'horizontale. Un troisième comptable se dirigea vers la fenêtre et l'ouvrit en grand. Cinquante étages de vide ! Ma tête se mit à tourner.

Les deux comptables qui tenaient Miss Dicey se mirent à la balancer d'avant en arrière afin d'avoir suffisamment d'impulsion pour la jeter dans le vide.

– Attendez ! Attendez ! cria Buhlshot. L'éclairage est nul ! Allez me chercher l'un des réalisateurs du Département des Spots Publicitaires !

Nouvelle ruée.

Un homme coiffé d'un béret fendit la foule. Il devait avoir la soixantaine. Il tenait un petit mégaphone. Quelqu'un lui apporta une chaise. Au verso du dossier, je lus les mots : *Metteur en scène.* Un éclairagiste arriva avec des projecteurs. Il les installa avec célérité et détermination.

– Alors, vous nous dites où il est, oui ou non ? demanda Buhlshot à la fille.

Elle secoua la tête et lança :

– Mieux vaut la mort que J. Walter Madison !

Elle était terrorisée et sans défense, mais elle avait prononcé ces mots avec ferveur.

– A vous de jouer, Lemley, dit Buhlshot au metteur en scène.

– Très bien, fit celui-ci. C'est une scène dramatique. Je veux du violon !

Un violoniste arriva et se mit à jouer l'adagio d'Albinoni.

Lemley porta le mégaphone à ses lèvres et cria :

– Bien ! Ce que je veux, c'est du naturel, de la décontraction, un certain détachement. C'est pas Hollywood ici. Alors, pas de violence. Et ça s'applique aussi à vous, Miss Dicey. Je veux que vous souriiez et que vous ayez l'air parfaitement naturelle. Il faut que le public AIT ENVIE d'acheter le produit. Très bien. Essayons de ne faire qu'une prise. La pellicule est hors de prix de nos jours. Prêts ? Lumières ! Caméra !

Quelqu'un accourut avec un clap et récita à toute allure :

– Pub « Gélatex ». Scène 1. Première prise !

Il fit claquer le clap et sortit de la pièce. Je n'y comprenais pas grand-chose. Il n'y avait aucune caméra nulle part.

– MOTEUR ! hurla Lemley.

Les deux jeunes comptables se mirent à balancer Miss Dicey d'avant en arrière, de plus en plus haut, de plus en plus loin, tournant la tête en cadence.

– Coupez ! Coupez ! Coupez ! tonna Lemley. Bon sang, Dicey ! Gardez les yeux ouverts, (bip) de (bip) ! Comment voulez-vous avoir de l'impact avec les yeux fermés ?

– Elle s'est évanouie, dit l'un des jeunes comptables.
– Où est l'accessoiriste ? intervint Buhlshot.

Un accessoiriste se précipita dans la pièce. Il saisit le seau à champagne et en renversa tout le contenu – glace, bouteille et pince à glace – sur le visage de Miss Dicey.

Elle revint à elle.

– Bon, on recommence, dit Lemley. Cette fois, je veux que les deux acteurs qui tiennent Miss Dicey gardent leur visage tourné vers la caméra. Et souriez ! Ayez l'air heureux ! Compris ? Parfait. On repart. Lumières ! Caméra !

Le clapman arriva en courant.

– Pub « Gélatex ». Scène 1. Deuxième prise !

Clap !

– Moteur ! hurla Lemley.

– Je vais parler ! Je vais parler ! cria Miss Dicey. Mon maquillage est fichu. Je ne peux pas être filmée dans cet état. Que dirait mon public ?

– Coupez ! fit Lemley. Ce dialogue ne se trouvait pas dans le scénario.

– Cinq minutes de pause ! cria Buhlshot.

Les gens ne se le firent pas dire deux fois et partirent en courant. Buhlshot rattrapa Miss Dicey qui essayait de gagner la porte.

– Est-ce que j'aurai un voyage en Chine ? demanda Miss Dicey.

– Oui, dit Buhlshot.

– Et après, est-ce que j'aurai un poste permanent dans l'une de nos filiales qui se trouvent derrière le Rideau de Fer ?

– Oui.

– Très bien. Il se cache au Quai 92. C'est dans la Zone Libre, en dehors des eaux territoriales. Il dort dans sa voiture dans une sorte de box qui porte une pancarte « Export ». Sa mère lui apporte à manger tous les soirs à neuf heures. Maintenant, laissez-moi sortir d'ici. Il faut que je fasse mes valises.

Trapp raccrocha. Il m'adressa un hochement de tête imperceptible et pessimiste. Je rangeai mon revolver.

– Shocking, dit Buhlshot, vous êtes viré pour avoir failli nous faire perdre un client aussi prestigieux que M. Rockecenter !

– Nous ne sommes pas sortis de l'auberge, me murmura-t-il. Il va falloir le capturer maintenant. Mais c'est nous qui allons nous en occuper, car cela relève de la jurisprudence internationale.

Tandis que nous quittions les lieux, les deux violonistes se matérialisèrent à nos côtés et jouèrent un air triste. Les fleuristes lancèrent des petits fanions d'adieu sur notre passage. Les hôtesses d'accueil enroulèrent le tapis rouge derrière nous.

Dans le couloir, Buhlshot s'épongeait le visage avec un mouchoir de soie pourpre.

– Doux Jésus, soupira-t-il. Qu'est-ce qu'il ne faut pas faire pour garder certains clients !

4

A l'instant où nous posâmes le pied dans la rue, je sus que nous allions avoir de gros problèmes. C'était l'heure de pointe. Les employés du quartier publicitaire rentraient tous chez eux. Nous fûmes immédiatement ballottés par la marée humaine. Et pas le moindre taxi en vue.

– Seigneur ! fit Trapp en regardant sa montre. Nous avons si peu de temps. Quatre heures seulement nous séparent de vingt et une heures. Inkswitch, nous devons mettre la main sur Madison à n'importe quel prix, et quels que soient les obstacles.

Nous remontâmes l'avenue d'un pas alerte. Il faut dire que nous n'avions pas vraiment le choix : nous étions entraînés par le flot des gens.

– Nous sommes confrontés à un problème de droit international, me dit Trapp d'un ton inquiet. Ce (bip) de Madison n'est pas la moitié d'un (bip) : il est allé se terrer sur le Quai 92, à l'extrémité du hangar de la zone d'Échange Libre. A l'extrémité ! Il se trouve en dehors de la juridiction territoriale des États-Unis !

Nous évitâmes un livreur d'une boutique de spiritueux qui semait la panique dans la foule avec son triporteur. Je me retournai et, d'un coup de pied, renversai le véhicule.

En entendant les bouteilles se fracasser sur le trottoir, Trapp parut se sentir mieux.

– Boomheimer ! s'exclama-t-il. S'il s'agissait d'un simple problème juridique, je saurais quoi faire. Mais c'est un authentique problème militaire, Inkswitch. Il n'y a qu'une façon de le régler : par la force ! Boomheimer est le dernier officier de l'état-major d'Hitler à être encore en vie aujourd'hui. C'était un gamin à l'époque. Il doit bien avoir quatre-vingt-dix ans maintenant. Il faut que je lui parle et que je lui demande quelques conseils. Un téléphone... Trouvons un téléphone. Il est absolument vital que nous mettions la main sur ce Madison. C'est le seul recours qui nous reste !

L'endroit le plus proche à avoir un téléphone était un delicatessen, un fast-food de spécialités juives. Il était bourré à craquer. Mais ce n'était pas tout : une vingtaine de membres du Ku Klux Klan en robes et capuches blanches avaient formé un piquet et défilaient devant le restaurant en brandissant des pancartes qui disaient : *A bas les Juifs !*

– Impossible de briser un piquet, dit M. Trapp. Les syndicats nous appartiennent. Là ! La station de métro !

Un peu plus loin, il y avait une bouche de métro. Nous fendîmes la foule, Trapp ouvrant la marche avec des gestes fébriles.

Sur le quai, c'était une cohue indescriptible. Trapp, en bon New-Yorkais qu'il était, joua des mains et des coudes pour se frayer un passage. J'aperçus un jeune Noir occupé à tracer un graffiti sur le carrelage mural. Il avait deux bombes de peinture, l'une bleue, l'autre rouge. Il avait dessiné un drapeau américain en travers duquel il était en train d'écrire : *J'(embipe) l'Amérique.* Sur le coup, je crus que Trapp se dirigeait vers lui, peut-être pour corriger le dessin, puis je vis que son objectif était une cabine téléphonique.

Elle était occupée par une femme qui téléphonait. Trapp cogna contre la porte vitrée. La femme lui décocha un regard furibond et poursuivit sa conversation.

– Écoutez, Inkswitch, dit-il, je vous serais reconnaissant de veiller à ce que personne ne s'approche de cet endroit pendant que je téléphone. Je vais en avoir pour pas mal de temps et les gens n'arrêtent pas de cogner à la porte comme je viens de le faire.

Je lui dis que j'allais faire de mon mieux.

– Vous avez de la monnaie ? demanda-t-il. Je n'ai pas la moindre pièce sur moi.

Je lui répondis que non. Mais j'étais déjà en train de réfléchir à la façon dont j'allais m'y prendre pour empêcher les gens de s'approcher de la cabine. Trapp se dirigea vers la cabine du service de la monnaie.

Je remontai l'escalier quatre à quatre. Les types du Ku Klux Klan étaient toujours là. Leurs pancartes ! Il fallait que je m'empare de deux de leurs pancartes ! Les professeurs de l'Appareil ne cessaient de nous répéter : « Débrouillez-vous avec les moyens du bord. » Le moment était venu de mettre ce principe en application.

De toutes mes forces, je hurlai :

– Vingt-deux ! Voilà la Force de Police Tactique de New York !

Je sortis mon revolver et fis feu à deux reprises.

Les hommes du Ku Klux Klan détalèrent comme des lapins.

Les deux que j'avais blessés au bras lâchèrent leurs pancartes.

Je les ramassai et dévalai l'escalier.

J'arrivai sur le quai au moment où Trapp sortait du service de la monnaie. Il tenait un grand sac rempli de pièces.

– Tout prend toujours tellement de temps ! se lamenta-t-il. Au début, ils n'ont pas voulu me croire quand je leur ai dit que le métro nous appartenait !

Il plongea la main dans le sac et fourra une poignée de pièces dans la poche de son pardessus. Il me tendit le sac.

– Tenez ça et ne le perdez pas. Nous devrons remettre les pièces qui restent aux comptables de la compagnie de métro.

Il courut vers la cabine téléphonique. La femme était en train de raccrocher. Il cogna contre la porte pour le principe.

J'allai rapidement me placer derrière le jeune Noir. D'un geste expert, j'abattis le sac de pièces sur son crâne. Il s'écroula. Je saisis ses deux bombes et me mis au travail.

J'arrachai la première pancarte de ses tiges et la retournai côté vierge. Avec la bombe de peinture bleue, j'inscrivis très lisiblement : AGENT DE LA CIA, puis j'explorai rapidement le sol du regard, trouvai quelques chewing-gums mâchonnés et collai la pancarte contre le mur.

Je pris l'autre pancarte et, sur le côté vierge, écrivis : A BAS LA CIA !

La femme traitait Trapp de tous les noms. Je commençais à comprendre pourquoi il voulait que je protège la cabine.

La femme partit. Au moment où Trapp ouvrit la porte vitrée, je lui collai la pancarte « AGENT DE LA CIA » dans le dos. Il ne remarqua rien.

– Mon Dieu ! Qu'est-ce que ça sent mauvais là-dedans ! s'exclama-t-il. Elle devait mâchouiller de l'ail !

Il laissa la porte ouverte.

Je me mis à défiler devant la cabine avec ma pancarte « A BAS LA CIA ! » Les gens changèrent aussitôt de direction.

Trapp mit des pièces dans l'appareil.

– Standardiste ? Passez-moi immédiatement la standardiste en chef de la Compagnie de Téléphone de New York... (Une pause, puis :) Ah ! La standardiste en chef ? Parfait. Ici Trapp, de Flooze et Plank. Branchez ce téléphone public, Klondike 5-9721, sur la Ligne N° 1 de la WATS International... Évidemment que je sais qu'il s'agit d'une ligne secrète. Je suis bien placé pour le savoir : la compagnie de téléphone nous appartient... Votre nom, s'il vous plaît ?... Goog ? (Il se mit à écrire dans son calepin tout en épelant.) G-O-O-G. Merci, Miss Goog... Le numéro de ma carte de crédit téléphonique est : IT & T N° 1... Oui, la compagnie de téléphone nous appartient, Miss Goog... Bien, maintenant branchez ce téléphone payant sur la Ligne N° 1 de la WATS. Et restez en ligne pour établir les communications. Veillez à ce que cette ligne reste ouverte et rejetez tous les appels qui pourraient l'encombrer. Si la moindre communication vient parasiter cette ligne, coupez-la. (Il écouta pendant quelques instants. Puis il souligna plusieurs fois le nom de Miss Goog dans son calepin.) Non, Miss Goog. Ça m'est égal que le Président soit en train d'utiliser cette ligne. Coupez sa communication...

Je continuais de défiler devant la cabine avec ma pancarte « A BAS LA CIA ! » La foule demeurait à l'écart, très loin de nous.

– Quelle (bipasse) ! marmonna Trapp. Me brancher sur la ligne de la Maison-Blanche ! Et puis quoi encore ? Qui diable voudrait parler au Président à un moment comme celui-ci ? (Il ouvrait et refermait la porte pour ventiler la cabine.) Mon Dieu, qu'est-ce que ça pue ici ! (Brusquement, il reporta son attention sur le téléphone.) Très bien, Miss Goog. Maintenant, mettez-moi en communication directe avec le Responsable des Écoutes, Agence de la Sécurité Nationale... Oui, Miss Goog. Je sais qu'il s'agit d'une ligne gouvernementale secrète... Allô ? Qui est à l'appareil ? Mateurmann ? Comment allez-vous, Mateurmann, est-ce vous qui avez le général Boomheimer sur écoute ?... Ah, excellent. Pourriez-vous vérifier...

Une rame arriva. Les passagers virent les pancartes et restèrent dans les voitures.

– Nous avons de la chance, me dit Trapp. Boomheimer dirige un groupe de terroristes au Caire. On pense qu'il va faire sauter l'ambassade des États-Unis demain matin. Mateurmann est en train d'établir la liaison satellite. Boomheimer est encore vert pour un homme de son â... Ah, Mateurmann... Eh bien, vous n'avez qu'à inverser le signal de votre système d'écoute et à me brancher sur la ligne du général... Oui, c'est ça... Vous l'appelez et vous attendez qu'il décroche. Merci.

Il n'y avait toujours personne dans le périmètre de la cabine. Je continuais de faire les cent pas avec ma pancarte. Une fois de plus, Trapp ouvrit et ferma rapidement la porte pour aérer la cabine. Il la laissa ouverte.

– Boomheimer ? Ah, enfin. Trapp à l'appareil... Oui, je vais bien... Il va bien, lui aussi... Non ! Ça alors !... Vous m'en voyez navré. Je vous promets de veiller personnellement à ce que les bombes incendiaires défectueuses soient immédiatement remplacées. Oui, vous avez ma parole... Eh bien, voilà, général. J'ai un problème d'ordre militaire et j'aurais besoin de quelques conseils. Sur le Quai 92...

Une autre rame arriva. Les portes s'ouvrirent. Les passagers commencèrent à descendre, avisèrent les pancartes et remontèrent. Les gens qui avaient attendu sur le quai montèrent et comprimèrent les occupants des voitures. Les portes se refermèrent et le métro repartit. Je pus de nouveau entendre Trapp.

– ... pas la police new-yorkaise. Vous n'y pensez pas... Non, nous réservons la Garde Nationale pour les vrais coups durs... Si nous l'utilisions, l'armée aurait une bonne excuse pour réclamer une augmentation du budget de la Défense. Écoutez, général... Oui, l'extrémité du Quai 92 est en dehors des eaux territoriales. C'est une zone internationale. Notre problème est d'ordre intern...

Le jeune Noir revenait à lui – probablement à force de se faire piétiner. Il se leva en vacillant et aperçut ses bombes de peinture. Il alla les chercher et se remit à travailler sur son graffiti.

– Oui, oui, c'est une idée merveilleuse, général, disait Trapp. Je vous remercie de m'avoir accordé un peu de votre temps. Bonne chance pour l'ambassade. (Il appuya plusieurs fois sur le crochet de tonalité et me regarda.) Il y a de l'espoir. Ce Boomheimer est un homme très brillant.

Soudain le téléphone sonna. Il porta l'écouteur à son oreille et écouta pendant un temps, avant de dire :

– Non ! Ce n'est pas le restaurant Hippoburger ! Non... Je ne vous ferai pas porter trois Poney Suprême ! (Il appuya frénétiquement sur le crochet.) Miss Goog ! Cette ligne doit rester libre, bon sang !... Oui, vous faites bien de vous excuser. Mettez-moi en communication avec l'État-Major à Washington. Je veux parler à l'officier qui est en charge de la Stratégie... Oui, je sais que c'est une ligne secrète, Miss Goog. Nom d'une pipe, vous allez me l'établir, cette communication, oui ou (bip) ? (Il laissa échapper un profond soupir et se remit à ventiler la cabine avec la porte.) Je déteste l'ail !

Il obtint finalement la liaison.

– Ici Trapp, de Flooze et Plank. De quelles unité de l'OTAN disposez-vous en ce moment à New york ?... Quoi ?... Comment vous appelez-vous ?... Sheridan. Général Shéridan. (Il nota le nom dans son calepin.) Je crois que vous avez mal entendu, général. C'est Trapp, de Flooze et Plank, qui vous parle... Oh... Alors prenez l'échantillon que vous avez de ma voix et (bipez)-le dans votre (bip) d'ordinateur ! Dieu du *Ciel* !

Il souligna le nom du général dans son calepin. Puis il agita de nouveau la porte de la cabine et me regarda.

– Madison ne nous échappera pas, Inkswitch.

Quelques badauds se montrèrent plus hardis que les

autres. Je les repoussai avec ma pancarte. Trapp avait repris sa conversation.

– Parfait. Heureux d'apprendre que vous êtes enfin certain que c'est bien moi qui vous parle. Maintenant, répondez à ma (bip) de question... Ah bon ? Un escadron de chars d'assaut de l'OTAN donne une démonstration à l'armurerie du 7e Régiment, ce soir. Eh bien, nous devrons nous en contenter. Dites-leur de me rencontrer à 20 h 30, à trois pâtés de maisons au sud du quai 92. Les chars devront être entièrement équipés et prêts au combat... Général, ça m'est complètement égal qu'ils soient obligés d'annuler leur démonstration. Et je me contrefiche de savoir qu'ils sont anglais. Appelez immédiatement le Commandant Suprême de l'OTAN à Strasbourg ! Obtenez son autorisation ! Et que ça saute ! Je veux que l'ordre que je viens de vous donner soit transmis au plus vite ! (Il souligna à nouveau le nom du général.)

« Très bien, général. Autre chose maintenant. Avez-vous un porte-avions dans les chantiers navals de la Marine, à Brooklyn ?... Vous en avez un ?... l'*USS Saratoga*... Ça m'est égal qu'il soit en cale sèche. Vous allez immédiatement transmettre l'ordre suivant : l'*USS Saratoga* est affecté pour vingt-quatre heures au commandement européen de l'OTAN... Eh bien, prévenez le (bip) de Secrétaire de la Marine qu'il doit immédiatement quitter son (bip) de cocktail et émettre cet ordre !... Non, je n'ai pas le temps de vous expliquer pourquoi... Oui, c'est dans l'intérêt du pays ! Bien !

Trapp appuya plusieurs fois sur le crochet du combiné et se tourna vers moi.

– Nous progressons, nous progressons. Nous l'aurons, ce Madison. (Il me tourna le dos et se remit à parler dans le combiné.) Miss Goog ?... (bip) ! Non ! Votre pantalon n'est pas prêt et je ne suis pas la blanchisserie de Yorkville ! Miss GOOG !... Je vous ai déjà dit de rester en ligne, (bip) de (bip) ! Mettez-moi en communcication avec le commandant de l'*USS Saratoga*. Chantiers Navals de la Marine, Brooklyn. (Il jeta un coup d'œil à sa montre.) Le temps passe, le temps passe. Tout ça prend du temps. Mais nous progressons. Madison peut commencer à numéroter ses ab... Allô ! Ici, Trapp, de Flooze et Plank... Comment allez-vous,

Commandant Jinx ? Écoutez, commandant, vous allez d'ici peu recevoir confirmation du Secrétariat à la Marine, mais n'attendez pas. Votre équipage et vous, venez d'être affectés au commandement européen de l'OTAN...

Une rame arriva en rugissant. Trapp ferma la porte pour pouvoir parler.

Une petite foule s'était amassée autour de nous. Deux types qui n'avaient pas l'air commode essayèrent d'atteindre la cabine. Je les repoussai à coups de pancarte.

Un homme à la mine craintive était coincé entre la foule et la cabine. Son pardessus était de la même couleur que celui de l'avocat.

Vivement que Trapp ait fini ! Ça commençait à sentir le roussi. La foule s'enflait. Au lieu de faire fuir les gens comme tout à l'heure, les pancartes paraissaient au contraire les attirer à présent. Il faut dire que ce n'était plus le même genre de badauds. L'attroupement se composait principalement d'ouvriers en bleu de travail maintenant. La situation devenait désespérée.

Trapp raccrocha !

Il ouvrit la porte de la cabine.

J'agis avec la rapidité de l'éclair.

J'ôtai discrètement la pancarte que Trapp avait dans le dos et je la collai sur celui de l'homme craintif avant de lui souffler à l'oreille :

– C'est après *vous* qu'ils en ont ! Fuyez si vous tenez à la vie !

Il ne demanda pas son reste. Jamais je n'avais vu quelqu'un courir comme ça ! Il traversa le quai en sprintant et s'engagea dans l'escalier.

Grâce à la faible lumière, la foule n'avait pas remarqué mon geste. Tout ce qu'elle vit, c'est que la pancarte « AGENT DE LA CIA » disparaissait au loin.

Voyant leur proie leur échapper, les badauds se lancèrent à sa poursuite en poussant des hurlements assourdissants. Le vacarme s'estompa.

– Qu'est-ce que c'était ? demanda Trapp.

– Des joggers, répondis-je.

Et nous quittâmes notre poste de commandement mondial improvisé – simple goutte d'eau dans l'océan de l'Empire Rockecenter.

Le téléphone se mit à sonner. Miss Goog voulait sans doute que nous mettions d'autres pièces.

5

M. Trapp jeta un coup d'œil à sa montre.

– Nous ferions bien de manger maintenant, dit-il. Tout à l'heure, nous n'en aurons guère le temps.

Nous entrâmes dans le fast-food casher – celui qui se trouvait près de la bouche de métro. Au fond, il y avait une table blanche couverte de taches de graisse.

– D'habitude, j'ai horreur de ce genre d'endroit, reprit M. Trapp. Je suis totalement opposé à ce que les Juifs gagnent de l'argent. Mais, bien entendu, cela s'applique globalement à toutes les races.

Nous nous assîmes et consultâmes le menu tracé en grosses lettres sur un panneau mural. Le Klan y avait dessiné une croix gammée et les lettres « KKK » à la bombe.

– Je crois qu'ils n'ont que des hot-dogs casher ici, commenta Trapp. Pas étonnant que notre Ku Klux Klan les attaque.

– Vous financez le Klan ? demandai-je.

– Évidemment, puisqu'il sème le trouble dans la société... (Il se tourna vers un petit homme au type israélite et cria :) Hep ! Zwei-dokks, ja ?... Ces (bips) d'étrangers ne parlent pas anglais, vous savez. Mais leur nourriture est à peu près potable, à condition que vous l'accompagniez de bicarbonate de soude.

J'étais très contrarié : je venais de blesser deux hommes du Ku Klux Klan. Pas très fraternel de ma part. Mais bon, je ne le dirais pas à Trapp.

On nous servit nos hot-dogs casher. Tout en mangeant, Trapp prit des notes dans son calepin. Je le laissai travailler. Il était très ordonné, très méticuleux. Tout d'abord, il recopia au propre ce qu'il avait griffonné à la hâte dans la cabine – sans doute pour mettre la dernière touche a certains détails administratifs et satisfaire ses puissants employeurs.

– Je pense que nous avons de très bonnes chances de mettre la main sur Madison, dit-il après un temps. Quel homme d'exception, ce Boomheimer ! Tout ce que j'espère, c'est que notre puissance de feu sera suffisante. (Il nota dans son calepin deux ou trois choses qu'il avait oubliées.) Bon, ça devrait suffire. Mes subordonnés auront de quoi faire. Il ne faut jamais laisser ses employés se tourner les pouces. (Il retourna son calepin afin que je puisse lire et demanda :) Qu'est-ce que vous en pensez ?

J'étais touché par sa confiance. Voici ce qu'il avait écrit :

1. Envoyer une boîte de chocolats à la femme de Mateurmann.

2. Établir une note de frais pour un sac de pièces de monnaie et rembourser la compagnie de métro.

3. Reconstruire Fort Apache avec l'argent des contribuables, y mettre un escadron de cavalerie, nommer le général Sheridan à la tête de cet escadron et lui ordonner de pourchasser Geronimo jusqu'à ce qu'il ait atteint l'âge de la retraite.

4. Casser Miss Goog de ses fonctions de standardiste en chef de la Compagnie de Téléphone de New York et la nommer polisseuse de rail du métro urbain.

5. Mettre trois hot-dogs sur la note de frais.

*6. Promouvoir le commandant Jinx amiral s'il arrive à temps avec l'*USS Saratoga.

7. Dire aux Britanniques qu'ils pourront choisir le prochain commandant des forces de l'OTAN si leur escadron de chars fait bien son travail.

8. Envoyer à la femme du Maire douze magnifiques roses et la nommer présidente du Metropolitan Opera.

– Tout cela me paraît très bien, dis-je. Mais je ne comprends pas le point numéro huit.

– Oh, Seigneur ! s'exclama-t-il en arrachant la page de son calepin. Vous avez raison, Inkswitch. J'ai oublié d'appeler le Maire.

Il engloutit son dernier hot-dog et se rua vers le téléphone à pièces, à l'entrée du restaurant. Je n'entendis pas ce qu'il dit. Il revint à notre table avec la mine désillusionnée des hommes de loi de Wall Street.

– Ça s'est passé exactement comme je l'avais prévu. Je déteste les politiciens. Tout ce que je lui ai demandé, c'est de mettre à ma disposition toutes les voitures de patrouille de Manhattan pour pouvoir barrer tous les accès à la Douzième Avenue et à l'autoroute surélevée de West Side, de la 17e à la 79e Rue, et d'interdire le secteur à la circulation entre 20 h 30 et 21 h 30 ce soir. Toute cette zone se trouve sur le territoire américain, donc c'est parfaitement légal – à condition, bien sûr, que ces voitures de patrouille ne participent pas à l'assaut, autrement Madison nous poursuivrait en justice. (Trapp donna un coup de poing sur la table.) Et ce (bip) a refusé ! Exactement comme je l'avais prévu ! Mais j'avais une parade. C'est ce qui explique les roses rouges. J'ai dit au Maire que nous pourchassions un membre du gang Corleone. Je lui ai dit ça à cause de sa femme. Voyez-vous, Babe Corleone et elle étaient danseuses au Roxy Theater et elles se *détestent* – il faut être au courant de tout ce qui se passe dans la vie politique locale. Bien entendu, il a aussitôt transmis mon ordre, ce qui fait que Madison ne pourra pas s'échapper par les petites rues. Donc, nous laissons les roses sur la liste.

Trapp caressa son visage fripé avec lassitude. D'un geste vif, il ajusta son chapeau new-yorkais à bord étroit et rigide, puis il dit :

– Autant y aller tout de suite, Inkswitch. Cet assaut risque d'être très violent et j'ai promis à ma femme d'être rentré pour dix heures.

Il paya les hot-dogs avec de la monnaie prélevée dans le sac. Je vis qu'il avait oublié la feuille sur laquelle il y avait toutes ses notes. J'allai la chercher. Trapp était déjà dans la rue. Je le rattrapai et lui remis la feuille. Il en fit une petite boule et la jeta dans une corbeille fixée à un lampadaire.

– Gardons nos rues propres, Inkswitch. Nous venons de lancer une campagne avec ce slogan. Ça nous permet de ramasser tous les prospectus anti-Rockecenter et de jeter les contrevenants en prison sans qu'ils puissent nous accuser de violation de la liberté d'expression ou de la liberté de la presse. C'est le genre de chose que vous devez savoir, maintenant que vous faites partie de la famille. Mais je dois vous prévenir : ce n'est pas une sinécure. Nous nous échinons peut-être à la tâche, mais nous ne sommes finalement que d'insignifiants rouages dans la gigantesque machine rockecenterienne – des anonymes dont le travail et le dévouement ne sont pas appréciés à leur juste valeur. Je crois que j'ai une indigestion. Est-ce que j'avais mis du bicarbonate de soude sur mon hot-dog ?

Je lui dis que je n'en savais rien et il trancha la question en se souvenant qu'il n'avait pas de bicarbonate sur lui.

Nous étions en route pour notre rendez-vous avec les Dieux de la Guerre.

6

Il était environ 20 h 20. Dix minutes nous séparaient de l'heure fatale.

Trapp et moi descendîmes du taxi : à cause des barrages de police, il avait été obligé de s'arrêter à un pâté de maisons de notre lieu de rendez-vous. Nous continuâmes à pied, au trot.

Là-bas, devant nous, il y avait des dizaines et des dizaines de véhicules. La nuit était enveloppée dans une brume bleuâtre constellée de taches de lumière – les phares des voitures. L'Hudson, à notre gauche, était plongé dans le noir. On aurait dit un lac de goudron. Trapp marmonnait.

– Un porte-avions, seize chars d'assaut M-20 dernier modèle, des fusils d'assaut, des bazookas... J'espère que ça suffira pour venir à bout de Madison. Ce type est la ruse personnifiée !

Nous traversions l'un des barrages de police, à présent. Les véhicules avaient été placés de façon à interdire l'accès du futur champ de bataille aux passants et aux voitures. Une imposante silhouette nous barra le passage. L'inspecteur Bulldog Grafferty.

Il nous scruta quelques secondes, puis recula en se mettant au garde-à-vous.

– Ah, c'est vous, monsieur Trapp. Je m'en doutais un peu. Il n'y a que vous pour réquisitionner toutes les voitures de patrouille de New York. Désirez-vous que nous fermions les yeux sur quelque chose ?

Trapp essayait de se frayer un chemin à travers les véhicules de patrouille et les policiers.

– Non, répondit-il finalement. Tout est légal, ce soir.

– Oh !... fit Grafferty, complètement pris au dépourvu.

– C'est une affaire internationale, alors dites bien à vos hommes de ne faire rien d'autre que bloquer les rues. Je n'aimerais pas que des Américains comparaissent devant la Cour Internationale des Droits de l'Homme.

– Vous avez raison, acquiesça hâtivement Grafferty. Ils seraient condamnés d'avance.

Nous réussîmes enfin à traverser le barrage. Devant nous, j'aperçus ce que Trapp cherchait du regard depuis quelques instants : seize chars M-20 placés en formation de combat – des monstres impressionnants. Leurs carcasses astiquées luisaient dans la nuit.

Devant chaque tank, il y avait un équipage en uniforme d'apparat – très chic, très britannique.

Des fanions portant le sigle de l'OTAN flottaient sur les antennes des chars et un gigantesque drapeau de l'OTAN avait été fixé derrière la tourelle du char de tête.

Quel spectacle merveilleux ! Tellement martial !...

Un colonel portant un uniforme de parade, un béret et un stick d'officier vint à notre rencontre.

– Vous êtes sans doute les gentlemen de qui je dois recevoir mes ordres.

D'un geste militaire, il tordit l'extrémité de sa moustache. Il avait dit cela d'un ton dubitatif. Peut-être s'était-il attendu à rencontrer un général de l'OTAN couvert de médailles. J'éclairai immédiatement sa lanterne :

– Je vous présente M. Trapp, de Flooze et Plank. Il représente les intérêts de M. Rockecenter.

Effet garanti ! Le colonel nous salua avec tant de raideur que son bras se mit à vibrer. Sans se retourner, il cria :

– Sooool-dats ! En rrrang et au gaaaaarrd' à-vous ! Salut royal !

Les hommes se mirent à courir et leurs bottes martelèrent la chaussée avec un fracas assourdissant. Ils se placèrent en rang derrière lui et se mirent au garde-à-vous, regardant fixement devant eux. Impressionnant.

– Sa-luuuut Ro-yaaal ! HOP ! cria le colonel.

Toutes les mains se levèrent avec un ensemble parfait. Je n'avais encore jamais vu des soldats exécuter un salut avec autant de brio.

– REPOS !

Toutes les mains, celle du colonel comprise, redescendirent.

– A vos ordres, MONSIEUR ! lança le colonel en frappant le sol de ses bottes – un, deux, trois, quatre – à la manière des Britanniques.

Trapp, avec son pardessus civil et son chapeau new-yorkais à bord étroit et rigide, leva imperceptiblement la main et dit :

– Veuillez appeler vos officiers. Nous allons avoir une petite conférence privée.

Le colonel lança un ordre bref et ses officiers se groupèrent autour de lui. Ils synchronisèrent leurs montres. Trapp sortit une carte de Manhattan éditée par Octopus. Il débita ses ordres à une telle allure que j'eus du mal à suivre. Il leur dit très exactement ce qu'il attendait d'eux.

Le colonel aboya. Les équipages des quinze derniers chars coururent vers leurs monstres respectifs et, avec des mouvements précis, grimpèrent à l'intérieur.

Le colonel sortit un petit walkie-talkie de sa tunique et, après l'avoir appliqué contre sa bouche, hurla des ordres à chacun des tanks.

Dans un grondement terrifiant, les quinze engins s'élancèrent et foncèrent vers le nord, en direction de la Douzième Avenue.

Puis le colonel tendit courtoisement le walkie-talkie à Trapp et, avec des gestes de bienvenue et un salut, lui offrit le seizième char.

L'officier britannique escalada le monstre et disparut dans ses entrailles. Trapp monta dans la tourelle de commandement découverte. Quant à moi, je me perchai sur un marchepied. Nous nous ébranlâmes lentement vers le nord.

Il y avait une poignée sur le côté de la tourelle. Je m'y cramponnai avec une certaine appréhension. Mais Trapp, lui, n'avait pas la moindre inquiétude. Il était là, dans sa tourelle, droit comme un « i », son walkie-talkie dans la main gauche, surveillant les alentours de ses yeux vigilants d'homme de loi.

Nous nous arrêtâmes discrètement à une quinzaine de mètres de l'entrée du Quai 92.

Sur notre gauche coulaient les eaux sombres de l'Hudson. Devant nous, s'étendait une longue avenue déserte. Et là-bas, tout au fond, se dressait la tanière de notre proie – un hangar ouvert, dont l'intérieur était plongé dans le noir. Pas un son ne s'en échappait.

Trapp consulta sa montre. Nous avions largement le temps. Il me regarda du haut de la tourelle. Je n'en menais pas large sur mon marchepied.

– Quel homme brillant, ce Boomheimer ! Il ne lui a fallu que quelques secondes pour mettre au point ce plan de bataille. C'est un véritable chef-d'œuvre. J'espère qu'il fonctionnera. Dommage que Boomheimer ait choisi le mauvais camp il y a soixante-quinze ans. Quelle perte pour l'humanité ! Il est recherché comme criminel de guerre dans dix-huit pays. C'est pour cela qu'il est si difficile de lui faire parvenir des armes pour ses actes de terrorisme.

« Bon, nous serons fixés dans une demi-heure : ce sera tout ou rien. Lorsqu'on lâche la meute des forces armées, l'issue n'est jamais prévisible. Mais j'ai un dicton : « A sac ! Ravagez tout ! » Quand la cour prononce un verdict défavorable, il nous reste toujours le bazooka pour infirmer son jugement. Souvenez-vous-en, Inkswitch. Avec la position que vous occupez à présent, il va falloir vous accoutumer à cette époque d'épreuves douloureuses. Dans quelques minutes, le Juge Suprême rendra sa décision : soit nous serons sans la moindre arme pour lutter contre ce Wister, soit ce (bip) de Madison sera en sûreté entre nos mains. Le Ministère public n'a rien à ajouter.

Il avait porté son regard vers le centre du fleuve.

Quelqu'un à l'intérieur du char lui passa des jumelles à infrarouge. Il les porta à ses yeux et les promena sur la surface de l'Hudson.

– Ah, fit-il enfin, avant de me passer les jumelles.

Des vedettes rapides ! Mais elles se déplaçaient très lentement et très discrètement, pour aller se mettre en position. Toutes portaient l'inscription *USS Saratoga* sur le côté. Il régnait une certaine animation à l'arrière de chaque vedette, mais je ne parvins pas à distinguer ce qui se passait.

Trapp jeta un coup d'œil à sa montre. Il reprit les jumelles et les braqua sur l'extrémité du Quai 92. Soudain il hocha la tête. Il me repassa les jumelles.

Des cordes jaillissaient de l'eau et des grappins venaient s'accrocher au rebord du quai.

Quelques instants plus tard, des silhouettes noires se hissaient silencieusement sur le quai. Elles avaient des fusils d'assaut en bandoulière ! Je vis même un bazooka !

Trapp reprit les jumelles et dit :

– Des hommes-grenouilles. Des PHOQUES de la Marine américaine. Il y en avait sans doute un contingent à bord du porte-avions. Quel homme brillant, ce Boomheimer !

Il avait dû adresser un signal au colonel, car notre char repartit et s'engagea silencieusement sur le quai, roulant à faible allure.

– Ce qui m'inquiète le plus, c'est sa (bip) de voiture ! Une Excalibur. Le réplique exacte de la torpédo décapotable de 1930. Elle est presque entièrement en chrome. Elle n'a l'air de rien, comme ça, à première vue – exactement comme Madison –, mais sous le capot, il y a le tout dernier moteur Cadillac. Le plus puissant du monde. Avec un tel engin, Madison peut laisser ce char sur place. Ah, espérons que ça marchera.

Nous nous étions à nouveau arrêtés. Nous avions franchi l'entrée du Quai 92. L'endroit était plongé dans l'obscurité. A l'intérieur du hangar, je distinguai un panneau lumineux :

ZONE LIBRE !
TERRITOIRE INTERNATIONAL !
DÉFENSE D'ENTRER !

Ici, les navires pouvaient charger et décharger leurs cargaisons sans traverser la douane américaine.

J'aperçus une énorme caisse – le genre qu'on utilise pour expédier des voitures –, avec une grande pancarte qui disait : *Export.*

Elle se détachait nettement là-bas, dans l'obscurité. Une petite silhouette frêle semblait s'avancer vers elle. La mère de Madison ! Elle portait un panier à provisions.

Les hommes-grenouilles étaient invisibles, mais je savais qu'ils s'étaient fondus dans l'obscurité et qu'ils étaient sans doute en train de se mettre en position et d'armer leurs carabines.

Trapp avait les yeux rivés sur sa montre.

Zéro !

Un tir de barrage illumina les ténèbres. Le vacarme était assourdissant. Des armes automatiques ! Je crus que mes tympans allaient éclater.

Je me ramassai sur moi-même.

Mes Dieux ! Nous étions en plein dans leur champ de tir !

Trapp demeurait impassible ! Quel homme courageux !

Au moment où j'allais prendre la fuite, il cria :

– Ce sont des balles à blanc. Restez tranquille !

Le rugissement et les flammes d'un bazooka ! Il n'était pas chargé à blanc ! Le projectile toucha l'arrière de l'énorme caisse.

Par-dessus les détonations, je perçus le grondement d'un moteur de voiture.

Le devant de la caisse éclata en mille morceaux !

Et l'Excalibur jaillit sur le quai.

Les flammes crachées par les carabines se reflétèrent un instant dans les pots d'échappement chromés.

Dans le sillage de l'Excalibur, il y avait de gros éclairs bleus.

La petite femme frêle s'écroula. Le panier à provisions s'envola au loin.

La torpédo fonçait droit sur nous.

Les fusils d'assaut se mirent à crépiter de plus belle.

La voiture franchit l'entrée du Quai 92 !

– Allez ! cria Trapp.

Les quatre canons-mitrailleurs de notre char entrèrent en action.

La détonation fut tellement forte que je faillis être éjecté du char.

L'Excalibur s'éloignait de nous en zigzaguant.

Soudain, elle vira en faisant hurler ses pneus, cherchant à fuir par une rue latérale. Madison vit le barrage de police et pila. Les freins crissèrent. Les sirènes des voitures de police entamèrent un concert assourdissant.

L'Excalibur s'élança dans la Douzième Avenue.

Notre char démarra. Nous prîmes rapidement de la vitesse.

Je m'agrippai désespérément à la poignée.

Trapp aboyait des ordres dans son walkie-talkie. Le vent faisait frémir son chapeau à bord rigide. Derrière lui, le drapeau de l'OTAN flottait majestueusement.

Bon sang ! Nous allions vraiment très vite !

Nous faisions au moins du 170 !

L'Excalibur s'éloignait, là-bas devant nous. Son moteur était en train d'affirmer sa supériorité.

Nous étions sur l'autoroute surélevée de West Side à présent. Le conducteur britannique de notre tank roulait du mauvais côté.

Les parapets et les lampadaires défilaient à toute allure. J'avais l'impression que tout New York était en train de tourner.

C'était un miracle que je réussisse à me cramponner.

Les canons de notre char se remirent à cracher des flammes. La détonation faillit me faire lâcher prise pour de bon.

Juste derrière Trapp, le drapeau de l'OTAN et les fanions fixés sur l'antenne claquaient sauvagement. Il se pencha et hurla :

– Plus que quelques secondes !

Effectivement.

Brusquement, l'Excalibur fut agitée d'une espèce de secousse et ralentit brutalement.

Notre tank dérapa et glissa latéralement sur ses chenilles dans un rugissement épouvantable.

L'Excalibur s'était mystérieusement arrêtée.

Nous aussi. Nous avions défoncé le parapet et une partie du char suplombait le vide.

Un nouveau rugissement.

Quinze tanks, positionnés sur deux rangées, surgirent des bretelles de sortie à gauche et à droite de l'autoroute !

Quinze canons menaçants s'abaissèrent en pivotant et convergèrent vers le conducteur de la voiture !

– Boomheimer est un génie, dit Trapp. Le système de freinage éclair pour avions de chasse a parfaitement fonctionné.

Je vis alors de quoi il parlait. Les hommes de l'*USS Saratoga* avaient installé des deux côtés de l'autoroute une série de filins d'interception – de ceux qu'on utilise sur les porte-avions pour stopper net un avion qui atterrit. L'Excalibur avait foncé dans l'un de ces filins !

Trapp descendit du char.

Nous nous approchâmes de la voiture.

Derrière le volant, un homme était recroquevillé sur lui-même.

Il parlait tout seul. Sa voix était morne, son débit monotone.

– Article nécrologique. Gros titre en corps 18 sur toute la justification de la page : MADISON MEURT EN IMPLORANT LE PARDON DE SON EMPLOYEUR. Sous-titre en corps 12 : SES DERNIERS MOTS ONT ÉTÉ, deux points, ouvrez les guillemets, GLOIRE ÉTERNELLE A ROCKECENTER, fermez les guillemets. Texte : Hier soir, virgule, sur l'autoroute surélevée de West End, virgule, J. Walter Madison, virgule, publiciste incompris, virgule, a mis fin une fois pour toutes à sa vie de fugitif, point. Il sera inhumé aujourd'hui à 16 heures au Bideawee Cemetery, point. L'opinion publique exigera sans doute que sa dépouille soit retirée de la terre sacrée du cimetière.

Le malheureux était en train de composer son propre article nécrologique !

Trapp était à côté de la voiture. Il s'était placé de façon que Madison puisse voir son visage.

– Taisez-vous, Madison ! lança-t-il d'un ton sec.

Madison leva la tête et blêmit.

– Oh, mon Dieu ! Trapp ! Arrêtez les rotatives ! On change tout ! Gros titre en moitié de page : MADISON ASSASSINÉ, point d'exclamation. Sous-titre : SON CORPS MUTILÉ A ÉTÉ RETROUV...

– Taisez-vous, dit Trapp. Vous n'êtes pas en danger.

Madison le regarda d'un air ahuri.

– Mais le Président de la Patagonie s'est suicidé ! bredouilla-t-il. Tous les biens d'Octopus ont été nationalisés. Dix-huit milliards de dollars de perte sèche !

– Tss, tss, fit Trapp.

– Mais je viens juste d'écraser ma propre mère ! On va me condamner pour matricide !

– Votre mère va bien, dit Trapp. Des hommes du porte-avions sont en train de la soigner. Elle a juste eu un choc. Et à ce propos, ils aimeraient savoir si elle réclame toujours de la paraffine quand son cœur lui joue des tours.

– Mais... mais... bégaya Madison. Et les autres campagnes publicitaires que j'ai ratées ? Vous n'allez pas me dire que vous avez oublié la fois où Octopus m'avait demandé de rendre les Indiens d'Amérique populaires et où ils ont finalement été exilés au Canada ?

– Broutille, fit Trapp. L'Octopus sait être généreuse et magnanime. Nous tirons toujours un trait sur les petites erreurs. Je vous pardonne... Rockecenter vous pardonne et Dieu vous pardonne, ce qui revient au même.

– Vous voulez dire que le gros titre est devenu : RÉSURRECTION MIRACULEUSE DE MADISON, point d'exclamation ?

– Un sursis signé de la main du gouverneur vient de nous parvenir par porteur spécial. (Il tendit une enveloppe à Madison.) Vous êtes réintégré dans le personnel de FFBO et vous pouvez retourner vivre dans le duplex de votre mère. Présentez-vous demain matin à dix heures à l'adresse qui se trouve dans cette enveloppe.

– Oh, merci ! Merci ! pleurnicha Madison. Je vous jure de justifier tous les espoirs que vous placez en moi !

Trapp se dirigea vers une sortie d'autoroute. Je lui emboîtai le pas. Une voiture de police la barrait. Trapp monta à bord. Je m'assis à côté de lui.

– Ramenez-moi chez moi, ordonna Trapp au chauffeur. Ensuite déposez cet homme où il voudra.

– A-vos-ordres-tout-de-suite-monsieur-Trapp.

Et il démarra en trombe.

– N'avez-vous pas fait preuve d'une gentillesse excessive avec lui ? demandai-je. Après tout, il vous a fait perdre des fortunes.

– Non, non. Nous ne lui disons jamais la vérité. Il faut regarder au-delà des apparences. Dès que les Indiens ont été exilés, nous nous sommes emparés de leurs terres pétrolifères. Et en ce qui concerne la Patagonie, c'est exprès que nous l'avions envoyé là-bas. Nous savions qu'il nous rendrait impopulaires. Et ça n'a pas manqué : à la demande de l'opinion publique, le gouvernement patagonien a nationalisé les biens et les raffineries d'Octopus. Afin de sauvegarder son crédit international, le Banque Centrale de Patagonie a essayé de les payer. Bien entendu, elle en était incapable, et la Grabbe Manhattan Bank a demandé la saisie, ce qui fait que tout le pays nous appartient à présent. Il a créé des tas d'autres désastres de ce genre qui nous ont profité. C'est un don qu'il a. Mais ne lui révélez jamais ce que nous attendons *vraiment* de lui.

Motus et bouche cousue. Il est persuadé d'être un public-relations de tout premier ordre. Alors évitez de le démoraliser. Donnez-lui juste un ou deux conseils – mais jamais plus – histoire de l'encourager, puis laissez-le faire. Dans son genre, c'est un génie. Je ne sais pas comment il fait !

Quelques instants plus tard, nous nous garions devant l'appartement de Trapp, dans le West Side.

– Dieu merci, je suis à l'heure, dit Trapp. J'aurais été incapable d'endurer une vraie bagarre après les péripéties de ce soir. Soyez au bureau de bonne heure.

Il descendit.

Tandis que le policier me reconduisait à l'hôtel Bentley Bucks Deluxe, je me fis la réflexion que j'avais vu juste : il avait fallu un porte-avions, un escadron de tanks et l'ensemble des forces de police de New York pour mettre la machine en branle.

Même les Dieux ne pouvaient plus rien pour Heller.

7

Je n'avais qu'une envie : me mettre au travail. Aussi, le lendemain matin, j'arrivai de bonne heure, frais et dispos, frémissant d'impatience. Je n'avais pas de bureau pour travailler et donner des ordres à Madison, et c'était un problème que j'avais l'intention de régler tout de suite.

Je me frayai un chemin à travers la foule des employés renfrognés qui essayaient de gagner leurs bureaux. Cela me prit du temps. Finalement, je trouvai une porte qui disait : *Personnel nouvellement recruté.* J'entrai.

Une espèce de chef de service à la carrure imposante était assis à un bureau. Il me regarda avec curiosité.

– Inkswitch, annonçai-je. Je...

Il leva la main pour m'interrompre. Il se tourna vers un ordinateur et appuya sur plusieurs touches. L'écran demeura vierge.

– Ah, ah ! fit-il. Un espion de la famille. Eh bien, je vais vous donner un conseil. Ne vous servez jamais des pointeuses dans cet immeuble même si votre nom y figure. Tout le monde serait aussitôt au courant de votre fausse identité.

– Attendez, dis-je. J'ai du travail qui m'attend. Est-ce que je n'ai pas au moins droit à un bureau ?

– Oh non ! s'exclama-t-il, épouvanté. On saurait où vous trouver pour vous abattre ou vous empoisonner. Ça reviendrait à inciter les gens au crime. C'est contre la loi.

– Comment je fais pour toucher ma paye ?

– Oh, ça c'est facile. Mais un petit conseil : si on vous donne des chèques, ne les endossez pas. Autrement vous aurez le fisc sur le dos.

– Quoi ! Je ne touche pas de paye ?

– Bien sûr que vous avez droit à une paye. Mais elle vient directement de la caisse des Frais Généraux. C'est au guichet 13. Mais ne signez pas votre vrai nom sur le bon de caisse, autrement on vous demandera de rembourser la somme.

– Bon, d'accord. Mais j'espère que mon patron ne me fera pas d'ennuis.

– Oh, vous n'avez pas de patron. Et arrêtez de me regarder. Vous êtes un espion de la *famille.*

– Je vous suis très reconnaissant de ce que vous avez fait pour moi.

– Je ne vous ai jamais vu. J'ai même déjà oublié que vous êtes jamais venu.

Je me rendis aussitôt au guichet 13. Sur la vitre, je lus : *Frais Généraux. Remboursement.* La caissière était une vieille dame très guindée.

– Votre nom ? demanda-t-elle.

– Inkswitch.

Elle pressa quelques touches sur son ordinateur. L'écran demeura vierge. Elle hocha la tête d'un air sévère. Visiblement, c'était l'une des employées les plus honnêtes de la firme. C'était sans doute pour ça qu'on l'avait nommée à ce poste de confiance.

– Combien ? demanda-t-elle.

Je pris un nombre au hasard.

– Dix mille dollars.

Elle me donna un bon de caisse en trois exemplaires. Je me souvins du conseil qu'on venait de me donner et signai : *John Smith.*

Elle reprit le bon de caisse. Ensuite elle ouvrit un

tiroir et en sortit dix mille dollars en petites coupures. Elle les recompta. Ses gestes étaient très méticuleux. Pas une fois elle ne desserra les lèvres. Elle me tendit cinq mille dollars et mit l'autre moitié dans son sac à main.

J'étais impressionné. Quelle organisation efficace ! Ses espions n'existaient pas. Et son système du détournement de fonds était d'une simplicité enfantine. Il fallait absolument que j'écrive à Lombar pour le mettre au courant. Pas étonnant qu'il ait étudié la culture terrienne avec autant d'acharnement.

Je fonçai jusqu'au bureau de Trapp. La porte était entrouverte, mais je décidai de frapper par politesse.

Il vint m'ouvrir et me regarda d'un air furieux.

– Qu'est-ce qui vous prend de frapper, Inkswitch ! Vous m'avez fait une peur bleue. J'ai cru que c'était un ennemi qui s'était perdu dans les couloirs.

C'est alors que je remarquai l'écriteau sur la porte : *Les Bénévoles Associés.*

Trapp glissa un pistolet extra-plat dans son holster. C'était un Beretta M-84 automatique de calibre .38.

– Nous avons rendez-vous avec Madison, dit-il. Nous sommes en retard.

– C'est pour Madison ? demandai-je en désignant son holster, avant de vérifier que j'avais bien mon colt Python Magnum .357.

– Non, non ! Il ne ferait pas de mal à une mouche. C'est pour le groupe de presse Mollard, dans le building d'en face. C'est un endroit dangereux : les rédacteurs en chef n'arrêtent pas de se faire tuer par des gens qui ont été démolis dans des articles. C'est là-bas que nous avons rendez-vous avec Madison. Allez, venez.

Et il sortit d'un pas alerte. Je le suivis.

8

C'était à côté : le Mollard Building – un édifice de quarante-huit étages – se trouvait juste en face de l'Octopus Building. Nous traversâmes une esplanade dallée, ornée de fontaines. La façade de l'immeuble était un assemblage somptueux de marbre, d'aluminium et de verre. Nous pénétrâmes dans un hall immense en acier inoxydable dépoli. Nous appelâmes l'ascenseur. Au-dessus de nous, il y avait une gigantesque peinture murale abstraite.

L'ascenseur décolla et nous jeta dans une pièce aux dimensions formidables.

Une colonne de pancartes se dressait devant nous. Celle du haut disait :

Étage des idées de génie du Patron

Venait ensuite la liste des magazines publiés par le groupe de presse : *Mollard, Gerbing, Racaille, Le Crottin Mondain* et *Bluesweek.*

L'endroit était plongé dans une espèce de brume épaisse. Ça sentait la marijuana et l'opium. Des gens qui avaient les yeux bandés poussaient d'autres gens qui avaient les yeux bandés.

Nous nous avançâmes dans l'immense pièce. Il y avait de nombreuses pancartes avec des slogans :

Nos nouvelles sont faites pour vous rendre malades

Il n'existe qu'une vérité : le mensonge

Mollard, le magazine qui ne ment jamais,
sauf à ses lecteurs

Ne vérifiez jamais la véracité de vos informations
avant d'écrire votre article

Ils veulent du sang, alors donnez-leur-en des hectolitres, même si c'est le vôtre

J'aperçus aussi plusieurs portes : *Section des Calomnies et des Obscénités, Diffamateur en Chef, Secrétaire de Prédation.*

Mais nous ne nous dirigeons pas vers elles. Nous fendîmes la brume et arrivâmes devant une porte gigantesque avec un grand écriteau qui disait :

Patron-Directeur-Propriétaire
Privé
Sacré

Trapp ouvrit et entra d'un pas décidé.

A l'endroit où aurait dû se trouver le bureau, il y avait un divan. Vide.

Du coin de l'œil, je perçus des mouvements de lumière sur le mur de droite. Je me tournai. Quelqu'un était assis devant un orgue monstrueux avec des boutons et des tirettes partout. C'était une femme entre deux âges vêtue d'une tenue de cérémonie masculine : queue-de-pie, cravate blanche et tout le toutim. Avec des gestes raffinés, elle plaquait des accords sur le clavier. Mais j'avais beau tendre l'oreille, je n'entendais pas la moindre musique !

Je vis alors que les jeux de lumière sur le mur étaient en fait un patchwork mouvant de photos en couleurs qui se mêlaient les unes aux autres *en rythme*. La femme orchestrait le mouvement des photos avec son orgue !

Je les regardai. Elles étaient tellement grandes que je dus reculer. Elles représentaient des cadavres, des catastrophes ferroviaires, des décombres d'avions qui s'étaient écrasés, des enfants assassinés, des tombes. Et, à travers cet ensemble macabre, serpentait un fleuve de sang et de matière en décomposition. La Symphonie du Désastre. Je trouvai ce spectacle très attrayant.

Trapp se dirigea vers la femme.

– Sortez, dit-il.

Elle le regarda d'un air stupéfait avant de s'exclamer :

– Comment voulez-vous que je trouve des nouvelles fantaisistes si je n'ai pas la substance devant les yeux ?

– Tirez-vous, dit Trapp.

Furieuse, elle alla ramasser sa canne et son haut-de-forme en marmonnant contre les gens qui empêchaient les honnêtes journalistes de faire leur travail. Puis son regard rencontra encore une fois celui de Trapp et elle détala sans demander son reste.

– Nous avons rendez-vous avec le patron du groupe de presse ? demandai-je.

– Oh, non. Il est constamment « en voyage » – je veux dire par là qu'il prend du LSD – et il passe ses journées dans le lit de son psychiatre homosexuel. Ce bureau est toujours vide, alors je m'en sers pour mes rendez-vous.

– Autrement dit, ces magazines nous appartiennent...

– Surtout pas ! Nous croulerions sous les procès en diffamation. Asseyez-vous, Inkswitch. Je vais vous expliquer quelque chose.

J'allai m'asseoir sur le banc de l'organiste car il n'y avait pas d'autre siège. Je pressai une touche du clavier sans le faire exprès et la photo d'une femme nue qu'on étranglait apparut sur le mur. Hmmmm, plutôt mignonne.

Trapp arpentait nerveusement la pièce.

– Nous n'avons pas besoin d'être propriétaires des journaux et des magazines, et je vais vous dire pourquoi : ils sont tous endettés jusqu'au cou. Les groupes de presse, les stations de radio et des chaînes de télévision doivent des milliards aux banques. Donc, lorsqu'ils veulent proroger une échéance ou faire un emprunt, les banques leur disent de mettre dans leur conseil d'administration un ou plusieurs administrateurs choisis par la banque. Et ils obéissent – autrement pas d'argent. Ensuite, quand nous voulons que tel ou tel article paraisse dans la presse, nous n'avons plus qu'à le donner à l'un des administrateurs que nous avons mis dans la place et il le transmet alors au rédacteur en chef, lequel le transmet aux journalistes. Bref, ils ont (bipement) intérêt à publier ce que nous leur disons de publier.

Sage et astucieux. Lombar serait fasciné lorsque je lui en parlerais.

Mais Trapp n'avait pas fini.

– De plus, si le gouvernement commence à n'en faire qu'à sa tête, nous publions des articles dans la presse pour le mettre dans l'embarras ou pour l'obliger à démissionner. Ce qui fait qu'il publie toujours les communiqués que nous lui dictons. C'est un système à toute épreuve. Nous contrôlons toutes les banques, voyez-vous.

Hoho ! Voilà qui intéresserait Lombar au plus haut point. C'était un système imparable. De la propagande en circuit fermé. Pas la moindre faille susceptible de laisser passer la vérité ! C'était donc ainsi que les Rockecenter avaient réussi, d'une part, à conserver le contrôle de leur empire aussi longtemps et, d'autre part, à s'approprier autant de choses. Bien entendu, il y avait eu un autre facteur en jeu : leur fourberie naturelle.

En résumé, *la libre entreprise était totalement contrôlée !*

J'essayai de jouer « Saint James Infirmary » avec un doigt. J'obtins une série de monstres japonais qui écrabouillaient et dévoraient les gens. Je finis par trouver une touche intéressante sur le clavier : quand on la pressait en actionnant le vibrato, des rivières de sang s'écoulaient sur le mur en ondoyant harmonieusement.

La porte s'ouvrit.

C'était Madison.

Je n'avais pas bien vu son visage dans la voiture hier soir : les lampadaires à vapeur de mercure des autoroutes font une étrange lumière.

Son apparence me laissa pantois !

C'était un jeune homme soigné, plutôt joli garçon. Il portait un costume impeccable, très classique. Il avait des cheveux bruns et de très beaux yeux noisette. Il aurait pu être mannequin pour un couturier. Il donnait l'impression d'un individu réservé, courtois. Il était totalement présentable. Ce fut lui qui parla le premier.

– Entrefilet – rubrique des affaires sociales : Madison est arrivé en retard et s'est platement excusé, point.

Je vis que Trapp avait légèrement reculé, un peu comme s'il avait un bâton de dynamite devant lui.

– Vous avez eu vos papiers ? demanda-t-il.

– Oh oui. Aujourd'hui, Madison s'est vu décerner la récompense suprême : une carte de presse faisant de lui un reporter à part entière de Mollard Magazine. Profondément honoré, il a tenu à exprimer sa gratitude en...

– Et vous avez été mis en congé illimité pour travailler sur une affaire à part ?

– Je cite : Le département du personnel a annoncé, à la surprise générale, que Madison ne s'était vu assigner aucune affaire. La nouvelle s'est rapidement répandue dans tout le building. Des milliers de gens ont manifesté leur joie...

– Voici John Smith, coupa Trapp. Il est là pour vous donner quelques tuyaux. Donnez-lui le numéro de téléphone de votre mère et celui de votre bureau chez FFBO.

Madison salua profondément, puis il s'avança vers moi et me gratifia de la poignée de main la plus franche et la plus sincère qu'on m'ait jamais donnée. Ensuite il sortit un calepin et écrivit les numéros sur une page. Il l'arracha et me la tendit.

Puis il alla se planter devant Trapp – qui recula – et posa sur lui un regard plein de déférence.

– Qu'attendez-vous de moi ? demanda-t-il.

Trapp porta la main à sa poche intérieure et en sortit l'une des photos d'identité de Wister. Il la tendit à Madison.

Celui-ci la prit et la regarda avec sympathie.

– Ça m'a l'air d'être un type très bien, dit-il.

– *C'est* un type très bien, dit Trapp. Il s'appelle Jerome Terrance Wister.

Il m'adressa un regard. Je pris le relais.

– Il a un bureau dans l'Empire State Building. (Je lui donnai le numéro et l'étage.) Il a découvert un nouveau carburant. Il va essayer de le faire connaître dans le cadre d'une course automobile.

– Et ?... fit Madison.

Trapp reprit la parole.

– Officiellement, vous travaillez pour *Mollard Magazine* et vous préparez un reportage spécial. Wister est un homme très modeste. Il ne lui viendrait pas à l'idée d'engager un public-relations ou un attaché de presse. Mais nous, qui sommes ses amis, nous savons très bien qu'il a besoin de quelqu'un pour l'aider à se faire connaître. Comme il refuserait catégoriquement que nous lui apportions notre concours, il ne faudra jamais mentionner nos noms. C'est un acte de charité de le faire connaître, lui et son invention – une façon d'apporter notre contribution à cette merveilleuse société. Vous comprenez, Madison ? C'est ça que nous attendons de vous, et rien d'autre.

Madison était en extase.

– Vous voulez dire que je dois honnêtement, sincèrement l'aider ?

– Absolument, dit Trapp. Arrangez-vous pour que son nom soit sur toutes les bouches. Rendez-le immortel !

– Ooooh ! s'écria Madison. Joie, joie, JOIE ! (Il nous regardait avec des yeux brillants.) Monsieur Trapp, je vais faire de lui l'homme le plus immortel de tous les temps ! Je ferai tout, mais alors tout pour que son nom soit inscrit à jamais dans l'Histoire !

Il était ivre de bonheur. Il se mit à arpenter la pièce. C'est tout juste s'il ne sautait pas. Il s'arrêta brusquement et dit :

– Je cite : Les négociations entre les ouvriers et la direction sont au point mort. Nous avons appris de source sûre que Madison a exprimé le désir de connaître le budget qui lui sera all...

– Budget illimité, interrompit Trapp. Mais il faudra rester raisonnable, bien sûr.

Madison était au comble du ravissement.

– Oh, je vois ça d'ici ! Il sera immortel ! Son nom sera connu de tout le monde pour l'infinité des temps à venir !

Il ne tenait plus en place. Il était submergé par la joie et l'enthousiasme. S'il avait eu un chapeau, il l'aurait jeté en l'air.

Et Trapp m'a entraîné au-dehors. Une fois de plus, nous avons fendu les nuages de fumée d'opium et de marijuana. Des reporters se cognaient contre nous, mais nous avons rallié l'ascenseur sains et saufs.

Dans le hall, Trapp s'est assuré qu'il n'y avait aucun tueur embusqué. Nous sommes sortis indemnes. Près d'une fontaine qui ruisselait gaiement, nous avons expiré profondément à plusieurs reprises pour chasser la fumée de nos poumons.

Puis Trapp a calé solidement son Beretta dans son holster.

– Inkswitch, tout repose sur vous maintenant. Si jamais vous perdez son numéro de téléphone, sa mère est dans l'annuaire. Il est parti pour faire du bon travail. Je dois m'absenter pour quelques jours : le Gouverneur Général du Canada refuse d'exterminer la population francophone alors que nous avons désespérément besoin des gisements pétrolifères de la Nouvelle-Écosse. Il y a tout un tas de détails juridiques à régler. Mais je serai de retour bien avant que la tempête ne commence à se déchaîner. Et s'il faut des mesures plus radicales, j'interviendrai. Contentez-vous de lui donner un ou deux tuyaux et laissez-le agir à sa guise. Il va nous débarrasser de ce Wister en deux coups de cuiller à pot. Bonne chance.

Et il partit vaquer à ses occupations.

La fontaine chantait et l'endroit était paisible. Pourtant j'étais quelque peu troublé.

De toute évidence, il n'y avait pas plus gentil garçon que ce Madison. Il me paraissait même être un peu naïf : il avait tout de suite éprouvé de la sympathie pour Heller.

Je me demandais si Trapp n'avait pas exagéré le danger que représentait ce charmant jeune homme.

Et s'il réussissait à rendre Heller riche et célèbre ?

VINGT-HUITIÈME PARTIE

1

A la tombée du jour, une petite bruine se mit à tomber, qui ne tarda pas à se transformer en une pluie d'acide. C'était un temps à ne pas mettre un orteil dehors – si vous vouliez éviter d'avoir des trous dans vos vêtements. Les nuages étaient descendus très bas et la terrasse de mon appartement, au dernier étage, était enveloppée dans une espèce de coton jaunâtre. Un automne new-yorkais typique. On aurait dit que quelqu'un pressait une gigantesque éponge polluée au-dessus de la ville.

Bien entendu, je restai pelotonné dans ma chambre. J'en profitai pour passer un coup de fil au sénateur Twiddle afin de lui dire tout le bien que Rockecenter pensait de lui. Il se montra ravi.

A peine eus-je raccroché que le téléphone se mit à sonner. Je décrochai. C'était une standardiste. Elle me parla avec cette étrange voix chantante qu'adoptent toutes les standardistes américaines.

– Monsieur Smith ? Ici le central téléphonique de Manhattan. Un homme vient de se présenter à mon comptoir. Il m'a remis un bout de papier me demandant de vous appeler. Je vous le paaaasse !

Il y eut un déclic, puis :

– Hmmmmmmpffff.

– Parlez plus fort, dis-je. Je ne vous entends pas.

– Hmmmmmmpffff.

Je raccrochai, écœuré. Mais j'étais perplexe. Je ne connaissais personne du nom de Hmmmmmmpffff à New York. Peut-être était-ce un Hongrois ?

Je commandai un dîner somptueux. Utanc n'était pas là, comme à l'accoutumée. Pourvu que la pluie ne brûle pas son merveilleux visage.

Le téléphone sonna à nouveau. Je décrochai.

– Hmmmmmmpffff.

– Qui êtes-vous ? demandai-je. je ne connais personne qui s'appelle Hmmmmmmpffff.

Une autre voix, plus distante, dit :

– Mets l'écouteur contre mon oreille, comme ça je pourrai parler. (Brusquement la voix devint plus forte.) Allô, chef ? C'est nous. Raht a essayé de vous appeler tout à l'heure mais il a toujours la mâchoire bloquée par son appareil. (Approche le combiné de ma bouche.) J'ai toujours les bras dans le plâtre. Le docteur refuse qu'on lui libère la mâchoire et qu'on me retire mes plâtres avant deux semaines.

– Pffft ! lâchai-je. Glander, glander, glander. Vous ne pensez qu'à glander.

– Nous savions que vous aviez un problème qu'il fallait régler d'urgence, chef. Alors Raht est sorti au nez et à la barbe des infirmières et des réceptionnistes. Moi, je ne pouvais pas, vu que mes bras sont toujours dans le plâtre et que je me serais fait remarquer dans la rue. Et puis, je n'aurais pas pu escalader l'antenne. Mais Rath, qui n'a que la mâchoire d'inutilisable...

– Où Diables veux-tu en venir ? l'interrompis-je.

– (Tiens le combiné plus près de ma bouche.) Il a dû attendre que les gardes et les guides touristiques rentrent chez eux. Par bonheur, le temps était tellement épouvantable que la plate-forme supérieure était interdite au public. Raht a escaladé l'antenne au péril de sa vie. Elle était très glissante à cause de la pluie. Il va falloir lui acheter un nouveau pyjama car le sien a été rongé par l'acide. En plus, il y avait un vent terrible et il s'est écorché les tibias...

– Mes Dieux ! criai-je. Au fait !

– Bref, il a réussi à le débrancher, chef. Et nous voulions vous dire que nous ne pourrons pas reprendre le travail avant deux semaines. Le docteur refuse de...

– Vous n'êtes que des tire-au-flanc tous les deux.

Tous les prétextes vous sont bons pour ne rien faire, hein ? Eh bien, sachez que je veillerai personnellement à ce que vous ne touchiez pas votre paye !

Je raccrochai. Leurs justifications fumeuses m'avaient tellement exaspéré que je mis un certain temps à comprendre ce que Terb venait de me dire.

Le Relais 831 ! Il était débranché ! Je pouvais de nouveau surveiller Heller. Et j'allais pouvoir tenir Madison au courant de ses faits et gestes.

Je sortis mon visionneur et mon appareillage. Je les allumai.

Ils marchaient !

Un dîner.

Il se déroulait dans la salle à manger privée d'un restaurant. l'endroit était très chic. On l'avait décoré en auberge anglaise : des poutres au plafond, des têtes de sangliers sur les murs, un âtre où brûlaient des bûches. Les serveurs portaient des tenues de chasse rouges. Qu'est-ce que c'était que cette histoire ?... Je ne reconnaissais personne parmi les convives... Ils portaient tous une robe noire et un mortier universitaire. Tous !

Ils avaient fini le plat principal – rosbif et pudding – et bavardaient gaiement.

Chaque fois qu'Heller se tournait pour rire d'une plaisanterie ou pour parler à quelqu'un, j'essayais d'identifier les membres de l'assemblée.

Bang-Bang ! Pourquoi portait-il une robe noire et un mortier ? il n'avait jamais décroché le moindre diplôme.

Vantagio ! Ça faisait des lustres qu'il avait eu son doctorat !

Les peintres ! Dans la même tenue que Bang-Bang et Vantagio !

Izzy aussi était là. On aurait dit qu'il essayait de s'enfoncer dans son siège. Il était habillé comme les autres.

Ils attendaient le dessert. Soudain les portes de la salle à manger s'ouvrirent et des serveurs entrèrent. Ils étaient huit en tout, quatre de chaque côté, et portaient un énorme gâteau d'une façon très particulière.

La tablée applaudit à tout rompre.

Tout le monde se mit à chanter :

Joyeux do-hoctorat,
Joyeux do-hoctorat.
Joyeux do-hoctorat, Izzy,
Le rêve est dev'nu réalité.

Les serveurs posèrent le gâteau sur la table. Il avait la forme d'un cercueil ! Sur le dessus, on avait inscrit : *Ci-gît le DOCTEUR IZZY EPSTEIN.*

– Seigneur, fit Izzy.

– Il est exactement comme vous l'aviez demandé, dit Vantagio.

L'assemblée se mit à crier :

– Un discours ! Un discours !

Heller força Izzy à se lever.

Le petit homme était au supplice et se contorsionnait en tous sens. Il se racla plusieurs fois la gorge et réajusta ses lunettes, avant de prendre la parole.

– Chers amis pleins de bonté et d'indulgence, je dois reconnaître qu'aujourd'hui est un jour de chance. Ma thèse a finalement été acceptée après trois années épouvantables. Grâce à votre soutien moral, je ne me suis pas pris les pieds dans ma robe durant la cérémonie de remise des diplômes. Lorsque j'ai pris le diplôme que me présentait le recteur, aucun serpent n'en a jailli. J'ai même réussi à retrouver mon siège car vous aviez eu la bonté de vous grouper autour de lui pour que je puisse le repérer.

« Mais il est de mon devoir de vous dire que ça porte malheur d'avoir autant de chance. Le mauvais sort nous guette continuellement, avec ses crocs hideux et acérés, et il peut frapper au moment où nous nous y attendons le moins.

« Du fait que je vais désormais pouvoir consacrer la totalité de mon temps à nos diverses sociétés, il est inévitable qu'elles feront toutes faillite, comme le confirmerait sans doute n'importe quel expert financier.

« Vous faites preuve d'inconscience en m'accordant votre confiance. Ça risque de vous porter malheur à vous aussi. Je vous remercie.

Il s'assit. L'assemblée lui fit une ovation. Puis on lui tendit une pelle à tarte et on l'obligea à découper le cercueil.

– J'espère que cette pluie s'arrêtera demain, dit Heller après avoir englouti sa troisième part de gâteau.

J'aimerais emmener la Cadillac sur le circuit de Spreeport, à Long Island, et lui faire faire quelques tours de piste.

– Seigneur, j'aimerais tant que vous ne vous livriez pas à des occupations aussi dangereuses, soupira Izzy. N'oubliez pas que je suis toujours responsable de vous.

– Ça n'a rien de dangereux, Izzy. La chaussée du circuit a été refaite à neuf. Je ne veux pas tester le carburateur. Je veux juste roder le moteur de la Cadillac. Il manque encore de répondant.

– Monsieur Jet, pour l'amour du Ciel, faites très attention à ne pas associer votre nom ou vos compétitions automobiles à nos différentes sociétés. Je vous en conjure. J'ai un mauvais pressentiment. Le destin peut être particulièrement traître parfois.

Heller éclata de rire.

Moi aussi. Izzy ne savait pas à quel point il avait raison. Du moins je l'espérais.

Je venais d'apprendre tout ce que je voulais savoir. Je téléphonai aussitôt à J. Walter Madison.

– Smith à l'appareil, dis-je. Demain, s'il s'arrête de pleuvoir, Wister sera sur le circuit de Spreeport, à Long Island. Vous pouvez commencer à le travailler au corps.

– Le travailler au corps ? fit Madison. Quelle drôle de façon de présenter les choses, monsieur Smith.

– Je voulais dire : faire votre travail.

– Monsieur Smith, j'espère que vous désirez vraiment le *bien* de cet excellent jeune homme. Je vous préviens que je n'utiliserai rien d'autre que les techniques standard de public-relations avec lui.

– Et elles consistent en quoi ?

– Eh bien, dit Madison d'une voix dans laquelle commençait à percer l'enthousiasme, tout d'abord il y a la CONFIANCE. Il faut tout faire pour gagner la Confiance du client. Voyez-vous, les clients ignorent que les relations publiques sont un art. Souvent, il leur vient des idées étranges, ou bien ils se dégonflent, ou bien ils croient tout mieux savoir que vous. Bref, il faut faire *très* attention à ce qu'ils ne s'engagent pas dans la mauvaise voie.

« Ensuite, il y a la COMMUNICATION, que nous appelons MATRAQUAGE dans notre jargon. On s'arrange pour qu'un maximum de médias et d'agences de pub parlent du client. De la sorte, le public devient conscient de son existence. Et ensuite on matraque, on matraque, on matraque – jusqu'à saturation.

Son enthousiasme grandissait à mesure qu'il parlait et sa voix devenait de plus en plus chaude et mélodieuse.

– Et enfin, continua-t-il, il y a la CONTROVERSE. Pour que les médias acceptent d'imprimer ou de diffuser quelques chose, il faut qu'il y ait une Controverse. C'est pareil pour le public : il *exige* de la Controverse. Si vous voulez qu'un reportage soit publié ou diffusé, injectez-y un conflit ou une polémique.

– Tout ça me paraît plutôt franc et direct, dis-je d'un ton sceptique.

Si Madison se mettait à appliquer ces principes, Heller avait des chances de réussir. A aucun moment, il n'avait parlé de l'abattre purement et simplement. J'étais vraiment très sceptique. Trapp surestimait sans doute les qualités de ce jeune public-relations sincère et passionné.

– Effectivement, c'est tout à fait franc et direct, répondit Madison. Vous verrez. Je ne ferai rien, mais absolument rien de douteux ou de sournois. Mon éthique personnelle me l'interdit ! Je vais, primo, gagner la Confiance de Wister, deuzio, m'arranger pour qu'il y ait un maximum de Communication à son sujet et, tertio, veiller à toujours fournir des sujets de Controverse à la presse. Les trois « C », monsieur Smith. C'est l'ABC des relations publiques. Vous verrez, Wister va battre tous les records de popularité. Mais je dois raccrocher. J'ai tout un tas de coups de fil à passer. Je vous suis très reconnaissant de votre aide – mais laissez-moi agir : c'est moi le pro. Vous ne regretterez pas de m'avoir engagé.

Il raccrocha. Je me mis à réfléchir à ce qu'il venait de me dire. Les trois « C »... Tout ça était beaucoup trop direct, beaucoup trop franc. Je fus gagné par l'inquiétude. Peut-être qu'Heller allait *vraiment* réussir. Cette pensée me remplit d'horreur.

2

Comme je n'avais ni bureau, ni patron, ni horaires, je passai la matinée du lendemain à ne rien faire dans le salon de mon appartement. La pluie avait cessé. De temps en temps, j'allais jeter un coup d'œil à mon visionneur.

Heller était au volant d'un semi-remorque doté d'un moteur diesel et avait pris l'autoroute 27. De temps à autre, l'océan Atlantique se profilait à sa droite. Des panneaux annoncèrent qu'il arrivait à Jones Beach, l'un des villages de loisirs les plus importants des environs de New York – un endroit où il y avait du sable en abondance.

Mais il ne prit pas la direction de Jones Beach. Il continua tout droit et se retrouva dans l'avenue centrale de Spreeport. C'était une artère sans intérêt bordée de maisons éparses – dont la plupart étaient des motels ou des restaurants de poisson.

Il se dirigea vers un secteur de constructions neuves. Un gigantesque panneau disait :

CIRCUIT AUTOMOBILE DE SPREEPORT
Association de stock-car de Spreeport
Tous les samedis soir : Courses de stock-cars et de bombers

Je vis un énorme parking et des tribunes surmontées de drapeaux. Heller s'arrêta devant une grille. Un garde sortit et examina les cartes d'Heller. Je ne sais pas comment il s'était débrouillé, mais il était devenu membre de l'Association Nationale de Stock-Car, du Club de Course Automobile de Spreeport et de je ne sais combien d'autres organismes. Il n'avait pas chômé ! Lui, ou bien Bang-Bang ou Izzy.

– M. Stampi a dit que vous pouviez prendre le Stand 13, monsieur Wister, déclara le garde. Vous êtes le seul à utiliser le circuit aujourd'hui. La piste est très mouillée.

Heller amena le semi-remorque derrière le Stand 13 et sauta à terre.

Il était seul. Mais où était donc Bang-Bang?... Ah oui, il avait sans doute une classe de manœuvres à l'Empire University.

La Cadillac! Elle était là, sur la remorque. On l'avait repeinte en rouge vif. Malgré la lumière blafarde du soleil, la carrosserie rutilait de façon éblouissante.

Heller installa une rampe à l'arrière de la remorque, ôta les cales placées derrière chaque roue et, après avoir dégagé le frein à main, amena la voiture au sol, moteur éteint. Puis il vérifia le niveau d'essence.

Je vis qu'on avait doté le tableau de bord de toute une série d'instruments supplémentaires. Le volant était enveloppé dans une gaine de cuir. Les sièges étaient d'un blanc resplendissant. Mike Mutazione n'avait pas fait les choses à moitié!

Heller tira sur ses gants d'ingénieur et tourna la clé de contact. Le moteur se mit à vrombir avec une puissance prodigieuse – mais on sentait que c'était une puissance contrôlée. Là non plus, Mike Mutazione n'avait pas fait les choses à moitié!

Heller passa devant le stand et s'engagea sur le circuit. Le revêtement d'asphalte était trempé. je vis que la piste était relativement plate dans l'ensemble. Heller roulait à petite allure – pas assez vite pour déraper. Il voulait juste roder le moteur, comme il l'avait dit la veille au soir. Tout en conduisant, il regardait la pression d'huile et le thermomètre.

J'ignorais quelle était la longueur du circuit. A vue de nez, il ne faisait pas plus d'un kilomètre. Il était ovale.

Heller se mit à accélérer et à décélérer. Peut-être voulait-il tester le moteur à différentes vitesses. Il dérapa une fois. Ensuite il testa l'accélérateur et le frein.

Quelque chose paraissait le tracasser. Il s'arrêta devant son stand. Il sortit et examina ses pneus.

Il y eut un bruit derrière lui. Il se retourna.

Une équipe de reporters et un cameraman se dirigeaient droit sur lui! Ils n'avaient pas l'air commode. Ils étaient sales et mal rasés et le matériel qu'ils portaient avait vécu. Le type qui commandait était une brute épaisse.

– C'est toi Wister? aboya-t-il.

Je tressaillis. Était-ce ainsi que Madison comptait obtenir son premier C – la Confiance ? On aurait dit qu'ils allaient tabasser Heller !

– On a eu un tuyau. Paraîtrait que t'as inventé un nouveau carburant ! cria le chef. T'as intérêt à tout nous déballer ou on te casse la tête !

J'avais pu voir les chaussures d'Heller pendant qu'il conduisait et je savais qu'il ne portait pas ses souliers de base-ball. Il n'était pas armé. Il n'avait même pas une clé à molette.

– Vous travaillez pour un journal ? demanda Heller.

– Tu l'as dit, bouffi. On est de *Crade News* et tu ferais bien de te mettre à table tout de suite si tu veux pas qu'on commence à cogner !

– Qui vous a parlé de l'existence d'un nouveau carburant ?

– Les secrétaires, ça bavasse à tort et à travers, mon pote. Tu devrais le savoir. Et c'est à ton tour de bavasser maintenant. Parle !

– Je n'ai rien à vous dire, dit Heller.

– Jambo ! hurla le reporter. Pète-lui la gueule !

L'homme qui portait la vieille caméra télé l'abaissa et chargea.

La main d'Heller jaillit. La caméra s'envola. Heller lança une jambe. Jambo fut propulsé en arrière et traversa la piste comme un bolide. Il alla s'écraser contre une rampe de protection et demeura inerte.

Les autres sortirent des barres de fer.

– Hé là, hé là ! cria une voix. Veuillez tout de suite arrêter, bande de voyous !

Madison !

Il s'interposa entre Heller et les brutes. Il était propre, tiré à quatre épingles.

– Espèces de monstres, vous allez immédiatement quitter les lieux et laisser ce jeune homme tranquille ! Allez, allez, du vent ! Et plus vite que ça ! Ou je serai obligé de vous dénoncer au Comité d'Éthique Journalistique !

Ils déguerpirent sans mot dire et allèrent ramasser la caméra et Jambo avant de s'éclipser.

Madison se tourna vers Heller et se mit à l'épousseter.

– Seigneur, fit-il. Certains reporters ne sont vraiment rien d'autre que des bandits.

Et il continua d'épousseter Heller dont la combinaison de course rouge était pourtant impeccable.

– Quel heureux hasard que je me sois trouvé dans le coin, poursuivit Madison. Pour quel journal ont-ils dit qu'ils travaillaient ?

– *Crade News.*

– Oh, Seigneur ! (Il posa sur Heller un regard plein de sympathie.) Ils ont parlé d'un nouveau carburant. Je n'ai pu m'empêcher d'entendre ce qu'ils disaient. Est-ce vrai qu'il existe un nouveau carburant ?

– Qui êtes-vous ? demanda Heller.

– Oh, je suis nâââávré. Je me présente : J. Walter Madison, simple reporter free-lance. J'écris des articles pour *Chimie Hebdo,* une petite revue très conservatrice. De toute évidence, vous avez un problème : il y a eu des fuites. Il n'y a qu'une façon de régler ça : vous allez faire une petite déclaration dans laquelle vous dépréciez le nouveau carburant et on arrêtera de vous embêter. Car ça m'étonnerait que vous ayez envie d'être constamment harcelé par des voyous comme ceux-là.

– Ça, vous pouvez le dire.

– Par bonheur, je pense être en mesure de vous aider. Je ne connais toujours pas votre nom.

– On m'appelle Wister.

– C'est votre prénom ou votre nom de famille ?

– Jerome Terrance Wister.

– Eh bien, je ne voudrais pas m'imposer, monsieur Wister, mais je crains fort qu'on ne continue de vous importuner tant que vous n'aurez pas fait une petite déclaration disant que ce carburant ne vaut pas grand-chose. Est-ce que ce carburant existe ?

– Ma foi, oui. Mais je voulais attendre d'avoir décroché mon diplôme – afin que les gens soient disposés à écouter.

– Oh, je comprends tout à fait. C'est vrai qu'ils n'écouteront pas un simple étudiant. Eh bien, pour ne plus avoir tous ces fâcheux sur le dos, pourquoi ne pas publier un petit article ironique dans une revue conservatrice telle que *Chimie Hebdo ?* Comme ça vous pourrez travailler tranquille.

– C'est pas bête.

– Bien. J'étais venu ici pour écrire un article sur les effets de la peinture antidérapante. La piste vient d'être repeinte, vous savez. J'ai emmené une équipe avec moi pour filmer la piste. Bref, ça ne posera aucun problème de mettre en boîte, vite fait bien fait, un petit reportage sur un étudiant qui aurait peut-être découvert un nouveau carburant. Voyez ? On en parlerait comme ça, en passant. De la sorte vous pourrez poursuivre vos travaux et terminer vos études sans être harcelé par la presse. Puis-je appeler mon équipe ?

Heller haussa les épaules. Madison sortit un sifflet et souffla dedans.

Aussitôt, trois breaks et un énorme camion de sonorisation surgirent de derrière le stand dans un rugissement de moteurs. Leur carrosserie était bien astiquée et, sur les côtés, il y avait le nom du journal en lettres très sobres : *Chimie Hebdo*. Les techniciens descendirent. Ils étaient propres, bien habillés, courtois, professionnels. Madison les présenta poliment à Heller. Il leur expliqua que c'était un petit reportage sans importance et qu'il voulait juste rendre service à Wister. Une petite photo et un entrefilet, pas plus. Les autres hochèrent la tête avec un air entendu.

Les photographes se mirent en position pour prendre quelques clichés.

– Attendez ! Attendez ! cria Madison. (Il se tourna vers Heller.) Monsieur Wister, vous ne portez pas de lunettes. Dans l'esprit des gens, les lunettes sont le symbole du savoir. Ça vous ennuierait qu'on vous mette des lunettes ? Pour que vous ayez davantage l'air d'un savant ? C'est juste un petit cliché de rien du tout.

Heller était amusé.

– MAQUILLAGE ! cria Madison.

Aussitôt une maquilleuse et deux assistantes sortirent du gros camion. Elles installèrent rapidement une table de maquillage dotée de glaces. Madison prit une paire de lunettes et passa un doigt au travers en riant.

– Voyez ? Elles n'ont pas de verres. Mais vous aurez l'air d'un scientifique.

Il les fixa sur le nez d'Heller et recula.

– La mâchoire. Elle est trop régulière. Les hommes vont être jaloux et les femmes vont craquer pour vous. Ce n'est pas bon. MAQUILLAGE !

Les maquilleuses entreprirent de transformer la mâchoire d'Heller. Elles la rendirent proéminente et belliqueuse.

Des éclairagistes avaient installé des spots.

– Ça va juste être une petite photo réaliste. Mon équipe a besoin de s'exercer un peu. A mon avis, le journal ne publiera même pas l'article.

Un décor fut dressé derrière Heller.

– Oh, mon Dieu ! s'exclama Madison. Je suis en retard pour mon interview avec M. Stampi ! Monsieur Wister, ça ne vous embêterait pas trop que mes techniciens s'entraînent un peu avec vous ? Ils manquent encore d'expérience. Je n'en ai pas pour longtemps.

Et il partit.

Ils firent prendre la pose à Heller. Ils se mirent à le mitrailler avec un appareil-photo hyper-puissant relié à un stroboscope. Ils le coiffèrent d'abord d'un mortier, puis de tout un assortiment de chapeaux et de casques. Ils lui dirent de prendre différentes expressions. Heller trouvait tout cela très amusant. Mais dès qu'ils lui demandaient d'être sérieux, il cessait de rire.

– Nous manquons de pratique, expliqua l'un des photographes, et nous nous composons toujours un petit dossier avec les photos que nous prenons. Si jamais on nous demande d'en publier quelques-unes, est-ce que ça vous pose un problème ?

Heller se regarda dans la glace de la table de maquillage. Il était méconnaissable.

– Aucun, répondit-il.

Le photographe lui fit signer un papier l'autorisant à publier les photos.

Le technicien en chef arriva et dit :

– On peut dire que M. Madison prend son temps !

– Nous pourrions peut-être en profiter pour nous exercer un peu avec notre matériel télé, proposa l'accessoiriste.

En un instant, ils eurent installé une scène entièrement décorée et des microphones. Ils firent enfiler diverses tenues à Heller – une blouse de laboratoire, un pardessus et je ne sais quoi – et le filmèrent consciencieusement chaque fois.

Madison revint en courant.

– Veuillez m'excuser pour mon retard, dit-il en haletant. Seigneur ! On dirait que cette bande d'amateurs est encore en train de faire des siennes ! Je suis absolument navré, monsieur Wister. (Il s'assit dans l'un des sièges du décor.) Leur métier les passionne tellement !

Enfin, puisque nous voilà tous les deux confortablement assis, parlez-moi de ce nouveau carburant.

– Cette planète a désespérément besoin d'un nouveau carburant, dit Heller.

Et ils se mirent à deviser amicalement. La caméra était constamment braquée sur Heller et filmait.

Madison parlait de tout et de rien et débitait banalité sur banalité. Heller lui répondait sur le ton de la conversation. De temps à autre, l'habilleuse se précipitait sur scène et lui faisait enfiler une nouvelle tenue.

Finalement, Madison se tourna vers son équipe et dit :

– Vous avez eu assez de pratique comme ça ! Allez, hop ! On remballe ! Nous avons du travail. Détruisez cette pellicule.

– Hein ? Au prix où elle est ! fit le photographe. J'aimerais la garder pour mes dossiers personnels.

– Seigneur ! s'écria Madison. J'espère qu'il vous en reste assez pour le reportage que nous sommes venus faire ! (Il paraissait soudain triste.) Je crains fort qu'on ne me passe un savon. Nous étions venus pour faire un reportage sur la peinture antidérapante, mais M. Stampi n'a ni voitures, ni coureurs. Nous allons devoir filmer une chaussée recouverte de peinture noire. Pas très spectaculaire. (Il se leva.) Allez, remballez-moi tout ça ! Et allez prendre des photos de la piste.

– Mais ça ne va rien donner ! protesta le photographe. On va tous se faire virer !

Madison claqua brusquement des doigts.

– Monsieur Wister, je sais que c'est beaucoup vous demander. Mais ça ne prendra qu'un instant. Pourriez-vous prendre votre voiture et rouler sur ce petit tronçon de piste ici en freinant et en dérapant un peu ?

Heller haussa les épaules. Madison avait un regard tellement honnête, tellement suppliant – on aurait dit un épagneul.

– D'accord, fit Heller.

Il amena la Cadillac sur le circuit. Le photographe et le cameraman se mirent en position. Heller fit ce que Madison lui avait demandé.

– Je vous ai raté, dit le cameraman. Il faudrait que vous rouliez plus vite et avec plus de nervosité.

Heller semblait beaucoup se divertir. Et puis, il était venu pour essayer la voiture. Il s'amusa à déraper et à faire des tête-à-queue.

Ils paraissaient avoir du mal à le cadrer.

Heller s'arrêta à son stand. Madison voulait qu'on filme les pneus de la voiture. Puis il demanda à Heller de rouler encore un peu.

Il fit un tour de circuit et, juste devant les caméras et les appareils-photo, enfonça brutalement la pédale de frein. Il ne faisait que du 90.

La Cadillac dérapa brutalement.

Les pneus hurlèrent.

BANG !

Le pneu avant gauche éclata.

La Cadillac fit une embardée et pencha quelques instants d'un côté, manquant de se retourner !

Heller lutta avec son volant.

Il arrêta la voiture à quelques centimètres de la rampe de protection. De la fumée s'échappait du pneu éclaté.

Il examina la piste. Il y avait des marques de pneus sur la piste, mais elles ne lui apprirent rien.

Il alla chercher un cric et une roue neuve dans le semi-remorque et remplaça la roue défectueuse.

– Ça vous embête si nous gardons tout ça dans nos archives ? demanda le photographe.

– Vous devriez refuser, dit Madison à Heller. Ils déposent tous leurs films dans toutes les cinémathèques et photothèques de la ville. Je n'ai aucun contrôle sur ce qu'ils en font.

– Arrêtez vos (biperies), Madison, rugit le chef opérateur. Ce que nous venons de filmer était très spectaculaire. Si je ne ramène pas un bon sujet aujourd'hui, je risque de me faire virer !

Heller haussa les épaules.

– Bon, d'accord, dit Madison. Mais vous devriez être plus prudent, monsieur Wister. Ah oui, autre chose : vous pouvez garder ces lunettes et ces fausses dents. Pour votre sécurité, je vous conseille de les porter au cas où d'autres photographes viendraient vous voir. Bien entendu, il est très improbable que cela arrive. En tout cas, je vous remercie infiniment de votre aide. Vous avez été très serviable.

– C'est moi qui vous remercie, dit Heller.

Ils se serrèrent la main.

Madison et son équipe partirent.

Moi, je n'y comprenais rien. Ce Madison était doux

comme un agneau. J'avais beau réfléchir, je ne voyais pas où il voulait en venir. La réponse me vint en un éclair. La Confiance. Il avait fait tout ça pour gagner la confiance d'Heller. Quelle façon stupide de procéder. Une chose était sûre : Trapp avait vraiment exagéré en affirmant que Madison était dangereux.

3

Durant les deux journées qui suivirent, je passai mon temps à regarder mon visionneur et à repasser ses enregistrements. Aucun signe de Madison. Rien. Je commençais à me dire qu'il n'était qu'un charlatan et que j'allais être obligé d'intervenir personnellement.

Heller travaillait sur son carburateur. Il avait remisé la Cadillac et le semi-remorque dans un garage à Spreeport. Il avait ramené l'ancien moteur de la Cadillac sur le semi, puis il s'était monté un petit atelier. New York n'était pas très éloigné et Bang-Bang l'emmenait et le ramenait gaiement chaque jour dans le vieux taxi. Il réintégrait généralement son bureau de l'Empire State Building vers seize heures.

Il progressait trop vite. J'étais inquiet.

Le troisième après-midi, à l'instant où Heller s'asseyait à son bureau, J. Walter Madison entra d'un pas alerte. Il portait un costume ultra-classique. Il se montra d'une courtoisie extrême et parla d'une voix douce et mélodieuse. L'image parfaite du jeune homme socialement acceptable.

Il salua Heller avec politesse et lui dit qu'il était désolé de le déranger, mais que le nouveau numéro de *Chimie Hebdo* était sorti aujourd'hui et qu'il venait lui en apporter une dizaine d'exemplaires pour ses archives. Peut-être « Monsieur Wister » serait-il intéressé par l'article qui lui était consacré.

Heller ouvrit l'un des exemplaires. Sur l'avant-dernière page, tout en bas, il y avait une photo de cinq centimètres carrés avec la légende : *Un jeune étudiant du nom de Jerome Terrance Wister projette de faire carrière en découvrant un carburant bon marché.* C'était tout. La photo le montrait avec les lunettes sans verres, la mâchoire belliqueuse et les fausses dents de cheval. Heller était complètement méconnaissable. Le minuscule entrefilet parut beaucoup l'amuser.

– J'ai été très tenté d'en écrire davantage, dit Madison en réponse à ses remerciements. Il y a des tas de rumeurs qui circulent à propos de ce nouveau carburant. J'ignore d'où elles viennent. Mon rédacteur en chef avait reçu un certain nombre de tuyaux et voulait que j'écrive quelque chose de plus fort. Mais j'ai dit non. Monsieur Wister, si vous avez besoin d'aide ou de conseils en ce qui concerne la publicité, n'hésitez pas à m'appeler. Je crains fort que ce nouveau carburant n'ait excité la curiosité de certaines personnes. (Il tendit à Heller une carte avec un numéro de téléphone.) Les journaux ont souvent tendance à grossir démesurément les choses. Je n'ai pas la moindre influence, vu que je ne suis qu'un simple journaliste free-lance, mais je suis en mesure de vous donner quelques conseils qui vous éviteront de tomber dans les pièges que la presse a l'habitude de tendre.

Ils se serrèrent chaleureusement la main et Madison prit congé.

Je me dis que j'avais intérêt à me procurer immédiatement un exemplaire de cette revue. Je descendis au kiosque à journaux de l'hôtel.

– *Chimie hebdo ?* fit le vendeur. Jamais entendu parler.

Il consulta un grand livre dans lequel étaient énumérées toutes les publications non new-yorkaises. Ensuite il téléphona aux messageries des journaux étrangers.

– Inconnu au bataillon, me dit-il finalement. Les gars de la messagerie n'en ont jamais entendu parler. Ça doit être l'organe de quelque groupuscule.

Je poussai un soupir de soulagement. La « grande découverte » d'Heller avait été enterrée dans un journal que personne ne connaissait. Splendide ! Je comprenais la stratégie de Madison à présent. Il avait stoppé net la propagation de la nouvelle. Astucieux. Et maintenant, il allait sans doute veiller à ce que les médias continuent de la boucler. Le brave homme ! Je regrettais d'avoir douté de lui.

Le lendemain matin, après m'être assuré qu'Utanc dormait toujours, je pris tranquillement mon petit déjeuner dans le salon. Le soleil d'automne diffusait une douce chaleur à travers la fenêtre. J'étais bien. J'ouvris *Bile Matin* pour lire mon aventure quotidienne de Bugs Bunny.

Mes yeux faillirent sortir de ma tête !

Sur la page deux, il y avait la même photo hideuse d'Heller avec le gros titre suivant :

UN ÉTUDIANT DÉCOUVRE
UN CARBURANT BON MARCHÉ

DANS UNE DÉCLARATION CHOC, IL AFFIRME :
« CELA VA RÉVOLUTIONNER
L'INDUSTRIE AUTOMOBILE »

Suivait un article :

J.T. Wister, étudiant de première année, affirme avoir découvert un carburant magique extrêmement bon marché.

Surnommé « Super Wister » par ses camarades de classe, il s'est déjà forgé une réputation considérable pour son génie.

Interrogé à propos de ce carburant, il a modestement déclaré : « Cela va révolutionner tout le monde industriel, toute l'industrie automobile et, n'ayons pas peur de le dire, toute notre culture. »

Je bouillonnais. Quel (bip), ce Madison ! Il n'avait pas réussi à étouffer cet article. Et le pire dans tout ça, c'est que c'était *vrai* ! Si Heller se mettait à utiliser la conversion atomique, ce n'était pas un carburant bon marché qu'il obtiendrait, mais des milliers !

Je fonçai jusqu'au kiosque à journaux et achetai tous les quotidiens qu'il venait de recevoir. Dans chacun d'eux, à la page deux ou à la page trois, il y avait le même article. La formulation variait légèrement d'un journal à l'autre, mais le fond était le même.

J'essayai de joindre Madison. Sa mère me dit qu'il était sorti. J'étais dans une rage noire. Je me mis à arpenter nerveusement le salon. S'il y avait une chose qui ne devait surtout pas se produire, c'était bien celle-là ! Il était sur le point de rendre Heller célèbre !

Une promenade dans Central Park me calma un peu les nerfs. Je retournai à l'hôtel et passai devant le kiosque.

Le dernier numéro de *Mollard Magazine* venait d'arriver. Le vendeur était en train de défaire le paquet.

Sur la couverture, il y avait Heller ! Avec ses lunettes, ses dents de cheval et tout le bataclan !

Et, à l'intérieur, le même article ! Tout le pays allait être au courant !

Croyez-moi, je ne réussis pas à fermer l'œil cette nuit-là.

Le lendemain matin, la situation avait empiré.

Les journaux régionaux avaient repris la nouvelle. Et les journaux de New York l'avaient transférée en première page !

Tous appelaient Heller « Super Wister » à présent.

Mes Dieux ! Madison avait lamentablement foiré !

Je lui téléphonai. Sa mère me dit qu'il n'était toujours pas rentré.

– Il a intérêt à être bientôt rentré ! dis-je d'une voix glaciale.

– Oh, vous êtes monsieur Smith ? répondit-elle. Il m'a dit que vous deviez aller au 42, Mess Street, à l'étage où il y a le loft.

Je m'assurai que mon colt Python Magnum .357 était bien chargé. Pas étonnant que les gens veuillent tuer Madison ! Il était incompétent. Il devait sans doute se cacher quelque part une fois de plus.

Un taxi me conduisit dans le quartier industriel ouest. Je remontai une allée en grinçant des dents. L'Excalibur était là ! Ses pots d'échappement chromés étaient parfaitement astiqués. Il y avait un homme dans la voiture. Il avait le bras en écharpe. C'était Jambo ! La brute qui avait essayé d'attaquer Heller avec sa caméra.

– C'est vous, Smith ? dit-il en brandissant un canon scié dans sa main valide.

Les événements prenaient une tournure étrange. Discrètement, je fis quelques pas de côté, prêt à dégainer, me demandant si je serais plus rapide que lui.

– Hé, Smith ! cria quelqu'un au-dessus de moi.

Je levai la tête. C'était Madison. Il était à l'une de ces fenêtres d'usine dont le cadre est en fer et penchait la tête au-dehors.

– Vous êtes attendu, dit Jambo.

Je montai un escalier crasseux et pénétrai dans un loft énorme.

L'endroit était bourré à craquer de gens, de bureaux. Des types malmenaient des machines à écrire, le chapeau rejeté en arrière sur la tête, une cigarette au coin des lèvres. D'autres allaient et venaient dans tous les sens – certains d'entre eux chargés de sacs postaux scellés qui étaient prêts à partir. Des téléscripteurs cliquetaient contre un mur. C'était une véritable fourmilière !

Madison était au fond de la salle, dans l'encadrement d'une porte de bureau. Je me frayai un chemin à travers le tumulte. La fumée des cigarettes de marijuana était un brin suffocante, mais c'était surtout de rage que j'étouffais.

Madison était tout sourire et me regardait avec des yeux brillants.

– Alors, ça vous plaît ? C'est tout ce que j'ai pu obtenir pour le moment. Il faut dire que j'ai été pris de court.

– Vous êtes en train de le rendre *célèbre* ! hurlai-je.

Il me dévisagea d'un air perplexe.

– Évidemment ! répliqua-t-il. Gros titre : Madison fait toujours son travail. Sous-titre : Le célèbre expert en relations publiques... (Il s'interrompit.) On dirait que vous êtes en colère.

– Bien sûr que je suis en colère ! criai-je.

– Ma mère m'a dit que vous étiez en colère ce matin au téléphone. Alors je me suis dit qu'il valait mieux que je vous mette au courant. Les hommes que vous voyez ici sont les trente reporters les plus imaginatifs que j'aie pu trouver dans les plus brefs délais. Ils sont en train de rédiger des articles sur « Super Wister ». Ensuite ils les enverront à tous les jounaux du monde. J'ai gagné la confiance de Wister. Maintenant, c'est la phase communication – ou matraquage, comme vous voulez. Vous désapprouvez ?

– Vous connaissez la vraie raison pour laquelle nous vous avons engagé ? grinçai-je.

Son front se plissa. Il s'assit sur une chaise défoncée et se mit à réfléchir.

– Je comprends, monsieur Smith, dit-il enfin. Je vais rentrer dans le droit chemin. Vous verrez – demain.

Je partis. J'étais heureux de voir qu'il avait enfin compris.

Cet (embipé) aurait fait d'Heller un héros national

ou quelque chose comme ça s'il avait poursuivi cette campagne stupide !

S'il y avait une chose dont nous n'avions *pas* besoin, c'était d'un Heller célèbre !

4

Persuadé que désormais tout irait bien, je dormis paisiblement cette nuit-là.

Le Bentley Bucks Deluxe Hotel mettait toujours un journal du matin sur le plateau du petit déjeuner – sans doute pour que vous évitiez de remarquer que les vingt centilitres de jus d'orange à dix dollars venaient d'une boîte de conserve. J'étais en train de manifester tous les symptômes de ce que les psychologues nomment « la psychose des journaux », une maladie très courante sur Terre de nos jours et qui est à la base de la plupart des internements en hôpital psychiatrique. Les symptômes sont les suivants : vous vous sentez en pleine forme et d'humeur joyeuse et puis, brusquement, votre regard tombe sur un coin de journal – par exemple, sous l'écuelle de votre chien – et vous vous mettez à trembler. Ensuite, vous lisez l'un des titres et vous êtes pris de vertiges.

C'est exactement ce qui m'arriva. Je portais mon verre de jus d'orange à mes lèvres lorsque je vis l'article qui avait été imprimé en première page :

SUPER WISTER
LANCE UN DÉFI
AUX COMPAGNIES PÉTROLIÈRES

Dans une interview exclusive accordée au New York Crimes, *Super Wister a posé la question suivante : « Comment se fait-il que l'Amérique et le monde entier se laissent arnaquer par les compagnies pétrolières ? »*

Des porte-parole des Sept Frères, dont Octopus est le leader reconnu, ont déclaré : « Nous sommes des organisations dont l'unique souci est de servir le public. Le coût du pétrole est tel que nous faisons tout ce qui est en notre pouvoir pour le réduire au minimum. Ce genre d'accusation est monnaie courante. »

Et l'article continuait ainsi sur plusieurs colonnes. Je tremblais tellement que ma vue se brouilla et que je ne pus le lire jusqu'au bout.

Je me ruai dans le couloir, vis que j'étais en caleçon, regagnai précipitamment ma chambre, enfilai un pardessus, décrochai le téléphone et dis à un groom de me monter un exemplaire de chaque journal du matin qui était en vente dans le kiosque.

Allongé à plat ventre sur le sol, je les parcourus l'un après l'autre. Ils publiaient tous le même article. La seule chose qui changeait, c'était le nom du journal en haut de la première page. Super Wister avait donné son interview « exclusive » quarante fois à quarante journaux différents, y compris à la *Tribune du Joyeux Prolétariat.*

Je m'exhortai au calme. Et puis, je pris conscience que Madison n'avait pas eu le temps matériel de stopper l'impression de cet article. Il faut plusieurs heures pour photocomposer un journal et il n'avait sans doute pas réussi à convaincre les rédacteurs en chef d'enlever l'article.

Le visionneur était là, sur une table. Comment Heller prenait-il tout ça ? Parfois il passait à son bureau avant de se rendre sur le circuit.

Oui, il y était. Plusieurs journaux étaient ouverts sur son bureau et il les parcourait. Quelques instants plus tard, il prit ses gants et se dirigea vers la porte. Izzy entra. Heller retourna à son bureau.

– Qui est à l'origine de tout ça ? demanda-t-il.

Izzy paraissait extrêmement mélancolique.

– Un publiciste dirait que vous êtes devenu la coqueluche du public.

– Mais je n'ai jamais fait toutes ces déclarations ! s'écria Heller.

Izzy haussa les épaules, puis, avec son doigt, effectua un petit mouvement circulaire autour de sa tempe.

– C'est toujours comme ça avec les journaux, dit-il.

– Qu'est-ce que je peux faire pour enrayer ça ?

– Partir en Amérique du Sud, répondit Izzy avec un intérêt soudain. Je peux vous procurer un billet pour le premier vol de la matinée.

– Oh, ce n'est pas aussi grave que ça. Ces articles disent la vérité : je suis vraiment en train d'inventer un nouveau carburant. Mais c'est curieux. Aucun reporter n'est venu me voir, pourtant je fais des déclarations.

– Les billets d'avion sont bon marché à côté du prix que vous risquez de payer à long terme.

Heller se dirigea vers la porte.

– Faites attention à ne pas associer nos sociétés à vos courses automobiles. Ou à votre nom !

Madison devait avoir étouffé toute cette campagne dans l'œuf à l'heure qu'il était. Je passai la matinée à flemmarder. Après le déjeuner, j'allai faire un tour dans Central Park. Il faisait frais.

Tandis que je regagnais l'hôtel, mon regard tomba sur l'un de ces énormes panneaux publicitaires qui surplombent certains buildings. Des colleurs d'affiches étaient occupés à poser une nouvelle affiche.

En voyant l'un des carrés qu'ils étaient en train de coller, je fus parcouru d'un frisson. J'avais aperçu les lettres SUP.

Je m'appuyai contre une corbeille à détritus.

Figé par l'horreur, je les regardai coller chaque carré.

Une légende s'étalait en lettres gigantesques en haut de l'affiche :

SUPER WISTER
DÉFIE LES SEPT FRÈRES !

Au-dessous, il y avait une caricature de Super Wister avec ses lunettes, sa mâchoire belliqueuse et ses dents de cheval. Il portait des gants de boxe. Il venait de mettre l'un des Sept Frères K.-O. Les six autres battaient en retraite et essayaient de lui échapper. Autour d'eux, des mares de pétrole clapotaient et crachaient des éclaboussures.

Une campagne d'affichage ! Elle avait été organisée et démarrée en un temps record !

Bon, réfléchissons. Il avait sans doute fallu deux ou trois jours pour la mettre en route. Donc, elle faisait partie de la série d'actions publicitaires que Madison avait mises au point avant que je ne le remette dans le droit chemin. Bref, tout allait bien.

De retour à l'hôtel, j'allumai le visionneur. Heller

venait de quitter le circuit. Il regardait un panneau publicitaire. La même caricature. Heller descendit de voiture et, égal à lui-même, grimpa sur l'un de ces échafaudages à l'usage des colleurs d'affiches qu'on trouve sous certains panneaux. Il déchiffra le texte qui était imprimé en lettres minuscules au bas de l'affiche : *Financé par le Comité Américain pour un Carburant Bon Marché.*

Il sauta à terre, regagna sa voiture et prit le chemin du retour. Il croisa des *centaines* de panneaux avec sa caricature ! Où que son regard se portât, il voyait Super Wister boutant les Sept Frères hors de leur monopole. Brooklyn, Manhattan, l'affiche était partout !

Je poussai un gémissement. Quel spectacle écœurant ! Tous les panneaux de New York sans exception étaient recouverts de cette (biperie) sans nom. Les affiches publicitaires pour les cigarettes, les compagnies aériennes ou les voitures étrangères avaient toutes disparu. Il n'y avait plus que « Super Wister » !

J'essayai de joindre Madison. Il était introuvable.

J'essayai de joindre Trapp. Il ne rentrait que le lendemain.

Mais j'étais loin d'avoir tout vu. Je décidai de regarder un film, quelque chose de reposant comme le FBI protégeant l'Amérique en faisant sauter toutes ses villes. J'allumai la télé.

Un talk show avec Super Wister ! Il était assis au milieu de la scène décorée que Madison avait installée à Spreeport. Super Wister parlait, mais on ne l'entendait pas. Il remuait les lèvres et un commentateur doublait ce qu'il disait.

Super Wister racontait qu'il avait découvert un carburant bon marché qui allait être très bénéfique pour l'Amérique. Il prédisait que le pays entrerait bientôt dans une ère de prospérité.

L'interviewer avait été filmé à part.

Une demi-heure plus tard, la même émission fut diffusée sur une autre chaîne !

J'essayai de nouveau d'appeler Madison. Il demeurait introuvable.

Tout au long de la soirée, Super Wister fit son apparition à un moment ou à un autre sur chacune des chaînes, même au cours des journaux télévisés, et toujours avec la même série de déclarations dégoisées par un commentateur.

Je passai une nuit atroce devant le poste. C'était vraiment la fin des haricots. Madison avait retourné sa veste ! Il nous avait trahis ! Je savais comment il faisait pour avoir toute cette presse et toutes ces télés. Il devait être en relation avec ces directeurs de banque que Rockecenter avait fait nommer dans les conseils d'administration des journaux et des chaînes de télé et il leur donnait des ordres qu'ils s'empressaient de transmettre aux directeurs de chaînes et aux rédacteurs en chef. Madison trahissait Rockecenter en se servant des réseaux Rockecenter. C'était un renégat !

Mais je n'avais pas encore tout vu. Au matin, après avoir regardé quelques journaux télévisés, je tombai sur une émission destinée aux ménagères.

Super Wister était là, devant un groupe de femmes au foyer ! En chair et en os. En personne. Et il leur disait que c'était une honte qu'elles soient obligées de casser leur tirelire pour acheter de l'essence alors qu'il existait un carburant tellement bon marché qu'elles pourraient s'acheter des manteaux de vison avec l'argent qu'elles économiseraient. Elles étaient au comble de l'hystérie !

Quoi ? Super Wister en personne ?

J'allumai le visionneur.

Heller était en route pour le bureau ! Il n'était pas en train de converser avec des ménagères.

Je retournai devant le poste. Les lunettes, les dents de cheval, la mâchoire belliqueuse...

J'essayai de joindre Madison. Je le trouvai chez sa mère.

– Madison ! criai-je. Je croyais vous avoir dit de rentrer dans le droit chemin !

– C'est ce que j'ai fait ! s'écria-t-il. J'ai doublé le matraquage et j'ai ajouté de la controverse. Je sais que tout cela va beaucoup trop vite, mais je pense que nous sommes en train de nous acheminer vers une victoire par K.-O. ! Nous sommes en train de former des fan-clubs dans tout le pays !

– Oh, mes Dieux ! (Mon regard se posa sur le poste de télé et sur Super Wister qui continuait de s'adresser au groupe de femmes.) Mais comment faites-vous pour le faire apparaître au milieu de ces ménagères ?

– C'est son double. L'une des devises des publicistes, c'est qu'il ne faut jamais faire confiance aux clients.

Ils disent toujours ce qu'il ne faut pas et ils ne sont jamais disponibles quand vous avez besoin d'eux. C'est pour ça que j'ai besoin d'un double. J'aurais pu prendre un acteur qui ressemble beaucoup plus à Wister, mais dans la série d'instructions que M. Trapp m'a fait parvenir sous enveloppe, il est stipulé que si je faisais appel à un double, je n'aurais le droit d'employer que le jeune homme qui passe à la télé en ce moment. M. Trapp a insisté très lourdement sur ce point. Ce double a des dents de cheval, une mâchoire proéminente, et il est quasiment aveugle sans lunettes. Il refuse qu'on lui remplace les dents, qu'on lui mette des lentilles de contact et qu'on le soumette à la chirurgie esthétique. M. Trapp a été tellement catégorique que je n'ai pas pu faire autrement. J'ai donc été obligé de faire ressembler M. Wister à son double. Vous êtes en train de le regarder, n'est-ce pas ? Vous ne le trouvez pas fabuleusement convaincant ? Bon, je dois raccrocher. Au revoir.

Je le rappelai. Personne ne décrocha.

Ce n'était pas pour rien que ses collègues le surnommaient J. Valseur Madingo. Il était complètement cinglé ! Le surnom d'Heller, Super Wister, n'allait pas tarder à être sur toutes les lèvres !

Heller se trouvait dans son bureau de l'Empire State Building à présent. Il dit à Izzy de venir le rejoindre.

– Ils utilisent un double, annonça Izzy. Je l'ai vu à la télé.

– Hé, attends un peu ! Donc il se fait passer pour moi. C'est illégal ! Je vais engager un avocat pour mettre fin à ce petit jeu !

– Nous ne disposons pas de dix millions de dollars. Ce sont les honoraires que demanderait l'avocat. Et en plus, ça prendrait des années. Je vous ai acheté un billet aller pour le Brésil. Là-bas, il y a encore des territoires inexplorés le long de l'Amazonie. Ils sont uniquement peuplés de fourmis rouges qui dévorent tout sur leur passage. Vous seriez beaucoup plus en sécurité là-bas qu'ici.

– Pour le moment, ils n'ont encore rien fait de destructif.

Izzy le dévisagea longuement avant de tirer sur le veston de son costume – celui qu'il avait trouvé à l'Armée du Salut.

– Monsieur Jet, je pense que vous ne tarderez pas à découvrir que ça ne se fait pas de redresser la tête dans ce monde. C'est plus ou moins fatal.

– Alors il n'y a rien à faire ?

– Si. Prenez ce billet d'avion et partez. Vite !

Heller l'ignora et sortit.

Moi, je voyais les choses tout autrement. Madison nous avait bel et bien trahis. Il était en train de faire d'Heller un héros populaire. Il formait même des fan-clubs. Et il se servait de la puissance de Rockecenter pour parvenir à ses fins.

J'appelai Trapp.

– Ne parlez pas de ça au téléphone, dit-il aussitôt. Rendez-vous à midi pile au restaurant casher Goldstein, à l'angle de la 50e Rue et de la Huitième.

Il raccrocha.

Ainsi, lui aussi avait flairé que nous étions dans le pétrin jusqu'au cou. Un rendez-vous secret !

J'étais d'une humeur massacrante à midi pile, lorsque je pénétrai dans le restaurant Goldstein. L'endroit était bondé. Je me frayai un chemin jusqu'à une table blanche couverte de graisse située au fond. Elle avait été réservée. Trapp arriva quelques secondes plus tard en jouant des coudes pour percer la foule. Il portait un press-book volumineux. On aurait dit qu'il était sur le point de sourire – ce qui, bien sûr, était impossible.

Il posa le press-book sur une chaise voisine et commanda des hot-dogs casher.

– J'ai horreur de ces trucs. Faites-moi penser à les saupoudrer de bicarbonate de soude cette fois-ci.

J'étais trop énervé pour parler. Je mangeai tristement mon hot-dog. Trapp en engloutit trois.

Il brandit le press-book.

– Madison m'a demandé de vous faire parvenir ceci. Vous avez de la chance qu'il ne connaisse pas votre vrai nom ou votre adresse. Il m'a dit que vous étiez furieux. Pourquoi ça ?

Je le regardai bouche bée.

Il ouvrit le book. Il était plein de coupures de journaux et de transcriptions d'émissions de télévision. Il montrait toute la couverture médiatique dont Wister avait fait l'objet. Trapp souriait presque tandis qu'il tournait les pages et les pages relatant les aventures de Super Wister.

– Il est en train d'en faire un héros ! criai-je. Et il se sert des réseaux Rockecenter pour obliger la presse à parler de lui.

– Précisément, précisément. Tenez, j'ai acheté ça dans un kiosque en venant ici.

C'était le dernier numéro de *Gerbing*. En couverture, il y avait une photo d'Heller devant sa Cadillac – le Heller maquillé : lunettes, dents de cheval, etc. La légende disait : *Un jeune Américain à la recherche du progrès, page 5*. Et, à la page 5, commençait un roman-photo. Une photo montrait le modeste cottage où Super Wister était né, d'autres montraient ses instituteurs, son père et sa mère, ainsi qu'une vieille voiture de course Cooper-Martin qu'il avait retapée à l'âge de cinq ans.

Quelque chose clochait dans l'attitude de Trapp. Il rompit le silence.

– Il fallait que je vous voie avant que vous ne mettiez Madison dans tous ses états. C'est un être hypersensible. Une espèce de prima donna, quelqu'un qui se consacre corps et âme à son métier. Alors ne vous mettez pas en colère contre lui, Inkswitch. Je trouve qu'il fait de l'excellent, du merveilleux travail !

J'étais tellement troublé que je payai l'addition.

De retour à l'hôtel, je m'allongeai sur mon lit et regardai la télé. Dans un coin de l'écran, il y avait un encadré avec la photo du faux Heller. Un journaliste était lancé à pleine vitesse dans une tirade : « Ce jeune homme, pilier de la jeunesse américaine, va-t-il révolutionner notre culture ? La rédaction de ce journal n'a cessé de soutenir qu'il fallait donner carte blanche à la jeunesse américaine et le bien-fondé de ce principe se vérifie aujourd'hui avec l'avènement sur la scène mondiale de Wister... »

J'éteignis le poste.

Je savais que cela allait empirer.

J'avais raison.

Le lendemain matin, les journaux publiaient en première page des photos de la scène de l'explosion du pneu et titraient :

LES SEPT FRÈRES ONT-ILS VOULU
LA MORT DE SUPER WISTER?

Je parcourus fébrilement l'article pour voir si Heller était mort, comme le sous-entendait le titre. Mais il ne le disait nulle part !

Les journaux télévisés du matin diffusèrent la scène de l'accident dans son intégralité, explosion du pneu, dérapage, tout. Puis il y eut une séquence avec un officier de police qui brandissait un lambeau de caoutchouc. Il disait :

– L'autopsie de ce pneu a montré qu'il n'était pas assez gonflé. Tous les membres de l'écurie de Super Wister ont été interpellés et mis en garde à vue.

C'était complètement insensé ! Il n'avait pas d'écurie !

Et pourtant, si. On voyait des mécaniciens sortir d'un fourgon de police. Ils avaient relevé le col de leur pardessus pour dissimuler leur visage.

L'après-midi, ce fut encore pire. Les journaux télévisés montrèrent une foule en colère qui agitait le poing devant le building de la Compagnie de Pétrole Manhattan-Afrique du Nord. Elle protestait bruyamment contre les tentatives d'assassinat dont avait été victime Super Wister.

Et Trapp était satisfait ?

Ils méritaient tous d'être enfermés dans un asile psychiatrique.

Je sombrai dans un profond désespoir.

En fait, c'était sans doute la planète entière qu'il fallait interner !

5

J'avais été tellement horrifié à la lecture des journaux que je n'avais pas vu passer les jours. En lisant le dernier compte rendu des exploits héroïques de Super Wister, un matin, mon regard se posa par hasard sur la date et mon cœur s'arrêta de battre.

Depuis des jours déjà Heller avait dû expédier son troisième rapport au capitaine Tars Roke. Il avait sans doute été envoyé directement à la base et partirait avec la prochaine navette. J'avais perdu toute chance de mettre la main sur la plaque de codage.

J'aurais aimé qu'Utanc soit près de moi de temps en temps. J'avais besoin de sympathie. Mais tout ce que je voyais d'elle, c'était les piles de paquets qu'on livrait à son nom, avec des étiquettes de chez Lord et Taylor, Saks ou Tiffany. Je m'attendais à voir arriver un gratte-ciel bien emballé. J'avais l'impression qu'elle était occupée à acheter la ville entière. Mais je dois dire que, les rares fois où je l'entrevoyais, elle avait l'air extraordinairement chic dans sa tenue occidentale. Un jour, je l'aperçus qui descendait de sa limousine. Avec sa robe aux reflets métalliques et ses mules assorties, elle évoquait une statue d'argent. Sans même me dire bonjour, elle me tendit une peinture coûteuse qu'elle avait acquise à une vente aux enchères, avant de s'éclipser très vite. Elle m'avait peut-être pris pour un garçon d'étage.

Je me sentais très seul dans un monde cruel. Si Lombar entendait parler de la célébrité nouvelle d'Heller et de son succès possible, j'étais cuit ! D'un autre côté, si Tars Roke était mis au courant, le Grand Conseil serait tellement heureux qu'il ne parlerait plus d'invasion et que j'avais une chance de ne pas être liquidé en même temps que tous les habitants de la Terre. Tout dépendait de la façon dont on considérait les choses.

Mais un événement survint qui me tira de mon apathie.

Heller était sur le circuit de Spreeport. Il n'avait pas encore monté le carburateur sur la Cadillac. Il roulait toujours avec du super normal. On avait renforcé la garde autour de la piste et personne ne pouvait franchir l'entrée, même pas la presse, sauf lors des compétitions du samedi soir.

C'est donc avec le plus vif intérêt que je regardai quelqu'un s'approcher du Stand 13. D'ordinaire, l'endroit était désert. Le nouveau venu était plutôt rondouillard, négligé, avec un cigare vissé entre ses dents jaunes.

Sur la piste, Heller portait un casque de course intégral, avec une visière de plastique sombre. Sans doute une espèce de déguisement. On ne pouvait pas lui en vouloir. Il était occupé à inspecter ses pneus.

– C'est vous, Wister ? dit le visiteur.

Il n'obtint pas de réponse mais tendit quand même une main replète.

– Je m'appelle Stampi. C'est moi le proprio.

– Enchanté, dit Heller en lui serrant la main.

– J'étais venu vous dire que le circuit est fermé en ce moment. La saison est finie. On va aller dans le Sud.

– Ah, je suis navré de l'apprendre, dit Heller. J'avais l'intention de faire des essais de longévité mécanique. Endurance, je crois que c'est le terme. Pour ma seule gouverne.

– Oh, Wister, pour *vous*, il n'est pas fermé. Mais là n'est pas la question. Le président de l'association m'a appelé il y a quelque temps pour me dire que quelqu'un lui avait suggéré qu'on pourrait organiser encore une course. Vos essais portent sur quoi, au juste ?

– Oh, j'allais faire souder et sceller le capot par les inspecteurs de l'AAA *, avant de tourner pendant une centaine d'heures sans me ravitailler. Oui, tourner, sans m'arrêter.

– Oh, oh ! Le nouveau carburant, hein ?

– C'est moins le carburant que le carburateur.

– Carburant, carburateur, quelle est la différence ? Une épreuve d'endurance, hein ? En tout cas, Wister, on peut dire que vous avez fait du bruit dans la presse. Et le président a dit que si vous étiez d'accord, on pourrait organiser une sorte de fête. Avec la télé, les entrées payantes... Ça pourrait rapporter des millions de dollars. On demanderait gros, et les chaînes de télé cracheraient. Quant à vous... que diriez-vous de 250 000 dollars ? Histoire de battre un ou deux records.

– Ma foi, ce ne serait pas très excitant, dit Heller. Une voiture qui tourne sans arrêt...

– Oh, les autres constructeurs et écuries pourraient aussi faire de l'endurance. On en inviterait quelques-uns. Ce serait un sacré succès. Le problème, c'est que la piste va verglacer dans deux semaines. Et j'ai remarqué que vos pneus vous donnent du souci.

– Eh bien, si je ne risque pas la disqualification en m'arrêtant pour changer un pneu, je crois que ça ira. Il suffit de conduire prudemment.

– Alors vous ne craignez pas le verglas ?

* American Automobile Association. *(N.d.T.)*

– Pas particulièrement. Ça ne peut pas être pire que la pluie.

– Bon, eh bien, c'est d'accord, dit Stampi. Je vais rappeler le président et on va mettre ça sur pied. Si vous gagnez, vous aurez la coupe et les 250 000 dollars. O.K., Super Wister ?

Ils échangèrent une poignée de main.

Et un flot de soulagement m'envahit ! Le carburateur ! Je venais juste de m'en souvenir ! Il avait été saboté ! Il ne tiendrait pas plus de sept heures ! Heller allait perdre !

Je bondis sur mes pieds. Le téléphone sonna occupé pendant un quart d'heure avant que je réussisse à joindre Madison.

– Il a accepté de courir ! hurlai-je.

– Je sais. On a dû exercer quelques pressions et dire au président qu'on risquait de lui retirer son circuit, mais ça a marché. Comme toujours, dans ces cas-là.

– Mais vous ne savez pas le meilleur ! Son carburateur a été saboté ! Il pétera au bout de sept heures ! Et Heller perdra !

– Vraiment ? fit Madison.

– Il va se ramasser ! Impossible qu'il gagne cette course !

– Monsieur Smith, pardonnez ma brusquerie, mais je suis très occupé. Le gouverneur du Michigan vient d'accepter d'être président du Super Wister International Fan-Club, et il m'attend sur l'autre ligne. Mais si vous avez quelque chose de *vraiment* important à me dire, n'hésitez pas à me téléphoner. Pour l'instant, je suis désolé de vous laisser. Au revoir.

Je restai bouche bée. Ça ne l'intéressait pas le moins du monde ! S'il faisait de la promo, il aurait dû être intéressé. Et s'il n'en faisait pas, il aurait dû être également intéressé.

Ça ne tenait pas debout.

J'essayai de trouver un film sur une des chaînes de télé et je tombai sur le double d'Heller en train de présider un spectacle de marionnettes pour les gosses. Sur une autre chaîne dans une émission préenregistrée, un éminent psychologue examinait le crâne du même double et déclarait que les bosses qu'il voyait révélaient un nouvel Einstein.

Pris de frénésie, je me ruai vers l'ascenseur. Il fallait

que je sorte. Je faillis tomber à la renverse : le garçon d'ascenseur portait un badge Super Wister.

Et sur le comptoir du kiosque à journaux trônait une gigantesque poupée Super Wister !

Tout cela m'échappait. Je n'avais pas la moindre idée de ce qui risquait d'arriver désormais.

6

Tout d'abord, ce ne fut qu'une rumeur. La course pourrait bien avoir lieu. Puis on dit qu'elle allait être interdite. Et cela continua jusqu'à ce que le double d'Heller, répondant à brûle-pourpoint à une question de Donny Fartson dans son show national « C'est minuit toute la journée », annonce qu'il était prêt à courir pour faire la démonstration de son nouveau carburant.

Immédiatement, ça fit la une !

Deux jours plus tard, quand la nouvelle eut glissé en page trois, de nouvelles manchettes apparurent. Je les lus, atterré.

SUPER WISTER
LANCE UN DÉFI
AUX PILOTES DU MONDE ENTIER

Avec toute la confiance que l'on peut attendre de la part d'un des plus brillants représentants de la jeunesse américaine, Super Wister a déclaré : « Je les aurai ! »

Toujours modeste, il a ajouté : « Je suis meilleur que tous ces nullards. »

C'était comme ça dans tous les jounaux.

Le lendemain, les spots publicitaires commencèrent sur la radio et à la télé. La course aurait lieu dans deux semaines sur le circuit de Spreeport, sous les auspices de l'AAA et de l'International Racing Association.

Deux jours après, ce fut au tour des annonces aériennes.

Puis les entretiens télé se multiplièrent, en même temps que les débats animés par des experts en course automobile. Les prédictions pleuvaient littéralement dans la presse.

Deux jours encore et on frôla le guichet fermé car, à la demande populaire, l'épreuve était devenue Course d'Endurance et Derby de Démolition.

Ce terme ne m'était pas familier. Un Derby de Démolition ? Je découvris rapidement ce dont il s'agissait.

Les voitures se rentrent les unes dans les autres jusqu'à ce qu'il n'en reste plus qu'une capable de rouler.

Cela me rasséréna quelque peu. Mais quand tous les présentateurs et spécialistes sportifs clamèrent en chœur que ce serait le test décisif pour le nouveau carburant, l'inquiétude me reprit.

On parlait de la course un peu partout. Mais une autre publicité venait de faire son apparition.

Le Crottin Mondain offrait un prix de 100 000 dollars à qui devinerait la nature du nouveau carburant.

Un nouveau jeu faisait fureur : « Super Wister », un jeu pour ordinateur qu'on trouvait dans tous les drugstores. Quand on gagnait, on devait porter des lunettes.

Super Wister – le double – déclina modestement une invitation à un petit déjeuner à la Maison-Blanche en prétextant : « Je suis trop occupé pour jouer avec ces marionnettes. »

Et au milieu de cet ouragan, Heller, lui, continuait à travailler. Il monta les deux réservoirs d'oxygène et d'hydrogène de chaque côté de son joujou. Il aménagea les évents pour l'admission des gaz. Il fit un levier pour contrôler le débit. Apparemment, il avait l'intention de dévorer la piste. Il remonta le tout sur un vieux bloc-moteur. Il le lança et le fit tourner pendant une heure. Ça semblait fonctionner à merveille. Il fallait donc que je soustraie une heure sur le délai prévu pour la panne. Ensuite, il remonta le moteur sur la Cadillac et l'essaya encore une demi-heure. Bon, une demi-heure de moins. Qu'est-ce qu'il nous restait maintenant ? Cinq heures et demie de fonctionnement ? Il était évident qu'il ignorait qu'il avait un moteur saboté. Donc, il restait un espoir de ce côté.

Il se mit alors en devoir d'ôter toutes les glaces de la Cadillac et souda des arceaux de sécurité.

Il travaillait avec un tel calme que cela m'agaça. Est-ce qu'il savait quelque chose que j'ignorais ?

Je réfléchis et je me dis que Madison, lui, savait peut-être quelque chose que j'ignorais. Je me rendis au 42 Mess Street, où je faillis être renversé et piétiné. Madison lançait des ordres à trois personnes à la fois et, quand il se rasseyait, il parlait dans trois téléphones simultanément. Il avait dit qu'il était très occupé ? Ça, oui : il ne me regarda même pas quand je l'appelai en hurlant.

Ce même après-midi, je marchai jusqu'au bureau de Trapp. Étrangement, il était de bonne humeur. Il n'y avait plus rien en lui de l'avocat sinistre de Wall Street et je me dis qu'il avait dû trop boire. Mais il me dit qu'il avait tout simplement passé deux nuits de suite avec sa femme sans qu'ils aient de scène de ménage.

– Il n'y a pas autre chose qui vous inquiète? demandai-je.

– Quoi, Miss Paix ? Oh, non, Inkswitch ! Bon Dieu, non ! Elle se fait mettre en cloque à la moindre occase. Il croit toujours que c'est lui, même si c'est impossible, et il l'envoie se faire avorter en clinique, qu'elle soit en cloque ou pas d'ailleurs. Cette fois, c'était le garçon d'ascenseur. Non, c'est pas pour ça que je me fais du souci.

– Non ! Je parle de l'*autre* chose !

– Aucun problème, Inkswitch. Je lui ai dit fermement de se débarrasser une fois pour toutes de Miss Agnes, alors il lui a offert un yacht d'un demi-million de dollars. Une splendeur ! Et qui sait : peut-être qu'elle va revendre sa villa d'Hairytown et faire le tour du monde. Comme ça, on sera débarrassés de cette (embipeuse). Non, je n'ai pas d'inquiétude de ce côté. En fait, aujourd'hui, rien ne m'inquiète. C'est rare. Je devrais inscrire ça au calendrier plus souvent.

– Et Madison ? demandai-je d'un ton menaçant.

Il se mit à rire. Mais oui. Pour la première et peut-être la dernière fois de son existence, Trapp riait. D'un rire sec, une sorte de hak-hak-hak-ha-ha.

– Inkswitch, quand vous connaîtrez Madison aussi bien que moi, vous ne vous en ferez plus. Je n'ai pas la moindre idée de ce qu'il mijote mais je vous garantis que ce n'est pas pour rien qu'on l'a surnommé « J. Valseur Madingo ». Alors, qu'est-ce que je peux faire pour vous ?

Je réfléchis à toute allure. J'avais affaire à des incompétents, des bousilleurs. Qu'est-ce qui se passerait si tout ça échouait ? Si Heller gagnait finalement ? Aïe ! Il serait le type le plus célèbre de la planète. Instantanément. Et c'en serait fini de Rockecenter comme de Lombar, même s'ils ne se connaissaient pas !

– Pouvez-vous me donner l'adresse de Faustino Narcotici ? demandai-je.

– Mais certainement.

Il inscrivit rapidement l'adresse et le numéro de téléphone.

– On le trouve dans les pages jaunes à la rubrique « Conseiller familial. Contrôle Total, Inc. », ajouta-t-il en me tendant la carte.

Je le laissai à sa joie.

Je me retrouvai quelques minutes plus tard devant un somptueux immeuble du Bowery, tout de verre noir et de chrome. Je me dis que je m'étais trompé d'adresse et hésitai à descendre du taxi.

– Si, si, c'est bien l'immeuble de Narcotici, dit le chauffeur, craignant que je ne mette en doute sa connaissance de Manhattan. Vous ne voyez pas le tribunal, là-bas ? Et le quartier général de police, plus loin ? Et là-bas, tout au bout, l'immeuble du FBI ? Avant, c'était le quartier des clodos, mais maintenant, ça a de la classe. Bon, ça fera cinq dollars de plus pour la visite guidée.

Au-dessus de l'entrée en arcade, j'avisai un magnifique panneau qui annonçait :

CONTRÔLE TOTAL, INC.

J'entrai dans le hall et découvris une décoration faite de drapeaux américains et de fresques narrant l'histoire de l'évolution de la drogue État par État, étoile après étoile. La première scène représentait Betsy Tea cousant le premier drapeau avec un joint entre ses lèvres souriantes. Plus loin, George Washington visitant son champ de cannabis. Il était clair que toute l'histoire de l'Amérique reposait sur la drogue. Je comptai cinquante-quatre étoiles, ce qui datait l'ensemble de la fresque.

Je traversai un groupe d'écoliers en visite accompagnée. Au guichet d'information, je demandai à voir

Faustino Narcotici « la cravate », et une charmante Sicilienne surgit de derrière le comptoir pour me précéder vers ce que je pensais être un ascenseur jusqu'à l'instant où la porte se referma en coulissant. Une fois tous les deux à l'intérieur, la fille appuya discrètement sur un bouton et la partie du plancher sur laquelle je me trouvais s'abaissa comme une trappe et je descendis comme une bombe !

En arrivant en bas, je me redressai tant bien que mal et me retrouvai devant le museau béant d'un Bernardelli modèle 80.380 ACP automatique à sept coups. Et le visage, au-dessus de l'arme, était celui d'un Sicilien émacié.

Quelqu'un pêcha mon colt dans son holster et me chatouilla les côtes avec. Un autre Sicilien arriva en courant et me prit mon portefeuille et mes papiers.

– Oh, merde, fit-il. Ce n'est qu'un Fed.

– Un sale (bipard) de mignon petit Fed de mon (bip), dit le Sicilien au Bernardelli. Qui a le culot de passer au détecteur de masse métallique avec un flingue sur lui ! (Il fit signe aux autres de s'écarter.) T'es nouveau ou quoi ? T'aurais pu te faire trouer ! T'as pas vu le vestiaire, non ? C'est là qu'il faut laisser ton (bip) de Dieu de calibre.

Ils me rendirent mes papiers et mon portefeuille non sans m'avoir délesté de 400 dollars, à titre de dédommagement pour les ennuis que j'avais causés.

– Et maintenant, qu'est-ce que tu cherches ? Tu veux filer la trouille à Angelina, hein, c'est ça ? T'as pas le moindre sens de la politesse, hein ? Les heures de rendez-vous pour les Feds sont dépassées ! Deux heures. Si tu veux voir un employé de la maison, faut te pointer avant deux heures. (Il se tourna vers ses deux acolytes.) Allez, ça va. C'est un rigolo.

– Je veux voir M. Narcotici, dis-je poliment. Je suis certain que vous ne le considérez pas comme un « employé ».

– (Bip) non ! C'est le *Capo di tutti capi* et ne l'oublie pas. Et pourquoi tu veux le voir ?

– C'est M. Trapp qui m'envoie, dis-je.

Il se tourna vers un ordinateur, appuya sur des touches et l'écran resta vierge.

– Oh, (bip) ! fit le type qui avait pris mon arme. Ça, c'est un bon calibre. Tout neuf.

Il me le rendit.

L'homme qui m'avait pris mes 400 dollars me les restitua.

– Euh... Excusez-moi de vous avoir traité de rigolo, dit l'homme au Bernardelli en rangeant son arme d'un geste nerveux.

Il décrocha le téléphone rouge du circuit intérieur.

– Est-ce que vous voulez dire à M. Narcotici que nous avons là un messager de M. Trapp qui vient de se présenter comme agent fédéral ?

Ils me conduisirent alors à un autre ascenseur et je fus propulsé en un rien de temps vers les hauteurs.

Un jeune type qui ressemblait à une publicité de prêt-à-porter pour *Executive Magazine* m'attendait devant la porte. Il m'escorta très courtoisement à travers un immense hall de fête décoré de filles brunes qui brandissaient des bouquets de liasses de dollars. Ainsi donc, c'était là que les fonctionnaires de New York se faisaient payer tous les samedis soir ! Plus loin, nous franchîmes une porte colossale. Il me poussa doucement à l'intérieur.

Le bureau était vaste, décoré de fresques de paysages siciliens. La clarté douce d'un soleil artificiel baignait toute la pièce. Je vis alors, sous une rotonde, un personnage très gras aux doigts couverts de bagues.

Il se leva à mon approche et s'inclina. A l'évidence, il s'agissait de Faustino. Il était tellement gras qu'on distinguait difficilement ses yeux.

– Et comment se porte mon vieil ami M. Trapp ? demanda-t-il.

– Très bien. Il est tout particulièrement en forme aujourd'hui.

– Il doit y avoir pas mal de cadavres dans le coin, alors. Moi, je ne suis rien. Trapp, lui, il contrôle des tas de secteurs ! Des pays, des populations ! Asseyez-vous. Un cigare ?

Je ne voyais pas de siège à proximité mais c'était gentil à lui de me proposer de m'asseoir. Je passai les préliminaires et enchaînai directement en italien pour qu'il se sente plus à l'aise.

– J'ai seulement besoin de deux tireurs. Seulement pour un jour.

– Quand ?

Je le lui dis.

– Ma foi, je ne sais pas. C'est une date assez chargée. Mais vous n'aviez pas besoin de venir me voir pour ça. Il suffisait d'appeler le service du personnel, au 50e étage.

– Je pense que M. Trapp voulait que quelqu'un s'enquière de votre santé. Il a dit que vous sembliez vous laisser un peu aller, ces temps-ci.

Il devint pâle et griffonna rapidement quelques lignes sur une carte. Quand je me retirai, il parut très content.

Au service du personnel, j'eus affaire à un charmant jeune homme auquel je présentai ma requête.

– Je crains, dit-il d'un ton très précieux, que cette date ne soit très chargée. Est-ce que ce n'est pas celle du Derby de Démolition et d'Endurance de Spreeport ? Oui... Eh bien, je ne vois pas...

Je lui tendis la carte de Faustino. La seconde d'après, il frappait sur des claviers des ordinateurs comme s'il voulait faire des trous dedans.

Bouleversé, il me déclara :

– Je peux vous avoir deux tueurs pour cette date !

– Je ne veux que des tireurs, en fait. De bons canardeurs qui savent mettre dans la cible.

Il recommença. D'un air soulagé, il me proposa deux hommes. Je lui dis alors où et quand ils devaient se présenter. Tous mes plans étaient tracés.

Il me promit que les deux hommes seraient là à l'heure dite.

Je regagnai le hall et m'arrêtai devant le guichet d'information.

– Angelina, je suis désolé, dis-je à la fille. Je ne voulais vraiment pas vous faire peur.

Ça ne me ressemblait guère, mais je voulais entretenir de bonnes relations dans la maison. Et la fille était plutôt jolie.

– Excusez-moi, monsieur, répondit-elle, mais fichez le camp d'ici. Tous les détecteurs d'armes sont pointés sur vous !

Je partis. Les gens de l'Appareil sont entraînés à la prudence. J'entrai dans la copie conforme d'un bar de l'ancien Bowery, destinée aux touristes, je suppose. Une fois installé dans une stalle, je vérifiai mon Python. Mais oui, ce (bip), pendant que je lui tournais le dos, avait mis une amorce explosive dans le barillet, juste au-dessus du cylindre. Je l'ôtai avec précaution et la jetai dans un crachoir. Je sus alors que je ne pouvais vraiment pas faire confiance à la Mafia, du moins jusqu'à un certain point, même si elle avait une bonne partie du pays sous son contrôle. Si j'avais tenté d'assassiner Faustino, le Python m'aurait éclaté à la figure. Non, ils n'étaient vraiment pas honnêtes.

Mais j'avais accompli ce pour quoi j'étais venu.

Si Heller gagnait cette course, ce serait dans le ciel, avec de petites ailes !

Même si le carburateur tenait le coup, cela n'importait plus. Les deux tireurs, avec leurs fusils à silencieux, feraient éclater ses pneus un par un jusqu'à ce qu'il n'en reste qu'un ! En supposant qu'il ne soit pas déjà à l'hôpital.

Il faut toujours s'assurer du résultat, comme disait mon vieux professeur d'Astuce Appliquée.

Madison et Trapp étaient peut-être complètement dingues. Mais moi, je savais encore me servir de ma matière grise.

La seule pensée de voir Heller réussir après toute cette publicité était comme un souffle qui propulsait mes pensées.

Un avion passait au-dessus du Bowery, traînant une banderole qui invitait tout le monde à aller voir Super Wister à la grande course du samedi, dans dix jours.

Toute cette racaille n'aurait pas la joie de le voir gagner. J'allais faire le nécessaire !

7

J'observai les allées et venues d'Heller avant la course d'un œil distant. En ce qui me concernait, l'affaire était classée. La seule ombre au tableau, c'est qu'il risquait d'être tué ; auquel cas, adieu ma plaque de codage. Un bon petit séjour à l'hôpital, disons avec plusieurs fractures et sa jolie petite gueule esquintée, cela serait bien mieux. Quant à sa réputation sur Terre, elle serait complètement fichue, ce qui était infiniment mieux encore.

Pareil au gardien qui veille sur le condamné à mort

dans sa cellule, j'assistai à la soirée d'anniversaire de Babe Corleone, le dimanche. J'espérais glaner quelques nouvelles informations à seule fin de parfaire son anéantissement.

Cela m'agaçait de le voir là, à une soirée d'anniversaire, alors qu'il aurait dû se ronger les ongles d'inquiétude, seul dans sa chambre, en ruminant sur sa fin prochaine. Mais non, il était tel qu'à l'accoutumée : le parfait officier de la Flotte, courtois et affable, au cœur de cette petite fête modeste que donnait Babe dans son appartement. Elle avait sans doute tenu à inviter les seuls amis et membres de la famille pour ne pas ébruiter le fait qu'elle avait pris un an de plus.

Heller les avait tous accompagnés à la messe. Il obéissait sans doute à la théorie qui dit que, sur une planète primitive, il vaut mieux faire également la connaissance des dieux locaux. Mais je notai que, plutôt que de répondre aux prières en latin, il s'exprimait en voltarien. J'espérais que tous ces Dieux terriens, dans leurs niches, ne comprenaient pas le voltarien. Je ne tenais pas à ce qu'ils lui viennent en aide !

Quant à l'ambiance de la soirée, elle était plutôt calme. Un petit orchestre – un violon, une mandoline et un accordéon – jouait en sourdine dans un coin du vaste living-room. Babe était installée dans un fauteuil, toute de blanc vêtue. Ses domestiques lui présentaient les cadeaux apportés par les invités – pour la plupart des enveloppes avec de l'argent.

Heller se tenait près d'une grande coupe de punch, adressant la parole aux uns et aux autres. Il me semblait qu'il portait un costume bleu, probablement en soie, avec d'énormes boutons de manchettes : des étoiles bleues à six pointes avec un diamant au centre. L'insigne de son grade dans la Flotte ! (Bip) de lui ! C'était une violation évidente du Code ! J'en pris note aussitôt.

Babe bavardait avec quelques femmes d'un ton indolent. Heller adressa soudain un signe à quelqu'un dans le hall. Geovani accourut avec un gros paquet plat. Heller s'approcha de Babe.

– Madame Corleone, dit-il en s'inclinant avec révérence. J'aimerais célébrer cette circonstance avec un petit *memento*. (Il désigna le paquet d'un geste ample et ajouta :) Joyeux anniversaire à notre grande dame !

Je ne sais comment il fait. Quand il parle, les gens l'écoutent et ils ont l'air heureux. Babe était rayonnante et frétillait. Elle prit le paquet avec l'aide de Geovani et défit l'emballage. Elle roula des yeux ronds et fit : « Oooooh ! »

Elle se leva pour montrer son cadeau à l'assistance.

– Regardez ! Regardez tous !

C'était une peinture réalisée d'après la photo de Joe Corleone qu'Heller avait trouvée dans le Connecticut ! « Saint Joe », jeune et fringant ! Le cadre était en or, en forme de cœur, avec une tête de lion en haut. Je réalisai tout à coup que « Corleone » n'était pas seulement le nom d'un village sicilien mais que cela signifiait « Cœur de Lion ».

Babe était en extase ! Elle s'avançait en valsant, montrant le tableau à tous, en expliquant que c'était bien Joe, des dizaines d'années avant qu'elle le connaisse ! Oui, c'était bien lui ! Avec son expression de bâtisseur d'empires ! Même la mitraillette avait l'air vraie ! Cher Joe !

Les musiciens entamèrent alors « La Marche du Lion », l'hymne de la famille, accompagnés par des rafales de mitraillettes en rythme.

Quel chahut ! Ce (bip) d'Heller avait toujours ce genre d'effet ! C'était lui la vedette de l'anniversaire de Babe ! Mais peu importait : il ne serait bientôt plus question de lui. L'ambiance se calma peu à peu. Heller s'apprêta à prendre congé. Babe, tout à coup, se fit très grave.

– Jerome, soyez très prudent pendant cette course. Conduisez lentement. (Elle s'interrompit pour réfléchir un instant.) Il y a quelque chose qui m'échappe dans toute cette publicité. Vous n'avez pas l'air le même sur toutes ces photos. Bien sûr, je sais que ce n'est pas votre faute. C'est le lot de toutes les vedettes. Toutes ne sont pas vraiment photogéniques. Je pense que c'est ça, Jerome. Il faut que vous admettiez que vous n'êtes pas photogénique. Il est inutile de porter ces affreuses lunettes dont ils vous affublent toujours. Tournez la tête quand on vous filme. J'ai été une star et je peux vous donner ces petits tuyaux. Mais ce ne sont pas tant vos yeux. Il se passe quelque chose d'extraordinaire avec vos dents. Ils devraient peut-être utiliser un objectif à flou. Et supprimer l'éclairage. Mais, même si vous n'êtes pas photogénique, cher, très cher Jerome, la famille parie sur vous.

– Non, non ! fit vivement Heller.

Elle lui adressa un regard étrange.

– Mais, Jerome, nous contrôlons tous les jeux de New York et du New Jersey, à l'exception de ces minables boîtes d'Atlantic City. Nous prenons les paris sur la course depuis qu'elle a été annoncée.

– Pariez si vous le désirez, dit Heller, mais ne laissez pas d'autres membres de la famille jouer sur moi.

Le regard de Babe devint plus étrange encore.

– Vous me cachez quelque chose.

– Madame Corleone, je vous en prie : promettez-moi.

Elle continua de le fixer tandis qu'il s'éloignait.

J'étais troublé. Heller soupçonnait quelque chose. Est-ce qu'il aurait eu vent des deux tireurs que j'avais engagés ? Je ferais tout aussi bien de tout vérifier pour m'assurer qu'il ne m'avait pas mis des bâtons dans les roues. On ne pouvait pas se fier à ce type !

8

Heller passa la journée du lundi à appeler des fabricants et des vendeurs de pneumatiques, à leur poser des questions auxquelles je ne comprenais rien. Il employait des termes techniques qui me semblèrent plusieurs fois à la limite de la violation de Code. Il était question de coefficients de friction et de dérapage et de quelque chose qu'il appelait « résistance résiduelle à la poussée latérale ».

Vers onze heures, Bang-Bang, qui en avait apparemment assez des cours d'entraînement militaire pour la journée, vint le cueillir avec le vieux taxi et ils filèrent droit vers Spreeport.

Les garages et les ateliers qu'Heller occupait étaient très isolés. Ils se trouvaient au-delà de Spreeport, sur une colline proche de la plage. Plus loin, il y avait l'aire de récréation et les plages publiques. La saison était avancée et tout le secteur était désert. Même les autres équipes avaient disparu – elles étaient parties vers le sud, sous des cieux plus cléments. Les feuilles mortes, à présent, se mêlaient au sable. Il devait faire plutôt froid avec le vent qui soufflait depuis la mer.

Les portes des ateliers et des garages étaient en métal et basculaient pour s'ouvrir. Dans chacune, il y avait un minuscule hublot.

Le camion de transport avait été séparé en deux parties. Le tracteur, un énorme diesel, occupait un garage et, dans celui d'à côté, il y avait la remorque avec la Cadillac.

Heller fit basculer la porte, entra et donna un coup de pied dans un pneu.

– Bang-Bang, ils ne savent pas fabriquer des pneus.

Bang-Bang avait relevé le col de sa capote militaire par-dessus ses oreilles.

– Mais si. Vous n'avez pas eu vraiment d'ennuis.

– J'en ai eu pourtant. J'ai dérapé un jour, et paf ! Adieu le pneu. Si chaque fois que je fais un dérapage contrôlé, j'éclate, je ne pourrai même pas disputer une course avec un chat dans son panier.

– C'est pour ça que vous êtes si (bipement) pessimiste sur vos chances ?

– Bien entendu, dit Heller en donnant un autre coup de pied dans un autre pneu. Ils se déforment sous l'effet de la poussée latérale. C'est la seule explication que je vois.

Et soudain, j'eus un éclair. Cet (embipé) de Madison ! Dès le premier jour, il avait engagé un canardeur pour avoir une séquence montrant Heller en train de frôler l'accident ! Mais oui, c'était ça !

Je vérifiai rapidement en faisant retour arrière. Je mis le son au maximum et repassai la séquence. Le moteur grondait de façon assourdissante ! Les pneus hurlaient. Ah, ah ! Un *bang* lointain ! Une fraction de seconde après l'éclatement du pneu. Ce qui voulait dire que le tireur avait été embusqué à trois cents mètres environ ! Ce (bip) de Madison risquait bien d'engager d'autres tireurs pour la course. Avec les deux miens, ça ferait combien ? Est-ce que c'était ça son plan ? Impossible de le savoir.

En un sens, j'étais soulagé. Heller ne soupçonnait pas ce qui s'était passé. Mais, d'un autre côté, Heller risquait d'imaginer quelque chose pour prévenir d'autres éclatements. Tout ça me rendait passablement nerveux.

Il était ressorti, maintenant, et se tenait immobile dans le vent. Il regardait vers le nord-est, en direction de la plage.

– Un front froid, dit-il.

– Je sais. J'ai froid. Et pas seulement au front mais aussi dans le dos, commenta Bang-Bang.

– Je pense qu'il va neiger, poursuivit Heller. (Il levait les yeux vers les nuages minces, haut dans le ciel.) Oui, dans deux jours. Et ensuite, un autre front descendra de l'Arctique... Bang-Bang, cette course va finir dans la glace. Je vais te dire ce qu'il faut faire. Tu prends un avion cet après-midi même...

– Oui, fit Bang-Bang, immédiatement en alerte.

– Et tu vas au Canada, jusqu'à la Baie d'Hudson. Tu m'achètes le meilleur équipage de chiens de traîneau que tu pourras trouver et on leur fera tirer la voiture...

– Bon sang, Jet. Tu as bien failli m'avoir.

Il se mit à rire.

– Mais je crois que c'est une sacrée bonne idée ! continua Heller, mortellement sérieux. On va atteler les chiens à cette voiture. Toi, tu te mettras sur le pare-chocs arrière avec un fouet et tu crieras « Ho ! » et « Yip ! ». Moi, je vous précéderai avec des raquettes pour ouvrir la piste. En guise de stand, on pourrait bâtir un igloo... Mais non. Je ne pense pas que la NASCAR * autorise le pemmican.

– Du pélican ? Du quoi ? fit Bang-Bang.

– Du pemmican. C'est le carburant des chiens.

– Jet, je crois que t'arrêteras jamais de me faire marrer.

– Quelquefois, tout tourne tellement mal qu'il ne reste plus qu'à rire, dit Heller. On a de sérieux ennuis. Avec toute cette (bip) de tempête publicitaire autour de nous. Je ne peux pas reculer. Et si je continue, je suis coulé.

– Izzy t'a acheté un billet pour l'Amérique du Sud, dit Bang-Bang.

– J'ai le sentiment, dit Heller, qu'avant peu je te demanderai de me botter les fesses pour ne pas l'avoir utilisé. Mais ça va contre mes convictions.

Aussitôt, je fus tout ouïe. Une autre violation du

* NASCAR : National Association for Sport Competition and Automobile Racing. *(N.d.T.)*

Code ? Car je me rappelais très bien le credo des Ingénieurs de Combat : « Quelles que soient les chances, aux Diables : Fais ton boulot. »

Mais Heller ajouta :

– Viens. Rentrons dans l'atelier et mets le chauffage avant d'être complètement gelé. Il faut que je trouve quelque chose.

Et c'était bien ça qui me faisait peur. Je me retrouvais maintenant devant deux inconnues. Qu'est-ce que Madison allait faire ? Et qu'est-ce que mijotait Heller ?

Quant à moi, je savais ce qu'il me restait à faire : l'arrêter, par tous les Enfers !

9

Le mercredi, il se mit à neiger.

A la télé, les prévisions allaient bon train. Est-ce qu'il neigerait encore pour la course ou est-ce que le beau temps allait revenir ?

La publicité continuait en un flot incessant. Neige ou soleil, personne n'envisageait que la course pût être annulée.

Peu importait le temps. J'avais trouvé une solution à tout ça. J'avais loué un petit camion avec un système de chauffage indépendant à l'arrière. J'avais des pneus spéciaux. Que la neige continue de tomber ! Je fis également l'acquisition de jumelles énormes. J'y avais bien été obligé parce que mes efforts héroïques pour scier le télescope d'observation touristique du belvédère de Fort Tryon avaient été interrompus par des gamins qui étaient incapables de reconnaître ma plaque d'agent fédéral.

La neige apporta d'autres informations sur la course. Les spots publicitaires et les débats parlèrent de « bombers ».

Je n'avais pas la moindre idée de ce dont il s'agissait. La télé de l'hôtel disposait d'une liaison télétexte et, après avoir rejeté plusieurs définitions, j'en trouvai une qui convenait. Un « bomber » était une voiture ordinaire qui n'avait reçu aucun renforcement spécial mais seulement des arceaux de sécurité et dont on avait ôté bien sûr toutes les vitres. Son rôle était de percuter les autres véhicules jusqu'à ce qu'ils soient immobilisés. Les « bombers » n'avaient qu'à protéger leur moteur et leur radiateur. Ils étaient présents dans chaque derby de démolition. Le gagnant était le dernier véhicule qui pouvait encore se déplacer par luimême.

A présent, toute cette controverse prenait son vrai sens pour moi. Est-ce que seuls les « bombers » courraient ou bien y aurait-il des stock-cars standard ? La commission résolut le problème. Il y aurait les deux. Selon elle, un derby de démolition qui comprenait une épreuve d'endurance pouvait accepter à la fois la participation des « bombers » et des stock-cars. Sage décision. Le public aurait très certainement lynché les honorables membres de la commission s'ils avaient décidé d'interdire Super Wister. Son véhicule n'était pas à proprement parler un « bomber » mais un stockcar dopé.

Le faux « Super Wister », le double d'Heller, se montrait de plus en plus sur les écrans et dans la presse. Il s'en prenait avec violence aux compagnies pétrolières, vantant son carburant à bas prix et se rendant ridicule la plupart du temps.

Et puis, dans l'après-midi du mercredi – et jusqu'au lendemain – on annonça d'*autres* concurrents. Les plus durs, les plus méchants des conducteurs de « bombers » ! Il y aurait dix-huit voitures au départ et la liste des noms évoquait le générique d'un film d'épouvante : « Le Défonceur », « Le Désastre », « La Morgue »...

Parmi tous ces candidats-assassins, Hammer Malone Killer (« Le Marteau ») brillait comme une étoile. Sur la carrosserie de son engin, il y avait une tombe peinte pour chacun des pilotes qu'il avait tués.

Le faux Super Wister et Hammer Malone s'affrontèrent au cours de la célèbre émission « L'Amérique est encore vivante, plus ou moins ». Ils se mirent très vite à s'invectiver, se jetèrent à la gorge l'un de l'autre et, sur ce, les caméras s'écroulèrent et la suite fut invisible. Dès le lendemain matin, Super Wister réapparut sur l'écran dans sa flamboyante tenue de course rouge pour rassurer ses millions de fans : il était en pleine forme et il aurait la peau de Malone et des compagnies pétrolières avec cette course !

Pendant ce temps, Heller continuait à travailler. Il semblait utiliser sa chambre comme bureau, et ce dans un but que j'ignorais. Les Nations unies étaient en session et l'interférence était omniprésente. Heller ne se montrait plus dans le hall. J'avais comme l'impression qu'il perdait le moral.

Il neigeait toujours. Le vendredi, il y eut une nouvelle bataille de prévisions. Est-ce que le temps allait changer ou bien neigerait-il encore à dix heures le samedi, à l'heure du départ de la course ? On pariait très fort là-dessus. Mais on pariait à propos de tout. Il était difficile de savoir comment on pouvait gagner et, vu le nombre impressionnant des parieurs, la commission annonça dans un bulletin spécial que le gagnant serait celui qui pourrait encore se déplacer et faire mille tours. Aucun des véhicules en compétition ne pourrait faire mille tours sans se ravitailler quatre ou cinq fois. Donc, si Super Wister y parvenait sans se ravitailler, il serait proclamé gagnant. Quant aux autres véhicules, ils pourraient continuer à se ravitailler autant qu'il le voudraient.

Cela déclencha un tollé, mais le faux Super Wister proclama avec arrogance que ça lui convenait très bien. Il savait que les compagnies pétrolières allaient contrôler la course. Mais il maintenait son défi.

Ce même vendredi soir, dans une allocution, le Président informa le monde que l'Amérique ne pouvait perdre avec toute l'ardeur et la jeunesse de Super Wister.

Sur cette dernière note, sachant que les routes seraient embouteillées dès l'aube, je me mis en route avec le camion. J'avais emporté l'écran de contrôle, mes jumelles surpuissantes, j'avais des vêtements bien chauds et le chauffage à l'arrière.

J'avais déjà choisi mon emplacement. Une petite éminence à moins de deux kilomètres du circuit, d'où la vue était parfaite. C'était en fait la cour d'une maison et cent dollars avaient emporté l'affaire.

Mes tireurs, en blanc, étaient postés plus près de la piste, sur des toits, équipés de fusils Weatherby .30-06 avec lunette télescopique et silencieux. Leurs armes étaient chargées de balles de type Accelerator dont la vitesse dépasse 1 300 mètres/seconde.

J'étais confiant, au chaud, détendu. Je m'étendis sur la couchette du camion et réglai le bourdonneur de l'écran pour me prévenir dès qu'Heller bougerait.

Cette journée allait voir une merveilleuse victoire. La mienne.

Heller échappera-t-il aux 17 pilotes
de « bombers » et aux deux tireurs ?
Va-t-il mourir ? Perdre ? Ou bien gagner ?

Lisez

TOME 4

UNE AFFAIRE TRÈS ÉTRANGE

(prochainement)

A propos de l'auteur

Né en 1911, fils d'un officier de la Marine des États-Unis, L. Ron Hubbard grandit dans l'Ouest américain et, très tôt, fait le dur apprentissage de la vie dans les grands espaces. Adolescent, il vit dans les plaines et les montagnes du Nevada où il côtoie cow-boys et Indiens, avant de s'embarquer pour l'Asie qu'il visite longuement et dont il découvre les philosophies et les religions. A dix-neuf ans, il a déjà parcouru plus de cinq cent mille kilomètres, sur terre comme sur mer, et rédigé de nombreux journaux de voyage dans lesquels il puisera généreusement quelques années plus tard pour nourrir les intrigues de ses romans.

De retour aux États-Unis, il cherche à assouvir son insatiable appétit d'aventures et de sensations fortes en devenant aviateur et, très vite, acquiert une réputation de virtuose et de casse-cou, mais il est bientôt repris par le démon de la navigation et part pour les Caraïbes sur un quatre-mâts, à la tête d'une expédition.

Puis il rentre au bercail et décide de vivre de sa plume. S'ensuit un flot étonnant de romans et de nouvelles – aventures, westerns, polars, fantastique. Le succès est immédiat. En 1938, il est reconnu comme l'un des plus grands parmi les auteurs de récits populaires.

C'est à cette époque que *Astounding,* le meilleur magazine de science-fiction, lui demande sa collaboration. Il proteste : ses sujets de prédilection ne sont pas les « machines et les robots », mais les gens, les êtres humains. On lui répond : « Ça tombe bien, c'est exactement ce que nous cherchons. »

Suivent alors de nombreux récits où Hubbard élargit l'horizon de la science-fiction, devenant un maître du genre au même titre que A. E. van Vogt et Robert Heinlein. Ils comptent parmi les écrivains marquants de ce qu'on a appelé l'« Age d'Or » et les fondateurs de la science-fiction moderne.

Hubbard écrit une centaine de romans et plus de deux cents nouvelles. Ses œuvres de fiction ont été traduites dans une dizaine de langues et se sont vendues à vingt-deux millions d'exemplaires dans le monde.

En 1982, Hubbard fête son 50e anniversaire d'entrée en littérature avec une impressionnante saga de science-fiction, *TERRE Champ de Bataille,* qui devient rapidement un best-seller international. Critiques et amateurs de S.-F. réservent au livre un accueil enthousiaste. En 1986, les lecteurs français le plébiscitent pour le Prix Gutenberg, dans la catégorie science-fiction.

Après la parution de *TERRE Champ de Bataille,* Hubbard s'attelle à la rédaction de ce que beaucoup considèrent comme son chef-d'œuvre, *Mission Terre,* une aventure spatiale sur fond de satire qui compte pas moins de dix tomes – une entreprise dans laquelle peu d'écrivains auraient osé se lancer.

Mission Terre est un récit mené à cent à l'heure qui regorge de coups de théâtre et de retournements de situation spectaculaires au cours desquels bons et méchants s'affrontent en une lutte sans merci dont l'enjeu est notre bonne vieille planète Terre.

Avec *Mission Terre,* Hubbard réussit un pari audacieux : nous raconter notre monde en prenant le point de vue des extraterrestres qui se sont mêlés à la population terrienne, et dénoncer avec un humour féroce certaines de nos institutions, dans la lignée de Voltaire, de Swift ou de l'Orwell de *La Ferme des animaux.*

Un vieux mot grec, *dékalogie,* a été choisi pour désigner cette saga en dix tomes.

Le 24 janvier 1986, ayant livré son manuscrit à son éditeur et ayant atteint tous les buts qu'il s'était fixés, L. Ron Hubbard a quitté son corps. Il laisse derrière lui une œuvre riche et originale qui traversera les âges, pour le plus grand bonheur des innombrables générations de lecteurs à venir.

Nous sommes fiers de publier à notre tour le chef-d'œuvre de L. Ron Hubbard, la *dékalogie* intitulée *Mission Terre.*

TERRE Champ de Bataille
de L. RON HUBBARD

Terre : An 3 000. Dix siècles après l'invasion de la planète par des êtres cruels et décadents surgis des étoiles, des Psychlos, l'homme n'est plus qu'une espèce en voie d'extinction.

Pourtant un jeune homme surgi des derniers groupes d'hommes survivants, Jonnie Goodboy Tyler, va bouleverser l'histoire en explorant les secrets de cette technologie étrangère qui a décimé les siens. De coups de théâtre en découvertes dramatiques, il va prendre en main le nouveau destin des hommes et entamer une formidable lutte contre les Psychlos. Une tentative désespérée qui va secouer la Galaxie et éveiller une menace encore plus dangereuse pour notre planète.

L. Ron Hubbard nous a donné avec *TERRE Champ de Bataille* une épopée lyrique et furieuse, un hymne à l'aventure et à la liberté qui s'est inscrit sur la liste des plus grands classiques du genre. Ce roman hors du commun a reçu quatre prix littéraires et a été sélectionné par les critiques français pour le prix Gutenberg 1986.

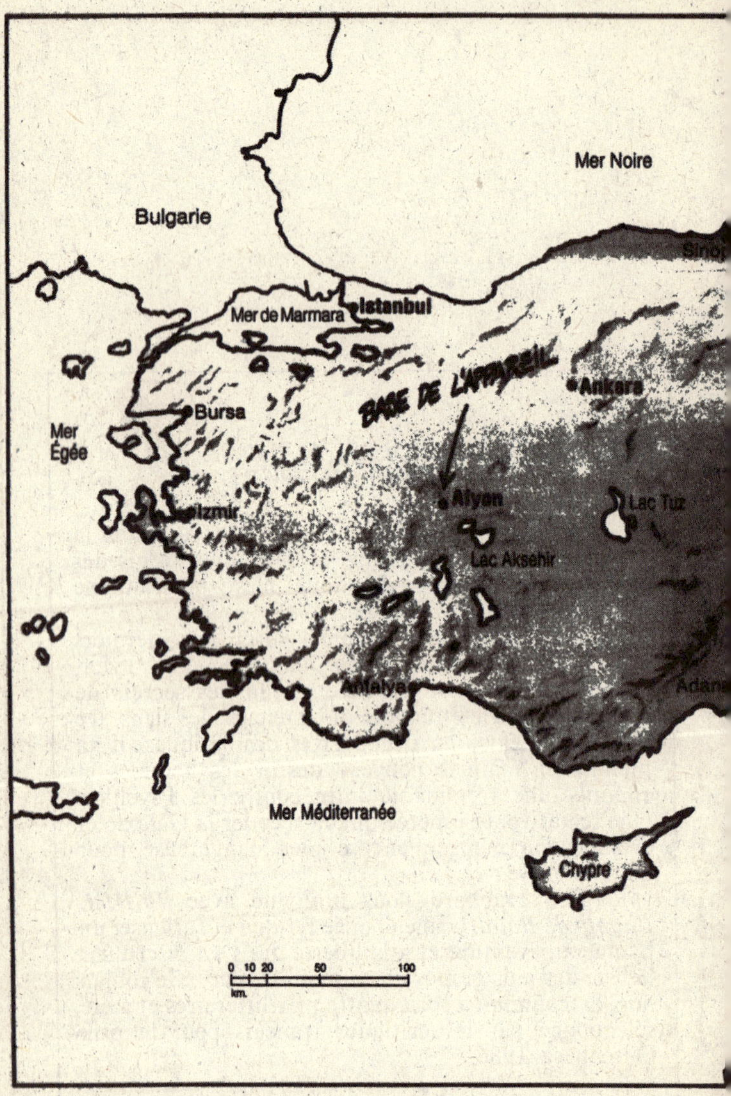
Mer Noire
Bulgarie
Sinop
Mer de Marmara
Istanbul
BASE DE L'APPAREIL
Ankara
Bursa
Mer
Égée
Afyon
Lac Tuz
Izmir
Lac Aksehir
Antalya
Adana
Mer Méditerranée
Chypre
0 10 20 50 100
km.

N
Le Caucase
U.R.S.S.
Trabzon
Erzurum
Mont Ararat
TURQUIE
Iran
Diyarbakire
Urfa
Irak
Syrie
Bilto-P3 (La Terre)
Turquie
Carte dressée par 54 Charli Neuf
MENSONGE!
AVERTISSEMENT : La planète Terre (Bilto-P3) n'existe pas. Cette carte n'a jamais figuré dans les archives astrographiques Royales. Elle est basée sur les descriptions contenues dans cette œuvre de fiction, et sur rien d'autre.
Sur ordre de Lord Invay
Président du Conseil des Censeurs

Achevé d'imprimer
par Maury-Eurolivres S.A.
45300 Manchecourt

Imprimé en France
Dépôt légal : septembre 1991

TERRE CHAMP DE BATAILLE - *tome 1*

DERNIERS HOMMES

Au 30e siècle, à la surface de la Terre, il ne reste que quelques milliers d'hommes qui survivent de façon précaire. Ils ont oublié leur culture, la science, la technologie. Mille ans auparavant, les Psychlos sont arrivés d'une autre galaxie. Barbares conquérants, pilleurs des planètes habitées, ils ont liquidé l'espèce humaine avant de s'installer sur Terre.
Quelque part dans les montagnes Rocheuses, le jeune Jonnie Goodboy Tyler a décidé de quitter son village, de se risquer dans le désert, en dépit de tout ce que l'on raconte sur "les monstres", dont les engins brillants tournent dans le ciel. Il veut retrouver "le Grand Village", l'une des puissantes cités que les hommes édifièrent autrefois. C'est ainsi qu'il sera capturé par Terl le Psychlo. Enfermé dans une cage comme un quelconque animal, il commencera une lutte faite de patience et de ruse, découvrira la culture en même temps que les faiblesses des tyrans extraterrestres.
Il préparera la grande révolte des hommes...

TERRE CHAMP DE BATAILLE - *tome 2*

LA RECONQUÊTE

Les Psychlos ont ravagé l'univers. Ils ont colonisé et exploité plus de deux cent mille planètes. Dont la Terre.

Au seuil du 30e siècle, pourtant, les survivants de la race humaine quittent leurs refuges pour former une coalition. Ils ont des raisons d'espérer. Jonnie Goodboy Tyler a trouvé l'arme qui pourrait venir à bout de l'ennemi. Il a aussi découvert, dans les montagnes Rocheuses, la forteresse ultime que les hommes du 21e siècle avaient édifiée pour tenter de résister aux brutes venues des étoiles.

Toutes les tribus du monde s'unissent pour déclencher la guerre de la dermière chance contre la race la plus puissante et la plus cupide de l'univers...

TERRE CHAMP DE BATAILLE -*Tome 3*

SECRET DES PSYCHLOS

La guerre contre les Psychlos entre dans sa dernière phase. L'espoir des hommes : pénétrer jusqu'au cœur de l'empire ennemi en utilisant son mystérieux dispositif de téléportation.

Mais d'autres ennemis apparaissent, d'autres races qui se partagent l'univers, et qui tentent d'écraser la révolte de l'humanité.

Une double solution apparaît : faire admettre l'humanité dans le cercle des races intelligentes. Et frapper la planète Psychlo, anéantissant ainsi le germe du mal.

C'est la phase finale dans laquelle des systèmes solaires entiers vont périr...